SV

Hector Bianciotti
Das langsame Fortschreiten
der Liebe

*Aus dem Französischen
von Maria Dessauer*

Suhrkamp

Titel der Originalausgabe:
Le Pas si lent de l'amour

Erste Auflage 1997
© der deutschsprachigen Ausgabe
Suhrkamp Verlag Frankfurt am Main 1997
© Éditions Grasset & Fasquelle, Paris, 1995
Alle Rechte vorbehalten
Druck: Clausen & Bosse, Leck
Printed in Germany

Das langsame Fortschreiten der Liebe

I

Man sollte das Morgen nicht zu gut kennen; Voraussehen ist schrecklicher als Dunkel. Zudem muß Hinfallen gelernt werden, damit man sich auf den Beinen halten kann. Dies wurde mir sehr bald zur Gewißheit und daß es das einzige ist, wofür wir aufkommen müssen, unser einziger Beitrag zum Schicksal. Wie die Pflanzen dem Mond und der bescheidene Mond unserer Träume dem Universum gehorchen, so auch jeder von uns.

Ich erinnere mich nicht, ernsthaft nachgedacht zu haben, ehe ich diese oder jene Vorhaben in die Tat umsetzte, Vorhaben, die nun dem im Zickzack verlaufenen Leben den Anschein von überlegten Neuanfängen verleihen. Nie hatte ich den Eindruck, einen Entschluß zu fassen, aus freien Stücken irgendeine Wahl zu treffen: wenn ich mich meinen Neigungen gemäß erhob oder erniedrigte, tat ich es, um meine Seele zu retten – die Seele, die langsam, aber beharrlich und in der Stille ihren Plan zur Reife bringt und indem sie uns glauben läßt, wir seien seiner Herr, uns erlaubt, ihn dann und wann flüchtig zu erahnen.

Darum auch habe ich vor dem Pubertätsalter das heimatliche Flachland und die Meinen, mit achtzehn Jahren die Zuflucht, die das Seminar mir bot, und sechs Jahre später mein Land verlassen; all das, und vor allem dies, ohne Hilfsmittel, außer etwas wie dem Instinkt eines umstellten Tieres und dem Ehrgeiz, so schnell wie möglich mit der Vorstellung zu verschmelzen, die ich von mir selber hegte.

Ich glaube weder an Mut noch an Verdienst, und selbst wenn ich an sie glaubte, würde ich mir keines von beiden zuerkennen; wie der Dichter habe ich den Sirenen und ihren Wechselgesängen gelauscht und, da ich keinen biegsamen Hals habe, starr vor mich geblickt.

Es fehlten nur noch wenige Stunden bis zu meinem fünfundzwanzigsten Geburtstag, als das Passagierschiff, das ich zwei Wochen zuvor in Buenos Aires bestiegen hatte, in der Morgenfrühe des 18. März 1955 in das Tyrrhenische Meer einfuhr und Kurs auf Neapel nahm.

Seine nächtliche Passage der Straße von Gibraltar hatte ich erst beim Erwachen wahrgenommen, als ich das Surren der Maschinen bei reibungsloser Navigation vernahm: der Ozean hatte während der endlosen Überfahrt das Schiff nicht geschont. Mehrmals beobachtete ich, dem die Seekrankheit nichts anhatte, erst mit Entzücken, dann nicht ohne Besorgnis, wie die von der Zeit verlassene, aus reinem Raum und aus Wasser bestehende Fläche sich in ihrer Unermeßlichkeit erhob, schneeverzierte Berge aufrichtete, die sich gleich darauf in Abgründe verkehrten. In den Kabinen das Knallen der Koffer, die von einer Wand zur anderen rutschten, und das Zähneklappern der mit beiden Händen den Rand der Kojen umklammernden Reisenden.

Ich werde immer dem von hohen Gebäuden eingerahmten Meer und überhaupt jeglicher von einem Rahmen verkleinerten, festgehaltenen, begrenzten Natur den Vorzug geben.

Nach den Zimbeln der Brecher war das Meer, so unermeßlich es auch schien, vertraut geworden. Die schon dunkelblaue Nacht zögerte, sich zu entfärben. Auf dem Vordeck spähte ich nach Europa aus.

Ich entsinne mich, an Hernán Cortés gedacht zu haben, der – sollte er Ursprung der Metapher sein? – seine Schiffe verbrannt hatte, um bei seinen Soldaten alle Rückzugsgelüste zu ersticken. Deserteur einer jungen Vergangenheit, zukunftsgierig, wollte ich alles, was ich erlebt hatte, den ganzen bereits hinter mich gebrachten Weg, in Schutt und Asche legen.

Ein plötzliches Herzstechen gebietet meinem Schwung Einhalt und versammelt mich vom Kopf bis zu den Füßen um den blinden Punkt in mir, in dem die Welt konvergiert: um die Angst. Warum nur muß die große Klammer der Reise außerhalb der Zeit sich schließen?

Den rachsüchtigen, siegreichen Klang der Abschiedsworte am Hafen von Buenos Aires haben die Winde verweht. Dann, wie immer, wenn ich in meine Laderäume hinabfalle, erfindet eine – woher gekommene? – seltsame Hoffnung den Reiz irgendeiner Aussicht, und ich gehöre mir ein weiters Mal wieder.

Nun sind die Schläfer erwacht; am Fuß der Treppe hinten im Gang schlagen Türen; Stimmen steigen herauf, vermehren sich, und Schritte: Menschen kommen näher; man vernimmt Ausrufe, einiges schnell abgebrochene Lachen, und sie sind da, an Deck, die Schattenbewohner, die Passagiere der zwischen den Laderampen und dem Zwischendeck eingerichteten Kabinen, die ich an dem Tag entdeckte, als ich, gedrängt von der unermüdlichen Neapolitanerin, dank deren ich bei der Ankunft etwas weniger mittellos dastand als bei der Abreise, ihnen meinen Besuch abstattete, um für die Scherflein zu danken, die Rose Caterina ohne mein Wissen bei diesen vom südamerikanischen Abenteuer entkräfteten Männern und Frauen für den armen jungen Künstler eingesammelt hatte, der auf das seine in entgegengesetzter Richtung loszog. Er war einigem ernüchtertem Lächeln begegnet.

Mehr als ein halbes Jahrhundert zuvor, zur Zeit als mein Land ganz Europa zum Kommen aufforderte, hatten meine Vorfahren sich eingeschifft – mein Vater als ganz kleiner Knabe, meine Mutter im Leib ihrer Mutter; aufgebrochen zur Suche nach dem Eldorado in den dortigen Gebieten, wo der Italiener das Brachland urbar gemacht hat, hatten sie das traurige Glück des Überlebens geerntet. Diese späten Einwanderer aber, Beute politischer Verwicklungen ähnlich jenen, vor denen sie geflohen waren, kehrten, da es ihnen nicht gelungen war, über die argentinischen Wechselfälle zu triumphieren, an ihren wenn auch noch so engen Heimatort zurück.

Ich hatte mich unbehaglich gefühlt, als ich erfuhr, daß sie unter elenden Bedingungen reisten; und daß Rose Caterina sich darum bemüht hatte, zu meinen Gunsten bei ihnen eine Sammlung zu veranstalten, beschämte mich: auf dem sehr mittelmäßigen Schiff, dessen demokratischen Grundsatz der Einheitsklasse die Werbung anpries, hatte ich von Anfang an die gespreizte Haltung angenommen, die mir einem transatlantischen Reisenden angemessen zu sein schien, wie die Personen eines gewissen Hollywoodfilms aus der Vorkriegszeit, in dem sogar das Lächeln, das er aufsetzte, als er Jean Arthur küßte, Charles Boyer eine Statuenstarre verlieh, die ich für Vornehmheit hielt.

So nahm ich denn auch bereits lange vor der Dinnerstunde an der Bar aus lackiertem Bambusholz Platz oder hievte mich vielmehr auf einen der Hocker, die im Verhältnis zur Theke zu hoch waren, was den Gast daran hinderte, den Ellbogen aufzustützen, ihn solchermaßen um seine Ungezwungenheit brachte, hauptsächlich dann, wenn er sein Glas heben oder hinstellen wollte. Denn die Bemühung unterbrach die Pose und machte der Melancholie des zu den Fluten gewandten Blicks ein Ende.

An dieser runden Bar, die eine Ecke des Speisesaals einnahm, schloß ich mit Rose Caterina eine jener ewigen Freundschaften, die mit der Reise oder dem Aufenthalt enden. Ich hatte an dem Abend die Komödie, die ich nur für mich allein aufführte, so weit getrieben, einen Whisky zu bestellen, im Hinblick auf meine Geldmittel eine Geste von kühner Ungebührlichkeit. Wage ich heute den Jungen zu tadeln, der das Bedürfnis empfand, in allen Dingen die Form zu wahren und sich in seinem Verhalten ihr zu unterwerfen?

Wenn mir auch bewußt ist, daß solche die Lebensumstände und tatsächlichen Mittel überschreitenden Attitüden nicht der Lächerlichkeit enbehren, weiß ich doch auch, daß das Bild, was man von sich entwirft, oft dazu zwingt, sich bis zu ihm zu erheben, es zu bewohnen, in Übereinstimmung mit ihm zu handeln und um jeden Preis an ihm festzuhalten. Ohne ihnen eine gewisse Allüre entgegenzusetzen, schützt man sich nicht vor den Verheerungen des Daseins.

2

Rose Caterina war nicht schön, und das farblose, fleischige Gesicht der bald Vierzigjährigen mit den dicken weichen Wangen, den schlaffen Zügen machte einen erschütternden Eindruck, doch es wurde von einem stets bereiten Lächeln ohne Hintergedanken erhellt, in dem sich Güte und etwas wie die Aufforderung, das Herz auszuschütten, äußerten. Auch ging von der Stämmigkeit ihrer Person, durch die Hand- und Fußgelenke noch betont, und die fehlende Taille, die der Ledergürtel nicht zu markieren vermochte, eine Art mütterliche Widerstandsfähigkeit aus.

Wieviel Zeit benötigte sie, bis ich beichtete, ich, der im gegebenen Fall nur auf die Gelegenheit wartete, mich jemandem völlig anzuvertrauen?

Aus Gründen der Gegenseitigkeit gewiß teilte sie mir die Mißgeschicke der Neapolitanerin mit, die eine Anstellung als Hauptattraktion eines Tanzlokals in Rio und andere schillernde Versprechungen nach Brasilien geführt hatten. Sie war zwei Jahre dort geblieben. »Ein reines Verlustgeschäft!« hatte sie gesagt, den Blick abgewandt und die Augen gesenkt, wie wenn bei spöttischem Anlaß die Traurigkeit ein Zwinkern ungehörig macht.

Aufgrund von Satzfetzen, Anspielungen, zögernden Eingeständnissen, deren entscheidende Worte sie in einem Singsang ertränkte und ich weiß nicht welchem Beben ihrer Lippen, wenn sie, dem Reden nahe, verstummte, war ich dazu gelangt, sie für ein Strichmädchen zu halten, das versucht hatte, seinen Verhältnissen zu entkommen. Sie bestärkte mich in meiner Vermutung, wenn sie in rachsüchtigem Ton ihren jüngeren Bruder erwähnte und ihn als Rohling bezeichnete. Die Angst, die sie vor ihm hatte – sie biß sich auf die Lippen, doch da es nun einmal gefallen war, nahm sie das Wort herausfordernd wieder auf –, war alles in allem geringer als der Kummer, den sie empfand, zu ihrer Mutter mit leeren oder fast leeren Händen zurückzukehren. »Mit einer nach hinten und einer nach vorne ausgestreckten Hand«, fügte sie kopfnickend hinzu, so als pflichte sie dieser spanischen Redensart zu, die Armut so treffend schildert. Dann, mit einem langsamen, mir geltenden Lächeln, verscheuchte sie wie den Rauch einer Zigarette ihre Gedanken mit einer Bewegung, nahm mich beim Arm und führte mich zu dem Tisch, wo sie bereits ihre Gewohnheiten angenommen hatte. Die Servietten waren mit Ringen versehen.

Eine Musik spielte: Rose Caterina sagte, sie scheine aus dem Meer zu kommen; und einen Augenblick lang empfand ich die Wonne und die Drohung der Glückseligkeit.

Nun erscheint sie an Deck; sie wechselt ein paar Worte mit den Schattenpassagieren, wendet den Kopf nach links und rechts – sucht sie mich? Ich bleibe abseits stehen, hinter dem großen Mast; ich betrachte sie gern und stelle mir dabei vor, sie sei mir unbekannt: bin ich im Begriff, Abschied zu nehmen von ihr, die sich in diesem Augenblick auf die Reling stützt, die Hand unter dem Kinn zur Faust ballt, den Kopf zur Schulter senkt? Ein leichter Wind ist aufgekommen und zerzaust ihr weich gelocktes Haar, dessen Kastanienbraun mit ihrem braunen, von elfenbeinfarbenem Matt durchzogenen Teint harmoniert. Im Takt des Windes öffnen und schließen sich die Glockenfalten ihres Rocks. So besteht sie in mir fort; so erscheint sie wieder vor mir, wenn ich an Neapel denke, wo sie, wenn der Tod unaufmerksam war, sich in einem Alter, das sie ihrer Mutter hätte ersparen wollen, dahinschleppen muß; so finde ich sie in der Klarheit wieder, die fortan unablässig aufsteigt, wie auf der Oberfläche des Films, den man entwickelt, die verborgene Gestalt zutage tritt.

Plötzlich richtet sie sich auf: um sie herum befiehlt der eine seiner Frau schreiend, die andere ihrem Mann, auf das Gepäck achtzugeben; sie drücken ein Paket, ein Bündel an die Brust, bringen die Kleider der Kinder in Ordnung, glätten sich sorgfältig das Haar. Ich verlasse mein Versteck und trete zu ihr. Der Himmel ist allmählich blau geworden; Himmel und Meer machen sich auf, dem Licht zu begegnen. Sind diese Vögel mit den scherenartig hochgeklappten Flügeln Silbermöwen oder Raubmöwen? Und ist der schwarze Schreihals, der über dem kreisenden Schwarm schwebt, nicht ein Kormoran? »Könnte dies ein Eisvogel sein?« fragt eine dünne Stimme, die man dank ihrer deutlichen Sprechweise vernimmt, und wie eine angesehene Persönlichkeit, die man erwartet, ersehnt hat und die endlich eintrifft, nähert sich Madame Ferreira Pinto. Auf diesem Schiff hätten die mönchische Unauffälligkeit ihrer Kleidung, die Gemessenheit ihrer Manieren genügt, damit man ihr eine adelige Herkunft zuschrieb. Bis zur Landung blieb ich in Unkenntnis darüber, daß sie zu meinen Wohltätern zählte.

Beifallklatschen, ersticktes Schluchzen, Frauen, die den Kopf auf die Schulter ihres Mannes legen; in der Ferne gibt es Anzeichen von ockerfarbenem Gestein, und Inseln heben sich dunkel ab vor dem duftigen Gold eines hügeligen Horizonts, und die Sonne, König, der einem kleinen Vetter eine Aufmerksamkeit erweist, steigt ein wenig auf seiten des Vorgebirgs mit der sanften Spitze auf, das der Vesuv, vom Meer aus gesehen, ist, bevor sie dieses ihr gehörige Land in Besitz nimmt.

Das kräftige Blau, das einhellige Blau des Golfs wird durchsichtig; ich entsinne mich der Farbreproduktionen in einem Restaurant von Buenos Aires, die dafür sorgten, daß der Wirt seit vielen Jahren immer wieder neue Kundschaft erwarb. Und wir landen. Langsam, feierlich beschreibt das Schiff eine lustvolle Kurve; die Reisenden, die sich bisher noch über die Gänge, über die Decks verteilt hatten, strömen zusammen, versammeln sich und mit welchem Ernst, welcher Aufmerksamkeit; ihr Lärmen, ihr Schwatzen sind verstummt, man möchte sie für Andächtige beim Gottesdienst halten.

Plötzlich erschallt Musik, eine schwungvolle Weise, die alle zu kennen scheinen. Rose Caterina nimmt die Melodie auf, und die Umstehenden fangen an, hin und her zu schaukeln. Die Möwen – es sind tatsächlich Möwen – fliegen dort oben über uns im Kreise, sie drehen sich, sie tanzen. Hier ist Neapel, mein Tor zu Europa, ganz eingehüllt in Meer und Grün, das erwachend mich empfängt, mich, der ich mich auf den Weg gemacht hatte, um von ihm meine Zukunft zu fordern.

In manchen Augenblicken verwandeln sich das Gefühl der Rückkehr nach Hause und die trügerische Erinnerung, dort geboren zu sein, in Gewißheit.

Rose Caterina und Madame Ferreira Pinto blicken mich fragend an; um die aufsteigenden Tränen zurückzuhalten, brach ich in Gelächter aus. Es war zu viel, es war zu schön, sich an diesem anderen Gestade des Planeten zu befinden, einem anderen Ufer der Zeit, befreit von all den drüben verbrachten Jahren, von meiner Geburt, von meinen Leben im Gegenlicht.

3

Zweifellos bewirken bestimmte Bilder jener neorealistischen Filme, die in Buenos Aires Furore gemacht haben, daß mir dieses Gewimmel hinter den Zollschranken bekannt vorkommt, dieses Geschiebe von Leuten aller Altersstufen, die, das Gesicht zwischen die als Schalltrichter um den Mund gelegten Hände gezwängt, sich um das Vorrecht auf das Gepäck der Reisenden streiten, die die üblichen Formalitäten erledigt haben.

In das unentwirrbare Gedränge am Ausgang gestoßen, landen wir in einem Trubel von Kindern, die Schubkarren und Handwagen ziehen, während auf der Esplanade Taxen unablässig hupen, weniger, möchte man meinen, um den Kunden anzulocken, als um sich über den Kutscher einer Kalesche lustig zu machen, von deren Ziehharmonikaverdeck nur noch das Gerüst mit ein paar herunterhängenden Fetzen Wachstuch übrig ist.

Man könnte, da es gelingt, nach und nach einen Schritt zu tun, sich nicht ohne Besorgnis fragen, wie man sich einen Weg durch diese Menge von Bettlern bahnen soll, würde Rose Caterina nicht mit brüsker Drehung der Hüften und mit den Ellbogen, mit zugleich befehlender und derbspöttischer Stimme der Hartnäckigkeit dieser die Hände flehend ausstreckenden Jugendlichen und Alten Einhalt gebieten, wobei sie ihnen Gott weiß welche Unflätigkeiten in dem ihnen gemeinsamen Idiom zuruft, womit sie als eine der ihren erkannt wird. Sie vergessen ihre Rivalitäten und begrüßen sie einmütig – wie das Evangelium die Rückkehr des verirrten Schafs, des verlorenen Sohns in den Schoß der Kirche feiert.

Daraufhin vertraut sie unter Geldzusagen, Ermahnungen und Drohungen die Gepäckstücke des Trios angehenden Gepäckträgern an, zur großen Entrüstung von deren hungerleidenden Brüdern. Diese erheben ein lautes Geschrei, das von leicht zu deutenden Gebärden begleitet wird. Trotz der Wut, die sie hervorruft, sind sie gleichförmig, jedoch amüsant, wenn die Empörten ihre obszönen Grimassen zur selben Zeit schneiden und ein genau festgelegtes Possenspiel im Varietétheater aufzuführen scheinen.

Die Kleinen bemächtigen sich unserer Koffer und beeilen sich, Rose Caterina einen Weg zu bahnen. Madame Ferreira Pinto und ich folgen ihnen auf dem Fuße und nehmen im Wagen, auf den sie uns hinweist, Platz. Rose erklärt dem Chauffeur unsere Strecke und ihre Stationen, handelt den Fahrpreis aus und beginnt den Kindern Trinkgelder auszuteilen, deren Beschwerden nach sehr sparsame; aber sie kennt sich aus: in jedem Fall hätten sie eine Zulage gefordert. Als sie wieder bei uns ist, entscheidet sie sich deshalb dazu, die dicke Handvoll Münzen, welche die alte Dame in ihrer Handtasche angesammelt hat, zu verteilen, und von dem Gejammer verfallen die Bengel ohne Übergang in eine hitzige Gier wie das greinende Kind, das urplötzlich einen Kameraden umbringen könnte, weil er mehr Zuwendungen erhält.

Als Rose Caterina die Wagentür zuschlägt, fangen die Kinder, die eben noch ihre Münzen zählten, wieder zu betteln an, und als sie das Wagenfenster hochkurbelt, klopfen sie an die Scheiben, bald vergeblich, weil das alte scheppernde Automobil sie abhängt.

Madame Ferreira Pinto beantwortet Roses tiefen Seufzer der Erleichterung mit einem leichten Lachen, das sich in einem Lächeln auflöst; und ich merke, daß diese schon vergehende Höflichkeitsgeste es mir erlaubt hat, auf unvergeßliche Weise und zum ersten Mal ihren Gesichtsausdruck, ja sogar ihr Gesicht wahrzunehmen: allein die Teilnahme, die ein Gesprächspartner in ihr weckte, eine Überraschung oder plötzliche Gemütsbewegung belebten ihre, wenn unbewegten, fast verwischten Züge; jede Runzel gab dann der Kurve und der Stärke ihrer Herzlichkeit oder ihres Schmerzes Ausdruck, zeugte aber vor allem von einer Erziehung wie in früheren Zeiten, jener »Wohlerzogenheit«, die dem Menschen Manieren verleiht, die nahezu Gefühle sind und, ohne von ihm auszugehen, sich über sein Verhalten legen. Mitunter scheinen Kleinbürger man weiß nicht welchem Adel zu ähneln aufgrund eines Benehmens, bei dem Selbstsicherheit und Zurückhaltung sich gut ergänzen: die durch Klugheit gezügelte Höflichkeit, das Bestreben jedes Körperteils, jegliche Regung zu verbergen – und die zum Mund erhobenen Hand, wenn ihm ein zu lautes Lachen entschlüpft.

Ich halte also in mir, und zwar in eben diesem Augenblick, Madame Ferreira Pintos Gesicht und seinen Ausdruck fest, und ich sage mir, daß ihr Auftreten eine Leichtigkeit besitzt, die fundiert ist, auf eine Tradition hinweist und wenig, die Wahrheit zu sagen keine, Ähnlichkeit hat mit der Art Lernprozeß, den ich mittels Nachahmung, ohne anderen Unterricht als meine eigene Beobachtung, seit jenem Tag meiner Kindheit fortführe, da ich beim Blättern in der Frauenzeitschrift, die meine Schwestern abonnieren durften, die Photographien von Männern und Frauen entdeckte, die sitzend oder stehend ganz andere Haltungen einnahmen als wir, die Bauern des Flachlands.

Wir halten vor dem Hotel de la Gran Bretagna, wo Madame Ferreira Pinto abzusteigen pflegt; auf einer Seite bemüht sich der Chauffeur, auf der anderen der Portier, die Gurte zu lösen, die das Gepäck auf dem Dach festhalten.

Was aber bedeutet das Geflüster, das verstohlene Lachen hinter mir? Sie sind Verschwörerinnen; auf ihren Gesichtern zeigt sich abwechselnd etwas wie Strenge und wie Schmeichelei; eine lächelt der anderen zu, und dann beide mir, der erbebt. Sie lassen sich Zeit, und nach Art der Duospieler, die mit der Fußspitze den Takt klopfen, um zusammen einzusetzen, befehlen sie dem Chauffeur – der offensichtlich keine Eile kennt und Stunden damit zubringen könnte, das Wetter zu beobachten –, auch meine Koffer herunterzuholen. Sie haben ohne mein Wissen alles vereinbart: ich werde Rose begleiten und bei ihr zu Mittag essen; danach wird die Stadt mir gehören, und um acht Uhr abends soll ich zu Madame ins Hotel zurückkehren, wo mich ein Zimmer erwartet; in der Frühe tags darauf werden wir alle drei gemeinsam Capri und seine blauen Grotten oder Herculaneum und Pompeji besuchen.

Oben von der Treppe herab winkt uns Madame leicht nach, und unter Holpern und Rumpeln fährt der Wagen mit Rose Caterina und mir davon. Schaudernd frage ich mich, was aus mir geworden wäre, wenn ich mich eben bei der Landung allein hätte zurechtfinden müssen. Nahm sich im Himmel Europas, dessen Sternbilder mein Vater als Kind aufzuzählen gelernt hatte und drüben vergaß, ein Stern meiner an?

Hier nun, so weit das Auge reicht, offen ausgebreitet der neapolitanische Bilderbogen, den das Kino mir überbracht hat: das Gewusel und Gedränge der Passanten; die gerade oder gewundene Fluchtlinie der Gassen; die fleckigen, zerkratzten Hauswände; die aus einem einzigen fensterlosen Zimmer bestehenden Behausungen, als Tür eine in der Mauer angebrachte breite Öffnung in Höhe der gehsteiglosen Gasse, wohin sich das Zimmer fortsetzt: der *basso*, der archaische Vorfahr des Wohnzimmers, in dem man lebt, schläft, kocht, ißt, liebt, zeugt und stirbt; und hier das große Theater der die Perspektiven mit weiß beflaggenden Leintücher; sie sind über Schnüre zwischen einander gegenüberliegenden Balkonen gehängt, auf denen sich hier eine spanische Frisur, in der eine rote Blume steckt, dort ein unter dem Kinn geknotetes schwarzes Halstuch ausmachen lassen.

Der Wagen hält an der Kreuzung einer steilen Straße und einer Sackgasse, und wir steigen aus. Ich nutze den Umstand, daß Rose unter den spielenden Kindern nach Gepäckträgern sucht, um für die Fahrt zu zahlen. Aber sie bemerkt es, und in grandioser Entrüstung droht sie dem Fahrer und zwingt ihn, mir die in ihren Augen überhöhte Summe zurückzugeben, die er mir abgenommen hat und die er noch betrachtet.

Einer der kleinen Jungen erkennt sie, kommt angerannt, preßt sich an ihre Brust und ruft, während er ihr kleine Klapse auf die Hüften versetzt, ihren Namen zu einem im zweiten Stock offenstehenden Fenster hinauf: gleich darauf beugt sich eine Frau heraus, wendet den Kopf zurück und ruft eine andere herbei, und diese ruft die Nachbarin. Sehr bald hallt der Name Rose Caterina von Haus zu Haus in einem fröhlichen Crescendo, das aufsteigt, sich ausbreitet, bis ein gewaltiger Schrei zwischen Jammer und Jubel aus einem der *bassi* ertönt und die gesamte Nachbarschaft an die Fenster bringt.

Rose erbebt vor Freude, als sie den Klagelaut erkennt, läßt die Gepäckstücke, die sie mehr nachschleift als trägt, stehen und stürzt mit einer mich erstaunenden Flinkheit ihrer Mutter entgegen, aus ihrem weitgeöffneten Mund dringt ein miauender Ton, der abbricht: »Mamm...«

Und dieses Wort, das in unseren Sprachen sein ganzes Engramm und mehr noch, will mir scheinen, im Italienischen bewahrt hat, dieses Wort, das vielleicht sogar auf den Ursprung der Sprache zurückgeht, bis in ihre Kindheit der Lautnachahmungen zurückreicht, habe ich nie mehr so voll von Verzweiflung, Bedürfnis, Not, so ähnlich dem Quäken des Säuglings vernommen.

4

Wenn ein Reisender heute, vom Anblick der quer über die Straßen zum Trocknen aufgehängten Wäsche angezogen – die bunter ist als einst, als das Weiß vorherrschte –, sich ins Labyrinth der *bassi* wagt, wo man nicht immer gut daran tut, allein spazierenzugehen, wird er dieselben einzimmerigen Wohnungen vorfinden, deren Mehrzahl nun aber außer der traditionellen Öffnung ein Fenster hat, vor dem er den Schritt verlangsamen wird, um der Hausfrau zuzusehen, die gerade – und mit welcher Gewandtheit – einen großen Teigklumpen knetet oder mit einem Wälgerholz ausrollt.

Im Vorübergehen werden seine Augen den funkelnagelneuen Herd, den Fernseher mit breitem, ständig, oft für niemandes Blick leuchtenden Bildschirm oder die Chromteile des Kühlschranks erfaßt haben, in denen sich die Strahlen der gegen Mittag das unsaubere, siebartig löcherige Madrepore des Viertels durchdringenden Sonne spiegeln.

Der Fremde müßte sich in die Gänge der Gassen begeben, die so eng sind, daß auf der Trockenleine kaum drei Taschentücher Platz finden, um sich eine Vorstellung davon zu machen, wie die *bassi* zur Zeit meiner Ankunft in Neapel, zehn Jahre nach Kriegsende, sich dem Spaziergänger darboten: Schlupfwinkel mit feuchten Wänden, durch die Betriebsamkeit des Menschen geglättete Höhlen, in denen durch den Widerschein der Glut in einer behelfsmäßigen Feuerstelle ein vielschichtiges Halbdunkel herrschte; er könnte so ein Durcheinander von um ein einziges großes Bett zusammengeklappten Bettgestellen, von Möbeln und Dingen gewahren, das jedem Versuch aufzuräumen widerstand. Nichts jedoch würde dieses Volk mit seinen durch eine ehemalige Notwendigkeit ausgebildeten Bräuchen, das seit jeher vom schnellen Verdienst abhängige, dazu bewegen, diese Behausungen zu verlassen: jeder für sich und doch alle vereint in derselben Aufgabe durch eine Wirtschaft, die in jene Zeit ohne Markierungspunkte zurückreicht, da man Tongötter verehrte, und die mit Tauschhandel, Schmuggel, Diebstahl und unerschöpflichen Phantasiegeschäften der Stadt ihre gesetzwidrigen Gesetze aufzwang.

5

Da oben fehlte nur noch Pulcinellas erstaunte Maske, ihre Hand im Handschuh, die einen Vorhang beiseite schiebt, als die Mutter ihre Arme melodramatisch ausbreitete und die Tochter sich ihr an den Hals warf. Die Mutter hob wieder den Kopf, nahm Rose Caterinas Gesicht zwischen ihre Hände, heftete ihre trüben Augen auf die Augen ihrer Tochter und sagte mit einem Seufzer der Erleichterung und mit großer Milde: »Ja, du siehst dir ähnlich.« Dann schwieg sie und infolgedessen Rose auch, die keine Bewegung mehr zu vollführen wagte. »Renza«, sagte sie endlich und schob mich zu ihrer Mutter hin. Und diese klagende Amme, Bruthenne, empfing mich mit einem zahnlosen Lächeln und stützte sich auf meine Schulter.

Man erkannte das langsame Wirken der Armut in ihrem fast in einem einzigen Ausdruck erstarrten Gesicht; nur die schwarze Pupille durchdrang den milchigen Schatten des Grauen Stars, und das ständige Klopfen einer senkrecht die Stirn hinab verlaufenden Vene brachte Leben in ihre Miene.

In diesen finsteren Mauern also war Rose Caterina aufgewachsen, und diese alte, rheumatische Frau, die ihre Lider zusammenkniff, sie prüfend anblickte, ihre Mutter, fragte sich vielleicht, warum die nun wieder Aufgetauchte überhaupt fortgegangen war: es gehört zum Wesen der Mütter, daß sie, die an Ort und Stelle bleiben, in Gedanken ihren Sprößlingen durch die Welt folgen und, von den abenteuerreichen Schicksalen ihrer Kinder beherrscht, schließlich ihre eigenen Lebensverhältnisse ignorieren.

Doch als Schluchzen Rose Caterinas Rücken schüttelte, ging Renza halb heiter, halb tadelnd zu ihrer Tochter und umarmte sie; ihr Herz hatte gesiegt.

Als nach gegenseitigen Ergüssen, Wiederholungen und Zugaben ungerechnet, beide schon im Begriff waren, sich zu trennen, umschlangen sie sich von neuem, und in einem Gefühl des Scheiterns legte jede den Kopf auf die Schulter der anderen. So verharrten sie eine gute Weile; es war deutlich, daß sie bezüglich einstiger Unstimmigkeiten ein schweigendes Abkommen geschlossen hatten und daß ihre Unvereinbarkeiten sich künftig reibungslos ineinanderpassen würden. Das beglückte beide, und man hätte meinen können, Renza fände sich, seit Rose wieder da war, in ihren vier Wänden nicht mehr zurecht; sie fing an sich zu drehen wie ein Kreisel, dem die Musik ausgeht, vollführte wirre Bewegungen, fuhr tastend über ein wakkeliges Regal, wo sie die Kaffeekanne suchte, fand sie, stellte sie auf den Tisch und wies, mit ihrem Kopf einer verträumten, fast blinden Mauleselin schaukelnd, Rose

Caterina an, aus einem Schrank mit klapperigen Türflügeln die Tassen hervorzuholen. Doch Roses Augen fanden die Anpassungsfähigkeit nicht wieder, die sie im basso gehabt haben mußten; sie wandte sich brüsk um, fuhr ihre Mutter an, wünschte deren Sparsamkeit anläßlich ihrer Rückkehr zum Teufel, drückte auf den Schalter, und die Deckenlampe aus rosa Opalglas verbreitete ein etwas verdächtiges Licht.

Wie in einem glücklichen Jenseits am großen Tisch sitzend, lüftete Renza das feine Baumwolltuch, das über dem frischen Teig lag, und als sie anfing, ihn zu bearbeiten, um das Mehl, mit dem sie ihn bestäubt hatte, abzuschütteln, waren es nicht ihre derben Hände, sondern war es die Gewandtheit ihrer Finger, die mich an meine Schwestern erinnerte: Sie hatten mit ebenso zarter Sorgfalt die gleiche Verrichtung vorgenommen; eine Sekunde lang wußte ich nicht, ob der Mehlgeruch mir in diesem Elendsquartier Neapels oder drüben in der Kindheit in die Nase stieg.

Ich war bedrückt, wenn ich mir vorstellte, was Renza aus meiner Anwesenheit schließen könnte, und erst recht, als ich bemerkte, mit welch pfiffiger Ironie sie die Lippen spitzte und daß die Jammerlaute in ihrer Kehle erloschen. Am liebsten wäre ich gegangen, hätte die beiden allein gelassen; ich war überflüssig; ich hinderte sie gewiß daran, ihre Geheimnisse auszutauschen – und mich durchfuhr der Gedanke, daß Rose mich im Augenblick ihrer Rückkehr an ihrer Seite gewünscht hatte, um das Verhör durch ihre Mutter zu verhindern oder wenigstens hinauszuschieben.

Rose Caterina machte sich eifrig daran, ihre Koffer auszupacken. Sie entnahm ihnen goldverschnürte, aber ganz zerdrückte Geschenkpakete, denen sie kleine Hiebe versetzte, um sie wieder in Fasson zu bringen, und Kleidungsstücke, die sie an die Haken einer in die Wand getriebenen Eisenstange, ähnlich der eines Metzgerstands, hängte. Wie hatte ich mir ihr Leben vorgestellt, um mich nun darüber zu wundern, daß sie bis ins kleinste genau jeden Winkel des Raums kannte und mechanisch die verschiedenartigen Gegenstände nutzte, die auf den ersten Blick die enge Wohnung nur zu überfüllen schienen?

Allerdings hatte die Chansonnette, die sich auf dem Schiff, um die fatalen Folgen meines Abenteuers zu mildern, mit ganz natürlicher Ernsthaftigkeit und mit einer Art Zwanglosigkeit meiner angenommen hatte, eines Abends, den Kopf an die Rückenlehne des Sessels geschmiegt, mit schmerzerfüllter Stimme, wie wenn sie ein Lied anstimmte, mit vertraulichen Mitteilungen nicht gegeizt. Doch nichts in ihrem Bericht, den bei nahender Enthüllung eine verachtungsvolle Grimasse, ein kurzes spöttisches Lachen unterbrach, hatte mir erlaubt, die tückische Armut der *bassi* zu ahnen – des *basso*, wo Renza mittels eines Blasebalgs die Glut unter dem gußeisernen Topf schürte, aus dem alsbald, doch ohne sich gegen den Modergeruch ringsumher durchsetzen zu können, ein leckerer Bratenduft aufstieg, ein Bouquet mir unbekannter Düfte, obwohl ich meinte, darin das Aroma des Lorbeers auszumachen.

Plötzlich hält Renza in einer Bewegung inne, dreht sich zur Straße um, wo, sage ich mir, stets eine Schlägerei, eine Auseinandersetzung stattfinden muß, die es rechtfertigt, daß man sich für sie interessiert; aber Rose hat es ihr gleichgetan, denn auch sie hat die Stimme ihres Bruders vernommen. Diese Stimme hebt sich vom Lärm der Nachbarn ab, die jeder als erster die Nachricht von Rose Caterinas Rückkehr verkünden wollen. Und von Angst erfaßt, ordnet Rose ihre Frisur, wühlt in der Handtasche, findet den Lippenstift und, statt sich zu schminken, klopft sie sich hastig auf die Lippen, als würden sie brennen: »Mimmo!«

6

Mimmo... Es gibt Spitznamen, manchmal Vornamen, oft Familiennamen, die so kindisch klingen, daß sie ihre Träger zweifellos immerfort belasten und daß man sich wundern mag, wie diese dennoch erwachsen werden konnten.

Trotz der Angst, die er Rose einflößte, erwartete ich deshalb auch das Erscheinen eines vierschrötigen Zwergs mit bis zu den Augenbrauen reichendem Haaransatz, Wulstlippen, gewölbter Brust und gleich einem *tenorino* einseitig hochgeschobener Schulter, als ein schöner Mann von großer Allüre in die Türöffnung trat, der Rose mit dem Blick lähmte und den Kopf von oben nach unten bewegte, so als würde er sich einer tiefen Betrachtung hingeben.

Ein regelrechtes Repertoire von Ausdrücken lief unter der Oberfläche seines Gesichts ab, ohne dessen unerschütterliche Ruhe zu verändern: statt würdevoll wurde es wild, statt schalkhaft drohend; und doch hatten seine Züge sich nicht bewegt. Er genoß eine Autorität, unter die sich seine Mutter und Rose beugten; weder die eine noch die andere deuteten eine Bewegung an, ohne daß er diese mit einem kurzen Heben des Kinns, die sie offensichtlich als Befehl verstanden, zurückgehalten hätte. Doch dann, ohne Überleitung, schien er mit seiner Schwester zu sprechen, oder vielmehr schienen sie, ohne Worte zu wechseln, sich zu unterhalten; man ahnte verstohlene Einverständnisse zwischen ihnen und gleichzeitig eine grundlegende Meinungsverschiedenheit, die sie einander mit spitzen Blicken mitteilten; und so unterschiedlich ihre Charaktere auch waren, ging von beiden doch eine traurige Aura aus, die sie zusammen absonderte. Verlangte er Rechenschaft von ihr über ihre lange Abwesenheit, erpreßte er sie schon oder wieder?

Rose Caterina brach in Tränen aus. Daraufhin trat er entschlossenen Schrittes ins Zimmer, so als wäre er gerade erst gekommen und nicht die ganze Zeit in der Türöffnung stehengeblieben.

Die Mutter wandte sich von der Szene ab, und um mich auf ihre Seite zu ziehen, deutete sie mit einer Kopfbewegung auf den Gaskocher, der auf dem Tisch stand, und reichte mir eine dicke Schachtel Streichhölzer. Trotz meiner mir lebenslang treu gebliebenen Ungeschicklichkeit war ich im Begriff, ihrer Aufforderung nachzukommen, als sie mir mit einem Brummen Einhalt gebot, das sie, ihrer Schroffheit gewahr, in ein leichtes Lachen umwandelte, wobei sie mich auf die Schwäche des Hahns hinwies, der viel Zeit brauchte, um den auf ihre Hüfte gestützten Kessel zu füllen. Immerhin trug der dünne in den Behälter fallende Wasserstrahl zu Ablenkung bei.

Über ihrem Haupt, in einem an einem Nagel aufgehängten runden Spiegel, vor dem Mimmo sich wohl rasierte, wenn er bei seiner Mutter aufwachte, erblickte ich den sehr weißen sehnigen Hals des Mannes im Hause, und das zerstreute Hin- und Herfahren seiner Hand durch das Haar der Schwester, die sich an seine Schulter geschmiegt hatte.

Sie weinte nicht mehr, hob den Kopf, löste sich von Mimmo, und wenn sie lächelnd auch vorsichtshalber nach der Reaktion ihres Bruders spähte, zeichnete sich auf ihrem Gesicht doch Anmaßung ab, verfestigte sich, durchfuhr ihren Körper, richtete ihren Rücken gerade auf, und all dies, all das Theater geschah für ihren jungen Schützling vom Schiff, um in seinen Augen keine jämmerliche Figur abzugeben. Mimmo kniff sie in die Wange und geruhte ihr zuzulächeln, wenn auch nur mit einer Gesichtshälfte: Ich hatte das Gegenüber von Zynismus und Unterwerfung vor mir.

Und trotzdem glichen Mimmo und Rose sich, insofern als sie sich bemühte, ihn nachzuahmen. Renza betrachtete ihren Sohn denn auch so dankbar wie ein Vollmond die Sonne, die ihn mit Licht versorgt.

Zeigte er sich gelöst? In seiner Person trat eine Geradheit nachäffende Brutalität hervor. Er tat plötzlich so, als entdeckte er mich. Je näher er mir kam, desto größer schien er zu werden. Er deutete ein Innehalten an, eine stumme geballte Kraft. Sein schiefes Lächeln war nicht verflogen.

Ich empfand eine zweideutige Verwirrung: Widerwillen und Lockung, die Mimmo in mir hervorrief, als er sein Gesicht dem meinen so sehr näherte, daß er es fast berührte, und dabei das alte Bedürfnis nach Schutz weckte, das ich schon so lange habe und das noch vor wenigen Wochen im von der Diktatur verdüsterten Buenos Aires von dem mit Zivilkleidung und lautlosen Sohlen ausgestatteten anrüchigen Polizistenpaar befriedigt worden war. Ich entsinne mich, daß seine plötzliche und manchmal lange Abwesenheit mich in verzweifelte Angst versetzte und daß unsere Wiedersehen mich mehr erfreuten, als einem anständigen Menschen erlaubt ist. In dieser Furcht, die für Redlichkeit gilt und mich am Rand des Abgrund zurückhält, verbirgt sich ebensoviel Stolz wie Falschheit, und am Grund meines Wesens, das heißt direkt unter der Haut, eine Weichlichkeit, eine Feuchte, wie die einer vernachlässigten Wiege und, mehr als die Sehnsucht, das schmerzliche Verlangen nach einem Sturz in die Erniedrigung.

Stark, wenngleich von einer häßlichen Stärke, die er angesichts meiner Aufregung übertrieb, hob er den Zeigefinger zum Mund und ließ unvermittelt die Hand wieder sinken: die langsamen, sehr langsamen Mittagsglocken läuteten und erinnerten die Menschen der *bassi* an ihre

Gepflogenheiten. Soeben ertönten in der Straße Schreie von Frauen, die ihre Bälger zusammenriefen; die Akteure unseres stummen Theaters entspannten sich, nach Ende des ersten Akts fiel der Vorhang. Hatte ich geglaubt, reinen Tisch zu machen mit meinem argentinischen Leben und mir ein anderes Ich zuzulegen? Wenn Mimmo mir den Zeigefinger auf die Stirn oder die Lippen gelegt hätte, hätte ich nichts Weiteres mehr nötig gehabt.

Doch die Glocken hatten geläutet, und eine Unterhaltung zwischen Rose und Renza, die durch ihren Ton an einen von Gebärden, die schlecht zu den Proportionen der Bühne passen, begleiteten alten Streit gemahnten, gewann die Oberhand über das anmaßende Wesen, das der Sohn seit seinem Auftreten seiner Truppe aufgezwungen hatte.

Wie ein lange Zeit geschlossenes Fenster, das sich zum Licht öffnet, riß ihre neapolitanische Sprache Mutter und Tochter in einen Wirbel von Rede und Gegenrede, untermischt mit Gelächter, wehmütigem Innehalten, Rissen im Tonfall, Zwischenrufen, verschiedenen Graden von Sanftheit, Klage, Verständnisinnigkeit, Tadel oder von beider Mißtrauen gegenüber dem, was sie einander erzählten. Da ich von ihren Worten nur die Tonstärken erfaßte, fühlte ich mich noch mehr fehl am Platze, als Mimmo, der sich in seine Einsamkeit zurückgezogen hatte, nach Belieben den leeren Raum um sich erweiterte und so den von vornherein von ihm untersagten Versuch einer Geste und eines Worts verhinderte, ohne erkennbaren Grund plötzlich wieder in die Arena trat. Ich vermöchte nicht zu sagen, durch welche Winkelzüge der Prahlhans die Einwilligung der Frauen errang und wieder zum Mittelpunkt unser aller Aufmerksamkeit wurde. Ausgerenkte Drahtpuppe, Seraph, der seine Flügel verlegt hat, schwenkte er sodann daher, wobei er bei jedem Schritt eine Schulter vorschob.

Wie beim Streiten redeten alle drei zu gleicher Zeit, unterbrochen vom Geklapper eines Deckels, den das sprudelnd kochende Wasser hob. Rose packte die Teigwaren und warf sie in den Stieltopf, während Renza den Kessel vom Feuer nahm. Alsbald entstieg ihm ein dichter Dunst; eine Schwitzbadatmosphäre erfüllte den Raum und der Bratenduft, der meine Neugier geweckt hatte: ein Nebel hatte sich gebildet, der, als er verflog, auf der Schüssel das fangarmige Ungeheuer aus der Enzyklopädie meiner Jugendzeit erscheinen ließ, und die Tomatensauce rieselte über diesen aus den Tiefen der Zeit aufgetauchten Kampffisch. In der Schwüle, in der sich die beißende, abgestandene Luft mit dem Jodgeruch des Tintenfischs mischte, entfalteten Tochter und Mutter weit ein weißes Damasttischtuch, und sein strenges Reinlichkeitsparfum vertrieb für einen Augenblick die guten Küchendüfte und den Modergeruch der Wohnhöhle.

Ich weiß noch, daß ich an die in der Sonne aufgehängten, ins Gras tröpfelnden, im Wind knatternden Bettücher denken mußte, die meine Beklemmung angesichts von so viel Weite im Flachland gemildert hatten – wo ich oftmals die Erwachsenen die Worte haben sprechen hören, mit denen Renza sich an mich wandte: »Ein Glas Wein, ein Tropfen Blut.« Der Wein, herb, dickflüssig, färbte die Lippen leicht violett. Mit der Feierlichkeit des Prüfers, der Mimik aber eines mit einem Karottenstengel ringenden Karnickels kostete Mimmo lange das erste Mundvoll, und nachdem er es, befriedigt?, hinuntergeschluckt hatte, nahm man die Pasta und das vorsintflutliche Tier in Angriff. Da ich mich darauf verstand, die *tagliatelli* ohne Zuhilfenahme des Löffels um die Gabel zu wickeln, handelte ich mir Roses Anerkennung und einen ironischen Pfiff Mimmos ein. Wir kauten sie nicht, wir schlangen sie hinunter, wir saugten die ein, die gegen das Kinn klatschten, und sie verschwanden sekundenschnell, bei lebendigem Leibe, zwischen Zunge und Gaumen. Und das Bewußtsein versank endlich in einer gemeinsamen Wonne: wir waren weder mehr Rose noch Mimmo, noch ich, noch Renza, sondern ein einziger Gaumen, eine gleiche Lust in vollkommenem Einvernehmen; ein kleines Orchester, wenn man so will, das mit den Instrumenten unserer Sinne, unserer Säfte, unseres Speichels, unserer Wärme spielte und mit einem rallentando gieriger Schnalzlaute und dem Bedauern, schon gegessen zu haben. Satt zwar, aber noch eßgierig, amputierten wir träge dem Tintenfisch einen Fangarm und teilten ihn uns. Wir schwiegen, wir räkelten uns. Das Schweigen breitete sich aus, trug uns weit voneinander fort; ich versuchte zu sprechen, wahrscheinlich um das Essen zu loben, und bemerkte, daß Mimmo mir nicht zuhörte, sondern mich betrachtete. Er mußte sehr schön gewesen sein; jetzt war er es nicht wert, daß man sich in ihn verliebte. Nicht ohne für mich selbst zu fürchten, sage ich mir, daß man, wenn man von tief unten fällt, zwangsläufig zu tief fällt.

Ja, sie glichen sich, der Bruder und die Schwester, abgesehen davon, daß man bei ihr eine Großzügigkeit spürte, die man bei ihm, für den jede selbstlose Handlung eine Art Geistesverwirrung sein mußte, vergeblich gesucht hätte.

Unvermittelt richtete er sich in seiner ganzen Selbstgefälligkeit wieder auf, und mit Worten, die wie Nägel einschlugen, herrschte er Rose an. Sie neigte nur allzusehr dazu, sich angesichts des Bruders gering zu achten; er dagegen hatte, um sich etwas vorzumachen, um zu existieren, das Bedürfnis, sie zu demütigen. Und dennoch folgte er, während die Auseinandersetzung zur Beschimpfung wurde, aus dem Augenwinkel mit wachsamer Unruhe seiner Mutter, die den Tisch abräumte und, da sie sich in ihrem eigenen Halbdunkel bewegte, im Vorbeigehen an einen Stuhl, mit der Hüfte an die offene Schranktür stieß: wenn es für ihn auch nichts Heiliges gab außer seiner Mutter, so rettete ihn dies.

Die Schreihälse sind verstummt, und ich überrasche im kleinen runden Spiegel den Blick Rose Caterinas, der unter wiederholtem Brauenheben und mit einem Ausdruck gewissermaßen mitten zwischen Angebot und Nachfrage von ihrem Bruder zu mir und von mir zu ihrem Bruder wandert.

Mimmo drehte sich zu mir um, und mit den Manieren jener Leute, die unsere Schultern für den Rand einer Tribüne halten, versetzte er mir Klapse, deren Beweggrund mir wie auch die Worte, die er halblaut mit seiner Schwester wechselte, entgingen – bis zu dem Augenblick, da er mir einen Arm um den Kopf legte und mit Zeigefinger und Daumen meine Lippen auseinanderschob, um Rose meine schwache Stelle deutlich zu zeigen: meine unregelmäßig gewachsenen, übereinanderstehenden, schon gelb gewordenen Zähne. So hatte mein Vater, der sich damit brüstete, das Alter der Pferde an ihrem Gebiß zu erkennen, das meines Colorado zur Schau gestellt, er jedoch, um dessen Jugend vor dem Bauern, der ihn kaufen wollte, herauszustreichen.

Alles wurde mir wieder gegenwärtig, der Glanz des Fells meines Pferdes, der blaublühende Paradiesbaum, an den man es angebunden hatte, das messerklingenscharfe Gesicht meines Vaters, seine keinen Widerspruch duldende Stimme, als Rose, um der Szene, in der sie die schlechte Rolle spielte, ein Ende zu machen, ein in einem Krawattenhalter steckendes Bündel grüner Geldscheine aus ihrem Ausschnitt zog. Sie wußte, daß es weniger demütigend ist, Opfer zu sein, als zuzugeben, daß man als solches erscheint.

Während Mimmo die Dollars mit Hilfe des spitzen Nagels seines kleinen Fingers zählte, streckte Renza ihren jahresringereichen Hals hin, der mir länger zu werden schien.

Rose stand vom Tisch auf. Ohne sich an einen einzelnen zu wenden, doch damit ich sie verstehen sollte, nicht mehr in neapolitanischem Dialekt, murmelte sie, es sei ihre Schuld, sie habe ihn immer verwöhnt, diesen Hund von einem Bruder, dabei hätte sie besser daran getan, ihn umzubringen. Matt, matt auch ihre gestammelten Klagen. »Basta!« rief sie lächelnd: sie wünsche, ich solle die Stadt entdecken. Wollte sie mich loswerden? Nachdem sie sich ihrem Kummer hingegeben hatte, fühlte sie sich verpflichtet, mir Ermutigungen zukommen zu lassen. In bettelndem Ton verlangte sie etwas von ihrer Mutter: im ganzen Viertel kannte allein Renza ein Gebet, das die Auserwählten von Generation zu Generation einander weitergaben, ein Gebet, das so mächtig war, sogar die Zukunft zu heilen!

Salbungsvoll drängte Renza mich zur Türöffnung; das Tageslicht erreichte diese Straßenseite noch. Die Gier, die sich noch eben auf ihrem Gesicht gezeigt hatte, verzog sich wie ein Schatten über einer Wiese. Und die Gebärde einer orientalischen Priesterin, ihre Berührung meiner Stirn mit Zeigefinger und Mittelfinger, erhob sie zur Größe.

Sie murmelte; sie befühlte meine Brust, meinen Bauch, meine Schenkel; sie legte mir die Hände auf die Schultern; sie betastete meine Arme und breitete sie, nachdem sie die Handgelenke umfaßt hatte, nicht ohne Gewaltanwendung aus, ließ mich in der Haltung eines Gekreuzigten erstarren, was mir als kein günstiges Vorzeichen erschien und das Aufspringen Mimmos zur Folge hatte, der seinen Stuhl umwarf, mich packte und rief: »Das Kreuz bin ich.«

Da er sich mir an den Rücken geheftet hatte, brachte er

mit einem Bein meine Beine zum Einknicken, und an den Türstock gestützt, hob er mich in die Waagrechte, stellte sich auf die Zehenspitzen und warf mich aufs Pflaster.

Auf einem Balkon brach eine Frau, die ihre Wäsche von der Leine nahm, in Gelächter aus, und dies veranlaßte Rose dazu, die unfreundliche Heldentat ihres Bruders als Scherz abzutun, zweifellos in der Absicht, die Kränkung zu entschärfen.

Arm in Arm schritten Rose und ich die vor wenigen Stunden erstiegene steile Straße hinab. An der ersten Kreuzung blieben wir stehen. Sie riet mir, eine bestimmte Kapelle zu besuchen, wo ich unvergeßliche Dinge sehen würde. Sie mußte nachdrücklich darauf bestehen: ich konnte mir die Adresse nicht merken, ich war noch wie betäubt. Warum quält die Demütigung das Herz mehr als die Lust es erfreut?

Rose küßte mich mit erkünsteltem Überschwang auf beide Wangen: ich sollte sie tags darauf weder in Capri noch in Pompeji sehen, wohin sie und Señora Ferreira Pinto mich mitzunehmen vereinbart hatten. In ihrer Exaltiertheit äußerten sich Erleichterung und erlöschendes Interesse. Wir trennten uns endlich, als uns das schwache Geräusch eines vor uns vom Boden abprallenden Gegenstands und Mimmos Lachen unterbrachen: zu unseren Füßen lag ein etwa zwanzig Zentimeter langer dunkler Holzstab mit abgegriffenen Kanten, der wie ein Kinderlineal ohne Gradeinteilung aussah.

Rose bückte sich, hob ihn auf und zeigte ihn mir belustigt, bevor sie an seinen beiden Enden zog und mir am linken eine Gabel, am rechten ein Messer vorführte.

Ich habe mich nie von ihm getrennt. Einmal, um mich zu verteidigen, war ich nahe daran, mich seiner Schneide zu bedienen, und die Angst, die ich damals empfand, dauert fort. Ich habe ihn lange Zeit immer dabei gehabt. Jetzt liegt er hier auf meinem Arbeitstisch. Ich erkenne ihm keinerlei Zauberkraft zu, aber er ist einer der wenigen Gegenstände, an denen ich hänge.

Die Freunde, die Besucher, die meinen Scheibtisch betrachten, bemerken ihn nicht; ihre Blicke bleiben auf meinem Federhalter, meinen Bleistiften ruhen, auf dem zum Papierbeschwerer gewordenen leeren Tintenfaß oder auf den Schulheften, in denen die Wörter eine Wirklichkeit in der Vergangenheitsform erfinden. Ich fühle mich als der Depositär seines vielleicht unerfüllten Schicksals als Messer oder als dreizinkige Gabel. Manchmal frage ich mich, in welche Hände er eines Tages gelangen und ob er Blut kennenlernen wird.

7

Besaß Rose Caterina einiges hellseherische Talent, daß sie mich, angesichts so vieler in den Klöstern, Kirchen, Palästen der Stadt versteckten Schönheiten nur zur Kapelle Sansevero gedrängt hatte? In ihrem Drängen hatte sich ein Befehl geäußert. Es fiel mir nicht allzu schwer, den Ort zu finden, und als ich den Schritt verlangsamte, um die Fassaden zu betrachten, knarrte das Schloß einer massiven Tür, und auf der Schwelle erschien ein Mann mit breiten Schultern und breiter Brust, dessen dicker Kopf von einem Ohr zum anderen in der dichten Halskrause des Doppelkinns versank und dem es gleichwohl nicht an nobler Haltung fehlte; er machte sich dem Fremden bekannt, öffnete die beiden Türflügel und forderte ihn auf, den Innenraum zu betreten.

In der Kapelle herrschte ein von transversalen Lichtstreifen durchzogenes Halbdunkel und machte es dem Auge schwer, sich anzupassen. Der Versuch mußte mehrmals wiederholt werden, da der, wie er mir versicherte, ehrenamtliche Führer und simple Bewacher der Wunderwerke seines Vorfahrs, des Fürsten Raimondo de Sangro, den Fortschritten des pädagogischen Spaziergangs entsprechend Glühbirnen anzündete oder löschte. Der Hinweis auf seinen berühmten Verwandten hatte seinem Gang eines vierschrötigen Mannes eine majestätische Langsamkeit verliehen.

Trotz der Glut meiner Begeisterung – »Ich bin in Europa, ich bin in Europa!« hämmerten Herz und Geist im Einklang – fesselten weder die Statuen noch die Fresken, noch die beiden Muskelmänner, die der fürstliche Alchimist mittels einer Substanz eigener Erfindung auf ihr im gesamten Netzwerk der Blutgefäße – sie erinnerten übrigens an unsere mit Plastik umkleideten Drähte – eingefangenes Skelett reduziert haben sollte, noch seine Erfindung einer von Pferden gezogenen Meerkutsche meine Aufmerksamkeit. Und im Innern machte ich Rose schon dafür verantwortlich, als der Graf, denn Graf war mein Cicerone und von Aquino – der mir nun weniger kleinwüchsig und weniger untersetzt erschien –, die Augen senkte und mit seinen kurzen, sich plötzlich hebenden Armen vor dem Gesicht die Gebärde vollführte, die die Ohnmacht jeden Worts ausdrückt, und mich sodann, gleich dem Sänger, der die von allen erwartete Arie anstimmt, mit emphatischer Hand auf ein gegenüber dem Altar auf dem Boden stehendes Marmorrechteck hinwies. »Hier schweige ich«, murmelte er, und rückwärts gehend, doch mit dem Schritt des Gesandten vor dem König, entfernte er sich und setzte sich an seinen kleinen Tisch neben dem Eingang. Sogar seine Lächerlichkeit war imponierend.

Dann sah ich den Christus im Grabtuch.

8

Manche Dinge, die unsere Sinne gefesselt haben, entwickeln sich in der Verborgenheit der Seele, und der Intellekt glaubt sie zu begreifen, ähnlich wie der Mensch zwischen Wachen und Träumen, was er gehört hat, zu verstehen wähnt. Doch es ist nicht so. Die Zeit vergeht. Eines Tages stehen Bilder auf, die das Gedächtnis gespeichert hat, und der Glanz oder das Grauen, mit denen sie uns einst erfüllt haben, werden zum Rätsel. Seither sind wir seine Sklaven, das Geheimnis macht uns ständig Zeichen, betört uns sekundenlang und quält uns nach Belieben, da es uns der Wonne beraubt, zu erkennen, was die Wahrheit des damaligen Augenblicks war. Wir haben die Fähigkeit verloren, ohne Hintergedanken die Hand auf die Erde zu legen, einen Baum oder die Sterne zu betrachten.

Was habe ich sogleich in dem Steinblock gesehen, der durch die Geduld und die Kühnheit der Meißel dem Blick geschmeidig erschien?

Das Tuch. Das Marmortuch. Das Marmortuch, das aussah, als sei es feucht. Das faltige, geglättete Marmortuch, das von den Vertiefungen eines gefangenen Leibes aufgenommen wurde, das von der Feinheit von Gaze über den vortretenden Adern der Glieder und der Stirn war, über den Unebenheiten des leicht abgewandten Gesichts, der angezogenen Knie, der Füße auf immer ohne Boden, die ihn strecken, ausdehnen, sein Entgleiten hervorrufen, sich seiner entledigen zu wollen scheinen.

Genußvoll bewunderte ich die Meisterschaft des Bildhauers, der die Lichtundurchlässigkeit des Materials in Durchsichtigkeit verwandelt hatte und so die wahnsinnige Lust hervorrief, diese Hülle herunterzureißen, die vorgab, die Blöße Christi zu verbergen, und mit seinem Leib eins war. Im Hinblick auf Sanmartinos Technik bei seinem Christus von Neapel hat mir kein anderer Künstler als er jemals den Eindruck vermittelt, über das Mögliche hinausgelangt zu sein.

In seinem fließenden Grablinnen ruht der Leib auf einem verbrämten Polster, in das er einsinkt, wie auch das Haupt in die beiden übereinanderliegenden Kissen einsinkt. Diese Kissen – ich bedauere noch immer die Ungebührlichkeit des Vergleichs – hatten mich an die Gelehrten aus Swifts *Gulliver* erinnert, die sich vornehmen, Marmor aufzuweichen, um daraus Kopfkissen zu machen.

Ruhig, wie wenn der Wind aufhört und nichts sich im Weinberg bewegt. Abwesend ganz und gar, selbst vom Schlaf ausgeschlossen, außerhalb. Seine Lippen sind geschlossen, sie haben kein einziges Wort mehr für uns. Er hat alles gesagt. Er hat sein Werk vollbracht, und Er ist nicht zum Himmel aufgefahren. Er hat kein Reich mehr, und weit davon entfernt, mit seiner göttlichen Allgegenwart das Weltall zu erfüllen, ist Er auf das nach seiner Körpergröße bemessene Wenige an Welt reduziert. Von Stille umgeben. Tot. Er kann nichts mehr darbringen, nicht einmal die Schmerzen, die Er gelitten und uns zum Erbe hinterlasen hat, damit wir zum Vater beten und in ihrem Namen Vergebung erlangen.

Nichts als das Beharren des Marmors. Und dennoch fühlt man die Allgegenwart des Leibes und in seinen Armen die ungenützte Kraft und Zartheit der Umarmungen, etwas Sanftes, unendlich Liebevolles. Es ist, als habe ihn der Künstler in dieses perlmuttschimmernde Tuch gehüllt, um ihn ganz und gar bedenkenlos mit seinem Atem zu liebkosen.

Ich dachte an meine Jahre im Seminar, die Lehre, die mir dort eingehämmert wurde und der ich für immer verfallen bin, denn trotz meiner geistigen Auflehnung hat sich ein Gefühl der Schuld, das ich nicht auszulöschen vermag, in meinem Hirn festgesetzt: wenn ich mich mit Lust der Lust hinzugeben glaube, empfinde ich vor allem, daß ich ihr erliege.

Die Kirche verabscheut das Fleisch. Die Auferstehung, die Himmelfahrt, der verklärte Leib Christi, die Aufnahme Mariens in den Himmel? Wer unter den Gläubigen denkt daran?

Angesichts des Christus von Neapel wurde mir bewußt, daß ich selbst in den Fällen, da man an das, was man sich vorstellt, glaubt, nicht an den Leib des Menschensohns in seiner Gemeinschaft mit dem Vater und des Heiligen Geistes, den Leib, mit seinem Gewicht, seinen Gliedern, seinem Gesicht, seinen Muskeln, seiner Atmung, seinem Haar, seiner Stimme und der komplexen Maschinerie des Bluts und der Körpersäfte gedacht hatte.

Allein die Mystiker, die weiblichen Mystiker, diese Verirrten der reinen Liebe, mißachten das Hindernis zwischen ihrem Fleisch und dem des menschgewordenen Gottes. Sie haben Ihn geschaut; sie haben Ihn vernommen. Wenn sie ihre Vernichtung in Qualen herbeisehnen, so geschieht dies in der Hoffnung, schneller den Zustand des Einsseins zu erreichen, in dem die Wollust das Denken lächerlich macht, in dem für die Dauer einer Ekstase der Augenblick die Ewigkeit enthält. Allerdings mündet ihre Durchquerung der Göttlichkeit oft im Nichts der höchsten Gottesliebe: der toten Liebe, die nichts wünscht, nichts erstrebt, nichts begehrt: weder Ihn zu erkennen noch Ihn zu verstehen, noch in Seinen Genuß zu kommen.

So weit waren meine Träumereien gelangt, als das schwere Atmen des Grafen d'Aquino sich in Schnarchen verwandelte. Und plötzlich zog die bisher unbemerkte, von den Hüllen behinderte rechte Hand des Christus meinen Blick auf sich; das marmorne Tuch umschlang sie wie in einem Alptraum die Fessel das Handgelenk. Ich spürte meinen Körper starr, zur Flucht unfähig werden; ich empfand wieder die nächtlichen Ängste der ersten Kindheit. Der Dämon der Nacht hatte seit langem die Vorgaukelungen von Gefangensein vernachlässigt, welche die umschlossene Hand der Grabfigur mir nun wieder in Erinnerung brachte. Oder vielmehr wirkte er nicht während des Schlafs: schlauer, unheilvoller führte er in meine schlaflosen Zustände an Wahnsinn grenzende, im Grunde aber ganz vernünftige Schrecken ein: das Ersticken ohne Stimme im Sarg, die totale Lähmung bei vollem Bewußtsein.

Ich schritt zum Ausgang und legte mein bescheidenes Trinkgeld auf den Tisch des edlen Hüters der Orte. Der Herr Graf raffte es an sich, ohne gänzlich aufzuwachen.

9

In jenem entschlossenen Tempo, das die Furcht, angesprochen zu werden, einschlägt, begann ich jeder steil nach oben führenden Straße zu folgen in der Hoffnung, auf das Schloß oder den Palast mit schlanken Säulen zu stoßen, der oberhalb des gewaltigen, von der Stadt dem Reisenden zunächst dargebotenen Wirrwarrs das Zeichen der Rückkehr zur Ordnung zu setzen scheint.

Hundertmal ahnte ich ihn am Ende eines vielversprechenden Ausblicks und hundertmal entzog sich seine Fassade dem Blick, so sehr verunsichert jede Straßenkreuzung den Spaziergänger und schickt ihn in alle Richtungen.

Da gab es nichts als Werkstätten von Schreinern, Stände von Flickschustern, Läden mit geweihtem Krimskrams und andere mit Auslagen, in denen vor verschossenem, aber großartig drapiertem Samthintergrund fleischfarbene

Wäsche ausgestellt war, deren »qualità nylon« angepriesen wurde, oder ein Herrenjackett, dessen Ärmelausschnitte, um die sachkundige Abstufung der Wattierung deutlich zu zeigen, im Zustand des Überdrehens belassen waren; und überall düstere Durchlässe, aus denen Kinderweinen drang oder Leute hervorkamen, die einen nach der Uhrzeit fragten – alte Männer, die auf den Stufen einer Kirche lagen, oder Knaben, die mit einem Blick den Wert unserer Uhr abschätzten.

Endlich gelangte ich auf die Höhe: aus dem Dächergewirr ragten Glockentürme, Kuppeln; hinter ihnen berührte die Sonne den für einen Schwimmer erreichbaren Horizont.

Ich sah den Bogen des Golfs, der auf einer Seite die Stadt umfaßt und sich auf der anderen zu den Inseln hinzieht. Ganz Neapel lag da vor meinen Augen ausgebreitet, und mir kam der Gedanke an einen nächtlichen Auszug, einst, vor Jahrhunderten, von Völkerschaften, die um den besten Platz an diesem schönsten Ort der Welt miteinander gekämpft hatten.

Als ich mich dem Hotel näherte, war die Stunde gekommen, da der Himmel sich über ein Meer neigt, das nun auf sich selber ruht, die Stunde, da das Geisterschiff von Capri von seiner Kreuzfahrt träumt. Und zwischen dem leuchtenden Blau und dem schlafenden Blau ein nahtloses Ineinander.

10

Madame Ferreira Pinto bestand darauf, daß ich Capodimonte besichtigte. Ich erinnere mich an die violette klumpige Nase des Aufsehers, der Madame wiedererkannte. Vor den Bischöfen Tizians und den Caravaggios sind wir stehengeblieben. Danach sind wir nach Pompeji gefahren.

Es war zunächst eine Folge von Theoremen und von ebenso vielen Anstrengungen, die eine die andere lähmte, die Baustile festzustellen; oder wie sie schildern, die Kapitelle, die köstliche Blüte der Säulen, die ihren Aufstieg vollbracht haben und auf denen nichts mehr ruht? Vergeblich versuche ich in Erinnerung an diese Ruinen – oder an viele kostbare Trümmer, die die Zeit der Zeit zum Fraß vorgeworfen hat, um in uns den Sinn für die Herkunft und die Vergänglichkeit wachzuhalten –, vergeblich versuche ich, die Erschütterung in Metaphern zu verwandeln. Der Anblick der Säulenhallen, die uns die Götter hinterlassen haben, als sie uns verließen, entführt uns so weit, daß wir über das Mittel der Wörter nicht in die Gegenwart zurückkehren können.

Auf der Erde, im Licht dieses Tages habe ich mich nur im Innern eines unversehrten Hauses gefühlt, dessen Innenhöfe von offenen Galerien gesäumt waren. Es kam mir vertraut vor; ich empfand dort den Trost einer stabilen, bescheidenen Flucht geradliniger Räume und Flächen; ich erinnere mich der Zimmer, des sorgfältig aufgereihten Tongeschirrs in der Küche, Krüge, Flaschen, Becher, gemacht, um zu schöpfen, um zu enthalten, um Öl, Salben, Wein auszugießen: die jetzt schreibende Hand hat sie berührt, sie würde ihre Textur wiedererkennen, eine Textur von freundlicher Nüchternheit; ich erinnere mich an das kleine Wasserbecken, das undeutliche Geräusch des hineinfallenden Strahls, an eine kleine Säule, auf der ein Faunskopf saß, an das Quadrat des Himmels darüber. Hatte ich den während meines Übergangs ins Leben flüchtig wahrgenommenen Archetyp des Hauses wiedergefunden? In Pompeji wird man leicht zum Platoniker.

Ich erinnere mich an das Zusammenwirken aller Sinne

in mir, an die reine Empfindung des unwiederbringlich Vergangenen und des Augenblicks, wohingegen das mit Literatur besetzte Gedächtnis im Lauf der Jahre unablässig in seinen gebrechlichen Wörterbüchern wühlt, weil es hofft, der Erinnerung eine geschönte Form zu verleihen.

Eine blühende Glyzinie wand sich um die Pfeiler der Pergola, unter der Madame Ferreira Pinto und ich zu Mittag aßen. Am Ende der Mahlzeit notierte meine brasilianische Gönnerin ihre Pariser Adresse auf ihre Visitenkarte; sie wohnte in der Rue Montpensier und begegnete dort recht oft, aber stets vor der Conciergeloge Jean Cocteau. Er stellte ihr jedesmal Fragen über die Tropen und gab ihr das nachbarliche, nie gehaltene Versprechen, sie ins Véfour einzuladen, wo sie übrigens oft einkehrte und selbst zahlte.

Fast vierzig Jahre später denke ich an Pompejis selige Ruhe. Die wenigen Aufseher rieten uns noch nicht dazu, die Touristenfalle in der Nähe des Parkplatzes zu meiden: es gab dort keinen, so vermochten sie ihren uralten Instinkt für *combinazione* auch nicht zu befriedigen.

Das weite Gefühl der Einsamkeit und der Stille, das die Schönheit und vor allem die verfallene Schönheit hervorruft, wurde durch nichts beeinträchtigt. Und die Märzsonne war jung.

11

Welch feierlicher Moment, als der Zug langsamer wurde! Wir kamen in Rom an. Ein ich weiß nicht von welchem Engel gegebenes Signal meldete mir, daß die Misere mich dort erwartete. Mein Jubilieren dämpfte sich; nur die Nerven unterstützten es weiterhin. Zwei Tage lang hatten Rose Caterina und Madame Ferreira Pinto sich meiner angenommen, welche letztere auf dem Sitz gegenüber meinem den Spiegel der Puderdose prüfend über ihrem unbewegten Gesicht bewegte. Weder die eine noch die andere habe ich wiedergesehen. Unsere Aufwiedersehen, Versprechungen, »auf bald« Wünsche? Abschiede.

Die Erinnerung löst sich auf, schäkelt sich los, man weiß nicht wie noch warum, doch plötzlich wächst sie um ein Erlebnis, von dem, wie von einem Traum, nur wenige Klischees geblieben waren, sie bringt tausend Einzelheiten hervor, bringt sie in Zusammenhang, erweckt die einstige Wirklichkeit wieder zum Leben. So ahnen wir nun, was sie insgeheim aufgenommen hat. Es sei denn, daß sie, da ebensowenig wie die Abenteuer des Schlafs kein Augenblick wirklich der unsere ist, mit den Wörtern verwebt, anders wiederersteht, als ein sorgfältig gewobener unwirklicher Perserteppich.

Die durch meinen Willen heute heraufbeschworenen zwei neapolitanischen Tage habe ich nun schließlich erlebt, wohingegen mir von meiner Ankunft in Rom, meinem ersten Ziel, kaum einige Momentaufnahmen bleiben. Da ich keinen Handkuß zu geben verstand, der Höflichkeitsfloskeln vorteilhaft ersetzt und Etikettefehler zu vermeiden hilft, erlaubte Madame Ferreira Pinto, daß ich sie umarmte; und ich dachte an Buenos Aires, das schon so ferne, wo man, aus Furcht vor der überall verstreuten, allgegenwärtigen Polizei, einander Warnungen zuraunte, als sie mir ins Ohr flüsterte: »Kehren Sie niemals zurück« und mir gleichzeitig einen Umschlag in die Tasche schob.

Dann sehe ich mich auf einem Bürgersteig in der Nähe der Stazione Termini, in jeder Hand einen Koffer, auf die Trambahn warten. Rose hatte unter ihren Bekannten ein Paar gefunden, das mich in Halbpension nehmen würde. Mit trockener Kehle, angststeifem Körper, ganz Europa vor mir, das sich aber ebensowenig blicken ließ wie das, was ich mir von Argentinien aus vorgestellt hatte, und so allein, daß ich mich der Verpflichtung hätte entziehen können, ich selbst zu sein.

Und doch, kaum hatte ich mich mit meinen Koffern in der Trambahn eingerichtet, wußte ich mich vor Stolz nicht mehr zu lassen. Um die Unsinnigkeit eines solchen Freudenausbruchs zu erklären, mußte ich wohl unüberlegt und von einer verdammten Dosis Zukunftsgläubigkeit erfüllt sein: »Wir sind in Rom, wir sind in Rom!« sang in meiner Brust eine kleine Stimme, die des Kindes, das den Erwachsenen, der es zu sein geträumt hatte, zu ermutigen versuchte.

Doch als wir uns vom Bahnhof immer mehr entfernten, gerieten wir, von einigen verwahrlosten Restbauten abgesehen, in ein Viertel, dem nicht einmal die Bezeichnung »neu« zustand: vier- oder fünfstöckige Gebäude erhoben sich inmitten einer Ansammlung von Häuschen mit rissigen Wänden, Läden mit trübseligen Vitrinen und rostigen oder ungeschickt neugestrichenen Firmenschildern; und an einer Straßenkreuzung – in einer Ecke eine Pizzeria, in der anderen eine Bar, vor der um einen Tisch versammelt alte Männer Karten spielten – fand ich mich sozusagen in die Vorstadt von Buenos Aires zurückversetzt. Ich spürte, wie die Seele sich zusammenzog, wie sie entwich und nur gerade noch einen Körper hinterließ, dessen Brust sich gewaltsam hob, um die Tränen zurückzuhalten. Die Schreie, die man nicht ausgestoßen hat, wohin gehen sie? Gibt es einen Aufenthaltsort für die Schreie, die im Mund ersterben? Und das Kind wiederholte zwischendurch immerzu: »Wir sind in Rom, wir sind in Rom« – ich hätte es erwürgen mögen.

Es ist noch immer mein Peiniger, und ich bin sein bereitwilliges Opfer. Ich stelle mich taub, doch vergebens. Es wird wie in der gestrigen, in der kommenden Nacht von mir träumen. Es ist, was es immer war. Es ist nicht herangewachsen. Sein Kinderglaube ignoriert die durch Erfahrungen genommenen Schäden und die Verhaltensweisen der Spezies. Es will das Leben mit allen möglichen Schritten anfüllen, obwohl es die Wege nicht kennt; es denkt, die Wege wurden von den Schritten erfunden. Zu meinem Unglück führt es mich. Jetzt möchte seine Laune, daß ich eine unbefleckte Seite schwärze, die mich erwartet und die vorigen Seiten und uns beide rechtfertigen könnte.

Mir wurde schwach, als ich mich auf die Zehenspitzen hob und es auf den Klingelknopf des Ehepaars Mariotti drückte.

12

Erwarteten sie mich mit Ungeduld? Die Tür öffnete sich sofort. Bevor sie meinen Gruß beantworteten, stützten sie sich Seite an Seite jeder zuerst mit einer Hand an den Türstock, wahrscheinlich um mir den Eintritt zu versperren, falls die Musterung des Fremden und seines Gepäcks nicht zu ihrer Zufriedenheit ausfiel.

Ich weiß nicht, was mir an der Frau am stärksten auffiel, die durch die Bubikopffrisur unglaubliche Winzigkeit des Kopfs im Vergleich zur Üppigkeit des Busens – ein zum Zerreißen gespanntes Oberteil verwischte den Spalt zwischen den Brüsten – oder die bittere Miene eines verstimmten, demnächst in Schluchzen ausbrechenden Kindes, in der ihre Physiognomie ein für allemal erstarrt schien. Was den Mann betraf, so schien er mir ein gewisses Mißtrauen zu spielen, um seine Frau, die offenbar die Zügel führte, zufriedenzustellen. Stammelte er einen Satz, so schnitt sie ihm sofort das Wort ab, und sie war es, die

die Bedingungen meines Aufenthalts aufzählte: die Kosten der Halbpension, die wöchentliche Vorauszahlung, die Tischzeiten und die Verpflichtung, vor Mitternacht in die Wohnung zurückzukehren. Ich gab meine Einwilligung durch ein Nicken zu erkennen und fügte ihm aus Feigheit ein Lächeln hinzu, als sich von dem rot und gelb geblümten Kreton, der die Wohnung garnierte, eine Gestalt von jenseits des Grabes löste und sich mir näherte, um den gleichen erloschenen Blick loszuschicken wie der Mann, der seine wie die der Hühner durchscheinenden Lider zusammenkniff, ohne mich jedoch anzusehen.

Mit steifen Schritten, wackelndem Kopf, einem knöchernen Gesicht von der Elfenbeinfarbe der Kruzifixe, feierlich und von packender Seltsamkeit, schob sie mit ihrem Stock das Paar beiseite, und sie war es, die mich einließ. Sie war die Autoritätsperson; sie verfügte über das Geld, sie steckte die Wochenmiete ein, und sie – wieder mittels ihres Stocks mit Silberknauf – öffnete mit einem Ruck den Vorhang, der den Wohnraum von einer Art Alkoven trennte – dem mir zustehenden »Zimmer«, in dem gerade ein schmales Eisenbett, das das Knirschen des Bettrosts vorausahnen ließ, und anstelle des Schranks zwei von einem Andreaskreuz aus Fußbodenbrettern aufrecht gehaltene senkrechte Latten Platz fanden. Kein weiterer Gegenstand, weder Lampe noch auch nur einfache Glühbirne, lediglich ein kleines quadratisches Fenster als Annehmlichkeit, und wenn man, statt sich ihm zu nähern, so weit man es in diesem Gelaß konnte, von ihm abrückte, gewahrte man den Himmel.

In dem Zusammenhang erinnere ich mich an meine Besorgnis eines Nachts, als die alte Dame, das Gesicht von einer winzigen, ihr um den Hals hängenden Taschenlampe beleuchtet, an mein Bett stieß; sie hielt sich mit einer Hand daran fest, schwenkte mit der anderen einen

Nachttopf in die Höhe, und nachdem sie mit Mühe ihr Gleichgewicht wiedergefunden hatte, goß sie seinen Inhalt in das Gärtchen der Nachbarn.

Bevor ich die Koffer auspackte, hatte ich gleichsam ohne zu überlegen den Entschluß gefaßt, so rasch wie möglich eine neue Unterkunft zu suchen, und diesmal würde sie wirklich in Rom sein. Da mir keine Schubladen, nicht einmal Regale zur Verfügung standen, in die ich Hemden und Toilettenartikel legen konnte, nahm ich aus dem Gepäck nur die Jacken, die Hosen und den Kamelhaar-Überzieher, Geschenk eines Freundes von sehr kräftigem Körperbau, das ich mir äußerstenfalls über die Schulter hängen konnte. Er war Ursache meines ersten, zudem schweren römischen Mißgeschicks; im vorliegenden Fall aber stellte ich fest, daß er meine Quartiergeber beruhigte. Würde ich den Mut haben, den Vorhang zuzuziehen, während Signor Mariotti und die alte Dame mir gegenüber hinten im Zimmer in ihren Sesseln eindösten? Als das Klappern des Geschirrspülens aufhörte, trat völlige Stille ein. Seitdem ich mich, noch nicht zwölf Jahre, gegen meine Eltern durchgesetzt und den Hof verlassen hatte, um die Seminarschule zu besuchen, habe ich mich nirgends am richtigen Platz gefühlt; ich fühle mich als Eindringling, der es sich verdienen muß, dort zu sein, wo er sich befindet, der kraft seiner Anpassung an die Forderungen der Umgebung untadelig sein muß. Sofern man mir Mut zuerkennt: es ist Verzweiflung. Nur im engsten Kreis gebe ich mich so, wie ich bin; die meine Schwäche erraten, erraten gleichzeitig, daß sie mich verlören, wenn sie sie ausnützen wollten, und daß sie bei einem offenen Angriff alles zu verlieren hätten. Denn ich ziehe meine Kraft aus einer rückhaltlosen Zustimmung zum Schicksal, einer Loyalität gegenüber den Dingen des Lebens, die mich selbst wundert. Seit langem weiß ich, daß solche

Loyalität in den Augen der Welt sehr oft nicht als eine Leistung gilt; ich akzeptiere die Wirklichkeit und was sie an Kämpfen und am Ende vielleicht an Düsternis mit sich bringt.

Für den im römischen Stadtrandgebiet gestrandeten jungen Mann aber war ausgemacht, daß sein Schicksal zum Ruhm führen mußte, daher sein Kummer. Wenn man niemanden hat, dem man sich anvertrauen, den man um ein helfendes Wort bitten kann, gleicht die Bestürzung den Alpträumen, in denen man, bedroht – durch eine Schlange, einen Dolch –, jegliche Handlungsfähigkeit verliert. Auf unerwartete Weise wachte er daraus auf, dank des Blicks der Signora Mariotti, der den Halbschatten durchdrang und zwischen ihr und ihm eine Brücke spannte, auf der sie einen Augenblick lang einander begegneten: ja, weil es der erste Tag war, könne er mit ihnen zu Abend essen.

Er schlief schlecht vor Angst, nicht früh genug aufzustehen. Man sah ihn erst fertig zurechtgemacht, auf den Milchkaffee wartend, wieder. Er ging frühmorgens fort, kehrte Schlag zwölf Uhr zurück und ging nach dem Mittagessen wieder fort. Er hütete sich davor, zur Zeit des Abendessens, auf das er keinen Anspruch hatte, zurückzukehren, trotz seiner Neugier zu erfahren, wie die zu Tisch sitzende Familie sich in seiner Gegenwart verhalten hätte. Und wenn er Signora Mariotti mit Stopfen beschäftigt sah, setzte er sich an den Rand des Lichtkreises der Deckenlampe, ein Buch in der Hand. Er begann Rom zu entdecken. In seiner Euphorie glaubte er an ein großes Wiedersehen zwischen der Stadt und ihm, ein gegenseitiges Wiedererkennen und eine gegenseitige Annahme. Vor den Terrassen des Gianicolo aus betrachtete er die Stadt und beschloß, in der Nähe ein Zimmer zu mieten. Er machte eines ausfindig, das seine Hoffnungen übertraf:

vor seinem Fenster strahlten im letzten Schein der untergehenden Sonne die goldroten Kuppeln mit allem während des Tages gespeicherten Licht.

Er bezahlte im voraus die Miete für einen Monat; dies kostete ihn fast sein ganzes Geld, aber in die schmutzige Vorstadt kehrte er in einer solchen Glücksstimmung zurück, daß er sie, als er bei den Mariottis eintrat, niederhalten mußte. Er war immer pünktlich. Der Tisch war gedeckt. Ein kleines ausgeschaltetes Radiogerät zwischen sich, dem sie aufmerksam zuzuhören schienen, warteten Signor Mariotti und seine Mutter geduldig. Sie hatte ich weiß nicht was von einer Aristokratin, von der Vorstellung, die ich mir von einer solchen gemacht hatte, als ich als Kind die Romane von Max du Veuzit las; er dagegen sah aus wie eine Gummipuppe; man hätte meinen können, er halte seinen Oberkörper mit seinen ständig gekreuzten Armen fest; er öffnete sie erst, wenn er am Tisch Platz nahm und solange er die Makkaroni mit Tomatensauce schlang, die seine Frau mit der Schöpfkelle reichlich austeilte: die Teigwaren, oder richtiger, die Makkaroni, denn im Lauf der Woche gab es keine Variante, waren das Hors-d'œuvre, das Hauptgericht, die Nachspeise. Zumindest für den Mieter: eines Tages, als dieser, kaum gegangen, unvermutet wieder zurückkehrte, war die Familie dabei, sich die Viertel einer Orange zu teilen.

Ein kurzer Streit, der offenbar ebenso rituell war wie die Teigwarensorte, brach aus, wenn die alte Dame sie gekostet hatte, sei es weil die Schwiegertochter zu viel oder weil sie zu wenig Salz ins kochende Wasser getan hatte. Den Vorwurf machte sie ihr auf dem Weg über ihren Sohn, der ihn seiner Frau wiederholte. Sie erwiderte, daß sie künftig gar keins hineintun werde. Und von neuem kehrte Schweigen ein: das Schweigen öffnete den Mund, kaute, schluckte hinunter.

Trotzdem empfand er am Tag seines Abschieds, als alle drei ihm viel Glück wünschten und die alte Dame ihren Sohn mit dem Ellenbogen anstieß, weil er aufstehen sollte, eine gewisse Rührung; eine sehr kurze: draußen strömten die Wolken zum Horizont hinab, der Himmel öffnete sich, eine riesige gasförmige Blüte, und schon ließ sich die vertraute Trambahn hören – zum letzten Mal.

13

Weitere Mariottis mit bei ihnen wohnendem Großelternteil oder ohne solchen sollte ich unter anderen Familiennamen kennenlernen in den provisorischen Unterkünften, die mich im Lauf der wenigen in Rom verbrachten Monate aufnahmen. So wesensverschieden sie auch waren, glichen sie einander doch alle in der Art, wie sie mich empfingen, wobei das Mißtrauen der Resignation wich, so als hätte eine höhere Instanz ihnen den Befehl erteilt, mich bei ihnen aufzunehmen.

Es war äußerste Armut, was zahlreiche Einwohner Roms dazu nötigte, ihre Privatsphäre mit Unbekannten zu teilen, um, bestenfalls, ein kümmerliches Altersruhegeld aufzurunden. Der Krieg hatte ihr Fortkommen gehemmt; die Nachkriegszeit lastete noch auf der Halbinsel. Alle hatten Angehörige, manche einen Sohn, ihre einzige Hoffnung verloren. Eines Tages hatte man sie von seinem Tod benachrichtigt, von dem Namen des Orts, wo er gefallen war, seinen Leichnam ihnen aber nicht zurückerstattet. Deshalb verharrten sie in der Erwartung einer wunderbaren Rückkehr, denn da die Trauerzeremonien nicht stattgefunden hatten, wäre jede Initiative pietätlos gewesen. Darum ihr mürrisches Wesen, wenn man sie in Grübeleien störte, ihr feierlicher Ernst, wenn man eine Auskunft oder einen Schlüssel benötigte. Sie begaben sich immer wieder von neuem zum Ort und Geschehnis, die beide unvorstellbar waren, wo der Tod ihnen das geliebte Wesen entrissen hatte, und ihre Bewegungen waren langsam und still geworden. Sie machten sich immer von neuem auf, gefangen zwischen der Pose und der Unmöglichkeit, unter dem Blick des Ehepartners aus ihrem Schmerz herauszutreten; niemand, niemand kann sein Verhalten ändern vor demjenigen, mit dem er ein großes Leid teilt.

Von all dem hatte ich bei den ersten Mariottis nichts geahnt, doch die auf dem Gianicolo kündigten mir sogleich an, daß ich das Zimmer, das sie mir anboten, peinlich in Ordnung halten müsse. Um seine Mahnung zu verstärken, ließ der Mann die Bemerkung fallen, sie gäben mir das ihres Sohnes. Seine Frau wandte das Gesicht ab und verließ mit kleinen Schritten den Raum.

Als ich mich eingerichtet hatte, schrieb ich endlich an meine Mutter. Gewiß, an den Inhalt des Briefs erinnere ich mich nicht; ich habe mich darin wohl glücklich gezeigt, ihr die Seereise geschildert, Rose Caterina, Neapel und ihr von der Güte der Señora Ferreira Pinto erzählt, in der ich eine zweite Mutter gefunden hätte: Wörter, die meine Mutter in ihrer Antwort wiederaufnahm, so als ob es sie getröstet habe, sie zu lesen.

Hatte ich sie beruhigen wollen? Eine schwache Entschuldigung. Aus so ferner Vergangenheit zu mir zurückgekehrt – jeder Brief meiner Mutter zeigt das Bemühen um eine gut leserliche Schrift, die, ohne daß es ihr gelang, Kalligraphie zu sein wünschte –, hat sich mir der kleine Satz eingeprägt, um mein Leben zu durchdringen. Nie habe ich mich in solchem Maße auf meine eigene Schande verwiesen gefühlt.

Eines Tages erkennt man, daß es nicht die großen Geschehnisse in unserem Leben sind, die unseren Himmel oder unsere Hölle ausmachen, und hauptsächlich, daß allein letztere zählt: mag jeder auch sein heimliches Paradies haben, es liegt neben der Hölle, dem anderen Garten, in dem die zum Brandmarken der Seelen stets rotglühende eiserne Rose blüht.

Weil das Böse, das wir getan haben, dadurch zunimmt, daß es der Willenskontrolle entgangen war, erweist die Erinnerung an eine geringfügige Handlung diese oft als verbrecherisch und wir erfahren, daß sich im Augenblick, da wir sie verübten, unsere virtuelle, schlafende, ausgehungerte Monsternatur enthüllt hat. Wir begreifen, daß die harmlosesten Worte Wurzeln haben, die bis in die untersten Tiefen des Wesens reichen, von woher sie die insgeheim heftigsten Wünsche mit zurückbringen, solche, die niemand ahnt, von denen wir selbst nichts wissen und die wie das Senfkorn des Evangeliums wachsen, das kleinste der Samenkörner, das ausgewachsen aber zu einem Baume wird.

Ein Wort fällt uns ein, das wir geäußert haben, das uns über die Lippen gekommen ist, und wir überraschen uns dabei, wie wir – damals, aber noch dieselben – dem, was wir zu lieben glaubten, zuwiderhandeln. In diesem Augenblick später Klarsicht holt uns unsere ganz persönliche, immer ferngerückte Wirklichkeit ein, und das Bewußtsein, das keinen Rat mehr findet und zu entkommen sucht, stößt an die Schädelwände.

Seitdem ich mich durch Schreiben aufzustöbern versuche, beschwöre ich meine Mutter in der Hoffnung, mich einer Dankesschuld zu entledigen. Ich versuche, mir ihr Bäuerinnenleben vorzustellen, ein Leben mit versperrten Aussichten; wenn sie vor mir erscheint, bringt sie einen hellen Schein mit, der von ihrem Antlitz strahlt; sie ist immer dabei, eine Arbeit zu verrichten, darauf bedacht, es gut zu machen, nie müßig, und ihr Bemühen bleibt unbeachtet; in der Rückerinnerung scheint das Leben einfach und sogar recht und billig zu sein.

Wenn Lieben heißt, nur die sehen, die man liebt, und in allem die anderen einbegreifenden Übrigen ringsumher die Wirklichkeit, so wie sie sich darstellt, dann sage ich mir, daß allein die Mütter diese Fähigkeit besitzen oder unter deren Fluch stehen. Wer sich selbst in jeder Lage den Vorzug gegeben hat, verzeiht derjenigen, die ihm das Leben schenkte, im Grunde nicht, daß sie ihn ohne Gegenleistung geliebt hat.

Als ich ein Kind war und sie, um mich zu strafen, die Hand hob, die sie nicht auf mein Gesicht hätte niederfallen lassen, erhob ich meine Hand gegen sie. Lange Zeit habe ich mir diese Geste als die größte Kränkung vorgehalten, die ich meiner Mutter angetan hatte, doch mein augenblicklicher Zorn damals minderte ihre Bedeutung. Dagegen hätte ich, um sie zu verwunden, nichts Ärgeres finden können als die kleine Floskel in meinem Brief, mit der ich Madame Ferreira Pinto eine Mutterrolle zusprach. Und wenn es nur durch Verzicht ginge auf das, was mich noch an das Leben bindet, würde ich auf ich weiß nicht was alles verzichten, damit diese mich entwürdigenden Worte ihr nicht so weh getan haben, wie ich vermute.

Wenn ich aus der Entfernung den zurückgelegten Weg betrachte, glaube ich Gestalten zu erkennen, Anwesenheiten im Schutt des Labyrinths, dessen Plan sich verwischt hat. Das einzige, was sich darin abzeichnet, ist die Schnur, die ihre Liebe um mein Handgelenk gebunden und die der Tod nicht zerschnitten hat. Man möchte so gern mit den Emmaus-Jüngern zum scheidenden Christus sagen: »Bleibe bei uns, denn es will Abend werden, der Tag hat sich schon geneigt.« Aber es ist spät geworden, es ist zu spät. Und im fahlen Bereich, in dem die Schatten umherschweifen, schreibt mir meine Mutter, die dies nicht weiß, weiterhin: »Ich bin froh, daß Du eine zweite Mutter gefunden hast.«

14

Ist es zu glauben? Als ich dort ankam, war Rom insgesamt eine dunkle Stadt, dabei aber gefahrlos. Allerdings hatte der Glücksrausch, dort zu sein, aus meinem Fenster zu sehen, wie die Nacht sich mit den Pinien verschmolz und sich über den Kuppeln schloß, mich unbesorgt machen müssen. Als Nachbar des Tibers hatte ich in Kürze sein rechtes Ufer entdeckt, wo zwischen dem Ponte Sisto und dem Ponte Sant'Angelo die *ragazzi*, die einst Kaisern zur Ehre gereicht hatten und nun bei Pasolini wiederkehrten, den Spaziergänger ausspähten und mit ihren Blicken filzten und mehr noch das Auto, das langsamer fuhr. Wenn es das Trottoir streifte, schrak ich manchmal zusammen, so sehr fühlte ich mich in die Straßen von Buenos Aires zurückversetzt. Sie wurden von einer Polizei durchzogen, die den Einzelgängern auflauerte und sie aufs Kommissariat schleppte, um sich zur Geltung zu bringen und ihren Bezügen eine Prämie hinzuzufügen. Hier handelte es sich um eine Zeremonie: um die Begehrlichkeit der Jungen anzuheizen, zündete der Mann am Steuer sich oft eine Zigarette an und tat tiefe Lungenzüge, was zunächst die Wirkung hatte, über sein Gesicht den ihm günstigen Schein der Glut zu verbreiten und sodann durch die halbgeöffnete Scheibe den Duft der »Amerikanischen«, der die gutmütigen Strichjungen der damaligen Zeit berauschte.

Das gelbe, stark intermittierende Licht der Straßenlaternen fuhr als ein das Dunkel zerschneidendes jähes Fallbeil auf den Flaneur herab, der, kaum aus dem Schatten getreten, gleich wieder in ihn eintauchte. Die *ragazzi* gaben, wie ich bald zu meinem Schaden lernen sollte, nicht dem Gesicht des möglichen Kunden, sondern, primo, seinem Auto den Vorzug und, secundo, in Ermangelung eines Autos, seiner Kleidung, die die Selbstsicherheit seiner Haltung oder seinen Mangel an sicherem Auftreten unterstrich, alles Dinge, die ihnen den finanziellen Gewinn des Abends abzuschätzen erlaubte.

Plötzlich tritt, am Blick des anderen haftend, einer vorsichtig vor, bleibt in einiger Entfernung stehen, deutet Unentschlossenheit an, macht kehrt, bereut es, und das Fluidum des Begehrens bedient sich der verschiedensten Wendungen, bis der Unerschütterliche dem Drängen des Bittstellers nachgibt oder ihm eine unwiderrufliche Absage erteilt. Geduldig und wie in Hypnose lauernd, hatten manche Kunden im Überfluß; andere kämpften, um welche zu finden; sie waren der Ausschuß, den man im Morgengrauen billig erhält.

Stets bereit, mich in die Niederungen zu stürzen, ging ich hochmütig vorüber, ohne die geringste Chance, zu zaghaft, wenn sie sich ergab, um sie zu ergreifen. Ich wollte mich aus der Masse hervorheben, und wenn man das Wort an mich richtete, selbst dann, wenn man mich verhöhnte, lächelte ich höflich: die Höflichkeit war und ist meine Art, meine Ängste zu verbergen, und auch meine Art, meinen Zorn zu zügeln. Ich weiß nicht mehr, ob ich am ersten Abend, an dem ich mich in die Gegend vorwagte, Orazio begegnete, ob es tags darauf oder später war. Bewahrt das Gedächtnis das, was nützlich werden wird, oder bemüht sich das Leben, das, was das Gedächtnis bewahrt hat, nützlich zu machen?

Ich war aus dem Schattenbereich getreten und hatte seine lange Gestalt an der Ecke des Ponte Sant'Angelo gewahrt; auf seiner Höhe angekommen, hatte ich ihn scharf angesehen und, ohne den Schritt zu verhalten, meinen Weg fortgesetzt. Mit einemmal – seine Züge waren mir erst im nachhinein bewußt geworden – blieb ich stehen, drehte mich aber nicht um. So wie man im Traum manchmal den Schritt des nahenden, seine Waffen schärfenden Unheils vernimmt, vernahm ich den seinen.

Wir schauten einander an; er prüfte mich genau; ich hatte den Eindruck, daß er sich zu vergewissern versuchte, ob ich tatsächlich der Gesandte sei, von dem er eine Botschaft erwartete, oder eine dieser Waren, die in der Tasche keinen Platz einnehmen. Seine hohlen Wangen milderten die Blässe seiner Stirn, sein rabenschwarzes, dichtes, störrisches Haar dagegen unterstrich sie. Er überragte meine ein Meter achtzig um Kopfeslänge. Nicht zum ersten Mal fragte ich mich, ob zwei Individuen von so verschiedener Größe Freunde werden könnten, da der Kleine ständig genötigt wäre, die Augen zu dem zu heben, der ihn ganz bequem betrachten würde.

Wir hatten noch kein einziges Wort gesprochen, als er mit dem Zeigefinger an der Unterlippe zog, die, wieder losgelassen, knallte, eine Geste, mit der man gewöhnlich ein weinendes Kind ablenken will und die bei ihm eher ein Zeichen, wenn nicht des Irrsinns, dann mindestens der Einfältigkeit war. Überdies öffnete er, wie wenn man ein Gähnen unterdrückt, mit verkrampftem Gesicht den Mund; seine Schneidezähne waren die eines Raubtiers in Ruhestellung.

Ich war im Begriff kehrtzumachen, aber er legte mit sanfter Bestimmtheit seine Hand auf meine Schulter, und so gingen wir denn Seite an Seite, langsam, wie es den Umständen wahrscheinlich angemessen war und mehr noch einer Art Hinken, das Orazio wegen seiner Statur den Anschein gab, als mißtraue er dem Boden.

Wir gingen, gingen durch Straßen, die uns nirgendwohin oder aber mich in eine Falle führten. Nur der Augenblick zählte und die laue Wärme seiner Hand in meinem Nacken. Plötzlich nahm er sie fort, und ich fühlte mich in den Schacht der Einsamkeit fallen, von dem aus ich heute die Worte auf die Suche nach Satz und Rhythmus schicke.

Hatte er beschlossen, mich an einen bestimmten Ort mitzunehmen? Er nahm mich beim Arm wie einen Gleichgestellten, das war weniger gut; er hatte aufgehört, mich zu beschützen. Wir gingen über die Brücke. Er schien weniger unentschlossen, weniger abwesend zu sein. Im Augenblick, als er seine Stimme hören ließ, erhellte etwas wie Schönheit sein Gesicht. Tatsächlich erklang seine Stimme so jäh, wie wenn man das Radio anstellt und auf jemanden stößt, der schon seit einiger Zeit redet. Orazio setzte ein Selbstgespräch fort, das meine Anwesenheit unterbrochen hatte und das zweifellos ständig in seinem Hirn kreiste. Er ließ sich über die Schönheit von Ölgemälden aus, die richtige Beleuchtung und unter mehreren anderen dem Schauspieler geltenden Bemerkungen über das, was er »die Kunst des Schreis« nannte; der Schrei durfte, ihm zufolge, der Muskelkontraktion weder vorausgehen noch sie begleiten, sondern mußte hinter der Maske, als Echo, hörbar werden.

Ich glaubte an eine freundliche Verschwörung des Schicksals, denn obgleich Italien nicht mein Ziel war, hoffte ich in Rom Regiekurse in einer Schule zu besuchen, die Giorgio Strehler, auf der Durchreise in Buenos Aires, mir als die einzige genannt hatte, in der ein bedeutender Mann des Theaters diese Art Unterricht erteilte. Gleich nach meiner Ankunft hatte ich ein Aufnahmegesuch an sie geschickt.

Ich erinnere mich an die trägen Wasser des Tibers, an ihr grünliches Glitzern, die dort und da freiliegenden Ufer, auf denen Quecke wuchs, an eine runde, zinnenbewehrte Mauer, an einen steilen engen Verbindungsgraben zwischen Straßen, an eine majestätische Pinienallee, an im schwachen Licht einer mitten in den Gärten stehenden Laterne wahrnehmbare Häuser, an aus Eisenstäben und Pfosten gebildete Umzäunungen und das Papierknistern der Bougainvilleen, an den flüchtigen Duft des Geißblatts und an uns beide, die wir auf derselben Stufe einer von Grün umgebenen, sehr langen und schmalen Backsteintreppe saßen.

Welche Absicht verfolgte er? Wenn man bei dieser Art Begegnungen einen Ort wählt, an dem wenig Gefahr besteht, überrascht zu werden, so, um sich von einem Gelüst zu befreien. Doch zwischen uns bestand keine sexuelle Anziehung, höchstens gab es da, was mich betraf, die friedvolle Sinnlichkeit, die manche Freundschaften erzeugen und in der die Liebschaften die melancholische Fortsetzung ihrer Zuneigung finden, jenes Gefühl, das sich der Leidenschaft erinnert und mit dem sich das Alter bescheidet.

Er redete, redete; er schilderte unwahrscheinliche Aufführungen mit unmöglichen Dekorationen, und wenn die ihn packende Emphase sein Sprechen auch beschleunigte, blieben sich seine Baßstimme und die in der Erregung ausgestoßenen rauhen Töne und tiefen Atemzüge doch gleich; die Stimme dröhnte und überstürzte sich in seiner Brust. Spielte er für den Zuhörer, den der Zufall ihm schenkte, hatte er in mir einen erkannt, der seine Phantasiegerüste besteigen würde? Ich diente nur der Nutzbarmachung. Nichts in seinen Reden von dem, was er an Verstecktem tief in sich trug, oder von seiner düsteren Tollheit, die eine mit einem Schlucken zwischen Lachen und Weinen endende, singende Veränderung der Stimme deutlich machte.

Trotz des heftigen Verlangens, seine unerfüllbaren

Träume zu teilen, wurde ich von seinen verschrobenen Reden entmutigt. Immerhin fand er einen Satz, der das Geschenk dieser Nacht war und dessen Worte er mit Nachdruck voneinander getrennt aussprach: »Der Kunst ist kein anderer Ursprung zu eigen als die Erinnerung an das verlorene Paradies, doch die große Kunst fügt der Wehmut des Verlustes die Hoffnung auf das wiedergefundene Paradies hinzu.«

Ein Vogel sang. Orazio stand mit einem Ruck auf. Ich fühlte mich gedemütigt, enteignet, die Träume, die Erregungen unseres nächtlichen Umherwandelns in die Gosse gespült. Um uns herum das durch seine Lorbeerbäume verborgene Rom und über uns der Himmel, der angefüllt mit kleinen krausen, das Licht begleitenden Wölkchen wiederkehrte. Es begann zu tagen; die Sonne würde die Kuppelwölbungen erstürmen. Und ich würde mich wieder auf die dringende Suche nach einem Ausweg machen müssen. Meine Mittel reichten nur noch für vier Wochen. Dennoch fürchtete ich nicht, der nicht zu sein, zu dem ich in meinem Unverstand, allen Hindernissen zum Trotz, zu werden glaubte.

Orazio begleitet mich zum Gianicolo. Ich zeige mit der Hand auf mein Zimmer im zweiten Stock. Ich warte vergeblich darauf, daß er mir ein Treffen vorschlägt. Ich gehe hinauf. Ich öffne das Fenster. Er ist stehengeblieben. Nach meiner Erinnerung schrumpft er in meinem schläfrigen Blick, dann verliert er sich am Ende einer Perspektive, deren Linien sich treffen und ihn schließlich verschlucken.

15

Da ich ohne festen Wohnsitz war, hatte ich meinen Widerwillen bezwungen und mich zur argentinischen Botschaft begeben, damit man dort für meine Post Sorge trug. Eine Frau mit grau werdendem Haar, die offensichtlich auf elegante Kleidung Wert legte, blickte mich erstaunt an, als ich die Stufen hinaufstieg, über die sie herabkam. Wir hatten uns in Buenos Aires kennengelernt bei Leuten vom Theater, die sowohl die im Zenit Erstrahlenden als auch, aus Angst, eine Entdeckung zu verpassen, die sich am Horizont abzeichnenden Verheißungen einzuladen pflegten.

Die Autorin von Hörfunkreihen war, nachdem eine ihrer Geschichten verfilmt worden war, für eine Saison in den Rang der Unantastbaren aufgestiegen, trotz eines Pseudonyms, dessen Vorname Malena, nach der Heldin eines berühmten Tangos, nicht zu dem ungarischen Nachnamen Sandor paßte.

Sie erinnerte sich an unsere Ansichten über den Neorealismus und daran, daß sie in allen Punkten auseinandergingen, wir lediglich bezüglich Anna Magnanis Gesicht einer Meinung waren, welcher Umstand zwischen uns eine Art Komplizenschaft besiegelt hatte, denn wir waren auf jener Einladung die einzigen, die behaupteten, daß die Schauspielerin eine neue Schönheit auf der Leinwand durchsetze. Mit ihrem Gesicht »à la Picasso« würde die Magnani zu einer Jahrhundertfigur werden, hatte Malena gesagt und mit einem Lächeln, in dem sich der über die Zögernden errungene Sieg spiegelte, hinzugefügt, die Natur werde schließlich die Kunst nachahmen.

In Rom, wohin sie zurückgekehrt war, um die vom Produzenten geforderten Änderungen eines Szenarios zu besprechen, gefiel sie sich darin, mir in ihren Augen unerläßliche Ratschläge zu erteilen: Wenn ich mir einen Weg ins Milieu des Films, ja sogar des Theaters bahnen wolle, müsse ich in einem der Grandhotels der Stadt wohnen, dem bescheidensten Zimmer, gewiß: die Adresse allein zähle und die mit Umsicht, aber sogleich dem Personal ausgeteilten Trinkgelder. Wunderte sie sich über meine Anspielung auf die Dunkelheit, die Rom nach Einbruch der Nacht einhüllte? Sie jedenfalls frequentiere nur ein hell erleuchtetes Viertel. Sei es denn möglich, daß ich die Via Veneto noch nicht kannte, den einzigen Ort, an dem man sich zeigen mußte? Ein Salon, ein wahrhafter festlich beleuchteter Salon, ich würde geblendet sein. Sie musterte mich vom Kopf bis zu den Füßen, und da sie meine Kleidung wahrscheinlich angemessen fand, ordnete sie meine Krawatte.

Hinter der Porta Pinciana strichen rote Wolken vorbei, die alsbald von Unwettergewölk zerstreut wurden, ein Donnergrollen nahe über dem Erdboden entfernte sich, und als eine mit der Stätte Vertraute nahm Malena Sandor eine lässige Haltung an: eine Hand in der schräg geschnittenen Tasche ihres Rocks, den Musselinschal über die Schulter geworfen, so daß er beim Gehen sich von ihrem Körper löste und hinter ihr her wehte; sie setzte eine leicht ironische Miene auf, und wie auf Anweisung eines Regisseurs traten wir entschlossenen Schrittes auf die Via Veneto; ihr brüskes Stillstehen, wenn sie, um nicht unbeachtet zu bleiben, einen Ausruf tat oder lachte, schien von vornherein festgelegt worden zu sein.

Malenas Vergleich der Straße mit einem Salon erschien mir nicht willkürlich, als ich die auf beiden Seiten des Trottoirs aufgestellten kleinen Tische mit ihren Tischtüchern in sogenanntem »Aprikotrosa« und die weißgestrichenen Korbstühle erblickte; das Trottoir war breit genug, um einen Durchgang zu belassen für die Promenierenden, die so zwischen zwei Hecken defilierten, und eng genug, um Verkehrsstockungen zu begünstigen, die es sowohl dem Flaneur wie dem Lokalgast erlauben, den Blick auf die oder jene Gestalt mit einer Hartnäckigkeit zu heften, die, weil sie erzwungen ist, die Indiskretion entschuldigt.

Ich erkannte niemanden, nicht einmal diejenigen, die der Film populär gemacht hatte, bis eine Frau mit einem Turban auf dem Kopf, die in ihrer Handtasche wühlte, sich wieder aufrichtete und ich das scharlachrote, wie mit dem Skalpell gezeichnete Lächeln Gloria Swansons sah. Sie wirkte in *Mio figlio Nerone* mit – worin eine Unbekannte, Brigitte Bardot, die Poppaea spielte. Es heißt, Gloria Swanson habe in aller Unschuld die Rolle der Agrippina ernst genommen und nachher einen Prozeß gegen den Produzenten und den Regisseur eingeleitet, denn man habe ihr den Charakter des Films verheimlicht und ihre großen Gesten einer Tragödin des Stummfilms genutzt, um die Verrücktheit des Films ganz besonders zu unterstreichen.

In der Halle des Excelsior erwartete mich eine weitere Legende, diese nun aber endgültig dem Mottenfraß ausgeliefert: Francesca Bertini, *prima donna assoluta* des italienischen Films – zwischen 1912 und 1920. Sie saß wenige Schritte vom Eingang entfernt in einem Sessel mit hoher Lehne, wie eine dem Publikum dargebotene Attraktion; auf den ersten Blick sah sie ganz wie eine vom Schauspiel der Straße belustigte Gebrechliche aus. Keiner der kommenden und gehenden Hotelgäste konnte ihre Anwesenheit übersehen: eine Hand ruhte lässig auf der Armlehne, die andere berührte leicht die Schläfe; oft richtete sie einen Gruß von bischöflicher Würde an einen Unbekannten, der nach einem Augenblick der Verwirrung seinen Weg eilig fortsetzte; danach nahm sie ihre

Daguerrotypie-Pose wieder ein, und die vergoldeten Zierleisten des Sitzes krönten sie. Dann ging von ihrer Haltung eine Atmosphäre ewiger Einsamkeit aus.

Oben auf der Treppe warf Malena Sandor in der Hoffnung, Bekannte anzutreffen, nach links und nach rechts die Blicke eines Huhns, das nach Brotkrumen sucht; sie hatte die Bertini nicht bemerkt, die, den leichten Bewegungen ihrer Schultern und ihrer die Runzeln ihrer Stirn durchfurchenden gehobenen Augenbrauen nach zu urteilen, sie erwartete. Ich machte Malena Sandor auf die Bertini aufmerksam, und nun plötzlich wechselten sie einen Begrüßungskuß gotischer Gestalten, wobei zwischen zwei Frauen die auf das Symbol reduzierte Geste das Make-up verschont.

Malena stellte mich Signora Bertini mit Worten vor, deren Sinn und Tragweite ich nicht begriff, die vielleicht eine Falle ankündigten: wortreich pries sie bunt durcheinander meine Qualität als Dichter, meine Kompetenz als Übersetzer und meine Erfahrung in »solchen Dingen« an, Eigenschaften, die mich zur idealen Person machten, um einen gewissen Plan der Signora Bertini auszuführen. Wahrscheinlich hatte sie der Bertini ihre Mitwirkung zugesagt und bediente sich meiner, um von ihrem Versprechen loszukommen. Sie berief sich auf ein Treffen mit ihrem Produzenten, und den Schwung nutzend, den ihre Zungenfertigkeit in ihr geweckt hatte, erstieg sie die Stufen, die das Vestibül vom Salon trennten – dem ganz hinten in einer engen Verlängerung an die Wand gerückte Tische, auf denen kleine Lampen mit Schirmen aus grünem Bleiglas standen, das ernste Aussehen einer Bibliothek verliehen.

Die Bertini forderte mich auf, einen Puff heranzuschieben; er gab so sehr nach, daß ich, beide Beine auf einer Seite anwinkelnd, mit dem Knie den Boden berührend, einem Pagen zu Füßen seiner Königin gleichen mußte. Sie versuchte nicht, die Aufmachung ihres Mondgesichts mit dem Zeitgechmack in Übereinstimmung zu bringen, obwohl unter der dicken weißen Schminke ein breites quadratisches Netz von Runzeln durchschimmerte, besonders um das Ohr herum. Nach Art Greta Garbos verhalf die Fläche unter den Augenbrauen, die als einzige Hautstelle dunkel getönt war, den Augenlidern zu einer Trompe-l'œil-Tiefe.

Und so vertraute sie mir ihren Wunsch an, auf die Bretter zurückzukehren, und ihr Bedauern, sie eines Tages verlassen zu haben; sie empfinde wahrhaften Kummer darüber; sie seien ihre seit der Erfindung des Kinematographen nie mehr gestillte Leidenschaft. Nun wolle sie *La Dame aux camélias* spielen, doch nicht in Italien, wo die Regisseure für die Rolle der Marguerite jetzt Soubretten den Vorzug gäben; sie würde in spanischer Sprache spielen, erst in Barcelona, dann in ganz Südamerika.

Plötzlich übersäte ein Erschauern ihr Gesicht mit Muskelzucken, ihr Hals zitterte, man hätte meinen können, ihr ganzes Nervengeflecht sei im Begriff, die Haut zu durchstoßen, und werde sie ins Wanken bringen – und die wachteleiergroßen Perlen der endlosen Kette, die ihr um den Hals lag und über die Brust bis zur Taille reichte, veranstalteten beim Gegeneinanderstoßen ein glöckchenhaftes Klirren, das zur scheinbaren Weichheit des Permutts nicht paßte.

Bald fand sie zu ihrer Bewegungslosigkeit zurück und verfiel in ein durch ihre Pose elegisches Schweigen. Wie mich aus einer solchen Lage befreien? Ich war böse auf Malena Sandor, ich haßte sie geradezu. Doch einem fernen Klavier entfleuchten einige Walzerklänge und gaukelten so leicht daher, daß ich den Eindruck hatte, Töne zu vernehmen, die aus früherer Zeit in der Luft geblieben waren, in den schattigen Winkeln des Salons, des Vestibüls, wo alles – das Mobiliar, die schweren, in Fransen endenden Tischdecken, die festonierten Vorhänge, die Nippesfiguren auf den Konsolen, das große blaue Rankenmuster des riesigen gelben Teppichs, die Blumensträuße, selbst der strahlende Lüster – an unheilbarer Schwerfälligkeit zu kranken schien. Doch Signora Bertini kam wieder zu sich, sie wiegte den Kopf, was ihrer ganzen Person einen schwachen Reiz verlieh, und wandte sich mir zu: ein verhaltenens Lachen, ein taubenhaftes Gurren kündigte den Tenor ihrer Rede an: Sarah Bernhardt... Ob ich übrigens ihren wirklichen Namen kenne? Rosalie Bernard, ohne diese Kinkerlitzchen von h und t, die sie sich zugelegt hatte. Ja, im Kinematograph war Rosalie ihr mit *La Dame aux camélias* im Alter von sechsundsechzig Jahren zuvorgekommen. Sie dagegen habe nicht einmal das der Duplessis. Sie kniff die Augen zusammen, sie wollte feststellen, ob ich auf den Nachnamen des Modells der Marguerite reagieren würde. »Alphonsine...«, sagte ich, und zur Belohnung schenkte sie mir ein breites Lächeln, das wie ein Springmesser wieder zuklappte. Sie schmeichelte sich, die Rolle im selben Jahr gespielt zu haben, in dem die Duse ihren einzigen Film mit dem vorahnungschweren Titel: *Cenere*, Asche, gedreht hatte. Die Duse? »*Brava, bravissima*« auf der Bühne, auf der Leinwand eine Katastrophe; ihre Schönheit war innerlich, ihr Gesicht ungefällig. Dann befahl sie mir mit geneigtem Kopf, noch näher heranzurücken; sie wolle mir ein Geheimnis anvertrauen: die hauptsächliche Schwierigkeit, die die Rolle bot, sei der Husten. Ihn müsse man unbedingt vermeiden, um die Kurve nicht zu unterbrechen, jawohl, die melodische Kurve der Rolle. »Wenn man hustet, verliert man den Rhythmus, der Gesang wird unterbrochen; es geht an, allmählich in die Atmung ein *Rubato* einzuführen, bis hin zum Zaudern vor Silben, aber nicht vor dem Ende des zweiten Akts. Die Interpretin muß ihr Schwanken derart regulieren, daß sie, auf eigene Gefahr und Kosten, Zweifel an ihrer Fähigkeit, den Atem zu beherrschen, weckt. Wenn Marguerite dann vor ihrem Tod von einem Wiederaufleben erfaßt wird, das ihre Brust befreit, muß die Freude, die sie empfindet, sich beim Zuschauer in Tränen kundtun; seine Erschütterung ist so groß wie der Künstler, der sie vermittelt; die Glut, die uns verzehrt, erstrahlt in seinen Tränen.«

Ich glaube, eine Phrase oder die Manier D'Annunzios wiederzuerkennen. »Die Rolle ist ein sonderbarer Tyrann. Ausgeliefert an unsere Fähigkeiten übersteigende Forderungen, die er uns nie mitteilt, werden wir von ihm gegeißelt; es sind unsere eigenen Nöte, alle in der Tiefe angehäuften Leiden des Lebens, die er uns abverlangt.«

Während sie laut träumte, mehr zu sich selber als zu mir sprach, erhellte sich ihr Gesicht vor Zukunftszuversicht; etwas in ihrer Stimme, in ihrem Blick jedoch spürte Angst, eine Angst, die nichts und niemand mehr beschwichtigen würde, und das verfälschte ihre Verzückung zur Trostlosigkeit.

Es wurde Abend. Eine Gruppe junger Männer, deren Zuvorkommenheit an Kriecherei grenzte, trieb im Kielwasser von Gloria Swanson herein. Obwohl sie schmächtig und von nur mittlerer Größe war, fehlte es ihr nicht an majestätischer Haltung, die sie zweifellos wiedergefunden hatte, seitdem sie durch *Sunset Boulevard* dem Museum für einstige Berühmtheiten entrissen und in die Gegenwart zurückgeholt worden war. Mit ihrem trotz leichten Körpers entschiedenen Schritt entfesselte sie kleine Neugierwirbel. Und ihr Lächeln teilte allumher das obligate Interesse ohne bestimmten Gegenstand aus an eine Gesellschaft, die ihr huldigte, das Interesse, das die Huldigung, wenn sie nicht offenkundig gewesen wäre, jedenfalls hervorgerufen hätte. Nach einigen Sekunden der Unschlüssigkeit unter dem Lüster versammelte sie mit befehlendem Blick ihre Komparsen aufs neue, und wie der Bug einer Galeere steuerte sie in unsere Richtung.

Als die Bertini sie gewahrte, kündigte sich auf ihrem Gesicht ein Lächeln an, sie riß die Augen auf und umklammerte die Armlehnen des Sessels mit beiden Händen, bereit, sich zu erheben, und im unausgeführten Versuch äußerten sich die ganze Last und Langsamkeit der Jahre. Doch schon glitt der Blick des Stars und seiner Akolythen über unsere Köpfe hinweg; sie schauten hinter uns, und die Gruppe spaltete sich und ging um uns herum. Daraufhin faßte die Bertini alle Energie zusammen, stand auf mit einer Heftigkeit, die ihre Halssehnen hart machte, und tadelte mich mit koketter Miene, ihr so lange zugehört zu haben: sie käme nun zu spät zum Dinner in der amerikanischen Botschaft. Durch ihre Augen zogen die Schatten der Niederlage, die Blitze einer unmöglichen Rache, Schimmer der Angst. Sie vollführte unsichere Bewegungen; sie suchte Stärkung; dann fand sie zu ihrer gemessenen Feierlichkeit zurück, und das brachte sie wieder ins seelische Gleichgewicht: ein Groom brachte ihre große Hahnenfederboa und legte sie ihr um die Schultern; ihre Maske tauchte nun aus einer elisabethanischen Halskrause; der Hotelbote bot ihr seine Dienste an; der Direktor des Etablissements kam und verneigte sich vor ihr. Sie sah mich an: den Zeugen der Demütigung, die sie in der Einfalt ihrer Eitelkeit sich selbst zugefügt hatte; ich sollte bemerken, welche Ehren man, vom Direktor bis zur Dienerschaft, ihr erwies: nichts hätte es ihr erlaubt, darin einen Teil Mitleid zu vermuten.

Inzwischen war Malena Sandor wieder erschienen, einen Packen bereits frankierter Briefe in der Hand, die sie beim Portier hinterlegte. Sie zog einen Geldschein hervor, blinzelte mir zu: Begriff ich den zusätzlichen Vorteil, der, sofern man einigen Ehrgeiz hat, darin liegt, in einem Grandhotel abzusteigen, dort einige Zeit zu wohnen und jegliche Kleinlichkeit gegenüber den Angestellten zu vermeiden? Man benutzte *sine die* weiterhin das Briefpapier mit dem gedruckten Briefkopf, empfing dort weiterhin seine Post und seine Gäste, mit einem Wort, man wahrte seinen Rang.

Wir begleiteten Signora Bertini zum Palazzo Margherita. Zwei Carabinieri stolzierten auf dem Bürgersteig, sie waren gleich groß, zum Verwechseln ähnlich unter ihren Helmen, die ein kleines Visier hatten und die ein prächtiger Busch aus Hahnenfedern zierte. »Für euch Banditen hebt man die längsten auf!« rief die Bertini und strich mit dem Handrücken über die Halskrause, die ihre Wangen streifte. Sodann fing oder vielmehr stimmte sie einen langen Satz an, den sie aufs vollkommenste modulierte: die Vokale rundeten sich in ihrem Mund, hallten an den Wangen wider oder schlugen, von Konsonanten gepeitscht, auf ihren zerknitterten Lippen mit den Flügeln: ebenso wie die Herkulesarbeiten dieser die ganze Halbinsel durchziehenden Straßen verdanke man den Ansprüchen des Duce das stattliche Auftreten der Männer in Uniform, vor allem der Polizisten auf den eleganten Plätzen der großen Städte.

Malena und ich kehrten auf demselben Weg zurück und kreuzten die Carabinieri (wenige Tage darauf sollte ich mich fragen, wer der beiden den in gewöhnlicher Kleidung aus dem Dunkel vortretenden Kollegen herbeigepfiffen hatte, damit er mich aufs Kommissariat brachte); wir hatten denselben Weg nur gewählt, um sie noch einmal zu sehen; wir gestanden es uns gegenseitig ein – und dieses Bild von Malena, der unter Lachen zurückgeworfene Kopf, die Hand, die verständnisinnig meinen Arm drückt, tauchte eines Tages, lange Zeit später, in deutlichem Licht wieder vor mir auf, als ich von ihrem Selbstmord in Buenos Aires erfuhr; sie hatte sich aus dem dreiunddreißigsten Stockwerk des ersten Wolkenkratzers der Stadt hinabgestürzt.

Das Aussehen der Via Veneto hatte sich verändert; Donay hatte seine Tische vom Bürgersteig entfernt; Frauen in Abendkleidern quirlten in einer Art pomphafter Freude umher; man hörte Gezwitscher, kleine Schreie, magnetisches Beben durchzog die Kühle der Frühlingsnacht; die Laternen, die Leuchtreklamen lachten in den Fensterscheiben; Gruppen tauchten auf, redeten von einem Trottoir zum anderen hinüber miteinander, vermischten sich, verschwanden... Und es war deutlich zu spüren, daß das Fest anderswo stattfinden würde, hinter den Drehtüren der großen Restaurants, den geschlossenen und bewachten der Nachtlokale, in den Palästen, daß es vielleicht an einem Strand in Roms Umgebung enden würde, wo man eines schönen Tages die Leiche eines von ihnen fände, wie ein Jahr zuvor die der schönen Wilma Montesi.

Sie wußten nicht, die übererregten Mädchen, die prächtig geschmückten Frauen, die eingebildeten Gecken, daß sie zu ihrem Vergnügen, Glück und Verderben liefen, nur um Kulisse und Gestalten, die Farbe einer Epoche und ihren Rhythmus einem genialen Mann zu liefern, der schon dabei war, die denkwürdige Geschichte der *dolce vita* zu präparieren.

16

Ich zog die Vorhänge nicht zu, weil ich vom Tageslicht geweckt werden wollte. Gegen acht Uhr erreichte es mein Bett. Doch wohnte ich noch keine Woche bei meinen neuen Mariottis, als in einem aschgrauen Licht, in dem die Möbel sich noch schlecht abzeichneten, ein Hagelgeräusch an den Scheiben mich auffahren ließ. Hatte ich geträumt? Unten, an derselben Stelle, an der er zwei Tage zuvor stehengeblieben war und mich das Fenster öffnen und wieder schließen gesehen hatte, lächelte Orazio. Ich gab ihm zu verstehen, daß er auf mich warten solle. Dem Seitenblick der Wohnungsinhaber, ihrer sarkastisch getönten Strenge entnahm ich, daß sie den seltsamen frühmorgendlichen Besucher schon lange vor mir gesehen und gehört hatten.

Es gibt Menschen, die aufgrund einer Mißbildung, einer extremen Häßlichkeit – angesichts deren allein ein Mangel an Vorstellungsvermögen unser Mitleid ausschließt – ein feindliches Gefühl gegenüber der Natur in uns wecken. Desgleichen gibt es Ungeheuer, deren Lebenstrieb sie dazu geführt hat, ihre Häßlichkeit noch zu betonen und sich über sie zu amüsieren; sie fordern absichtlich unser Gelächter heraus und wären enttäuscht, wenn wir es vor ihnen verbergen würden.

Dagegen liegt im Blick, im Lächeln mancher normaler, mittelmäßiger oder schöner, allesamt von jener ungehörigen Substanz, die ich »die Seele« nennen möchte, bewohnter Menschen etwas, was uns ankündigt, daß sie uns nicht so sehen, wie wir sind; wir sind nur der auswechselbare Gesprächspartner, den sie, um zu bestehen, brauchen, und sie halten uns abseits, man weiß nicht wovon, aber doch abseits. Wo versteckt sich ihre in ihren Reden immerhin offenkundige Vernunft? Man findet keinen Zugang zu ihr. Ich hätte Orazio so gern verstehen wollen, als ich vor ihn hin trat und seine Hand die letzten Kieselsteine fallen ließ. Kein einziges Wort. Sein freundlicher Gesichtsausdruck und seine Fassung aber machten mich eiskalt. In einem Zustand des Zorns, den die Erinnerung an unsere Begegnung milderte, wagte ich es nicht, nach den Gründen seines Verhaltens zu fragen: es bestärkte meinen damaligen sofortigen Eindruck, daß er wahnsinnig sei, welchen Eindruck trotz des Überschwangs seiner Stimme der Monolog über das Theater schließlich zerstreut hatte.

Die Lähmung dieses Auge in Auge? So als ob morgens, wenn man den Rasierapparat ansetzt, der Spiegel ein anderes Gesicht als das eigene reflektiere. In seinem gewahrte man ein unentschlossenes Zappeln, besonders in den Lippen und den Augen, das an die Zeiger eines Kompasses gemahnte. Und plötzlich setzt mich ein angenehmer Eau-de-Cologne-Geruch davon in Kenntnis, daß er sich soeben gewaschen hat, sein Aussehen erstaunt mich – das Gesicht glatt, das Hemd strahlend weiß, die Kleidungsstücke fadenscheinig und altmodisch, gewiß, aber sie schienen die Vornehmheit seiner Person zu unterstreichen. Ich befreie mich von der Hand, die er mir auf die Wange klatscht, meine Vermieter müssen auf der Lauer sein: als wir um die Straßenecke biegen, machen sie die Fensterläden meines Zimmers weit auf.

Wir setzen uns ins erste Café, das wir finden, und, einer so hungrig wie der andere, verschlingen wir ein Frühstück. Nun liest Orazio die Krümel zusammen, macht davon einen kleinen Haufen, preßt sie zwischen die Finger und fährt sie zum Mund. Statt der an Ekstase grenzenden Einsamkeit, die ihn vorhin umgab, ist auf ihm nun eine Mattigkeit, ein Aufgeben. Ich warte darauf, daß er aus seinem Schweigen tritt; ich würde ihn gern bitten, auf die

Kieselsteine zu verzichten, ich laufe sonst Gefahr, vor die Tür gesetzt zu werden, und ich schweige. Er kreuzt die Arme auf dem Tisch, neigt den Kopf vor, und ich glaube, daß er reden wird. Sein Lächeln kehrt zurück, ohne Zusammenhang mit dem Ausdruck seiner Augen, die meine starr ansehen: der Wahnsinn ist da, ergreift sein Gesicht, verstärkt sich darin; ich wünsche, daß er die Stühle umwirft, die Fensterscheiben einschlägt, einen Ausbruch hat, wenn er nur aufhört, mich anzuschauen, denn seine bewegungslose Sanftheit entsetzt mich. Wenn man bei mir, bei den anderen, bei jedem einen bis in die Tiefe reichenden Schnitt ausführen könnte, fände man nichts als ein Gewimmel von Delirien, die sich höchstens einigen Verboten fügen. Orazio dagegen ignorierte die Hindernisse, diese Art immanenter Disziplin, die unsere Impulse zurückhält und, indem sie uns an die Gesetze der Wirklichkeit erinnert, uns ein Gleichgewicht erfindet.

Ich höre mich sagen: »Komme nicht mehr, Orazio!«, aber der die Fortsetzung des Satzes: »Treffe dich anderswo mit mir« hörte, war nicht mehr ich: durch die Bemühung, mir vorzustellen, was er dachte, war ich in ihn übergegangen, und ich habe oder er hat mein vor Bangigkeit verstörtes Gesicht gesehen, meinen Mund, der sich vergeblich bewegte. Dies dauerte ein, zwei Sekunden, und plötzlich knirschte der Plattenboden unter den Metallfüßen des Stuhls, der sich, als ich mit einem Ruck aufstand, um sich selber drehte. Ich fand den Boden Roms und mich selbst wieder und stürzte zum Autobus, den ich seit einer Woche nahm, um mich zur Schauspielschule zu begeben. Eine solche Erfahrung möchte ich nie mehr machen. Nichts dem Ich nicht Zugehöriges ist mit dem Leben vereinbar.

17

Freudig, aber nicht ohne ein starkes Zittern der Erregung trat ich in den unwirtlichen Saal, in dem Signor Costas Kurs stattfand. Ich war als Hörer angenommen worden. Mochte die Zeit der Schicksalsprüfungen auch nahen, mein Herz war stolzerfüllt. Ich war nach Rom gekommen, um an diesem Unterricht teilzunehmen; und ich nahm daran teil. Heute vermag ich mich in meinen einstigen Kühnheiten nicht mehr wiederzuerkennen.

Wörter wie »Trauer«, »Gram«, »schweigsam«, »düster«, sogar »unheilvoll« können mich gelegentlich an Signor Costa erinnern. Von seinem Ausdruck wehmütigen Ernstes, den er nur ablegte, um dann und wann auf jemanden seinen kurzsichtigen Blick zu heften, der weit hinter die Maske in die Menschen eindrang, fühlte ich mich seit unserer ersten Begegnung gepackt, mehr noch an dem Tag, als er seine Brille ablegte, um ihre Gläser zu putzen: Seine Augenlider und der Halbkreis, den die Ränder um die Augen bilden, schienen von ganz anderem Stoff zu sein als Stirn und Wangen – von durchscheinendem Weiß, wie die Auswüchse zwischen Pflanzlichem und Tierischem, die man findet, wenn man ein auf feuchtem Erdreich liegendes altes Brett umdreht.

Er war schmächtig, schlank, der weite anthrazitgraue Anzug verbarg seine Anatomie, und unter dem Rollkragen des gleichfarbigen Pullovers erwartete man den Zelluloidkragen des Geistlichen zu sehen: trotz des Tragens weltlicher Kleidung statt der Soutane, was damals noch nicht erlaubt war, zeigte er – wie noch nicht vierzigjährige und gutaussehende Priester – etwas wie eine Mahnung an die auf dem Gesicht verbreitete Sinnlichkeit, ein Glacis, das ihn vor dem Begehren schützte, das er hätte wecken können, und vor seiner eigenen Lust, die Dinge der Welt zu nutzen. Seine Art, die Gebärden mit liturgischer Präzision auszuführen, galvanisierte seine Rede.

Obwohl das Ansehen, dessen er sich erfreute, unangefochten war und über die Grenzen hinausging, hieß es, daß er nur in Rom inszeniere, wo er seit etwa zwanzig Jahren die Witwenschaft seiner Mutter tröstete. Er widmete sein Leben der, die es ihm gegeben hatte; und der dieser mühsamen Aufgabe so sehr Überlegene fand sich damit ab, Unterricht zu erteilen, ganz vergebens zudem, wenn man an die gewissenhafte Mittelmäßigkeit seiner Schüler dachte.

Vielleicht hätte ich mit Signor Costa kein einziges Wort gewechselt, wenn sein Kurs in jenem Trimester nicht *Hamlet* behandelt hätte. Meine Jugend hatte den Prinzen von Dänemark zur Rolle aller Rollen, zu meinem »Hohelied« erkoren, ich stellte ihn sogar über meinen geliebten Intimus Iwan Karamasow. Literarische Todesnähe und mehr noch eine Metaphysik des Nichts begünstigen die Träumerei junger Menschen, die die so häufige Zwangsvorstellung von Selbstmord und Mord durch andere befriedigen lassen.

Mir war nicht unbekannt, daß Shakespeares Werk ganze Bibliotheken von Interpretationen und Kommentaren hervorgebracht hat; von diesen Arbeiten hatte ich nur einen winzigen Teil gelesen, ich hatte darin Fänge gemacht, oder besser, einige der da und dort zitierten Behauptungen zur Kenntnis genommen. Ich wußte, daß den Schauspielern oder Kritikern, die das alle anderen überragende Genie zu erheben glaubten, indem sie versicherten, er habe nie eine Zeile durchgestrichen, Ben Jonson zu entgegnen pflegte: »Hätte Gott doch gegeben, daß er tausend durchstrich« und daß er behauptete, Shakespeare fehle es an Können.

In einem Alter, da man glaubt, Genie und Vollkommenheit fielen notwendigerweise zusammen, erschien mir Ben Jonsons Ansicht, ganz gleich, ob sie begründet war oder nicht, von unnötiger Frechheit zu sein. Wenn ein Werk uns den Eindruck macht, aus höheren Regionen als dem menschlichen Geist zu kommen, und uns mit Glück erfüllt, geben wir ungern Mängel seiner Ausführung zu; wir neigen vielmehr dazu zu glauben, daß der Fehler vom Autor vorausgesehen, gepflegt oder absichtlich außer acht gelassen worden ist. Nach Ansicht Signor Costas veranschaulichte *Hamlet* besser als jedes andere Stück Shakespeares die Spannungen, Mehrdeutigkeiten, Unsicherheiten des Dramatikers und dies um so mehr, als es sich um eine seiner höchsten Schöpfungen handelte.

Er entwickelte seine Hypothese und stützte sie mit Zitaten aus mir unbekannten Essays. Ich erinnere mich, mit welchem Nachdruck er dem Schuldgefühl der Königin Hamlets Qual und diesem selbst maßlose Gefühle zuschrieb. Hamlet war von einem Verlangen erfüllt, das größer war als er selbst: nach der durch seinen eigenen Untergang herbeigeführten Vernichtung der Welt. Sein Schöpfer hatte die tragischen Situationen denn auch vervielfacht, um das Publikum von der gewaltigen und schrecklichen Seele seines Geschöpfs zu überzeugen.

Ich hatte, um mein Abenteuer zu rechtfertigen, ein zu großes Bedürfnis, mich entzückt zu fühlen, um meine Zustimmung zu Signor Costas Theorien nicht durch leichtes Kopfnicken und gelegentliches Lächeln anzuzeigen. Wegen der stumpfen Ratlosigkeit, in die seine Schüler während seines Exposés verfielen wahrscheinlich, kam es vor, daß der flüchtige Blick aus dem Augenwinkel, der seiner Brille entwischte, auf mir, der hinten im Saal saß, haften blieb. Ich sah darin eine Art heimlichen Einverständnisses, während es sich wohl nur um Neugier handelte; und wenn er im Begriff schien, mir eine Frage stellen zu wollen, war ich der Schiffbrüchige, der jeden Orientierungspunkt verloren hat.

Er wiederholte in aller Ruhe, der Kern der Darstellung des *Hamlet* sei dessen Schmerz über den sittlichen Verfall seiner Mutter. Und ich weiß noch, daß er eines Tages den schulmeisterlichen Ton fallenließ und mit deutlicher, aber leiser Stimme hinzufügte: »Die Schuld einer Mutter ist das, was ein Sohn am wenigsten verzeiht.« Vielleicht fühlte er sich nirgendwo auf der Welt an seinem Platze, in der Schule jedoch imponierte er seinen Zuhörern. Ohne seine Schüler dazu aufzufordern, ohne um ihre Aufmerksamkeit zu bitten, erreichte er ihr Schweigen, indem er einfach seine Unbewegtheit verstärkte. Nachdem die Grundlage des Werks bezeichnet war, legte er dar, wie sich alles aus ihr ergeben müsse, um dann zum Ausgang zu führen, der natürlich, unvermeidlich erscheine durch das Steigen und Fallen der Stimme, die Allüren, die geringsten Bewegungen der Schauspieler. »Ihr Denken«, sagte er, »bildet sich zwischen dem Auge, dem Ohr und den Lippen, aber um den richtigen Ton zu treffen, müssen sie dahin gelangen, nicht mehr an ihre Replik zu denken.«

Ich besuchte die Schule bis zum Ende der Kurse Mitte Juli, trotz meiner finanziellen Lage, die von Anfang an mehr als fragil gewesen war und mich innerhalb von drei Monaten Tag um Tag mehr ins Elend gebracht hatte. Fast hätte ich an der letzten Vorlesung nicht teilgenommen: außer dem Wasser der Brunnen hatte ich seit achtundvierzig Stunden nichts mehr getrunken und nichts zu mir genommen, und ich schlief unter freiem Himmel.

Es war auch von der Kontroverse die Rede, die Hamlets Aufforderung an Ophelia »Geh in ein Kloster!« immer noch aufwirft, da das englische Wort *nunnery* zwar Kloster, in der Umgangssprache aber auch »verrufenes Haus«, sogar Bordell bedeutet.

Hierzu hatte ich etwas zu sagen; würde es mir verboten werden, am letzten Tag das Wort zu ergreifen? Alle Köpfe wandten sich zu mir um, und während Signor Costa zwischen den doppelten Bankreihen näher kam, nistete sich auf seinem Gesicht etwas wie Vorauszustimmung zu meinen Darlegungen ein.

Ich wußte nicht mehr, war es in *La Revue des Deux Mondes* oder einer anderen Zeitschrift gewesen, daß ich die aus dem achtzehnten Jahrhundert stammende französische Übersetzung einer Tragödie von Thomas Kyd, der wahrscheinlichen Vorlage von Shakespeares *Hamlet*, gelesen hatte. Da Kyds Werk verschollen war, hatte der französische Übersetzer die – ebenfalls verlorene – Version benutzt, die deutsche Schauspieler auf Tournee in London zu Beginn des siebzehnten Jahrhunderts aufgeführt hatten. Die Geschichte Hamlets, allerdings nur in ihren groben Zügen, ohne metaphysischen Tiefgang, ohne den Glanz der dem Shakespearschen Genie eignenden rhetorischen Hyperbeln, welches Genie sich nicht nur in der verbalen Prachtentfaltung, sondern auch in der scharfsinnigen Doppeldeutigkeit scheinbar harmloser Sätze wie »Geh in ein Kloster!« äußert, wohingegen Kyd oder der Übersetzer der deutschen Übersetzung es genau haben will: »... Aber nicht in eines der Klöster, wo man des Morgens beim Aufstehen zwei Paar Pantoffeln am Fußende des Betts stehen sieht.«

Ich stürzte mich in die Art Erörterung, die eine Entdeckung, eine Offenbarung verheißt, um hinterher die Schande der Armseligkeit meiner Worte und mehr noch der Emphase, mit der ich sie vortrug, zu empfinden. Meine Verlegenheit zerstreute sich jedoch, als einige Schüler, die sich bisher befleißigt hatten, zu dämpfen, was sie meine »Illusionen« nannten, sich um mich scharten, und als Signor Costa, der unergründliche, didaktische, der ferne Signor Costa sich vor mir hinsetzte. Welch ein Geschenk, diese seine plötzlich so volle Anwesenheit, Anwesenheit fast mit Anteilnahme.

Man stellte mir Fragen, die ich recht und schlecht beantwortete. Und unversehens gab es Gläser und Weißwein. Wie schön war diese Unbeschwertheit des Kursendes und mehr noch das nachdenkliche, endlich so nahe Gesicht Signor Costas – mit etwas wie einem Zuruf hinter den dicken Brillengläsern. Ich wußte, daß ich, simpler Hörer, nicht die Zeit haben würde, ihm die Zusage zu einer Besprechung zu entreißen; und wenn auch nur aus Höflichkeit gegenüber seinen Schülern, mußte ich mich als erster von ihm verabschieden. Aber ihre Gruppe zerstreute sich im Saal, sie redeten laut, lachten. Signor Costa wollte wissen, in welchem Viertel ich wohnte; er werde mich zurückbegleiten – und mit meinem Stolz vermischte sich die Hoffnung auf ein Abendessen. Zwei Gläser auf nüchternen Magen machten mich jeglicher Kühnheit fähig.

Bei Sonnenuntergang stiegen wir zum Gianicolo hinauf. Verkehrsstau, Straßenlärm hatten dazu geführt, daß wir nur wenige Worte wechselten. Signor Costa stellte abrupte Fragen, so wie der Pianist einzelne Akkorde anschlägt, um die Qualität des Instruments zu prüfen. Wir haben die Fahrbahn überquert, was unser Schweigen noch unbequemer machte, und dann die Ellbogen auf die Balustrade des Belvedere gestützt. Die Kuppeln absorbierten das Licht; die Schildwachen der Pinien und Zypressen gewannen ausgedünnt an Höhe; das Blau des Himmels vertiefte sich, und der Mond ging auf.

Ich hatte recht daran getan, die letzte Unterrichtsstunde zu besuchen. Der Mann an meiner Seite, der das Kinn bewegte, wie um den aufsteigenden heißen Dunst der Stadt zu vermeiden, wo alles, von einem Gewimmel elektrischer Leuchtkäfer überfallen, blinkte, alles flatterte, hatte vielleicht die Macht, mir die Türen zu öffnen. Er sprach von der Notwendigkeit, der Dringlichkeit, Kyds Tragödie wiederzufinden. Ich gab mir den Anschein, ratlos zu sein: wo hatte ich sie doch aufgespürt? Ich wußte es, aber indem ich Unkenntnis vortäuschte, gewann ich die Aussicht auf eine fernere Zusammenkunft. Die französische Zeitschrift war mir durch Zufall in einer kleinen Bibliothek Roms unter die Augen gekommen, wohin ich, da die Überlebensnot die Oberhand gewann, nie mehr zurückkehren sollte; zudem gestattete das Leben, das uns so oft mit Abschieden droht, ohne sie uns wirklich anzukündigen, es mir nicht, Signor Costa wiederzusehen.

Im Augenblick war ich ganz der Euphorie hingegeben, in einem fast vertraulichen Beisammensein mit ihm allein zu sein, und die verstreuten Bilder, die ich seit meiner Ankunft Tag für Tag gesammelt hatte, gerieten ins Gleichgewicht in einer aufgehobenen Zeit und erstarrten zu den Formen und Farben eines einzigen Bildes: die Piazza di Capitolino, die Paläste und Tempel, die plötzliche Musik in einer Kirche, die Seminaristen, die zur Marktzeit den Campo di Fiori überqueren, der Vorübergehende, dessen Profil das der Statue wiederholt, das ganze Rom, in das in der Abenddämmerung das eigentliche Licht einzieht. Und Signor Costa und ich, unsere flach auf der rauhen Kante der Balustrade so nahe nebeneinander liegenden Hände, und eine Atmosphäre der Versenkung, die seine Person umgab, etwas Gedämpftes, Verschlossenes, Verschwiegenes, dem seine Stimme, obwohl er weiterhin über das Theater redete, widersprach. Denn die sonst so wohlgelenkte, gesteuerte hatte die Kontur, die deutliche Aussprache, sogar ihren Klang verloren: in scheue Inbrunst gehüllt, entsprach sie mundtot gemachten Gefühlen, eingesperrten Gedanken. War es mein ewiges Schutzbedürfnis, das ihn zwang, aus sich herauszutreten, oder sein stummes Verlangen, das aus Angst, ich würde dieses Vertrauens nicht würdig sein, mich anflehte, den ersten Schritt zu tun?

Von Zeit zu Zeit sah er mich verstohlen an und wandte den Blick rasch wieder ab. Er stellte eingehendere Fragen nach meiner Herkunft, meiner Kindheit, meinem Leben in Buenos Aires und nach diesem verrückten Entschluß, das Land unvorbereitet zu verlassen. Auf seinem Gesicht Bewunderung und Skepsis. Als ich meine Mutter erwähnte, sprach er lange von der seinen. Er zog eine Taschenuhr aus der Hosentasche; es war eine Longines, das gleiche Modell wie die meines Vaters, aber es war eine goldene Uhr; der während der ganzen Zeit in seiner Gesellschaft vergessene Hunger und die Hoffnung auf eine Mahlzeit überwältigten mich.

Wie viele vorsichtige Annäherungen, Rückzüge nach zaghaften Vorstößen, wieviel Bereuen und Schwanken. Manchmal nahm er sich zusammen, manchmal wand er sich bis zur Schwelle des Geständnisses vor, um sogleich wieder zurückzuweichen, vielleicht zauderte er zwischen dem Gewissensbiß, den er am Tag danach empfinden würde, und dem Verlangen nach einer Erkühnung, deren Wirkung und Folgen er nicht kannte: wie Orazio übte er auf mich keinerlei Anziehung aus, und das fühlte er.

Doch während er immer weiter redete, näherte sich seine Hand gleich einem von seiner Person sich lösenden schlauen kleinen Tier der meinen und nahm sie jäh gefangen.

Wie ein von einer Viper gebissener Schlafwandler fuhr er zurück und rückte von mir ab, wobei er die flüchtige Hand wieder an sich nahm und mit der anderen umfaßte. Nichts bringt uns so aus der Fassung, wie davon überrascht zu werden, daß ein Körperteil verstohlen die Geste ausführt, die unsere Scham uns verboten hat.

Von einem Zittern befallen, stammelte Signor Costa unverständliche Wörter und suchte ringsumher nach seiner Brille, die ihm während seines Zusammenzuckens von der Nase gefallen war. Ich vermutete, daß sie im Gras liege, und während er fortfuhr, sich um sich selbst zu drehen, um von seiner Verlegenheit abzulenken, hob ich sie auf und reichte sie ihm.

Der Mond, nunmehr aus Porzellan, verlieh Signor Costas weißlichen Lidern die Struktur noch lebender, milchiger Austern.

Signor Costa erwähnte die fortgeschrittene Stunde, die Besorgnis seiner Mutter, die er nicht von einer möglichen Verspätung in Kenntnis gesetzt habe und die ihn wohl noch zum Abendessen erwarte, schlug, seinen Schlüsselbund schüttelnd, vor, mich – ein Stück weit – zu meiner Wohnung zu begleiten. Er hatte gezögert, ehe er den Satz aussprach. Höflich, gemessen lehnte ich das Angebot ab. Ich glaube, nie im Leben den Blick stolzer, selbstbewußter auf einen Menschen gerichtet zu haben, und ich drehte mich auf dem Absatz um.

Mein Magen war leer, das Herz bedrückt von den Krämpfen des es umgebenden Körpers, der schmerzhafte Hungerschauder stieg mir in die Kehle. Meine Füße brannten, waren feucht in den schmutzigen Socken. Ich landete schließlich auf der Piazza di Spagna, die, ist es zu glauben, nach Mitternacht verlassen dalag. Bei Sonnenaufgang würden die Blumenverkäufer dort ihre Waren ausbreiten. Nachdem ich meine Füße in dem barkenförmigen Brunnen, der *Barcaccia*, gekühlt hatte, suchte ich mir mein Lager auf der breiten Rampe der Spanischen Treppe; so viele Leiber, so viele Hände haben ihren Stein geglättet, daß seine Kanten im Lauf der Jahrhunderte den unbestimmten Schimmer von Bernstein angenommen haben.

So trieb mich unter der sternbesäten Nacht voller Fallen die Not an die Ufer des Tibers, das Land der Schatten und der Hoffnungslosigkeit.

18

Alles, was unser Herz begehrt, werden wir es aus dem Nichtsein ins Sein zwingen?

Seit ich das Zimmer auf dem Gianicolo gemietet hatte, wo der Fensterrahmen Rom einfaßte, wußte ich, daß meine Rücklage bald erschöpft sein würde, doch da ich irgendeine kleine Arbeit zu ergattern hoffte, unterließ ich es, mir das nah Bevorstehende vorzustellen: die absolute Mittellosigkeit. Wenn ich an diese Zeit denke, die mit ihren Höhen und Tiefen mehr als sechs Jahre dauern sollte, habe ich gleichzeitig den Eindruck, Gräber aufzubrechen, in denen ich mich vorfinden müßte, und – allein aufgrund der Tatsache, daß ich die Entkräftung überlebte – den Eindruck, nicht gänzlich meiner Spezies angehört zu haben. Ich weiß nicht, welche Kraft mich stützte, man muß wohl annehmen, daß der Geist in Übereinstimmung mit dem Blut in uns kreist und daß nichts ihn anhalten kann außer dem äußersten Verfall. Ausdauernder als der Leib, an dem er teilhat, paßt er sich der Hartnäckigkeit des Traums an und folgt dessen Plan, so gut er kann: sobald er sich darauf eingelassen hat, gibt es für ihn weder Rücktritt noch Ausflüchte, er zögert nicht mehr.

Die voraussehbare Ungnade kündigte sich an dem Tag an, als Orazio mich dadurch weckte, daß er Kieselsteine ans Fenster warf. Dies artete alsbald zu einer Verfolgung aus und veranlaßte meine Quartiergeber nach einer Woche, Maßnahmen gegen mich zu ergreifen, an dem Morgen, als die Steine unablässig gegen die Scheiben prallten.

Dabei hatte ich bestimmte Gebote stets befolgt: vor Mitternacht heimkehren und dreimal läuten. Ich entsinne mich noch des leisen Schleifens von Pantoffeln über die Fliesen hinter der Tür, der verschlafenen Stimmen, des Geräuschs der Sicherheitskette.

Welchen Tadel oder welche Strafe hatte ich nun zu erwarten? Vier Augen durchbohrten mich mit ihrem Stachel, mit einer Bosheit, die sich, während der Kies nur noch zeitweilig, weniger dicht an die Scheiben hämmerte, nicht mehr an viel wetzen mußte. In ein Bettuch gehüllt, lief ich in dem Augenblick ans Fenster, als Orazio zu einer Schleuder greifen wollte. Er ließ die Arme sinken, ein breites verschmitztes Lächeln auf dem Gesicht; ich bedeutete ihm, er solle auf mich warten, diesmal im Café.

Allein die Wohnungseigentümer konnten mir helfen; ich mußte sie betören. Mir wurde bewußt, daß ich sie nie voll ins Auge gefaßt hatte, vielleicht weil sie ihr Leben in ihrem Zimmer hinter geschlossener Tür zubrachten – und manchmal überraschte ich sie im Schatten des Korridors wie Mäuse auf der Suche nach einem Keller.

In diesem Augenblick hatten sie, die beide gleich klein waren, sich starr vor mir aufgerichtet, und ihre Mienen schwankten zwischen Herausforderung und Furcht. Wir schwiegen; dann wechselten sie einige Worte in einem mir unbekannten Dialekt. Er trug, wie mein Vater drüben, eine Hose, die in der Taille weit war und von den Hosenträgern so hoch gezogen wurde, daß sie die Knöchel freiließ. Sein Haaransatz war dreieckig, die Spitze reichte fast zwischen die Augenbrauen. Sie? Keine Einzelheit an ihr prägte sich ein, trotz der kleinen Rundung des fliehenden Kinns. Ihre im Rücken geknöpfte Kittelschürze war unter der Achselgrube verfärbt; sie trug dicke schwarze Baumwollstrümpfe, wahrscheinlich um die Trauer um ihren an der Front gefallenen Sohn deutlicher zu bekunden; ihre

Bewegungen waren so kurz und steif, als hätte sie an Ellbogen und Händen keine beweglichen Gelenke; oder aber als bemühte sie sich, jede Berührung zu vermeiden.

Ich habe vergeblich versucht, meinen Quartiergebern verständlich zu machen, daß der Störenfried ein gutmütiger, seelisch ein wenig gestörter Junge sei und ihr Mitleid verdiene. Auf diese Worte hin, die eine ihre Energie überfordernde Entrüstung auslösten, fand ihre Stimme, durch die Gewohnheit des Schweigens unfähig, Zorn auszudrücken, nicht das ihm gemäße Register. Sie schlug von zitternder Schrille in plötzliche Kellertiefe um und gelangte schließlich zu einem ordentlichen Kontrapunkt, das trübselige näselnde Brummen des Ehemanns unterstützte das Vogelgeschnatter der Frau.

Wünschten sie, daß ich selber die Polizei rufe? Sie verstummten, erbleichten, blickten einander an, drehten sich zu mir um, und obwohl sie den Mund öffneten, drang kein Laut hervor: Völlig verlegen, mit einem Ausdruck, als räumten sie ihre innere Unordnung auf, blieben sie sprachlos stehen, bis sie wie in einer Eingebung einstimmig »Niemals« murmelten, den Zeigefinger auf den Lippen, in einem Ton, der weniger Befehl als Bitte war; die Frau griff sich mit der Hand an ihre Brust, Sängerin zur Stunde des Herzeleids ohne Stimme.

Ich begriff nun, daß sie heimlich vermieteten und bestraft zu werden fürchteten: wenn ich ihnen anbot, am heutigen Tag noch auf die Suche nach einem anderen Zimmer zu gehen, erhielte ich vielleicht einen Teil des Geldes zurück. Aber gewiß, gewiß doch, sie könnten mir sogar eine sehr freundliche Dame empfehlen, eine Heilige, sehr arm allerdings, aber von anständiger Armut; dort fände ich einen Platz.

Bei dem Wort »Platz« zuckte ich zwar ein wenig zurück, aber ich war zu den ärgsten Einschränkungen bereit, sofern sie meine Verpflegung noch um einige Tage verlängerten – und mich von Orazio befreiten, von diesem stillen Wahnsinn, der in ihm aufkam und den Fluß der Zeit lähmte, Orazio auf eine beunruhigende Einfalt reduzierte, bis seine Nerven sie plötzlich erschütterten und zu Gesten und Verhaltensweisen von schmerzhafter Extravaganz animierten – wie mich vor Sonnenaufgang mit Kieseln zu wecken.

Die Unnachgiebigkeit und Starre meiner Wirtsleute hatten sich gelöst; ihrem Gang teilte sich Geschmeidigkeit mit, ein Lächeln zeichnete sich auf dem Mund der Frau ab, erhellte ihren Blick; bei dem Mann hatte sich die Stirn entrunzelt; der dreieckige Haaransatz hob sich, und das erlaubte endlich die Vorstellung, wo seine Intelligenz logierte. In ihrer Erleichterung ahnten sie nichts von der meinen, die ich ihnen unter den gegebenen Umständen sorgfältig vorenthielt.

Mit Präzision bewegte sie ihre kleinen rundlichen Hände, als sie nun Tassen auf den Küchentisch stellte; man bot mir Kaffee an. Er zählte die Geldscheine, hielt sie zwischen Daumen und Zeigefinger gepreßt, während seine Frau auf ein Stück Papier Adresse und Namen der Armen notierte, die mich mit Freuden beherbergen werde.

Daß sie sie als Heilige bezeichnet hatten, schien mir nicht unpassend, als die von meinem Besuch bereits unterrichtete Signora Elena mir die Tür öffnete; in ihrem blaßblauen Kittel sah sie mehr nach einer treuen Magd des Herrn als nach einer Hausfrau aus: Sie erstrahlte in der Reinheit der Menschen, die sich mit tausend Dingen befassen, ohne von etwas erfaßt zu werden, einer geradezu leuchtenden Seligkeit im Halbdunkel der Wohnung, wo sogar die eingeschlossene Luft danach bestrebt schien, daß die Geräusche aufgehoben, in einer Art von sicherem Frieden eingefangen wurden.

Der »Platz«, den sie mir anbieten konnte? Die Hälfte eines durch eine Trennwand aus Sperrholz unterteilten Gangs. Die Trennwand hatte oben einen Einsatz, von dem eine Glühbirne herabhing; dies ließ auf der anderen Seite einen zweiten Mieter vermuten. Das Bett roch sauber; es war zwischen die Mauern eingepaßt, bei der geringsten Bewegung rieben sich Leintücher und Zudecke an ihnen und mehr noch, wenn man sie, um sie zu lüften, ohne Vorsicht herauszog. Ich schob mich in sitzender Haltung rückwärts hinein und·kroch auf allen vieren daraus hervor. Der Kleiderschrank? In die Wand geschlagene Nägel und Kleiderbügel aus Eisendraht und hinter etwas Vorhangähnlichem, das mein Bett vom Eingang trennte, ein Garderobenständer zum allgemeinen Gebrauch, an den ich meinen Kamelhaarmantel hängte. Eines Tages sollte ich dort einen breitrandigen Blumenhut sehen, wie man sie noch auf Hochzeiten trägt; das war beim Aufwachen; im Schlaf hatte ich das Lachen einer Frau zu hören geglaubt.

Es war mein letztes römische Domizil und, obwohl Orazio es alsbald entdeckte, das friedlichste; es hatte keine Fenster zur Straße. Ohne Licht zu machen, stieg ich, wenn ich abends spät zurückkehrte, auf Zehenspitzen zum vierten Stock hinauf; die Treppenstufen ächzten; dann folgte ich einem langen Gang, vorbei an schlafenden Türen, geleitet ebensowohl von den Schnarchlauten, die sie durchdringen ließen, wie von einem ganz am Ende in einer Nische stehenden Kirchenlämpchen.

Erst nach einiger Zeit wurde ich ein nächtliches Treiben gewahr, das zeitweilig diskret stattfand und Signora Elenas eigentlicher Broterwerb sein mußte. Es beunruhigte mich ein wenig, ohne mir deshalb zu mißfallen. Obwohl die den anderen Teil des Gangs bewohnende Mutter der Zimmerwirtin frühzeitig die Glühbirne ausgeschaltet hatte, die ihr schwaches Licht zu beiden Seiten unserer Trennwand gerecht verteilte, hörte ich mitunter die Eingangstür aufgehen, die von einem Hacken von Bleistiftabsätzen begleitete gedämpfte Stimme eines Mannes und roch ein Parfüm, das manchmal lange nicht verflog. War es das Warten auf diese heimlichen Bewegungen, das mich wachhielt? Doch die in der Schwärze in uns hinabsteigenden, einen Bodensatz, eine langsam wieder aufsteigende, in der Kehle erstarrende Ablagerung bildenden Beklemmungen genügen, um uns nach unten zu ziehen, dorthin, wo das Flachland der Schlaflosigkeit sich ausbreitet.

Und dennoch, wenn man wie ich damals an die Zukunft glaubt, nimmt alles, vor allem das Leiden, das Aussehen von Bestimmung an. Meine Kraft, den Tag zu beginnen, schöpfte ich geheimnisvollerweise aus Signora Elenas Gelassenheit. Ich erinnere mich des Abends, an dem ich etwas sieben Jahre später sie in Paris wiederzusehen glaubte, hinter der kleinen Theke des Männerbordells in der impasse Guelma, das Madame Madeleine führte. Diese glich ihr auf verwirrende Weise; sicherlich betonte der blaßblaue Kittel die Ähnlichkeit und mehr noch ihr unschuldiger Blick, der, da er uns sofort durchschaut hatte, nicht einmal höfliche Neugier zeigte.

19

Um das Erstickungsgefühl zu lindern, das mein Winkel im Gang mir einbrachte, machte ich das Fußende des Betts zum Kopfende. Wenn die Signora Elena morgens die doppelt verschlossene Eingangstür aufriegelte, informierte sie mich im Vorbeigehen über das zu erwartende Wetter, verhangen oder klar, und wenn sie das Fenster öffnete, über die Temperatur. Wettervorhersage, eine Spezialität der Bauern, gewinnt ungeahnte Bedeutung, wenn man auf der Suche nach einem Broterwerb dahin und dorthin läuft und präsentabel bleiben muß.

In einer Nacht im Mai weckten mich Donnerschläge; das Glück eines gründlichen Regens schläferte mich wieder ein, und im Tagesgrauen riß mich ein Schlagen von Fensterläden aus dem Schlummer: der Windstoß hob das Baumwollgewebe und wehte einen beneidenswerten Kaffeeduft und eine der Jahreszeit nicht mehr gemäße Kühle herein.

Der beinahe kalte Tag machte mir Lust, mich auf die Via Veneto zu wagen; die Temperatur rechtfertigte es, daß ich mir meinen Kamelhaarmantel über die Schultern warf.

Als ich zur Porta Pinciana kam, überwältigten mich Scheu und das Gefühl, mich lächerlich zu machen, besonders wegen des Geräuschs meiner an Absätzen und Spitzen genagelten Schuhe. Ich lehnte mich an einen Reisebus, den ersten, den ich in Rom sah; er parkte auf dem Corso Italia, an der Ecke der »Salonstraße«: drüben auf dem Bürgersteig die Tische des Donay. Und dorthin wollte ich mich trauen, als im Innern an die Scheibe getrommelt wurde: ein asymmetrisches Gesicht, das auf rötlichem Untergrund wie mit Kleieflecken besetzt aussah und eine spitze schiefe Nase hatte, lächelte mir zu. Sein Mund war wie der Rand eines Ohrs, seine Nase ruhte auf der Unterlippe. Ein menschliches Wesen interessierte sich für mich, ich lächelte ihm zu. Er stieg aus, strubbeliges rotes Haar, bewegliches Lächeln, unmäßig breit; untersetzt, aber schlaff, formlos, mit schwabbeligem Fleisch und so rundem Rücken, daß er Nähte der Jacke sprengte. Er war Engländer, radebrechte Italienisch, Spanisch und Französisch. Er war schlaksig, täppisch, und der Hieb, den er der Karosserie versetzte, als er mir seinen Beruf als internationaler Chauffeur gestand, enthüllte seine Rohheit.

Er forderte mich auf einzusteigen, seine heiße Hand stieß mich durch den Gang, und als ich zögerte, mich auf die hintere Bank zu setzen, preßte er sich jäh mit dem ganzen Körper an mich. Ich schlang meinen Mantel um mich, er riß ihn mir weg, und im nächsten Augenblick unterbrach er die grobe Behandlung: mit zusammengekniffenen Augen entzifferte er das Firmenetikett auf dem kleinen seidigen Rechteck im Innern des Kragens: »Harrods, London.«

Er wog das Kleidungsstück in der Hand, breitete es sorgfältig über einen Sitz und zog sodann meinen Kopf an sich; in einem Anfall von Widerwillen drückte ich meine Hand gegen seinen Hals und stieß ihn mit einem Fußtritt zurück. Wir blickten einander haßerfüllt in die Augen. Die seinen glänzten und verdunkelten sich im Rhythmus seines röchelnden Atems. Plötzlich warf er sich auf mich und schlug mich mit dem Handrücken in den Nacken; nachdem ich zusammengesackt war und nun wieder aufzustehen versuchte, kam mir der Gedanke, eine Ohnmacht vorzutäuschen, und ich ließ mich in ganzer Länge schlaff zu Boden sinken. Er kniete sich hin und beugte sich vor, legte den Kopf zwischen meine Schulterblätter; ich hielt den Atem an; er hob meinen Arm und ließ ihn fallen. In Schauspielkursen hatte ich gelernt, die Muskeln zu lockern. Zweifellos erschrocken, schwang er sich über mich hinweg und erreichte in einer Art Hechtsprung das Armaturenbrett. Er wühlte in der Tasche der Wagentür, ein Alkoholgeruch breitete sich aus, und bei unserem Kampf herbeigeströmte Passanten machten sich bemerkbar. Ich stand jedoch schwankend auf, nahm meinen Mantel, ging auf ihn zu, der wegen der sich immer zahlreicher ansammelnden Schaulustigen mich nicht schlagen konnte und eine Flut sicherlich schmutziger Wörter über mich ausgoß; er versuchte, sich mir in den Weg zu stellen, vergeblich. Die Wut, die alles Schiefe in seinem Gesicht schwellte, brachte seine Züge mit seinen Flüchen in Einklang. Durch die Anwesenheit von Zeugen beruhigt, zwang ich den Engländer, zur Seite zu treten. Er versetzte meinem Knöchel einen Fußtritt, den die genarbten Kreppsohlen abschwächten; nie zuvor hatte ich so dicke gesehen. Ich dankte den Neugierigen, die sich, enttäuscht selbstverständlich, wieder verliefen.

Auf der Via Veneto brachte ich meinen Anzug in Ordnung und glättete mein damals noch blondes Haar. Und im Augenblick, als es mir gelang, mich so gelassen zu geben, daß ich mich entfernen konnte, ohne den Eindruck zu vermitteln, ich liefe davon, ereignete sich eine Lockerung des ganzen Körpers, ein innerer Erdrutsch: ich schwankte, ich schwebte, ich sah doppelt: jeden Fußgänger begleitete sein eigenes Bild, verschoben, übereinanderkopiert; ich hatte das Gefühl, neben mir zu stehen. Musik ertönte; ein kleines Orchester auf dem Trottoir gegenüber, war es bei Rosatti?, spielte einen Walzer, und sein Dreivierteltakt, der den Absatz nötigt, bei jedem dritten Viertel fest aufzutreten, damit der Körper sich wieder in Bewegung setzt, zwang mir eine seinem Rhythmus gehorchende Gangart auf und überwand allmählich die Unsicherheit meiner Schritte – wenn nicht gar mich selbst, der plötzlich von einer durch nichts gerechtfertigten Euphorie erfüllt wurde.

Der Walzer trug mich mit sich fort; ich wich geschickt den Tischen des Donay, den Spaziergängern aus und kaum am Excelsior vorüber, wo Malena Sandor vielleicht ihre Korrespondenz erledigte, während Francesca Bertini ihre Kette aus falschen Perlen liebkoste, stürmte ich ein-zwei-drei, eins-zwei-drei, die nun ferne Musik verstummte, zwei Gestalten aus dem Variététheater entgegen, goldbetreßten, mit prunkvollen Helmbüschen ausgestatteten

Gestalten, ähnlich dem Hahn aus *Chantecler*, der durch sein morgendliches Krähen den Sonnenaufgang zu befehligen glaubt. Doch die Rampenlichter in meinem Geist erloschen, zwei Carabinieri auf Parade hielten mich fest, und der Engländer nahm mir den Mantel weg, bezichtigte mich lauthals des Diebstahls: zum Beweis dafür zog er den Mantel an, der ihm paßte.

Ich war vor Bestürzung stumm, brachte kein Wort hervor; meine Gebärden des Abstreitens erwiesen sich als nutzlos. Auf einen Pfiff hin tauchte ein Polizist in Zivil auf; immerhin aber verlangten die Operettencarabinieri von dem Engländer, daß er mir den Mantel zurückgab, und nahmen sodann ihre Rolle feierlich wieder auf.

War ich in Rom oder noch in Buenos Aires? Das Polizeipräsidium mit seinem großen Hof und seinen ockergelben Mauern glich jenem, in dem ich drüben Tage zugebracht hatte. Ich erinnere mich, eine gewisse Ruhe empfunden zu haben, vielmehr die Hoffnungslosigkeit am letzten Abhang, die zur Gelassenheit führt.

Der Engländer am anderen Ende des Raums dagegen bekundete durch allerlei Atemgeräusche, Klatschen auf seine Oberschenkel seine Ungeduld. Uns bewachte ein junger Beamter in zerknitterter Uniform, der, einen Fuß auf der Bank, den Kopf zurück an die Wand gelehnt, versuchte, trotz des Rauschens und der Entladungen in seinem tragbaren Radio, der Übertragung eines Fußballspiels zu folgen.

Es wurde Nacht; die Dunkelheit im Raum verstärkte das schwache, durch die trüben Scheiben des Büros einfallende Licht; vielleicht würde man uns dort nicht vor dem nächsten Tag vorlassen. Doch das Ergebnis des Fußballspiels hatte zur Folge, daß der Beamte aufsprang und überglücklich den Kommissar davon in Kenntnis setzen wollte. Deshalb befanden sich der Engländer und ich alsbald vor ihm. Nachdem er unsere Pässe kontrolliert hatte, verlangte er den Mantel von mir. Und der Engländer beeilte sich, seinem Urteil zuvorzukommen: er sehe ja wohl deutlich, nicht wahr, das Etikett von Harrods, die Schulterbreite, die Ärmellänge, es genüge ja wohl, daß ich ihn anprobierte, und er tat so, als müsse er loslachen.

Unbeirrt kehrte der Kommissar die Innentaschen des Mantelfutters um; Krümel fielen heraus; dann stockte seine Hand in einer der großen Außentaschen, und er zog das hölzerne »Lineal« hervor, das Mimmo mir in Neapel zugeworfen hatte, als ich von seiner Schwester Abschied nahm. Er musterte den Gegenstand, drehte ihn um, schüttelte ihn unter der Nase des Engländers, der sich durch seine Verblüffung verriet; das Achselzucken, das lässig sein wollte, wog seine Überraschung nicht; ich dagegen beschrieb Funktion und Handhabung in allen Einzelheiten. Gemäß meinen Instruktionen zog der Kommissar an beiden Enden, und beim Anblick von Messer und Gabel hatte er Mühe, ernst zu bleiben.

Gewiß hätte ich auf dem Weg zwischen der Via Veneto und dem Präsidium diesen Trödel in die Tasche gleiten lassen können, doch der Zusammenbruch und das Verstummen des Engländers wirkten sich zu meinen Gunsten aus, auch daß er nicht aufbegehrte, als der Kommissar, dem es offenbar peinlich war, sie mir noch länger abzusprechen, meine Unschuld feststellte und mir über den mit Papierkram angehäuften Schreibtisch hinweg den Mantel und fast wider Willen den sonderbaren Gegenstand reichte, den er mehrmals sozusagen blankgezogen und wieder in die Scheide gesteckt hatte. Dabei hatte er sich anscheinend amüsiert und je nach der Bewegung, die seine Beine dem Drehstuhl mitteilten, den Kopf gewiegt. Ein schalkhafter Ausdruck belebte seine nichtssagenden Züge.

Nein, ich war nicht in Buenos Aires.

Als ich wieder ins Dunkel der Stadt getaucht war, habe ich mir gesagt, daß ich mich eines Tages an all das erinnern würde: die tückische Häßlichkeit des Engländers, unseren Kampf, seinen Handrücken, ein wahres Schlagholz, in meinem Nacken, den überwundenen Schwindel, den Rausch eines halbgeträumten, halb wirklichen Walzers, als ich über die Via Veneto ging und auf die Hähne im Federschmuck stieß, an die müde Nachsichtigkeit der Polizei und mich selbst, der sich mit dem Gedanken tröstete, daß bei der Komposition der Tatsachen, welche das Leben ausmachen, jeder derselben Logik des fallenden Steins gehorcht hatte.

Wie hätte ich ahnen können, daß keine zwei Monate verstreichen sollten, bis ich mich, eine amtliche Benachrichtigung in der Hand, im Präsidium einstellen mußte, um dort einem Verhör unterzogen zu werden.

20

In der argentinischen Botschaft, wohin ich jeden zweiten Tag ging, weniger um meine Post abzuholen als in der Hoffnung, dank einer Angestellten, die mich gut leiden mochte, irgendeine Arbeit zu ergattern, fand ich zwei Landsleute meines Alters wieder, Edgar und Igor, die sich in Rom eine Position zu schaffen begannen.

Wir hatten uns, ich mag nicht sagen in Buenos Aires, sondern an einem ganz bestimmten, winzigen überfüllten Ort in Buenos Aires kennengelernt: im Teatro Colón, in den zu den Sesseln unter den Logen führenden Gängen des dritten Rangs, wo man, da es dort keine Sitzgelegenheiten gab, stehen durfte: seit dem legendären Triumph in den zwanziger oder dreißiger Jahren von ich weiß nicht welchem Caruso oder welcher Ponselle, die anläßlich der letzten Vorstellung eine Menschenmenge ohne Eintrittskarten dazu gedrängt hatte, in den Saal einzudringen, verkaufte man für jeden erschwingliche Billette. Hochgeschätzt aus diesem Grund, waren sie es jedoch noch weit mehr darum, weil die durch die Großtat eines Sängers ausgelöste Begeisterung die Kühnheit des Zuschauers freisetzte, der, wenn er nicht sogleich eine Abfuhr erhielt, es nicht lange mehr bei Berührungsversuchen bewenden ließ.

Aufgrund seiner Herkunft hatte Igor Zutritt zum einst von den Überlebenden der Oktoberrevolution gegründeten Russischen Zirkel, und er veranlaßte das Nötige, damit sein Freund Edgar und, nach unserem Wiedersehen, ich selbst an den Vergünstigungen, die er dort genoß, teilnehmen durften. Die beiden zogen vor allem aus dem Konzertflügel Vorteil, und allen dreien kam uns das Mittagessen zunutze, das wir allein einnahmen; keiner der Exilanten, so bescheiden seine Verhältnisse auch sein mochten, begab sich zur Essenszeit dorthin. Ich muß sagen, daß wir unfähig waren, außer dem Brot und der Hälfte eines hartgekochten Eis, die dann und wann das Gericht krönten, die Zutaten des ewigen, in einer schleimigen Sauce ertrunkenen Haschees zu identifizieren.
Verspürte ich, als ich den Futterbrei damals aß, den Widerwillen, der die Erinnerung begleitet? Ich wüßte es nicht zu sagen: als ich ein Kind war, brieten sie drüben, wenn sie einen Hammel getötet hatten, seinen Kopf direkt auf der Holzglut, und während sich die Erwachsenen um das Hirn stritten, tat sich das Kind an den fast verkohlten, aber noch saftigen Augen gütlich.

Ich erinnere mich an das schwarze Klavier auf dem Podium, die Reinlichkeit des Saals, den Schimmer seines Parketts, den Wachsgeruch, an unseren Essenseifer, an das

Aussehen unserer Nahrung wie zerkleinerte, mit Bechamelsauce beschmierte Algen, doch ihr Geschmack und die Empfindung, die er in mir hervorrief, sind verflogen.

Ich liebte die Rast jeden Tag, den Sonntag leider ausgenommen, mittags in diesem Raum, der, ohne Anspruch auf Luxus erheben zu können, die Sehnsucht nach Luxus wiederaufleben ließ und mir für ein, zwei Stunden die Illusion erlaubte, ich befände mich für lange Zeit in Sicherheit.

Da Hollywood die Dreharbeiten zu *Krieg und Frieden* in Cinecitta vorbereitete und nach passender Statisterie suchte, rief man die Russen der Ewigen Stadt zusammen, um die Glaubwürdigkeit der Bilder zu erhöhen und gleichzeitig Gesten, Manieren und alle Schattierungen öffentlicher Begrüßungen einzufangen, von der Verneigung bis zum Bückling, da die Schauspieler gewöhnlich den Eindruck des letzteren hervorriefen, wenn sie sich bemühten, die erstere nachzuvollziehen.

Die Prüfung fand im Zirkel statt; Igor nahm mich mit. Edgars indianische Gesichtszüge und Hautfarbe verhinderten seine Teilnahme am Wettbewerb.

Auf den ersten Blick hätte man die Versammlung, in der es von alten Damen wimmelte – welche Versammlung Blumenhütchen, breitrandige mit Kirschen verzierte Strohhüte, eine hoch oben auf einen Haarknoten gesetzte Tüllschleife, ein hübsches, von einer Hand im Flockseidenhandschuh mit kurzen Pausen im Takt bewegtes malvenfarbenes Sonnenschirmchen, da und dort der Glanz einer mit Jettperlen oder rostigen Pailletten bestickten Bluse verschönten –, schon für die Aufnahme bereit halten können.

Auf mit Bronzetinktur vergoldeten Klappstühlen sitzend, die sonst wohl aus Anlaß eines Vortrags oder eines Konzerts in kleinem Rahmen aufgestellt wurden, gemahnten die meisten der die eine neben der anderen sich fest an die Wand lehnenden Leinwandkandidatinnen an jene Heiligen mit Wachsgesichtern, die man zwischen zitternden Reflexen in den gläsernen Reliquienschreinen am Fuße der Altäre sieht. Doch bemerkte man unter den Anwesenden, wenn nicht weniger Betagte, so doch Kräftigere, die sich um die alten Herren und Damen zu kümmern schienen, einst zweifellos Gouvernanten oder sogar Dienstboten gewesen waren und von ihren im Lauf der Jahre und der Kümmernisse ermatteten Herrschaften Kopfhaltung und Anstand übernommen hatten, so daß sie fast adelig wirkten.

Die Männer standen; sie waren steif und unscheinbar, zumeist alt, aber noch gut zu Fuß. Sie bildeten einen Kreis, streckten die Hälse vor und lauschten gespannt ihren gemurmelten Äußerungen; man hätte meinen können, sie zettelten eine von der Zeit überholte Verschwörung an. Und abseits von ihnen, gekleidet in einen einst weißen Leinenanzug, Fliege, Sandalen, in der Hand den Fächer der *Lola de Valence*, ging eine Art Erich von Stroheim auf Stelzen, mit glattrasiertem, öligem, doch doppelt so umfangreichem und auf einer Seite wie durch Faustschläge zerbeultem Yul-Brynner-Kopf schräg durch den vom Mobiliar geleerten Raum und unterstrich jedes erzwungene Innehalten und jede Rückkehr auf dem gleichen Weg mit einem Klatschen, da ihm in Ermangelung von Stiefeln kein Hackenzusammenschlagen möglich war, einem Klatschen des Fächers, das vergeblich seine Untertanen dazu aufrief, für den Vorübergehenden ein Spalier zu bilden.

Igor und ich sagten uns, daß er, um die ganze Reihe umzuwerfen, nur mit dem Handrücken die erste der Damen hätte ohrfeigen müssen, da jede auf die nächste fallen würde, oder daß er sie vielleicht sogar mit einem längeren

Pusten, zu dem er zweifellos fähig wäre, einfach hinmähen könnte.

Doch eine winzig kleine Stülpnase, die nicht im Einklang mit seiner Person gewachsen war, verdarb seine Erhabenheit und machte sie, trotz seiner sagenhaften Gestalt, die er selbstzufrieden unter seinen Landsleuten zur Schau trug, zur schlechten Schauspielerei.

Im Saal, der in der schwülen Wärme Roms gewöhnlich eine Zuflucht des Friedens war, hatte sich eine andere Wärme ausgebreitet, die von den Körpern ausging und einen Patschulibeigeschmack hatte, als, angekündigt durch die näselnden Stimmen seiner Repräsentanten, Amerika Einzug hielt, ein großer Blonder, flankiert von Photographen und Sekretärinnen, die Kollegmappen – mit Reißverschluß, wie ich mich erinnere – trugen und sie sogleich öffneten, um Karteikarten, Hefte und sonstigen Papierkram auf dem Tisch auszubreiten, an dem Igor, Edgar und ich gewöhnlich aßen; sie hatten ohne Umschweife an ihm Platz genommen.

Der Riese hielt in seiner martialischen Promenade von einer Ecke des Raums in die andere inne, und tiefes Schweigen trat ein.

Mit dem Ernst eines Kindes vor einem Aquarium mit exotischen Fischen ließ der dicke, gedrungene, lärmige Amerikaner seinen Blick über die im schwachen Licht des Lüsters starren, teils in ihren Stolz vergrabenen, teils sich anbietenden Leute schweifen.

Dann, von einem Staunen ins andere fallend und von Begeisterung überkommen, hatte er seine erfreute Miene seinen Sekretärinnen noch kaum zugewandt, als ihm bereits ein vierfaches, einmütig strahlendes Lächeln antwortete.

Er entrollte ein großes Blatt, das er auseinandergefaltet schräg vor sich hinhielt wie der Gesandte eines Königs in einem Historienfilm, er erteilte Befehle, und die Sekretärinnen rissen, wie man ein Schwert zieht, die Kappe von ihren Füllfederhaltern, die Blitzlichtaufnahmen hörten auf.

Mit bebenden Nüstern wie eine zum Angriff bereite Katze faltete und entfaltete der Amerikaner erneut sein Blatt, höchst zufrieden über den Anblick, den ihm die Kandidaten boten. Sie betrachteten ihn mit dem Blick der mit ihren Augen auf das Rascheln der Bedrohung lauschenden Maus – diesen Augen, die uns, Igor und mich, durchbohrt und uns beide gleich Eindringlingen verworfen hatten, obwohl der Weißrusse Igor einer der Ihren war.

Endlich begann die Zeremonie der Demütigungen. Und der Amerikaner massakrierte die Familiennamen der Angemeldeten, den verständnisinnigen Blicken nach zu urteilen, die die Nachbarn des Aufgerufenen, um ihn zu trösten, mit ihm tauschten, während die Photographen sich wieder daran machten, ihre Opfer festzunageln. Zuerst die Frauen: die eine verneigte sich, die andere bekreuzigte sich.

Die einen schmückten ihren Auftritt mit altmodischer Geziertheit, die anderen zeigten ihr Bedauern darüber, sich zu der Maskerade bereitgefunden zu haben. Eine kniete sich schwankend hin und öffnete die Arme wie eine vom Publikum akklamierte Tänzerin, eine über ihren Stock gebeugte mußte sich den Wünschen der Photographen zufolge in allen möglichen Posen zeigen, vor allem aber im Profil, gewiß wegen der Vornehmheit, die ihr eine ihrem Gesicht und ihrem Gang gleichsam zuvorkommende Nase verlieh.

Unbehagen, Verlegenheit, was sie in ihrer Lage empfanden, zeichnete sich in verschiedener Weise auf den Gestalten der Damen ab, mehr noch aber auf denen der Herren: als sie an die Reihe kamen, ihre Namen geschrien wurden, verloren sie ihre gespielte Selbstsicherheit und verwandelten sich augenblicks, die einen in verschüchterte Kinder, die anderen in entlassene Dienstboten. Ihr Gruß vor dem Schiedsgericht war kurz und trocken, und sobald sie wieder frei waren, kehrten sie in die Anonymität zurück, schrumpften, versuchten, unsichtbar zu werden.

Der Koloß mit dem Fächer krümmte sich tief, um sich sodann sehr langsam wieder aufzurichten, und hörte nicht auf zu wachsen; kleine hüstelnde Lacher ließen sich hören, als er mit dem Kopf an das Glasgehänge des Lüsters stieß, angesichts seiner übertriebenen Gebärden prustete das Alter los; Herren verbargen flugs den Mund hinter der Hand; Frauen führten zarte Taschentücher an die Lippen; er war nicht aus ihren Kreisen. Der Amerikaner hatte seinerseits Mühe, seine Lachlust zu unterdrücken, und die Sekretärinnen warteten nur auf seine Erlaubnis, mit Ausnahme einer Blonden mit Brille, die sich mit tadelndem Ernst an ihre Kolleginnen wandte.

Der Riese mußte seine Ablehnung hinnehmen mitsamt einem schmeichelhaften, wahrscheinlich von der bebrillten Blonden dem Amerikaner, der sich zu ihr gewandt hatte, zugeflüsterten Kommentar.

Man hätte glauben können, er bräche gleich in Tränen aus, als er sich nun vor Empörung wand: er, der unter Tairow und Stanislawski gespielt und mit Meyerhold Verbindung gehalten hatte, er, um den sich Hollywood so oft beworben hatte, dessen Angebote er aber abgelehnt hatte!

Er schwieg. Sein Gesicht nahm die Farbe der Trauer an, den vergilbten Farbton seines Anzugs. Nach einer Tirade, die ihn erschöpfte, wies er plötzlich mit anklagendem Finger auf die in Erwartung der Anweisungen versammelten möglichen Komparsen und rief: »Tschechow, euer Prophet!« Und mit einer weit ausholenden Geste, in der sich Überdruß und Verachtung mischten, löste er seine Fliege, und dennoch stolz seinen Fächer schwenkend, verschwand er in den Kulissen, will sagen, ging er fort.

Unter halblautem Geplauder entfernten sich alle in kleinen Gruppen. Mit liebevoller Neugier blickte ich diesen letzten Boten einer schon erloschenen Zeit nach.

Igor und ich, die wir nicht der Ehre von Blitzlichtaufnahmen teilhaftig geworden waren, blieben als regelmäßige Gäste des Hauses da. Die Amerikaner packten lärmend und zufrieden ihre Sachen zusammen. Igor unterhielt sich mit dem Hausmeister – und Koch – des Zirkels. Und hinter der dickrandigen Hornbrille und unter der Perücke, die die blonde Sekretärin plötzlich vom Kopf nahm, sah ich Audrey Hepburn auftauchen; sie erneuerte ihr Lächeln jedesmal, wenn ihre Augen auf das eine oder andere Mitglied des Stabs fielen, das ihren Scherz begrüßte. Durchsichtig, zerbrechlich zart in ihrem weißen Trägerkleid, war sie dennoch souverän. Nun, da sie tot ist, bedauere ich es, an jenem fernen Nachmittag gedacht zu haben, daß ihre bloßen Schultern das Skelett ahnen ließen.

Tschechow... Sein Name genügt, um mich in den Russischen Zirkel der in Rom lebenden Emigranten zurückzuversetzen. Ich hatte sie übrigens noch nicht lange angestarrt, als mir der Gedanke an Ljubow durch den Kopf ging. Ljubow, die gezwungen ist, an einen Grobian, einen Baulöwen, das riesige Besitztum und den Garten ihrer Kindheit, den es tags darauf nicht mehr geben wird, zu verkaufen, um die Folgen ihres Leichtsinns zu tilgen und um in Paris oder anderswo weiterhin die zahllosen Nichtigkeiten zu genießen, die sie ins Unglück gebracht haben. Töricht, oberflächlich, und warum so rührend? Warum, wenn ich eine Aufführung des *Kirschgartens* sehe und diese Unbesonnene, halb Feuer, halb Asche, im ärgsten Kummer – schon sind die Schläge der die Kirschbäume fällenden Äxte zu hören – von Erregung gepackt wird, als sie die Schellen, den Trab, das Räderknirschen der Kutschen vernimmt, die sie, die ewige Grille, und die Ihren in die Ferne tragen wird – warum schwillt mir das Herz, als ob dieser Abschied mit einer mir innewohnenden Nostalgie übereinstimme, obgleich ich allein die in der Reue enthaltene Dosis Nostalgie nach der Vergangenheit zu kennen glaube?

Wenn, die Hand auf der Türklinke, Ljubow Andrejewna Ranewskaja den Blick durch das Zimmer schweifen läßt, wer nimmt dann im Grunde Abschied wovon?

21

Ich war nicht verwundert, als Orazio meinen Schlupfwinkel entdeckt hatte, und auch nicht, als ein dreimaliges Klingeln mich gegen sieben Uhr weckte, er den kleinen Vorhang am Fußende meines Betts hob und eine ungläubige Miene das schalkhafte Lächeln ersetzte, das seine Vorstellung von der mir bevorstehenden Überraschung begleitet hatte. Angewidert durch die von nächtlichen Ausdünstungen verdickte Luft der Höhle, kniff er die Nasenflügel zusammen und hielt sich mit Mühe davor zurück, den Kopf abzuwenden.

Er hatte sich rasiert, sein feuchtes Haar sorgfältig gekämmt; von seiner Person ging ein frischer Seifengeruch aus. Wenn ich befürchtet hatte, er würde mich finden, war ich nun froh, daß er es getan hatte.

Die Signora Elena erwies sich in allem duldsamer als die Vorstadt-Mariottis und besonders als die Wachposten vom Gianicolo, vielleicht weil sie nicht nur illegal vermietete, sondern überdies galante Rendezvous beherbergte, die meine Neugier erregten und auf die ich gespannt wartete, seit dem Morgen, als ich beim Erwachen am Garderobenständer den breitrandigen Blumenhut entdeckt hatte, der in den armseligen Verhältnissen der Wohnung fehl am Platze war.

Da ich ein wenig Toilette machen mußte, hatte Orazio sich für eine Weile auf mein Bett gesetzt, als die Signora, die so taktvoll, so fein und trotz ihrer hurtigen Blicke von der sich ihren Handlungen mitteilenden Zartheit einer Madonna mit Lilie war, das Wort an ihn richtete. Fragte sie ihn über mich aus? Ich fand beide in lebhafter Unterhaltung in der Küche wieder, wo sie den Kaffee tranken, den ich bisher nur zu riechen berechtigt gewesen war und an jenem Tag gekostet habe.

Sprachen sie von den nächtlichen Rendezvous? Hatte sie in Orazio einen möglichen Vermittler, einen Komplizen, einen Anwerber gar gewittert, und fühlte sie sich versucht, durch Ausweitung ihres Geschäfts ihre Einkünfte zu vermehren?

Vielleicht vermietete sie mir das in eine Lücke eingepaßte Bett nur, um diese Einkünfte zu vertuschen für den Fall, daß eine Anzeige durch ihre Nachbarn vom selben Stockwerk zu einer Razzia führte. Sie waren verstummt, wechselten deshalb aber nicht weniger oft Blicke, die mir solche des Einverständnisses zu sein schienen. Weder an jenem Morgen noch später erlaubte mir irgendein Anzeichen zu folgern, daß sie eine Vereinbarung getroffen hatten. Und er vermied jeden Kommentar zu dieser Unterhaltung in der Küche, obgleich er wußte, daß sie mich interessierte, und zwischen Orazio und mir war nie von ihr die Rede. Nach zwei Wochen, in denen seine Besuche und seine Zusammenkünfte mit der Signora fast täglich geworden waren, schlug sie ihm die Tür vor der Nase zu.

Zwei- oder dreimal noch ertönte kurz nach Sonnenaufgang das dreimalige Klingeln, aber die unerschütterliche Bewegungslosigkeit der Signora Elena, die zwischen Küche und Eingang stand und die Hände über dem Bauch faltete, spiegelte den Frieden einer im Kloster geläuterten Seele und hinderte mich daran, mich aus dem Bett zu quälen, um Orazio zu öffnen.

Gleich der Katze, die einen Sessel, einen Tisch, einen Schrank zu ihrem ureigenen Revier macht, blieb Orazio seinen Gewohnheiten treu, selbst jenen, die er angenommen hatte, wenn sein Wahnsinn – der um so beängstigender war, als er ihn, dem Anschein nach jedenfalls, nicht von der Normalität entfernte – in ihm wie ein Fieber angestiegen war. In seinem Gehirn mußte ein Licht erlöschen, eine Unterbrechung stattfinden, die die Beziehungen zur Wirklichkeit trübte, eine Schwäche des Einordnungsvermögens, Unklarheit über die Tragweite seiner Handlungen, so als gehorchte er, während er augenblicklich eingeschränkt war, einem mechanischen Gedächtnis und als handelte er in einem Traum, der mit den Straßen, durch die er ging, dem Klingelknopf, auf den er drückte, den Leuten, denen er begegnete, übereinstimmte, nur nicht mit ihm selbst – der unter solchen Umständen so wenig er selbst war, daß er nicht da zu sein, nicht vor einem zu stehen schien. Am Tisch eines Cafés einander gegenübersitzend, blickten wir uns aus großer Nähe an, doch jeder von einem Ufer zum anderen eines sehr breiten Flusses.

Orazio hatte die Macht, die Welt um ihn her zu verändern, sie fließend, ein wenig magisch zu machen; überdies zog er Menschen an, die ihm in dieser Hinsicht glichen; und folgte man ihm, so geriet man in so ausgefallene, ungewöhnliche Situationen, daß es mir selbst heute schwerfällt, daran zu glauben. Nur wenn es mir gelänge, den Professor wieder anzutreffen in seinem auf dem Aventin gelegenen Palast – an dessen dunkelgrüne Wandbehänge und auf einem dreistufigen Sockel stehenden gotischen Armstuhl ich mich erinnere –, würde ich ohne den Schatten eines Zweifels an seine Existenz und an jenen Sonntag, an dem Orazio mich zu ihm schleppte, glauben können. Aber ich sollte dem Professor nie wieder begegnen: wenn die Erinnerung die Wahrung der Bilder fordert, ist es immer schon zu spät: im Jahr 1955 näherte sich der Professor bereits den Siebzigern.

Er war von winziger Gestalt, kleidete sich ganz in Schwarz, der schwache Hals, der dem gestärkten Kragen seines Hemds entwuchs, trug den kleinsten Kopf, den ich je gesehen hatte, und unter seinem wie mit der Kalten Nadel gravierten Runzelgeflecht näherte sich das eingefallene Gesicht einem Altroséton; indem er sie mit einem Glorienschein umgab, erhöhte sein lockiger Haarkranz à la heiliger Antonius von Padua den Glanz seiner Glatze; der Siegelring mit sehr breiter Platte am kleinen Finger – was damals auf die Neigungen des Unverheirateten hinwies – vollendete seinen Anzug.

Er hatte die Gewohnheit, am späten Sonntagnachmittag Jugendliche einzuladen, die er in der Hoffnung, daß sich Paare bilden möchten, zum Abendessen dabehielt. Solchen Paaren bot er Zimmer, wenn er bei ihnen das Bedürfnis ahnte, ihre beginnende Vertrautheit bis zum Ziel zu führen. Nach Orazios Bericht verließ er nie seinen Armstuhl, sondern begnügte sich damit, über den Honig sammelnden Bienenschwarm zu herrschen, und er verlangte von ihnen nichts weiter, als daß sie dem Vortrag über den heiligen Filippo Neri beiwohnten, den er in den Gärten der Villa Celimontana hielt. Er setzte sich dort auf die Steinbank, auf der, wie er versicherte, Filippo einst gesessen und meditiert hatte. Filippo hatte seine Vaterstadt Florenz verlassen, um in Rom theologische Studien zu betreiben. Er war der Erzieher der Söhne eines gewissen Galeotto geworden, dessen Familiennamen ich vergessen habe; der Nachdruck, mit dem der Professor ihn aussprach, betonte den hohen Rang jenes Mannes.

Ja, auf dieser Bank hatte jener, der zur Heiligkeit gelangen sollte, den Kindern Galeottos seinen Unterricht erteilt. Der von leidenschaftlichem Wissensdurst Erfüllte hatte, um den Kranken und den Armen zu Hilfe zu kommen, nicht gezögert, alle seine Bücher zu verkaufen. Später, als er zum Priester geweiht worden war, hatte er die *Congregazione dell'Oratorio*, eine Organisation von Weltpriestern, gegründet, die Liebe zur Wissenschaft und die Bande der Nächstenliebe vereinte. Der Professor wiederholte diese letzten Worte, und ihre von einem verständnisinnigen Augenzwinkern begleitete Wiederholung war während seines Erzählens in der Art eines altmodischen Frömmlers die einzige Freiheit, die er sich erlaubte, außer vielleicht seinem Versuch, unter dem Vorwand, es zu glätten, über mein Haar zu streichen. Als er dann aber mein Zögern gewahrte, ließ er diese zarte Gefühlsäußerung auf den Kopf eines imaginären Kindes niedergehen. Filippo hatte für seine Oratorianer Kirchen und Häuser gebaut, aber auch eine Bibliothek angelegt, die Vallicelliana. Die in gleichmäßigem Ton vorgetragene, durch die Sorgfalt, mit der er die Dentallaute verstärkte, rhythmisierte Darlegung war zu Ende, und die Sonne ging unter; Vögel durchschnitten schwindelerregend die Luft in allen Richtungen; wie aus dem Schlaf aufschreckend, wandte sich der Professor an die ihn Umgebenden: »Haben Sie festgehalten, daß derselbe Mann, der aus Liebe zum Nächsten das, was er am meisten liebte, seine Bücher, aufgab, die wunderbare Bibliothek schuf, die noch heute frequentiert wird? Ich liebe die Symmetrie, sie beweist das Gesetz des Ausgleichs.«

Auf diese Worte hin erhellte eine vom Rot des Sonnenuntergangs verstärkte strahlende Glut seine Wangen, und sein kleiner Totenkopf wurde ganz lebendig.

Die Jungen, die sich durch kleine Zeichen gegenseitig darüber verständigten, daß er es nun mit den Moralpredigten genug sein lassen sollte, unterdrückten trotzdem sogar ein Lächeln, nicht aus Respekt, glaube ich, sondern weil es sie überraschte, den Professor von seiner eigenen Darlegung bewegt zu sehen. Und sollte ihm eine Geste zu viel entschlüpft sein, so besann er sich nun anders und wahrte Zurückhaltung.

Er faßte mich mit Daumen und Zeigefinger am Ellenbogen und zog mich voran, während die übrigen uns das Geleit gaben. Offenbar waren sie, wenn auch nicht alle miteinander, so doch alle mit Orazio bekannt.

Im Haus des Professors angekommen, setzten sie sich oder ließen sich einfach hinfallen: auf einen Sessel die einen, auf den Boden, auf einen Teppich die mit dem Ort Vertrauten. Ich erinnere mich, beobachtet zu haben, daß wir in gerader Zahl da waren und daß alle, Orazio und ich ausgenommen, einander glichen aufgrund ihrer Robustheit und ihrer Zugehörigkeit zu einer Zwischenschicht, die zwar noch Mittelstand war, aber von der Bourgeoisie schon eine zufriedene Sorglosigkeit übernahm. Neben ihnen fühlte ich mich schwächlicher, kümmerlicher und magerer denn je, und ich versuchte denn auch, wenn nicht ihre Sympathie zu gewinnen, so doch für einen Abend in ihren Kreis aufgenommen zu werden. Mein Bedürfnis nach Zuneigung treibt mich oft über Einwilligung zu Billigung, über Lächeln zu Loben: zu einer Art Unterwürfigkeit. Eines einzigen Gesichts entsinne ich mich, das, ohne häßlich zu sein, nicht schön war, des Gesichts des Unternehmungslustigsten, der den Schaumwein entkorkt, die Gläser füllt und sie austeilt. Der Professor, der eine aufmerksame Brille aufgesetzt hat, dünne, goldgefaßte runde Gläser, tut so, als wolle er an seinem Weinglas nippen und hält es einen Augenblick in die Höhe, bevor er es auf der von einer Sphinx getragenen Lehne seines Armstuhls abstellt, mit der auf Bilderbögen und von den großen Malern – und von der Wirklichkeit nicht oft – dargestellten Langsamkeit und salbungsvollen Würde eines Zelebranten.

Man machte die Lampen an; man legte in einem Nebenzimmerchen des Salons Platten auf; man öffnete die Fenster; der Frühlingswind blähte die Vorhänge; alles war gastlich, freundlich, man hätte so sehr gewünscht, daß es immer so bliebe; und oben in der Glaswand hinten, der Mond.

Die Unterhaltung jedoch kam nicht in Gang, die Scherze riefen kein Lachen hervor, die Munterkeit und die betonte Unverfrorenheit einiger klangen falsch. Allmählich aber veränderte der glückselige Gesichtsausdruck des Professors, der, die Hände im Schoß, von der Höhe seines Throns, dessen spitzbogige Rückenlehne ihn noch kleiner erscheinen ließ, über seinen Hofstaat herrschte, die Stimmung: sie wurde traurig, füllte sich mit Verschwörungen, Ränken, unterdrücktem Lachen, geflüsterten Geheimnissen, die von Mund zu Ohr wanderten, bis sie in einer Fassung, die sich von einem Mitteilenden zum nächsten verfeinert hatte, zum Ohr des Hausherrn gelangte. Dieser hielt mit einer simplen, kaum angedeuteten Bewegung den Naiven zurück, der sich, um gefällig zu sein, vornahm, ihn aus zu großer Nähe zu verehren.

Paare bilden sich, Trios, der Salon leert sich, Türen öffnen sich, schließen sich, man vernimmt keine Musik mehr, nichts mehr.

Unbewegt summt der Professor eine Melodie, singt die ersten Worte vor sich hin: »Dort drunten, in den Büschen...«, wiederholt sie, findet nicht weiter, schweigt. Orazio fordert mich auf, ihm zu folgen, er wirft mir einen schrägen Blick zu, um die Strenge seiner Stimme abzumildern.

Manche Augenblicke des Lebens haften im Gedächtnis nur durch die Erinnerung an das Gefühl, das sie damals bis zum Überströmen erfüllt hat und an einige verstreute Einzelheiten: man erinnert sich bestenfalls daran, mit wem man es geteilt hat, sieht aber dessen Gestalt nicht vor sich; man erinnert sich weder an die gewechselten Worte noch an die Geschehnisse, noch daran, ob es einen Austausch gegeben hat.

Von diesem sicherlich recht langen, in Orazios Gesellschaft – hinter verschlossener Tür, dies war Teil des Rituals – verbrachten Augenblick bleiben mir nur das Rot des Diwans, der Marmoraufsatz einer Kommode, das die Intimität sichernde Polster der Tür, die Ungeheuerlichkeit einer Empfindung, in der sich Beklemmung und Furcht mit dem von der räumlichen Umgebung vermittelten Behagen mischten, die Unsinnigkeit der Situation, der Gedanke an die Lust, die andere sich in anderen Körpern verlierende Körper in anderen Zimmern erlebten, ihre Stöße, die immer schneller, wilder werden – diese eigenartige Lust, die mich dem Professor näherbringt –, und mein Herz, das zu bersten droht und nicht birst.

Ich bin wieder im Salon, meine Glieder sind wie zerschlagen davon, Ruhe vorzutäuschen, Erregung, Spannung, Verwirrung zu verbergen. In Abständen kehren die Jungen zurück; sie haben sich frisch gemacht; hinten aus dem Gang sickert das Geräusch einer Dusche; man legt wieder eine Schallplatte auf; nach Stan Getz nun einen Tschaikowsky, und man trinkt wieder Schaumwein.

Der gotische Armstuhl ist leer; aber der Professor tritt alsbald wieder auf, strahlend weiße, bis zu den Knöcheln reichende Schürze, Kochmütze. Man macht ihm überschwengliche Komplimente, spendet ihm Beifall; man versucht, an den Gerüchen, die in seinem Kielwasser bis in den Salon gedrungen sind, zu erraten, welche Gerichte er zubereitet hat. »Zu Tisch, zu Tisch! presto, presto!« Und er trippelt wieder in die Küche zurück, man hört das Klappern von Deckeln und seine zitterige Stimme: »Dort drunten, in den Büschen...«

Man fordert mich auf, als erster ins Eßzimmer zu gehen; man stößt mich sanft hin; man hat mich aufgenommen; an diesem Abend mindestens bin ich einer von ihnen. Niemand setzt sich, jeder wartet, hinter seinem Stuhl stehend, auf den Hausherrn, und diese Höflichkeit gefällt mir. Es gibt keinen Kummer und keine Probleme mehr; in wenigen Minuten werde ich meinen Hunger stillen; ich habe die Hoffnung zurückgewonnen, die Hoffnung der unwissenden Jugend; ich kann gehen, wohin ich will – ich bin total betrunken.

Zu Ehren einer so absonderlichen Person, die es so glücklich machte, zu verblüffen und zu verwöhnen, muß ihre Verschwendungssucht gelobt werden: zur Fülle gesellte sich der köstliche Geschmack. Es war prunkvoll. Glücklicherweise zählte zu meinen Erfahrungen auch die des Hungrigen, der von Zeit zu Zeit an einem wohlbestellten Tisch sitzt, gelernt hat, seine Gier zu mäßigen, sich nicht auf seinen Teller zu konzentrieren, so zu tun, als koste er noch, was er bereits hinuntergeschluckt hat. Beide gaben Rätsel auf, doch gab der Professor jedenfalls ein viel schwierigeres auf als Orazio: dessen Ruhe machte ihn zu einem der Welt Entfremdeten, an Gott weiß welche fixe Idee Gefesselten, und man wußte nie, wer von dieser Selbstentfernung zurückkehren würde; dagegen erwies sich angesichts des Austauschs seiner Masken, wie dem eines Schauspielers in mehreren Rollen, jede den

Professor betreffende Hypothese als haltlos. Gewiß hätte man sagen können, daß beide aufgrund nervöser Pannen ihrem Double den Platz räumten oder umgekehrt. Doch Orazio blieb unerreichbar. Beim Professor dagegen ging man während der phantastischen Absonderlichkeit seines Sonntagsempfangs von der Hagiographie des heiligen Philipp Neri zur Studie eines fast intellektuellen Bordellbesitzers über, von der gutmütigen Drolligkeit des Chefkochs zum Ernst, den er bezüglich der Zerstreuungen seiner Gäste an den Tag legte – mit diesem ständigen Takt, der ihn, obwohl er psychisch gestört zu sein schien, weit über seine Umgebung erhob.

Ich weiß nicht, warum der Dämon der Analogie, wenn ich heute des Professors gedenke, mich dazu verlockt, jene Backsteinmauern, roten Dächer heraufzubeschwören, die lange nach Sonnenuntergang noch lichtdurchtränkt sind. Die Höflichkeit des Professors hatte etwas Abenddämmerhaftes.

22

Weniger weil ich fürchte, mich lächerlich zu machen, als aus Besorgnis, die Persönlichkeit, von der hier die Rede sein wird, ins Lächerliche zu ziehen, zögere ich mit meiner Erzählung, die mir das Gedächtnis vorgibt, anzufangen. Vom virtuellen Leser des nicht weniger virtuellen Berichts erhoffe ich zwar eine spätere Mitwirkung, zuallererst aber, daß er mir diesen Aufschub in Form einer Vorrede verzeiht. Man würde manche Dinge gern anders als mit Worten weitergeben; Worte gefallen sich in unseren Skrupeln und befleißigen sich, sie zu vertiefen.

Vielleicht wäre es richtiger gewesen, zunächst jenen Abend zu erwähnen, an dem ich am Tiber spazierenging, entschlossenen Schrittes jedoch, so, als strebte ich einem bestimmten Punkt der Stadt zu, und der einzige Schatten, der sich vom Geländer gelöst hatte, der Orazios gewesen war. »Ich hatte dich erwartet«, hatte er mit seiner ruhigen Stimme gesagt, in der ein leiser Vorwurf mitschwang, als hätten wir ein Treffen vereinbart, zu dem ich zu spät kam.

Hatte er mich erwartet? Jedenfalls erwartete mich etwas. Drei Tage danach stiegen wir die zum Olymp des Teatro alla Scala führende Treppe hinauf, um eine Opernpremiere zu hören. Eine Freundin von ihm, eine Choristin, hatte ihm diese bescheidenen Plätze verschafft; ich ahnte nicht im entferntesten, welche wundertätige Eigenschaft ich ihnen mit der Zeit beimessen würde. Aus einem ganz konkreten Grund hatte ich mich auf das Mailänder Abenteuer eingelassen: Luchino Visconti, den ich schon damals verehrte, führte Regie bei dem Werk.

Ich habe »Werk« geschrieben, um, wie mir bewußt wird, den Augenblick hinauszuschieben, da gegen meinen Willen von der Abendveranstaltung selbst die Rede sein muß.

Es kostet mich Mühe, ein Lächeln zu unterdrücken, wenn jemand mir ernst und mit einer Spur von Herausforderung erklärt, daß er beispielsweise Mozart oder Picasso liebt oder nicht liebt, und noch mehr Mühe, wenn er mich drängt, mich selbst zu dem Thema zu äußern. Aus Unsicherheit posaunen manche Leute solche Geständnisse aus, die man sich nicht einmal unter vier Augen, nicht einmal sich selber macht.

Ich würde selbst geneigt sein, mich des Snobismus zu beschuldigen, wäre ich nicht davon überzeugt, daß meine Reaktion von vielen geteilt wird. Wenn ihr wirklicher Wert oder ihr Ruf Menschen die Würde eines Symbols verleiht, was bedeuten dann unsere ihnen geltenden Ansichten oder Neigungen? Auf welcher Höhe der sozialen

Stufenleiter man sich auch befindet, man schätzt es nicht, daß Herr Jedermann unserem Beispiel folgt und sich unserer Idole bemächtigt. Tut er es, so werden wir sie weiterhin verehren, aber nicht mehr rühmen. Soll er doch die nunmehr vorgesehene Rührung empfinden angesichts der *Mona Lisa* oder angesichts *Guernica*; soll er ruhig seine Begeisterung oder seine Enttäuschung kundtun; wir werden uns inzwischen aufgemacht haben, sagen wir einmal: Pontormo zu entdecken; wir werden damit beschäftigt sein, die Modernität seiner gleichmäßigen Farbtöne, seiner säuerlichen Farben zu entdecken; wir werden Beethoven Schuberts wegen vernachlässigt haben, ersteren Herrn Jedermann so lange überlassen, bis er das Interesse an ihm verliert, um ihn ihm wieder abzunehmen und ihm letzteren auszuliefern.

Originalitätsreflex, den die Spezies uns aufzwingt und der immer verborgen in unserer elenden Tiefe wartet – da, wo Gelüste und Abneigungen keimen, die unseren Geist belasten, ihm irrationelle Verbindungen und Auflösungen abverlangen, Behauptungen, Dementis, abrupte Wendungen, ohne daß wir wüßten, ob all dies ohne unser Wissen dazu beiträgt, jenes Gleichgewicht aufrechtzuerhalten, das bewirkt, daß der Apfel herabfällt und der Mond nicht herabfällt.

Wie könnte man heute noch Maria Callas erwähnen, ohne ein kaum merkliches Achselzucken und das verhaltene schiefe Lächeln hervorzurufen, das zur Genüge sagt: »Aber ja... Ist doch altbekannt, bedarf doch keines Wortes mehr...«, die gleichen Reaktionen, die wir jedem vorbehalten, der es wagt, vor uns von ihr zu sprechen?

Es war am 28. Mai 1955: es war *La Traviata*. Die Wirklichkeit ist langsam; für Verdi war es notwendig, daß dem mittelmäßigen jüngeren Dumas ein schönes Melodram gelang, und für beide, daß es ein Wesen aus Fleisch und

Blut gegeben hatte, das Signora Bertini zu neuem Leben zu erwecken hoffte: das 1824 in Nonant, im Département Orne geborene gute Mädchen, das auf den Namen Rose Alphonsine Duplessis hörte, bevor es sich, vornehmer, Marie Duplessis anreden ließ, »Zigeunerin, Grisette und schließlich Kurtisane«, wie ein zeitgenössischer Berichterstatter sie charakterisiert. Auf dem Land aufgewachsen, sehr früh Stallknechten ausgeliefert, bevor sie von ihrem Vater einem alten Herrn zum Fraß vorgeworfen wurde, sodann an Zigeuner verkauft, nach Paris mitgenommen – »in diese rauschende Wüste, die Paris man nennt«, wie sie bei Verdi singt – und schließlich bei einer Modistin in der Nähe des Palais-Royal untergebracht.

Zweiundzwanzig Jahre nach ihrer Geburt starb eine reiche Rentnerin in ihrem prunkvollen Appartement am Boulevard de la Madeleine 11, umgeben weniger von Liebhabern als von Freunden, da sie ein gutes Herz hatte. Théophile Gautier berichtet, daß sie nach einigen Wochen der Agonie, als sie begriff, daß der »Bleiche Engel« sie holen kam, kerzengerade aufstand, drei laute Schreie ausstieß und dann zu Boden fiel.

Luchino Visconti mußte die kurze Eintragung des Dichters kennen, denn zur großen Entrüstung der Mailänder ließ er seine Darstellerin aufrecht sterben – die zum letzten Mal Maria Meneghini Callas, künftig Callas hieß.

Im Lauf der Jahre und je mehr der Abend zur Legende wurde, hörte die Zahl der Zuhörer, die anwesend gewesen sein wollten, nicht auf zuzunehmen, und zwar so sehr, daß man dem Theaterraum unwahrscheinliche Dimensionen hätte zugestehen müssen. Von einem gewissen Augenblick an jedoch machte die Tatsache, dort gewesen zu sein, niemand jünger, und die Zahl der Privilegierten nahm wieder ab.

Wie die Erinnerung an das Glück sagt die Erinnerung

an ein Schönes, das uns das Schicksal bewilligt hat, dessen Wunderbarkeit ein zweites Mal aus und entzieht es uns zur gleichen Zeit; es hätte nicht existieren können: was bleibt von ihm übrig? Mich an jenen Abend des 28. Mai zu erinnern heißt soviel wie, eine Lichtquelle, eine Begeisterung neu zu erfinden, die nie aufgehört hat und nie aufhört, mein Dasein zu erhellen. Wenn das Denken sekundenlang damit spielt, sie aus meinem Leben zu streichen, verliert dieses einen Teil seiner unsicheren Konturen: die vier oder fünf Dinge, die es stützen und vielleicht, wenn auch nur in gewisser Weise, rechtfertigen, geraten auseinander, zerfallen. Und all das, weil sie, das dicke, mürrische, geschmacklos herausgeputzte Mädchen der Anfangszeit – dessen Gesangskunst bereits und sogar am anderen Ufer des Ozeans, in Buenos Aires, in Mexiko gefeiert worden war, doch nicht ohne Vorbehalte, nicht ohne ein unbehagliches Gefühl, das man schlecht verhehlte – endlich das Bild eingeholt hatte, das sie im Innern trug und das stärker war als sie selbst und von schrecklichem Anspruch: zum Verlangen nach Ruhm war das noch schwerer erfüllbare nach einer radikalen körperlichen Verwandlung gekommen.

Grazile Gestalt, langer freier Hals, endlose Arme, abgezehrtes Gesicht, aus dem jetzt ihre antikische Nase, ihre vollen sanften Lippen hervortraten und in dem die ruhige Majestät einer auf Vollkommenheit bedachten Anwesenheit herrschte. Ihre Stimme? Der erste Ton war wie der gedämpfte, von einer nicht mehr niederzuhaltenden Rührung schwere Atem, und die dem ersten folgenden Töne waren der Gesang des Vogels, der die Nacht einschließt, die Stille der Nacht, und in der Kontinuität der Melodie einem unpersönlichen, blinden, verzweifelten Schmerz Ausdruck gibt, der, von der Musik freigesetzt, dem Takt gehorcht, aber den ganzen Körper erfaßt. Sie loderte dunkel in der Tiefe, um in der Höhe, auf der anderen Seite des Bewußtseins wiederaufzuerstehen und uns plötzlich mitzureißen in einen Ausbruch des Rasens, das unser gefangenes Rasen erhörte, und wurde gleich darauf zu einem nie klanglosen Flüstern, einer vertraulichen Mitteilung – und man hatte das Gefühl, daß etwas in uns, etwas Ungeformtes, Ungeahntes sie seit unserer Kindheit erwartete, um seinen Schmerz in sie zu ergießen.

Zwischen der Vehemenz eines sich vollziehenden Schicksals und dem immer wieder neuen Aufschwung des Herzens zu den Lockungen einer so beständigen wie flüchtigen Welt, zwischen ungeheurer Qual und plötzlicher Sanftheit glitten die Worte über eine andere Bahn als die der Gedanken, und das Drama und seine Wendepunkte lösten sich im Rhythmus auf. Und dann waren da die Gebärden der Sängerin, griechische Gebärden aus einer Zeit vor unserem Griechenland: der ausgestreckte Arm, die in der Verzweiflung parallel zur Schläfe gehaltene, sie aber nicht berührende Hand. Und nie diese geziert gebogenen Finger, dieses Beben, dieses Stammeln der Glieder bei jedem Ton, wie man es häufig in Aufführungen ertragen muß.

An jenem fernen Abend habe ich nicht begriffen, wie sehr die hohe Überzeugungskraft der Darstellerin das Ergebnis des Gegensatzes zwischen der jeder Modulation sich fügenden Stimme und der bestimmten, gleichbleibenden Linie ihrer Attitüden war. In der Gegenwart ist man nie ganz da; den Abend zurückgewonnen, das Genie der Künstlerin erfaßt habe ich erst zehn Jahre später im Palais Garnier, als von dem einstigen Glanz der Stimme nur noch letzte Spuren übrig waren. Dennoch scheinen mir auch diese *Normas*, diese *Toscas* der Jahre 1964 und 1965 dem Reich der Träume anzugehören; ich war zu sehr geblendet, um da zu sein.

Hier komme ich zum Kernpunkt dieser Geschichte, zum Geständnis, das meine Bedenken, sie in Angriff zu nehmen, aufhebt. Ich verstehe mich dazu, lächerlich zu wirken: ich habe die Gebärden der Sängerin verinnerlicht oder vielmehr, mein Körper hat sie gelernt und kann sie zum Klang jedweder Musik wiedergeben, ganz gleich, ob sie sie gesungen hat oder nicht, ob es Vokal- oder Instrumentalmusik ist. Ich habe die Gewißheit, daß sie bei einem bestimmten Takt eine gewisse Kopfhaltung angenommen, daß sie, wenn eine schwere Passage bevorstand, ihren Arm nach vorn gestreckt hätte, um die Reaktion des Publikums abzuwehren, in der Wehmut ihre Hand mit gespreizten Fingern auf den Halsansatz gelegt hätte, in einer Gesangspause den Faltenwurf ihres Kostüms geordnet, während der ganzen Dauer der schwierigsten Arie ihre Arme ruhig verschränkt hätte, und ich kenne ihre Art, dort, wo sie stand, den Raum weniger einzunehmen als zu umhüllen, und weiß, daß das Geheimnis des Künstlers von der Intensität seiner Gegenwärtigkeit abhängt, wenn im Innern nichts übriggeblieben ist.

Maria Callas' Schicksal war es, gegen das Schicksal anzukämpfen, um in der greifbaren Wirklichkeit eine andere – die andere zu werden. Vielleicht war es seine einzige ihr erwiesene Gunst, daß es ihr zu sterben erlaubte, bevor aus den Tiefen, wo sie die Schlummernde bewahrte, die primitive Griechin, die Landbewohnerin, das dicke, mürrische, geschmacklos herausgeputzte Mädchen zutage trat, das ihr die in ihr verborgenen Geheimnisse und Unendlichkeiten geschenkt hatte: bemerkte man in ihren letzten Jahren nicht, daß der den Bewohnerinnen der Mittelmeerländer eigentümliche Flaum an den Schläfen, beim Haaransatz und über den Ohren wieder zu wachsen begann?

Wenn ich heute ihre Aufnahmen höre, kehren der

Abend in Mailand und die Abende in Paris zurück und manche Bilder, deutlicher, doch ohne Kontinuität. Ich erinnere mich an die Scala, den Beifall, die stehenden Ovationen, die sich über die Logenbrüstungen beugenden Leute – und an den Blick Orazios, der an den Gefühlsausbrüchen nicht teilnimmt. Dann geschieht ein Schnitt, der Bildschirm ist leer. Ich habe Orazio nicht wiedergefunden und weiß nicht, wie es mir gelang, nach Rom zurückzukehren. Orazio sollte ich nie mehr wiedersehen: vielleicht hatte er die Aufgabe erfüllt, die das Leben ihm mir gegenüber zugewiesen hatte.

Wohin auch immer die Zeit ihn geführt haben mag, ihn grüße ich.

23

Nun muß ich mich wieder in jener Nacht Mitte Juli einfinden, in der ich, nachdem Signor Costa mich auf den Anhöhen des Gianicolo im Stich gelassen hatte, zur Piazza di Spagna zurückkehrte und mich auf dem polierten Stein der Treppenrampe ausstreckte, um zu schlafen.

Dort habe ich mich von mir getrennt, vor vielen Seiten, wie mir scheinen will. Erfaßt von der Erinnerung an Signor Costa, der kurz wie im schrägen Licht eines Gewölbefeldes erschienen war, empfand ich das Bedürfnis, von der chronologischen Darstellung abzuweichen, damit sich der so dünne Ansatz einer Geschichte zwischen uns beiden zu einem Anschein von Freundschaft erhöbe. Das geschieht oft, wenn Erinnerungen ähnlich einem formlosen Wolkengeschwader aus der Ferne kommen und man sie in eine Form fassen, fest werden lassen möchte. Zudem neigen die Erinnerungen, die mit der Zeit gemeinsame Interessen haben, dazu, sich von uns zu trennen, und stellen, dem jedem Entschlüsselungsversuch widerstrebenden Schwerkraftgesetz gehorchend, an einem fremden Himmel kleine Sternbilder zusammen, die jeder betrachten kann.

Die Signora Elena, deren Gesichtszüge sich mitunter entspannt hatten, wenn sie mich morgens erblickte, zeigte unwiderrufliche Kompromißlosigkeit an dem Tag, als ich, nachdem ich lange nach Worten gesucht und diese aus Mangel an Mut doch nicht ausgesprochen hatte, mich ihr eingestehen hörte, daß es mir unmöglich war, die Vorauszahlung für die nächste Woche zu leisten. Sie zögerte nicht, mich hinauszukomplimentieren: ich war überflüssig, seitdem ihr heimlicher Betrieb florierte. Ich erinnere mich des Lustgestöhns der Kunden, das sich mit dem grabestiefen Schnarchen der alten Frau im von meinem nur durch die dünne Sperrholzwand getrennten Bett mischte. Ich erinnere mich der Signora Elena, die in ihrer Küche auf der Kante ihres Stuhls mit Strohsitz wie in einem Wartesaal sitzt und mit Auge und Ohr lauert, und an mich, der ich zu Fuß durch Rom wandere, den Koffer in der Hand, auf der Schulter ein Wäschebündel, das ich zur Gepäckaufbewahrung der Stazione Termini brachte.

So wurde denn die herrliche Treppe der Piazza di Spagna, an deren Einsamkeit ich – seitdem man zu jeder Zeit des Tages und der Nacht über ausgestreckt daliegende Leiber mit schmutzigen Kleidern und schmutzigem Haar klettern muß – wehmütig zurückdenke, zu meiner Wohnung. Im Vergleich zu den nahen Gärten des Pincio bot sie dank der Stetigkeit ihrer Geometrie die Illusion einer Ruhestätte und für den Schläfer den Vorteil, in den Augen möglicher Carabinieri weniger verdächtig zu erscheinen als auf einer Bank zwischen Büschen.

Ich dachte nicht einmal mehr über den Abhang nach, dem ich gefolgt war und von dem ich nun hinunterfiel, von der Höhe meines Stolzes herab. Hatte ich gefühlt, wie gleich einer unablässig einstürzenden und sich wieder erhebenden Mauer die Entfernung wuchs, die mich von meiner Zukunft trennte? War es mir untersagt, diese Zukunft zu erreichen? erst recht versagt, auf sie zu verzichten, da ich zu meinem Glück mein Geburtsland verlassen hatte. In dieser Hinsicht und ich glaube auch jeder sonstigen, war in mir nie Platz für Reue, obwohl tatsächlich auch nicht für Hoffnung.

Jetzt stieß ich an die letzte Grenze: zwischen der äußersten Erniedrigung, dem Absturz und mir standen nur noch die Erinnerung an einen vor drei Tagen geknabberten Kanten Brot und die nie genug zu rühmende Freigebigkeit der römischen Brunnen. Mein Vorrat an Pfefferminztabletten, die den aphtösen, widerlichen Atem des Hungernden bekämpfen sollten, ging zu Ende.

Wie über den Hunger sprechen, wie ausdrücken, was Hunger ist – nicht der Hunger desjenigen, der sich als Vorsichtsmaßnahme oder aus Stolz eine Hungerkur auferlegt –, der Hunger in ausweglos absoluter Not?

Wir haben Bilder des Hungers vor Augen; ganze Völker siechen aus Mangelernährung dahin; ihre Zahl beeindruckt uns so sehr, daß uns ein Gefühl der Ohnmacht erfaßt und wir deshalb erleichtert die Seite umdrehen; aber der Hunger ist einer wie der Tod, und immer der unermeßliche des einzelnen, den er quält.

Wenn der Traum, den wir hatten, das oder jenes zu werden, die Oberhand gewinnt und uns, ob wir wollen oder nicht, hinter sich herzerrt, entsteht zuerst etwas wie Überschwang, die Nerven flößen dem Körper eine scheinbare Energie ein; doch wenn der Traum den Körper drängt, auf eigene Gefahr kühn weiter voranzugehen, versagt er sich dem Elan, folgt nicht mehr, wird ein wildes Tier im Angriff auf die Seele, die, Wärterin des Kults, monströse Amme, von Verlangen heimgesucht, das nichts zu erfüllen vermöchte, zu den ihr ureigenen Grenzen, die niemand je erraten wird, entflieht; und er, der Körper, außerstande, Rache zu nehmen an den Träumen, die er beherbergt und die sein Leben in Gefahr gebracht haben, möchte sich von innen her selbst auffressen: in den Milliarden von Fibern, die seine Muskeln, seine Eingeweide, sein das Knochengerüst bedeckende Fleisch bilden, öffnen sich Milliarden unendlich kleiner Münder und bohren sich ins Gehirn, Milliarden von Papillen wachen auf, wimmeln zitternd vom Kopf bis zu den Zehen; die Schleimhäute trocknen aus, die Quelle der Körpersäfte stockt und ist am Versiegen; und durch eben dieses Leiden am Mangel leben wir weiter und in Augenblicken sogar stärker. Und wenn wir, in dem Stadium angelangt, wo das Leben sich über uns so schließt, wie das Meer den Schrei des Schiffbrüchigen erstickt, uns mit einem Stück Brot versehen, kauen wir es, zermalmen es – damit kein Krümel verlorengeht –, fetten es gut mit Speichel ein, wälzen es zwischen Zunge und Gaumen, halten uns davor zurück, es hinunterzuschlucken, und im Augenblick, da der ganze Körper spürt, wie die sämige Masse die Speiseröhre hinabgleitet, kümmert uns unser Hochmut nicht mehr, und uns durchdringt der Wunsch, Gott möge existieren, damit wir ihm danken können: wenn wir vor Hunger schwach wurden, möchten wir auch vor Dankbarkeit schwach werden.

Allerdings geschieht dann möglicherweise das Schlimmste, denn ein paar Bissen genügen, und der Traum kehrt zurück und gerät wieder in Schwung. Ich weiß, daß der Hunger eines der Dinge ist, die sich den Worten und auch der Vorstellungskraft entziehen; daß die Metapher, das einzige Mittel, um sich ihm anzunähern, aufgrund ihres dekorativen, sie im gegebenen Fall diskreditierenden

Charakters ihm nicht gerecht wird. Ich wette, daß nichts der unmöglichen Harmonie unserer Spezies besser bekäme, als wenn jeder Mensch, so wie er ein Studium betreibt oder lernt, das Land zu bebauen, ziemlich lange die Erfahrung der Not machte, und dies in der gleich einem Schutzwall gegen die weite Ungewißheit Gottes von der Welt um ihn her errichteten Einsamkeit.

Mit zitternden Knien also klettere ich die Treppe hinauf und lege mich auf den Stein, der die Breite einer Grabplatte und glänzende Kanten hat, und der Hunger nagt immer heftiger. Der rosige Staub der Stadtbeleuchtung verbirgt meine neuen Sterne, jene, deren Namen mein Vater als Kind gelernt zu haben behauptete. Ich überlasse mich der Erschlaffung, die seit dem Morgen drohte, mag kommen was will. Die Angst fährt mit ihrer Wühlarbeit fort, aber ich bin kraftlos, und der Schlaf überflutet mich.

In Rom wurde nicht gebettelt, und ich glaube, auch in unseren Tagen bettelt kein Römer; doch auch wenn es eine übliche Gebärde gewesen wäre, die Hand auszustrecken, hätte ich es nicht getan, da ich es vorzog – doch erst heute steht es mir frei, die Abscheulichkeit mit diesem Zitat zu schmücken – an Entkräftung zu sterben, »*con la test'alta e con la rabbiosa fame*«: mit erhobenem Haupt und rasendem Hunger.

Ich schulde meinem Körper diese Anerkennung; er hat den von der Torheit eines mich überfordernden Ideals entfesselten Stürmen und Wogen widerstanden; er hat durchgehalten trotz seines von Stunde zu Stunde, von Tag zu Tag stärkeren Verlangens nach vorzeitiger, endgültiger Ruhe: jahrelang begleitete mein Leben Hunger, und dennoch hat der Brave mich bis zu dieser Seite geführt.

Es mußte spät nachts sein, als die Hand, die mich beim Nacken faßte und meinen Kopf hochzuheben versuchte, mich weckte: im Nebel des Schlafs ein Oberkörper, ein

Gesicht: beim Gedanken, von der Polizei festgenommen, vom Gesetz eingeholt zu werden, ist in mir eine Mischung von Schrecken und Erleichterung und von Trost bei der Berührung dieser Hand, selbst wenn sie die eines Würgers sein sollte.

Sein über mich geneigtes Gesicht, sein heißer Atem; er stellte mir wohl eine Frage, denn ich erinnere mich an meine Antwort: »Ich habe Hunger.« Auf dieses Wort, das einzige mir zur Verfügung stehende, hin, stellte er sich auf die Zehenspitzen, versuchte weiterhin, meinen Kopf dem seinen zu nähern und gewaltsam meinen Mund zu finden. In einem letzten Zusammenschrecken meiner zum Reißen gespannten Nerven fuhr ich auf und stand vor ihm, der um eine Stufe, dann um zwei zurückwich und, hatte ich es aus Vorsicht geöffnet gehabt und griffbereit? Plötzlich befand sich in meiner rechten Hand das Messer Mimmos des Neapolitaners, ein im Hinblick auf seine Größe lächerliches Messer, dessen skalpellähnliche Schärfe und Spitze aber nicht lächerlich waren. Unsere Blicke begegneten sich, ich bemerkte an ihm die verschwommene Verantwortungslosigkeit des Betrunkenen, der seine Lust sofort und wie nebenbei befriedigen will, und, außer mir, stürzte ich mich auf ihn, das umgedrehte Messer in der Hand, um es ihm in den Bauch zu stoßen und ihn, Klinge nach oben, aufzuschlitzen: die Methoden der Wut kommen uns zuvor, und wir entdecken sie erst, wenn sie ausgeführt worden sind.

Beim Versuch, sich rückwärts davonzumachen, fiel er der Länge nach auf die Stufen und geriet, als er wieder auf die Knie kam, zwischen meine Beine. Ich senkte das Messer, er senkte den Kopf: er warf einen verstohlenen Blick auf die Klinge, die ich in meine Hosentasche steckte, und wieder befanden wir uns Auge in Auge. Wahrscheinlich empfanden wir beide das Verlangen, einer im anderen bis zur Sättigung des Dursts zu trinken. Langes Fasten aber löscht die Lust des Fleisches: man verspürt keine mehr, und da die Phantasie ohne Kraft ist, kann man sich keine mehr vorstellen. Seine schuldbewußte Miene war nichts als Grimasse, und als ich ihm auf die Schuhe spuckte, lief er pfeilgeschwind davon. Ich höre noch sein klapperndes Rennen; ich sagte mir, eine ihm beigebrachte Verletzung hätte das mich verfolgende Unglück besiegelt; ich war schweißgebadet, doch als ich plötzlich ermaß, was hätte geschehen können, begannen aus meiner Stirn, meinen Wangen, meiner Brust, meinen Beinen große Tropfen hervorzuquellen. Die Poren? Tausende von Mündern; mit Ausnahme der Augen weinte der Körper; ich ergoß mich, ich wurde weniger, ich würde schmelzen, mich in Luft auflösen. Hätte ich nicht gelernt, wenn sich mir alles im Kopf drehte und ein krampfartiger Schwindelanfall drohte, mich gleichzeitig innerlich wieder aufzurichten, wäre ich für immer auf die Treppe hingesunken in der theatralischen Haltung dessen, der zur Kirche Santa Trinità dei Monti hinaufkriecht.

Was tat ich dann? Ich muß weggegangen sein, den Wunsch verspürt haben, mich Mimmos Messer zu entledigen, es für den Fall, daß der Unbekannte mich bei der Polizei angezeigt haben sollte, ins Gebüsch des Pincio zu werfen.

Ich erinnere mich, daß ich bei Tagesanbruch an den Ort zurückgekehrt bin, um festzustellen, daß von meiner Missetat keine Spur mehr zu sehen war; ich hätte den Mann ja verletzen, aufritzen können. Die Vögel piepten energisch, sie forderten die Schläfer auf, ihre Sachen zu packen. Das Geräusch der Fensterläden wurde zur Musik. Kleine Schmetterlinge, die im Rosenlorbeer ihre Flügel entfalteten und umherflatterten, flogen davon. Es war Sommer. Die Luft erwärmte sich. Rom zwitscherte,

Rom glänzte. Ausgehungert, habe ich auch die Schönheit gehaßt.

24

Den ganzen Morgen wanderte ich ziellos umher; das Denken konzentrierte sich auf nichts mehr; vergeblich versuchte ich, mich von der Trinità dei Monti fernzuhalten, so weit ich auch gehen mochte, meine Schritte führten mich immer wieder zu ihr hin. Ich setzte mich schließlich auf den Treppenabsatz, wo ich einige Stunden zuvor eingeschlafen war; ich sagte mir, es würde mich vor jedem Verdacht schützen, wenn ich den Anblick der Blumenverkäufer bewunderte. Ich schloß die Möglichkeit nicht aus, daß der nächtliche Besucher am hellichten Tage wiederkam, in Begleitung der Polizei; ich wünschte es, jetzt, da ich die Vorsichtsmaßnahmen eines Mörders getroffen hatte: in einer Rille des am seltensten besuchten Altars dieser Kirche, zu der die Stufen hinaufführen, hatte ich Mimmos kleines Messer versteckt. Unter den zahllosen Ängsten war eine neue aufgetaucht, die ich bisher nicht gekannt hatte: die Angst vor mir.

Die Julihitze nahm ständig zu, brannte auf den Steinen, auf mir, der sie nicht liebt, und obwohl sie beschwerlich war, sah ich in ihr eine Gunst der Vorsehung; Kälte hätte ich in meiner Lage nicht überlebt,

Um die Mittagszeit war der römische Himmel gespannt wie das Fell einer Trommel, die Blumen begannen zu welken, und die Verkäufer blieben auf ihrer Ware sitzen. Ich hatte ein paar Worte mit dem sehr alten Mann gewechselt, der Töpfe und Eimer mir gegenüber aufgestellt hatte; er gemahnte mich an den unwiderstehlichen Toto in einem der unbedeutenden Filme, die durch seine Mitwirkung unvergeßlich geworden sind. Hatten meine Blicke ihn mitunter verlassen, waren sie doch immer wieder zu ihm zurückgekehrt, der unaufhörlich umherhüpfte, bei seinen Rivalen die Runde machte, da einen Zweig aufrichtete, dort eine verwelkte Rose verbarg, und wenn er stehenblieb, auf den Komplex des Markts eine Nase richtete, die so lang war, daß sie auf Kosten des übrigen Gesichts gewachsen zu sein schien. Er reckte den Hals, beugte den Kopf vor, so als ob ein in seiner Nase befestigtes Schnürchen an seiner ganzen kleinen Person zerre, ohne sie von ihrem Platz zu reißen. Nachdem er seine Blumen in feuchtes Zeitungspapier gewickelt und auf einen mit einer Plane versehenen Karren geladen hatte, stieg er noch einmal die Treppe hinauf und schenkte mir einen kleinen Strauß: »Für die Braut!« Und drehte sich um und bewegte abwehrend die Hand, denn ich dankte ihm: seine Füße berührten die Stufen kaum, so als ginge er wie auf glühenden Kohlen.

Was sollte ich mit den Gardenien anfangen, deren Blütenblätter bereits samtmatt zu werden begannen? Obwohl ich wußte, daß manche Leute Kapuzinerkresse als Salat essen, stellte mein Hunger sich nicht vor, Blumen in Anspruch zu nehmen. Und obwohl diese hier, wenn nicht wegen ihres Dufts, so doch aufgrund ihres Zustands, äußerst bescheiden waren, beschloß ich, zu Andreina Betti, Signora Ugo Betti, zu gehen und sie um Hilfe zu bitten.

Ich hätte mir damals nicht vorstellen können, daß aus Ugo Betti, dem Dramatiker, der gut zwanzig Jahre lang auf den Bühnen der ganzen Welt gespielt worden war, ein Fast-Unbekannter werden könnte, von dem in den Nachschlagwerken – seines Landes – nach dem Geburtsort und den beiden unvermeidlichen Daten 1892–1953 – nur zwei oder drei seiner Stücke erwähnt werden. Bevor die Fachleute vom Theater ihn entdeckten, hatte die von mir in

Buenos Aires geleitete Gruppe von Laienschauspielern öffentliche Lesungen seiner Stücke veranstaltet. Als ich nach Rom gekommen war, hatte ich mich bei seiner Witwe gemeldet; sie wußte, welch begeisterter Bewunderer der Werke ihres Mannes ich war, und hatte mich freundlich empfangen.

Ihrem Aussehen, ihrer Kleidung und der kleinbürgerlichen Atmosphäre ihrer Wohnung nach zu urteilen – kleine Zimmer, die mit schweren Möbeln vollgestellt waren und deren Wände abgeblaßte gemusterte Papiertapeten hatten –, war Adreina Betti eine bescheidene Frau, die ihre Witwenrolle gleich einer Pflicht auf sich nahm und, um die Erinnerung an den Verstorbenen besser zu bewahren, dafür sorgte, daß nichts um sie her verändert wurde. Das anthrazitgraue Kleid, das sie trug, wurde nur ein wenig aufgehellt durch einen Bubikragen von ebenso verblichenem Weiß wie die da und dort verstreuten Schondeckchen und sah aus wie eine Nonnentracht. Dennoch ahnte man in der pausbäckigen, rundlichen Vierzigjährigen noch das junge Mädchen, das Betti geliebt hatte und das, unschuldig und ziemlich unwirklich, durch viele seiner Stücke geistert.

Ihre Augen verschleierten sich, als ich den Hauptmonolog aus *Lotta fino all'alba – Pas d'amour* in der französischen Übersetzung, die Michel Vitold am Théâtre du Vieux-Colombier gespielt hatte – deklamierte. »Ugo hätte es gefallen«, sagte sie zu mir, und ich fühlte mich angenommen. Jetzt, nachdem sie mich gehört habe, wisse sie, daß sie mir anvertrauen könne, was sie nicht einmal ihren besten Freunden, die übrigens nur die Freunde ihres Mannes seien, anzuvertrauen gewagt hätte. War es zu glauben? An dem Tag, als ich mit ihr telefoniert hatte, befand sie sich in einem sehr eigentümlichen Zustand, und das schon seit dem Aufwachen; unfähig, über Probleme hinwegzukommen, die allein Ugo lösen konnte, und sogar ohne die geringste Lust weiterzuleben. Wo jetzt meine Hände lagen, hätte er die Arme auf den Tisch gestützt, war es zu gauben, dürfte sie... plötzlich seien Tränen geflossen, woher waren sie gekommen? und sie hätten ihre Hände benetzt.

Nach reichlichem Gedankenaustausch bezüglich des Jenseits, der, was mich betraf, ihre Hoffnung zu stärken versuchte, sind wir vor einer Tasse Tee und einer Scheibe *Panettone* auf die Erde zurückgekehrt; und als ich ihr, nicht ohne meinen Eifer zu übertreiben, von Signor Costas Vorlesungen und seinem mir gezeigten Wohlwollen erzählte, versprach sie mir, mich mit einer der Lieblingsschauspielerinnen des Meisters, Evi Maltagliatti, bekannt zu machen.

In einer dunkeln Ecke sitzend, von jener Ruhe, die Voreingenommenheit verrät, schien die Maltagliatti ihre Hände damit beauftragt zu haben, sowohl ihre Gefühle als auch ihre Gedanken auszudrücken. Ich sah nur sie: ihre Hände betrachteten mich, prüften mich, sprachen mit mir, falteten sich in einer Gebärde inständigen Bittens und lösten sich zum Zeichen des Ausrufs, bis sie in ihrem Schoß sich wieder vereinigten.

Die Rede war ausschließlich von Signor Costa und von seiner Inszenierung der *Dialogues des carmélites*, worin sie die Rolle der Blanche de La Force gespielt hatte, jener, die in den Karmeliterorden einzutreten beschließt, weil sie keinen anderen Ausweg findet, und die, als die Umstände ihr erlauben, mit dem Leben davonzukommen, während ihre Mitschwestern eine nach der anderen enthauptet werden, in endlich freiem Entschluß auch auf das von der Revolution errichtete Schafott steigt: »Das Bühnenbild bestand einzig und allein aus einer riesigen Treppe, die die ganze Bühne einnahm; wenn man, mit dem Rücken zum Publikum und das *Veni Creator* singend, die Stufen hinanstieg, um sie auf der anderen Seite wieder hinabzusteigen, sah der Saal die Person langsam verschwinden; wenn eine der Klosterfrauen oben auf der Treppe ankam, hörte man den trockenen Schlag des Fallbeils: *schack*. Als die Hinrichtungen aufeinanderfolgten, klang der Chorgesang selbstverständlich immer schwächer. Und da habe ich, die ich nicht singen kann, dank Signor Costa aus meinem Ungeschick Vorteil gezogen, und meine fröhliche, kindliche Art, das *Veni Creator* anzustimmen, hat viel stärker erschüttert... *Schack*. Dann wurde gleichzeitig mit unendlicher Langsamkeit das Licht zurückgenommen und der Vorhang gesenkt. Und man hörte das Schweigen der ins Dunkel getauchten Menschen.«

Ich hatte noch nie Gelegenheit, eine Aufführung des Stückes von Bernanos zu sehen, glaube aber, daß beim Vergleich mit jener, die ich mir dank Evi Maltagliattis Erzählung vorstellen konnte, jede Inszenierung nur enttäuschen würde. Wie auch andere Schauspieler in einer Ruhepause, hatte sie mich durch übertriebene Zurückhaltung, geradezu einen Mangel an Persönlichkeit überrascht oder eigentlich enttäuscht; trotz der Heftigkeit ihrer Stimme, selbst beim grimmigen Genuß, mit dem sie das die Köpfe abschlagende Fallbeil nachahmte, blieb sie selbst reserviert. Doch als Signora Betti das Tablett mit dem Tee vor uns hinstellte und den Lüster anzündete, sah ich die Schauspielerin, die, vom Licht erfaßt, sich wieder gerade aufsetzte, die Augenbrauen hob, die eingekniffenen Backen aufblies – und, Tücke der Jahre, sah, wo in die eingegrabenen Runzeln, die vertikalen Einschnitte, die mit der Zeit die Lippen umrahmen, die fette rote Schminke ausgetreten war. Doch was in meinen Augen zählte und mich glücklich machte, war, daß sie durch ein rein inneres Auflodern ihre Theaterschönheit wiedergefunden hatte.

Sie trank ihren Tee so, wie man auf der Bühne zu trinken vorgibt, wischte sich die Mundwinkel ab, ließ sich an die Rückenlehne sinken, legte eine Hand auf die Brust, und auf Signora Bettis von mir erwartete Aufforderung hin begann ich den Monolog aus *Lotta fino all'alba*. Während sie mir zuhörte, war ihr Kinn von der Größe einer kleinen Aprikose im schwammigen Fleisch ihrer Brust verschwunden, nun, da nach beendetem Vortrag unsere gerührte Gastgeberin sich zustimmungsheischend zur Schauspielerin wandte, tauchte es wieder auf, und die Sehnen des Halses traten hervor. Ohne von einer Sanftheit abzulassen, die sie offenbar kultivierte, stellte die Maltagliatti schulmeisterliche Bemerkungen an: gewiß besitze ich Temperament, meine Aussprache aber... die doppelten Konsonanten, *lotta* ist nicht *lota*, sondern *lot...ta*, und ihre Zunge klatschte an den Gaumen – und ebenso das *o*: ich hätte offene o statt geschlossene *o*; das, die doppelten Konsonanten, mit der Zeit und mit einem guten Lehrer könne ich sie mir angewöhnen, aber die *o*... Sie ließ ihre Hände den Satz beenden.

Verlegen bat Signora Betti mich, mit dem *Llanto par la muerte de Ignacio Sánchez Mejía* von Lorca fortzufahren: »Ich spreche nicht Spanisch«, sagte sie lächelnd zu mir, »aber Sie sind ein so guter Schauspieler, daß ich es verstehe.« Seit ich den jungen Gassman in *Oreste* von Alfieri gesehen hatte, wo er aus dem einzigartigen Umfang seiner Stimme Nutzen gezogen hatte, versuchte ich seine chromatischen *Glissandi* aus höchster Höhe in die tiefste Tiefe nachzuahmen. Das vierteilige Gedicht fordert alle Nuancen, das wehmütige Flüstern und die dröhnende Schmähung. In den Pausen kehrte denn auch meine durch den Gang hallende Stimme ins Zimmer zurück und verkroch sich in die Winkel.

Signora Betti applaudierte aus Leibeskräften, die Maltagliatti mit der matten Höflichkeit des Zuschauers bei den letzten Herausrufen, wenn das Licht im Saal angeht, um darauf hinzuweisen, daß der Künstler nicht mehr kommen und sich verbeugen wird.

Es waren nicht die belehrenden Einwände der Schauspielerin, die mich Signora Betti fernhielten; ich hatte mich wegen der Unsicherheit meiner Lage, die ich ihr noch zu verheimlichen suchte, nicht mehr bei ihr gemeldet. An jenem unbarmherzig sonnigen Tag, den halb verwelkten Strauß in der Hand und ohne sie benachrichtigt zu haben, denn ich konnte mir keine Telefonmarke leisten, läutete ich endlich an ihrer Tür. Ich erinnere mich an ihr Zurückweichen, als sie öffnete, das ich der Mühe zuschrieb, in diesem Abschaum der Menschheit, zu dem ich geworden war, den das Werk ihres Mannes verehrenden jungen Südamerikaner wiederzuerkennen. Abgezehrt, blaß, von einer Blässe, die unter dem Wochenbart und der von seinen Wanderungen durch das sommerliche Rom stammenden Bräune zutage trat, hatte mich selbst auf dem Weg zu ihr im Spiegel einer Vitrine ein Unbekannter überrascht.

Sie ließ mich ein, schien sich darein zu ergeben. Ihre Bewegungen waren fahrig und zeigten die vom augenblicklichen Vergessen dessen, was man sucht, unterbrochene Hast. Ich müsse sie entschuldigen, sie fahre nach Venedig, wo die Premiere von *La Fuggitiva* stattfand. – »Ugo, *peccato*, wird sie nicht erleben...« – unter der Regie von Signor Costa, der sich bereit gefunden hatte zu reisen.

Beschämt, weil ich zu so ungelegener Zeit gekommen war, wagte ich es nicht, ihr meine Gardenien zu überreichen, zumal ein Teil der Blüten am Rand schon braune Streifen zeigte. Sie bemerkte es, lächelte, nahm die Blumen, roch an ihnen, deren Duft sich zu zersetzen begann, unterbrach kurz ihre ungeduldigen Vorbereitungen, entfernte sich und kam mit einer Vase voll Wasser wieder, in die sie die Gardenien stellte. Ich stand immer noch im schmalen Flur, wo sie sich zu schaffen machte, auf einer breiten Konsole Kleider zusammenfaltete und sie sorgfältig mit den Handflächen glattstrich. Plötzlich in einen Zustand höchster Nervosität geratend, leerte sie den Inhalt eines Schmuckkastens aus, in dem sie erfolglos gewühlt hatte, und, wie beim pfeilgeraden Sturz des Greifvogels auf seine Beute, schloß sich ihre Hand über einer bescheidenen Brosche, einer Schildkröte aus gelbem Topas. Sie preßte sie an ihr Herz: er hatte sie ihr zur hundertsten Aufführung von *Delitto all'isola delle capre* geschenkt, und sie trug sie jedesmal, wenn man eines seiner Stücke spielte, ah! wenn sie ihre Pflicht ihm gegenüber versäumt hätte, nun er nicht mehr da war...

Ich war unerwünscht, sollte gehen, aber rührte mich nicht vom Fleck. Geschäftig, mit Worten und Gesten um sich werfend, kam Signora Betti einen Schritt näher, wich um zwei zurück, nach rechts, nach links aus, und da – nie deutlicher als in jenem Augenblick der Eindruck, daß in Gefahr der Körper anstelle des Menschen handelt – hörte ich mich sagen: »Ich habe Hunger.« Nach einer Sekunde der Verblüfftheit erging sie sich in Entschuldigungen, wo hatte sie nur ihre Gedanken? Oh! sie hatte nichts anzubieten, nicht einmal *panettone*. Venedig, sie wisse nicht, wie viele Tage sie dort bleiben würde. Kaffee? Ich folgte ihr in die Küche. Nie im Leben habe ich so viel Zucker in eine kleine Tasse Kaffee getan.

Es blieb mir nichts mehr anderes übrig, als zu gehen. Ich dankte, entschuldigte mich wegen dieses unpassenden Besuchs, sprach meine Wünsche für den Triumph von *La Fuggitiva* aus, und auf der Türschwelle der Körper, wiederum, ohne daß ich es wußte, der Körper mit Worten, die mir zuvorkamen: »Ich habe kein Zimmer mehr, ich schlafe in den Gärten, wenn ich für eine Woche zahlen könnte...« Sie könne mir nicht helfen, wenn sie es rechtzeitig gewußt hätte, hätte sie an der Bank mehr Geld abgehoben. »Ich habe Ihnen ja gesagt, ich weiß nicht, wie viele Tage ich in Venedig bleiben muß. Übrigens, die Blumen nehmen Sie besser wieder mit, sie sind so schön, duften so gut! Bei meiner Rückkehr...«

Als sich die Tür hinter mir schloß, schämte ich mich für sie. Was ich danach empfunden, gedacht habe, weiß ich nicht mehr. Es gibt Augenblicke, da man alles dessen, was es gibt, enteignet wird, nicht nur dessen, was man sein eigen glaubte, sondern sich selbst enteignet wird, und man weiß nicht, wie man überhaupt weitergehen kann, noch wer da geht. Ja, ich ging weiter, ich sehe mich über eine Brücke gehen auf die schattige Seite des Flusses und die Blumen auf das Geländer legen; der Tiber, dieses träge grünliche Wasser, verdiente sie nicht.

25

Nachdem ich Andreina Betti verlassen und mich am Tiber dahingeschleppt hatte, wünschte ich, der Vorhang möge ein für allemal fallen. Ich hatte das mir von jedem Tag vorgelegte Stück gespielt, in der Hoffnung, den Anspruch, der mich vorantrieb, zu erfüllen, ihm einen Sinn zu verleihen, ihm einen ehrenvollen Abgang zu bereiten. Ich war am Ende meiner Kräfte, ich glitt in die Tiefe, aus der man nie mehr emportaucht. Und siehe da, meine Schritte boten mir einen Szenenwechsel, passend zum letzten Akt, und ich fand mich zu Füßen des Obelisken wieder, in der Mitte des riesigen Vestibüls sitzen, auf dem die beiden Arme der Kolonnaden von Bernini im Vatikan die Statisterie sind, so als ob ich vor dem Untergehen mit dem Himmel noch eine Rechnung zu begleichen hätte. Um die Einsamkeit vollkommen zu machen, schwiegen die beiden nur noch tröpfelnden, versiegenden Fontänen.

Im Seminar, als Heranwachsender, hatte ich mich für einen Dichter gehalten, und obwohl mein Glaube bis zum Nullpunkt geschwunden war, liebte ich es, Jobs anklagende Reden nachzuäffen: »Riefe ich ihn auf, mir Rede zu stehn, ich glaubs nicht, daß er mich anhört. Wie ein Sturmwind fiele er über mich her, meine Wunden mehrte er grundlos.« Doch Job glaubt an Gott und nährt seine Hoffnung, indem er ihn anklagt. Dann kommt der Augenblick, da im Gefühl des nahenden Nichts sein Geschrei nachläßt; er vermacht mit leiser Stimme Gott einen Gewissensbiß, der dessen Natur gemäß und also ewig ist: »Das Auge, das mich sieht, wird mich nicht mehr gewahren... Denn bald werd im Staub ich liegen, zu Staub werden und nicht mehr sein.«

Ich lehnte mich an den Sockel des Obelisken; der Platz strahlte die Julihitze zurück, spiegelte die entfärbte Masse des Himmels; der Stein war brennendheiß, und aus diesem Brennen im Rücken schöpfte ich eine Art Trost. Wie der Wind dürres Laub trieb das Gedächtnis mir die verantwortungslose Poesie der Stelle aus dem Evangelium zu, die meine sich wundernde Kindheit auswendig gelernt hatte: »Ist das Leben nicht mehr als die Nahrung und der Leib mehr als die Kleidung? Betrachtet die Vögel des Himmels: Sie säen nicht, sie ernten nicht, sie sammeln nicht in die Scheunen, und euer himmlischer Vater ernährt sie... Darum sollt ihr nicht sorgen und fragen: Was sollen wir essen? oder: Was sollen wir trinken? oder: Womit sollen wir uns kleiden? Nach all dem trachten die Heiden. Euer himmlischer Vater weiß ja, daß ihr das alles braucht... Sorget also nicht für den morgigen Tag, denn der morgige Tag wird für sich selbst sorgen. Jeder Tag hat genug an seiner Plage.«

Es gibt Tage ohne Erbarmen, an denen sogar das Gedächtnis uns einen Schlag ins Gesicht versetzt.

Seit meiner Ankunft in Rom hatte ich mich noch nie an diesen Ort aller Orte der Christenheit begeben; wie war ich hingelangt und warum an diesem Nachmittag? Es gibt Dinge, die das Bewußtsein umgehen, daß wir sie erreichen, begreifen wir erst, wenn sie sich ereignen. Angesichts der Basilika von Sankt Peter habe ich den Grund meiner Anwesenheit auf dem berühmten Halbrund erkannt – ja, ich weiß, daß ich ihn erkannt habe; dann und wann überquerten Priester es mit schnellem Schritt, ließen Tauben sich darauf nieder. Ich war gekommen, um die Reste meines Glaubens dort abzulegen; ich war gekommen, um mir ein für allemal zu sagen, daß Gott nicht meine Sorge und daß, falls er existierte, ich nicht die seine sei. Doch was wir uns sagen, bestimmt uns nicht näher, und nur eines scheint gewiß: daß das Universum sich selbst genügt, das Leben aber nicht.

Ach! über die gewaltige Nutzlosigkeit des Lebens und Todes Christi! Was hatte die Theologie aus dem Pilger gemacht, der, in einer Hand die Liebe, in der anderen die Vergebung, sich zwischen den Schriftgelehrten und den Dornen des Gesetzes vorwagte? Gläubig oder ungläubig, die mit dem Brandeisen gezeichnete Seele des Menschen hatte Ihn schließlich gefürchtet und danach vor Seinem Gericht weniger gebangt als nach Seinem Gericht verlangt.

26

Gestern ist immer noch da. Im Gegensatz zum Leben, diesem Wiederholungen und Pleonasmen schätzenden schlechten Romanschriftsteller, erzählt das vor der veränderlichen Natur der Worte gewarnte und in die Schule der Phantasie gehende Gedächtnis nicht alles; auch drängt es die Zeit zusammen zwischen den Kapiteln, die es uns liefert und die uns oft weit davon entfernt scheinen, das Wesentliche unseres Daseins zu berühren – und wenn wir versuchen, es auseinanderzufalten, steigen Schatten von Erinnerungen auf, Empfindungen nur, die nicht ans Licht treten.

Nein, ich weiß nicht mehr, wo ich nach Signora Betti und dem Vatikan die Nacht zugebracht habe. Ich entsinne mich kaum dessen, was ich an den folgenden Tagen tat; ich muß Nachricht von Igor und Edgar erhalten haben, die auf Tournee durch die ganze Halbinsel waren und mir ihre Rückkehr ankündigten. Und eines Morgens – warum hatte ich nicht früher daran gedacht? – klopfte ich am Drehschalter des Klosters von San Trinità. In der Gesandtschaft wagte ich mich nicht mehr zu zeigen; mein Schmutz war zu augenfällig, ich hatte einen Bart, der noch keiner war, fettes Haar, Hemdkragen und Manschetten waren verfleckt. Sogar auf der Straße versuchte ich nun, meine Anwesenheit zu verbergen, ohne daß es immer gelang. Auch für die Blicke der Unbekannten pflegt man sein Äußeres. Den nächtlichen Aufenthalt in den Gärten des Pincio hatte ich mir zur Gewohnheit gemacht; bei Tagesanbruch mehrte die von Motoren erschütterte Stadt ihre Schrille, ihre Hausfrauenstimmen, und ich erwachte auf meiner Bank mit ermattetem Geist und sogar ermatteter Sorge. Und da sich meine Schwäche jede Nacht vertiefte, fiel es dem Geist immer schwerer, den Körper wiederaufzurichten, den ich würdevoll und nicht Mitleid heischend halten wollte, wenn ich, um trotz meines Schmutzes respektiert zu werden, hocherhobenen Hauptes umherging, um ein Ansehen bemüht, das allein mir noch half, mich nicht meiner selbst verlustig zu fühlen.

Ausgetrocknet zwar, aber wie eine Frucht um den Kern – und in manchen Augenblicken fähig, mich an den Auslagen am Campo dei Fiori zu ergötzen und die für Valérys Kunst so bezeichnenden Verse zu wiederholen: »...Wie die Frucht dahinschmilzt im Genuß – in dem Mund, wo die Form zergeht.« So wie wenn wir mit gespitztem Ohr der heimlichen Melodie in der brausenden Flut des Orchesters folgen, die sich zwischen so vielen Instrumenten durchgewunden hat, um mit unserem Herzen Zwiesprache zu halten.

Der Körper weiß nichts von morgen, er ist ganz Gegenwart; der Hunger würde jedenfalls genügen, um ihn auf sie zu beschränken. Während des Schlafs zu verhungern schien mir nicht schrecklich zu sein; ich war immer weniger existent; selbst die geliebten Zukunftsbilder verschwammen; ich hatte den Eindruck, daß, was mir an Muskeln geblieben war, nicht mehr an meinen Knochen haftete; ich war der Mittelpunkt eines Kreisbogens, der immer breiter wurde, die Lebenden mir entfernte; bald würde zwischen der Welt und mir sich nichts mehr befinden außer dem Vorhang der Nacht, der sich über die Stadt senkte; Menschen kehrten nach Hause zurück; Lampen erleuchteten plötzlich die Fensterscheiben.

Als in der Kühle des Sprechzimmers sich die Drehscheibe bewegte, gemahnte mich das von der Täfelung eingerahmte, von der Schwesternhaube zum Teil verdeckte Jungmädchengesicht der Klosterpförtnerin durch seine Klarheit zuerst an das meiner Mutter, und sogleich fiel mir das die kleine heilige Theresa darstellende schwachkolorierte Heiligenbild mit Zackenrand ein, das meine Mutter, als sie mich auf die Erstkommunion vorbereitete, als Buchzeichen im Katechismus benutzte und dann wieder in ihr Missale legte.

Vermutlich waren diese Schwestern, die Damen des Sacré-Cœur, nicht in der Lage, die Armen mit Nahrung zu versorgen, doch an jenem Morgen erhielt ich ein noch lauwarmes, duftendes Stück Brot, vielleicht das der kleinen Schwester zustehende, und an keinem Tag fehlte es mir nun an etwas zu essen; sie gab mir Brot, Käse in einer hübschen, als Buch getarnten kleinen Schachtel; einmal fand ich gekochtes Fleisch darin, das ich wie ein Hund verschlang.

Als Edgar und Igor mit weniger leeren Taschen wieder erschienen, gestand ich meiner kleinen heiligen Theresa meine Hoffnung ein, nach Frankreich zu reisen: sie war Französin. Und wieder geradezu anmaßend zukunftsgewiß, fragte ich sie, was ich in Paris für sie tun könne: »Wünschen Sie der Seine guten Tag.« In ihrem Anflug von Lächeln lag Wissen, sanfte Ironie und Mitleid.

Obwohl ich seit fünfunddreißig Jahren in Paris wohne, gehe ich nie über eine Brücke, ohne beide zu grüßen: die dem Blick gerade erscheinende, aber gleich dem Leben windungsreiche Seine und die junge Pförtnerin von San Trinità dei Monti, die verhinderte, daß ich an Entkräftung starb.

Edgar, Igor: ah, Wonne des Wassers! Ah, die Empfindung der Haut, die unter einer bescheidenen Dusche Tropfen um Tropfen und wie Regen auf die Erde die Gesamtheit der schnellen Strahlen fallen spürt; das Wasser, das von den Achselhöhlen herabfließt, die Glieder vom Kopf bis zu den Füßen modelliert, den in den Straßen und den Nächten unter freiem Himmel aufgesammelten Dreck des Sommers und erst recht den von mir ausgeschwitzten wegwischt. Im trunkenen Hirn, im entfetteten Haar tiefe blaue Flecken und in ihrer Tiefe das Zucken des im Sand wie leblosen, nun wieder zu Kräften kommenden kleinen Fischs, der Hoffnung.

Die von der Gepäckaufbewahrung im Bahnhof abgeholten Kleidungsstücke, die Sauberkeit, die Rasur; nun glänzte das Licht über den sieben Hügeln.

Wenn wir alte Wunden wieder aufreißen, ist gewiß Eitelkeit im Spiel, die Tadel, sogar Spott hervorrufen kann. Ich weiß, daß seit jeher das Leben von Tausenden von Träumern für die berühmtesten von ihnen auf Kampfplätzen stattgefunden hat. Wenn ich, ein Davongekommener, von meinem Leben spreche, tue ich es weniger, um mich als ein Beispiel für was auch immer zu nennen, als um mich mit Ihnen darüber zu wundern, daß man dem Schlimmsten entgehen kann allein durch angeborene Hoffnungslosigkeit oder jenen Mangel an Vorstellungskraft, was meines Dafürhaltens Mut ist.

In der Gesandtschaft warteten seit langem mehrere Briefe auf mich: vier meiner Mutter, zwei desjenigen meiner Brüder, der stets alles getan hat, um die übrige Familie dazu zu bewegen, daß sie mich zu verstehen versuchte. Ich ordnete sie nach ihrem Datumsstempel und steckte sie in die Tasche: Die verstreichende Zeit zwischen dem Augenblick, da der Briefschreiber, die Feder in der Hand, das zu erzählende Vorkommnis wählt, und dem Augenblick, da der Empfänger davon Kenntnis nimmt, hat die Angst vor postalischen Nachrichten in mir immer gemildert; derjenige, der schrieb, ist, wenn ich das Geschriebene lese, nicht mehr der gleiche. Im gegebenen Fall aber herrschte ein Schuldgefühl vor: seit mehr als zwei Monaten hatte ich den Meinen kein einziges Lebenszeichen mehr gegeben. Ich hatte schon aufgehört, ihnen zu schreiben, als ich noch einige Briefmarken besaß; nach meiner Ankunft hatte ich mir einen Vorrat zugelegt; sie erwiesen sich als überflüssig angesichts der schwankenden Stimmungen meines Herzens: es waren nicht so sehr die Entmutigung, die Schwierigkeiten, die Geldknappheit, die mich zu schweigen veranlaßten, als eine von sehr weit her stammende Trägheit, die, jetzt da der Ozean mich von meinem dortigen Leben trennte und ich, allein und unerreichbar, mir selbst überlassen war, von mir Besitz ergriffen hatte.

Eines fiel mir in diesen Tagen und Nächten – gestern Zifferblätter ohne Zeiger, heute Haufen sich endlos wiederholender Erinnerungen – auf: mir war unbegreiflich – und mir wird immer unbegreiflich bleiben –, wie in mir eine oft reichlich neugierige Sensibilität neben einer Gleichgültigkeit bestehen kann, die der Boden unter meinen Füßen ist, dem ich es verdanke, wenngleich ich sie streifte, von totaler Ungunst des Schicksals verschont worden zu sein.

Im Mutterleib war sie schon da, hinter der unendlichen Zahl von Molekülen, den Nervensträngen und den blauen Augen, glatt, fest, dicht, gefrorenes Erdreich, in dem kein anderes Korn als das hypothetische meine wachsen würde. Sie war da, die Gleichgültigkeit, die Leere, in der man nicht liebt. Wenn man sie gewahr wird, sie sich wie im Dunkel eine vom Blitz erhellte Landschaft uns offenbart, können wir nur ein Gefühl des Nichtseins daraus gewinnen. Wir werden vor dem, was sich in uns zusammenbraut, nur sehr selten gewarnt; das Leben hat seine Gesetze, und um leben zu können, kennt man sie besser nicht. Ohne durch Überlegung die Dinge hinauszuzögern, habe ich so recht und schlecht versucht, mich nach mir zu richten. Wir sind unser eigener Dämon; wir stellen unsere unsicheren Kräfte auf die Probe; sie können heute alles, morgen nichts. Jedenfalls mißt sich unser Wert nur daran, wie wir geachtet werden, und wir bleiben dazu verurteilt, ein wenig wir selbst zu sein und viel, was die anderen wünschen.

Empfand ich für meine Mutter wahre Zuneigung? Wenn ich nun darüber nachdenke, hat, als ich etwa sechzehn Jahre alt war, meine Lektüre im Seminar der *Aufzeichnungen des Malte Laurids Brigge* ein erstes Licht auf meine insgeheime Absonderung, meine Kälte werfen müssen, einen sozusagen stimulierenden Hinweis, denn die *Aufzeichnungen* enden mit einer Version der Geschichte vom verlorenen Sohn, in der er, heimgekehrt, sich den Seinen zu Füßen wirft und sie beschwört, ihn nicht zu lieben. Ich bin fern der Familie aufgewachsen, fern dessen, was mich als Kind umgeben und festgehalten hatte. Die Bande knüpfen sich zu spät, wenn der Tod ihren Gegenstand beiseite geschafft hat. Die Lieben verfliegen – die Liebe, die Liebesfähigkeit, über die wir verfügen, erstarrt an einem Ort, verweilt am nächsten auf ewig, aber macht sich, stets jungfräulich, wieder auf, um sich am dritten niederzulassen, von wo sie wieder davonfliegt, und manchmal schläft sie ein, übersättigt oder enttäuscht, überwintert und verabschiedet sich im Traum. Hat man sie, wenn auch ohne darüber nachzudenken, wirklich empfunden, so taucht die Liebe wieder ans Licht, um auf eine Mauer der Abwesenheit zu treffen. Keimt die einzig wahre Liebe im Herzen der Reue? So stellt sich heute die Liebe dar, die ich für meine Mutter empfinde – meine Mutter, in welchem steifgewordenen Kleid, in welchem Sarg, in welcher Nische des Friedhofs von Córdoba? Als Kind habe ich sie gegen meinen Vater geliebt, nach ihrem Tod, weil ich nicht immer auf ihre Briefe geantwortet hatte – und ich habe aus meiner Schuld die Emotion geschöpft, die meine mühsame Schriftstellerei brauchte. Ebensowenig wie die mißhandelten Tiere kann man die Toten um Verzeihung bitten.

Ich weiß noch, die Mitteilungen, die Karten-Telegramme folgten eine nach der anderen; auf Nachricht hoffend, dennoch diskret, baten sie mich fast darum. Und eines Tages schrieb mir der Bruder, der mich verstanden oder, ohne zu verstehen, es akzeptiert hatte, daß ich, koste, was es wolle, unser aller Elend in die Knie zwingen und die ganze Realität für mich gewinnen wollte, einen Brief voll zarter Vorwürfe. Und er berichtete mir, daß er, da er mich auf keinem Wege habe erreichen können, sich darein geschickt hatte, eine Wahrsagerin aufzusuchen. Sie hatte ihm verkündet, daß ich tot sei; ich sei in der Sierra de Córdoba beerdigt – und diese präzise geographische Angabe habe ihn hinsichtlich meines Ergehens beruhigt.

Nach Argentinien fünfzehn Jahre darauf vom selben Bruder eingeladen, der nun von meiner Mutter als Memoirenschreiber der Familie die Staffel übernahm, habe ich mich zu jener Sibylle begeben. Ich erinnere mich an ihre nach Knoblauch riechende Höhle, an die geflochtenen Vorhänge, die Fliegen, die langsam um ihren mit straßbesetzten Nadeln geschmückten Haarknoten schwebten, und ihre Kugelaugen, die sich regelmäßig halb schlossen und wieder hervortraten; ich erinnere mich schließlich an die unvermittelt priesterliche Pose der Kreolin, die mir die Tür wies und mit heiser krächzender, aber keinen Widerspruch duldender Stimme schrie: »Ich will kein Gespenst bei mir.«

27

August kam mit seinen Nomadenzügen: sie kreuzten sich am Hauptbahnhof und in Finmicino, die abreisenden Römer und die vor den ersten Ruinen von einem die Kosten der Pilgerreise rechtfertigenden vorangehenden Staunen ergriffenen Fremden.

Die Hitze lastete auf den Rundungen der Kuppeln, flutete über die Plätze, von denen sie aufzusteigen schien, vertrieb die Menschen aus den Straßen, nahm diese bis auf die für die Sonne unerreichbaren Winkel in Besitz; zu Tausenden blieben die Fensterläden tagsüber geschlossen und öffneten sich, schwarze Löcher, erst zur Nacht; das den Lärm der Märkte oder der Trattorias zerreißende italienische Geschrei vereinzelte deutlich, so auch der Ton der Glocken.

Ferragosto spannte das Zelt seines fahlen Himmels auf, und Rom wurde den Jahrhunderten zurückgegeben mit seiner Pracht der Zirkusse, der Tempel und der von den aufeinanderfolgenden, ins Nichts versunkenen Göttern angesammelten Paläste. Soviel strahlende Helle, soviel Geheimnis in der Helle, soviel leere Stunden erzeugten eine Angst wie vor einem sich anbahnenden stillen Weltende.

In manchen Augenblicken glaubte man die Engel in aramäischer Sprache singen zu hören. Aber das Wasser strömte weiterhin aus den Brunnen, die Sonnenuntergänge breiteten sich nach Belieben aus, sie verspäteten sich, sie wichen widerwillig dem roten Schatten, den die vom traurigen Schrei der Pinien herbeigerufene Nacht alsbald aufsaugte.

Edgar und Igor, die wieder auf Tournee waren, hatten mir ihr Zimmer überlassen, und die Dame in der argentinischen Gesandtschaft, der ich den Anblick meines schmierigen Elends erspart hatte, hatte mir eine kleine zeitweilige Beschäftigung beim Rundfunk verschafft, wo ich um vier Uhr morgens in einer für Lateinamerika bestimmten Sendung die Nachrichten in spanischer Sprache vorlas. Mittels der lächerlichen Bezahlung ließ sich mein Hunger zwar nicht stillen, aber immerhin dämpfen.

Ich hatte eine gute Aussprache, verstand es, mit dosierter Emphase die wichtigste Meldung hervorzuheben und ohne Zögern den vom genauen Zeitplan geforderten Accelerandos zu gehorchen, die der Sendeleiter mir hinter der Glasscheibe seiner Kabine angab. Er zeigte, daß er mich schätzte, und an dem Abend, als ich unvorbereitet und ohne den Inhalt zu verfälschen eine lange Depesche vorlas, die man zu übersetzen vergessen hatte, versprach er, mir eine feste Bezahlung zu verschaffen. Die Lichter im Studio wurden schwächer und erloschen im Tageslicht, als wir die Mikrophone ausschalteten. Gierig tunkten wir Hörnchen in Schalen mit Milchkaffee. Ich glaubte mich gerettet.

Ich merke, daß das Tempo der vorhergehenden Abschnitte der Erregung zuzuschreiben ist, die mich erfüllte, als der gute Mann mir seine Absichten mitteilte. Ich entsinne mich, daß er gedrungen war, energisch und zuweilen schlaff, eine glänzende Glatze hatte, dagegen behaarte Handrücken und sogar Finger; die Haare auf der Brust, die kaum die Haut durchschimmern ließen, legten sich wie eine Kette um seinen Hals.

Es war jedoch noch keine Woche vergangen, als er mir eine an seine Abteilung im Rundfunk geschickte Aufforderung reichte, im Polizeipräsidium zu erscheinen; später gestand er mir, daß man ihm die Kopie zugesandt und den Grund angegeben hatte. So überquerte ich denn ein weiteres Mal den Hof zum Gerichtsgebäude, das wegen seiner Ockerfarbe dem unseligen Andenkens in Buenos Aires glich, wo ich, ohne den Grund meiner Inhaftierung zu ahnen, zwei Wochen unter Dieben zugebracht hatte. In Rom unterrichtete mich ein Angestellter, der sich mit einem Stück Löschblatt Luft zufächelte und mit einem krummen Nagel einen Stoß Papiere durchging, unerbittlich lächelnd davon, daß ich aus dem Land ausgewiesen würde, falls ich meine Arbeit beim Rundfunk fortsetzte oder eine andere annähme. Ich wußte nicht, daß es mir als Sohn von Italienern erlaubt gewesen wäre, die Rechte der Einheimischen zu erwerben, wenn ich nur in den Genuß der Mittel und der Zeit gekommen wäre, um die erforderlichen Formalitäten zu erfüllen und einiges Geld für die Stempel zu entrichten. Mein Leben ist mit Unkenntnissen solcher Art übersät. Ich erinnere mich, beim Verlassen des Präsidiums und wieder auf der Straße etwas wie Bedauern darüber empfunden zu haben, daß man mich nicht dabehalten und ins Gefängnis gesteckt hatte – und ich bin mir nicht sicher, ob ich mir nicht die Zuflucht einer Zelle gewünscht habe. Ich habe solche nostalgischen Anwandlungen, und statt zu verschwinden, nehmen sie zu.

Am selben Abend begab ich mich zum Rundfunk, um von meinem Beschützer Abschied zu nehmen und ihn von den unwiderruflichen Maßnahmen der Polizei in Kenntnis zu setzen. Ebenfalls bloßgestellt, wandte er den Kopf zum angrenzenden Büro, und sein einziger Kommentar war ein ausgiebiger römischer Fluch, allerdings mit leiser Stimme. Gedemütigt, so als habe er nicht über seine Nasenspitze hinaus gesehen und die Schliche seiner Mitarbeiter nicht gewittert, blickte er über meine Schulter hinweg zum Fenster hinaus. Und ich in meiner Verzweiflung – jener Verzweiflung, die wie ein Bleifaden im Wasser die Tiefe angibt, indem sie den Grund berührt – fühlte mich fast gedrängt, ihn zu trösten. Ich war, und er war mit mir, von den beiden Angestellten angezeigt worden, die meinen Gruß nicht erwiderten, beide hatten tiefliegende Augen und Ganovenvisagen.

Wenn ich jetzt an den hinter mir liegenden Weg denke, der mich weit weg geführt hat von Italien und seinen Herrlichkeiten – dennoch Provinz für den, der danach strebt, sich im Herzen Europas einzunisten –, sage ich mir, daß diese kleinen Verräter meine Wohltäter gewesen sind.

Der August war beinahe vorüber. Die Römer kehrten zurück, und der Ausspruch, den man nun auf der Straße am häufigsten hörte, bezog sich auf das Kürzerwerden der Tage, wie beim Nahen des Winters oder des Frühlings wurde »Man weiß nicht, was man anziehen soll« zum rituellen Satz.

Edgar und Igor würden bald wiederkommen, und ich wäre dann erneut ohne Dach über dem Kopf, aber ich könnte auf ihre Hilfe rechnen. Doch sie kehrten nicht zum vorgesehenen Zeitpunkt zurück, und eine Woche danach erteilte mir die Vermieterin, da sie keine Nachricht von ihnen erhalten hatte, den Befehl, das Zimmer im Lauf des Tages zu räumen. Die nunmehrige Mittellosigkeit war schlimmer als die vor dem Monat August, denn die Nächte wurden kühler und die Gärten zu immer unbequemeren Schlafstätten. Die wenigen mir verbliebenen Geldmittel – Münzen – gab ich für Briefmarken aus, um Hilferufe an argentinische Freunde zu richten, die, wie ich wußte, in Paris waren und dort wahrscheinlich unter ähnlichen Bedingungen wie den meinen überlebten.

Es ist mehr als vierzig Jahre her, daß ich zwanzig Jahre alt war, ich weiß es wohl; doch was mich heute verblüfft, ist, daß die für einige Wochen zurückgekehrte Hoffnung mich lange aufrechthielt, als sich vor mir, um mich her, über mir zum zweiten Mal alles wieder verschloß. Ich war kühn, ja, aber woher kam die Kraft, die ohne mein Dazutun in mir schwelte und mich dazu verdammte, zu hoffen, zu widerstehen, blind gegenüber der Wirklichkeit draufloszugehen, von der wahnsinnigen Idee besessen, eine Bestimmung erfüllen zu müssen – ohne zu der Zeit, als es nirgends mehr einen Weg gab, mein Ziel auch nur einmal aus dem Auge zu lassen.

Nur einer Sache war ich mir sicher: ich würde nie mehr an meinen Ausgangspunkt zurückkehren.

Die Leere im Magen, die Bänke, die Brunnen und die Bäume des Pincio mit ihrem goldenen oder purpurnen Laub – und die Pracht der Rosen im schwachen Oktoberlicht... Ich versuchte, welche zu essen, und habe es nicht gekonnt; der Duft stellte sich zwischen die samtigen Blütenblätter und meine Zähne. Oder ein unvordenkliches Verbot, ein Tabu – obwohl manche Abneigungen entstehen, ohne daß wir es wissen, sich mit den Jahren verstärken und sich gegen etwas richten, was uns früher Genuß bereitete, wie in meinem Fall die Schafsaugen, von denen ich schon gesprochen habe. Allein der Gedanke an das Kind, das sich an ihnen delektiert, macht mich heute schaudern.

Ein Stromer, der mein Tun beobachtet hatte, war so freundlich, mir die Stelle am Waldsaum zu zeigen, wo sich im Wirrwarr von Unkraut der wilde Sellerie deutlich abzeichnete. »Sein richtiger Name ist Eppich«, sagte er lächelnd zu mir; wir hätten Glück, denn er wachse nur alle zwei Jahre. Ob ich wisse, daß sein Blatt in der Gotik ein häufiges Ornament sei und außerdem der Fleuron der Herzogs- und Markgrafenkronen? Der würzige Geschmack war köstlich.

Trotz des Verzehrs von Eppich, den ich aus Angst, andere in meiner Lage könnten meinen Spuren folgen und das Manna entdecken, vor Sonnenaufgang pflückte, nahm der Verfall seinen Fortgang, die letzten Energien waren aufgezehrt, ich fühlte mich ohne Festigkeit, bereit, mich ohne Bedauern aufzulösen – eine Pfütze, die breiter wird, und die die Erde auftrinkt. Meine kleine heilige Theresa war nicht mehr an ihrem Pförtnerinnenposten und durch die Unnachgiebigkeit in Person ersetzt. Zweifellos hatte man das Liebeswerk ihrer kleinen Entwendungen bemerkt und bestraft.

Endlich kam der Greco. Und alles begann zu erbeben;

eine Tür tat sich auf, ein Abgesandter der Vorsehung brach herein, in der Hand den Schlüssel zur Zukunft, den ich verlegt hatte.

28

Der Greco: so nannten wir ihn, wir, seine Freunde in Buenos Aires, und so nennen wir ihn dreißig Jahre nach seinem Tod noch immer.

Wir waren uns begegnet, als ich zwanzig und er neunzehn Jahre zählte. Er hatte gerade einen Band Gedichte herausgebracht. Zwei sehr kurze sind mir noch im Gedächtnis. »Ich gehe mit deinem Namen umher / Es ist als trüge ich die Schlüssel / zur Welt, darunter / den zu den Träumen / und den zu den Gärten der Kinder.« Und jenes andere, das in seiner Knappheit den kaum dem Jugendalter entwachsenen Jungen charakterisiert: »Tritt näher / du wirst mich von Horizonten beschützt finden.«

Ich weiß nicht, warum – noch bevor mir ihre Haltung und ihre Züge wieder ins Gedächtnis kommen – zunächst die Stimme der mir lieben Verstorbenen sich hören läßt, in mir auftaucht, so als wäre ich ihr Bewahrer, ihre letzte Chance und als müßte sie mit mir verstummen.

Nichts könnte die Erinnerung an Grecos Stimme auslöschen oder vielmehr an seine von Lachen unterbrochene Redeweise, in der sich seine Ironie, seine Spottlust und manchmal sein Sarkasmus ausdrückten. Ich könnte auch nicht vergessen, was mir an seinem Aussehen mißfiel: der unförmige Körper, der einen gewissen grauen, einer zerknitterten Schlafdecke gleichenden Mantel um sich schlang; die schlaffen Wangen, das fette Haar, die breite, blasse, immer schwitzende Stirn, seine feuchten Hände, von einer Feuchte, die ich mir bitter vorstellte, und die winzigen Speichelblasen in den Mundwinkeln. Es mißfällt mir, an diesen fortdauernden Widerwillen zu erinnern; ich zwinge mich dazu, denn manch ein anderer hat, über seine Erscheinung und sein Verhalten betroffen, darüber gesprochen und geschrieben, ohne den Ausnahmemenschen zu ahnen, der mühelos über seine Nachteile triumphierte. Jedes schmückende Beiwort, das die von ihm hervorgerufene Bewunderung, ja Begeisterung suggerieren und eine Vorstellung von seiner Einzigartigkeit vermitteln möchte, entzieht sich, weil es verbraucht, verblaßt, abgegriffen ist – gleich anfangs das von ihm geliebte »magisch«, das man immer noch als erstes ausspricht, wenn man ihn erwähnt, und das, alles in allem, noch das treffendste ist, wenn man zugibt, daß seine Worte, trotz seines Aussehens, seine Umgebung, die Menschen vor allem, verwandelten. Ich sah in ihm den Adam einer ganz neuen Spezies.

Sprach er? Wie Funken stoben seine Worte auf, um im Zickzack hinabzusinken und sich auf einem seltsamen Axiom niederzulassen, das oft Gelächter hervorrief – während er seinerseits unversehens in ein undurchdringliches Schweigen fiel, von den eigenen Worten anderswohin gerufen, den Gehörsinn auf ein ureigenes, ihn forderndes Jenseits gerichtet. Doch er verließ den Kreis der verblüfften Anwesenden nicht, er war ein Herz und eine Seele mit ihnen. Er wollte in ihnen, wie auch im Wirklichen, aufgehen, und dieser Gedanke erwachte des Morgens mit ihm und schlief mit ihm ein, oder wachte bei ihm, während er schlief. Sein Elan, sein herrlicher, reiner Elan wurde einige Jahre später zur Theorie. Doch im Moment sind wir noch erst zwanzig Jahre alt. Es ist Sommer, der Lärm von Buenos Aires, die Insel des San Martín Platzes, seine sandigen Fußwege, der Cavanagh, der uns hinter den Bäumen so hoch vorkam.

Ich weiß noch, daß er ein Efeublatt abriß, die Staubschicht sacht abrieb, es auf seine Handfläche legte und mir zeigte: Sich angesichts der Dinge, die die Welt bilden, Fragen zu stellen sei unsinnig; die ganze Welt und jedes Ding auf der Welt sei Antwort und Poesie; es genüge, Augen und Ohren zu öffnen, um sie außerhalb von uns wahrzunehmen und in uns zu wecken. Von seiner Inbrunst angerührt, wünschte ich mit aller Kraft, auf den Höhen, auf denen er sich bewegte, mich ihm anzuschließen, und weil mein Herz stets dazu bereit war, sich in sentimentale Begeisterung zu verirren, lenkte ich sein Augenmerk auf einen nicht vorhandenen Schmetterling: nein, das Wunderbare erfinde man nicht, das Wunderbare sei das, was ist, ohne jegliche Einschränkung, und vor allem ohne trügerische Schmetterlinge.

Ich hatte ihn enttäuscht, aber er begriff sofort, daß ich selbst in noch höherem Maß enttäuscht war; und so geschah es, daß ich seine Augen wirklich sah, seine großen blauen, in sein kraftloses Gsicht eingelassenen Augen, seine wissenden Augen, die allein genügt hätten, um die alte, so treffende Metapher hervorzubringen, nach der die Augen die Fenster der Seele sind.

»Für mich«, sagte er mir, »ist da zu sein das einzige, was zählt, dies oder jenes zu sein, ist weniger wichtig; dazusein heißt Vorurteile verachten, weder Angst haben noch befürchten, welche zu empfinden; eines ist unvermeidlich und schrecklich: die Schönheit.«

Weder an jenem Tag noch an den folgenden Tagen habe ich geahnt, daß er Liebesqualen litt und daß ich deren Gegenstand war. Bemerkt hatte ich nur, daß während mancher Begegnungen seine Nervosität zunahm, doch gleich einem oberflächlichen Sprudeln, das, wie ich glaubte, der Euphorie zuzuschreiben war, der Daseinsfreude, deren lebendes Beispiel er sein wollte. Ich erfuhr die Wahrheit unvorbereitet, und in dem überfüllten Zimmer, in dem wir uns befanden, traf sie mich wie ein Unwetter. Er wußte, daß ich in einer Kammer schlief – dem einstigen Heizungsraum des zum größten Teil von der Immobiliengesellschaft, bei der ich arbeitete, belegten Gebäudes – und daß meine Arbeitgeber mir erlaubten, eines der Badezimmer zu benutzen. Eines Abends, als wir zu lange in einem nahen Café verweilt hatten, wünschte er, mein Refugium und das Übrige zu sehen. Wenn ich nachts in der Büroetage duschte, machte ich kein Licht, sondern folgte der intermittierenden Helle der zur Straße hin gehenden Fenster. Der Concierge beobachtete mich – und ihm fehlte es nicht an Unterscheidungsvermögen.

Der Greco war tief betrübt über die Enge des Verschlags, er lachte sogar darüber. Ich erinnnere mich, daß er sich dann über das niedrige Geländer der Terrasse beugte – tatsächlich das Dach des Gebäudes – und murmelte, der Selbstmord sei, sofern wir ihn früh zum Ziel des Daseins machen, die große Quelle der Entzückungen; ich erinnere mich auch an den nachdenklichen Klang seiner Stimme und vor allem daran, daß er den Plural gebrauchte. Er bestand darauf, meinen Arbeitsplatz sehen zu wollen. In dem Raum, den man feierlich den Versammlungssaal nannte, standen bequeme Sessel um einen massiven runden Tisch. Auf ihm zeichneten sich die von der Straßenbeleuchtung und bis Mitternacht von einer die ersten farbigen Neonlampen zur Schau stellenden Reiseagentur reflektierten Fenster ab, im Wechsel von in der Natur nicht vorkommendem Grün und Rot.

Erstaunt, weil er die Tür hinter sich schloß, warf ich ihm einen fragenden Blick zu; ich stand im erleuchteten Rechteck und er im Hintergrund, am Lichtsaum. In seinem keuchenden Atem war ein so starkes Begehren, daß ich die Hände hob, wie um ihn zu zügeln, zurückzuhalten, zurückzustoßen, was aber zur Folge hatte, daß er sich in Bewegung setzte. Er näherte sich mir erregt, schweißbedeckt, ich wich ihm aus; mit der ruckartigen Heftigkeit der Ungeschickten bedrängte er mich, stammelte unverständliche Worte, packte mich bei den Schultern, versuchte hartnäckig und verzweifelt, seinen Mund auf meinen zu pressen; mit einem Stoß des ganzen Körpers, den er zunächst für eine Art Übergabe hielt, drückte ich ihn an die Fensterscheiben und befreite mich mit einem Faustschlag auf seine Brust aus seiner Umarmung.

In keinem ihrer Grade duldet die Leidenschaft die Bemühung des anderen, sich ihr zu entziehen. Und obgleich ich wie jedermann ihr erlegen bin und Todesqualen gelitten habe: wenn ich an seine in jener mir unter Tausenden von Nächten noch gegenwärtigen Nacht denke, erlaubt mir nichts besser als sie, die Hölle des Katechismus wieder vor mir zu sehen, so wie das Kind sie sich vorstellte mit Hilfe der Küchenglut und der sich über das Flachland ausbreitenden Feuer der Sonnenuntergänge.

Nun mache ich mich lächerlich, laufe um den Tisch herum, und er hinter mir her, stößt an die Stühle, wirft sie um. Als ich versuchte, die Tür zu erreichen, verstellte er mir den Weg, kreuzte die Arme, drehte sodann den Schlüssel im Schloß und steckte ihn in die Manteltasche. Und ich hatte bisher doch geglaubt, daß es sein von der Magie der Welt besessenes Herz ebenso glücklich mache, einen Baum zu umarmen wie einen Menschen zu umarmen.

Wir blieben stehen, blickten einander an. Als er dann eine liebkosende Gebärde andeutete, sprang ich auf den Tisch, und als ich mich wieder aufrichtete, ertönte ein gläsernes Klirren. Der Greco brach in Gelächter aus: während unseres Wettlaufs hatte einer von uns den Lichtschalter berührt, und der venezianische Lüster – dessen mit türkisblauen und rosaroten Blümchen verzierten Arme und Gehänge, selbst wenn er nicht eingeschaltet war, auch dem zerstreutesten Besucher als unpassend auffiel – saß mir als Krone auf dem Kopf.

Beschwichtigt, lächelnd befahl mir der Greco, mich nicht zu rühren – dies aber im Ton des Photographen, der endlich das richtige Bild gefunden hat; und mit Würde und Sammlung schrieb er in den Staubschleier des Holzes zu meinen Füßen mit dem befeuchteten Zeigefinger seinen Namen, Datum und Stunde. »Ich habe dich signiert«, sagte er, »du bist mein erstes Kunstwerk.«

Wie man im folgenden sehen wird, war diese Geste sozusagen die Gründungsgeste einer Kunstdoktrin, die er einige Jahre später in Europa verkünden sollte.

Zwischen seinem Lachen über das jähe Erklingen des Lüsters und seinem Geistesblitz ästhetischer Art war er auf die Erde zurückgekehrt und hatte sich von mir befreit.

Erschöpft haben wir uns ans Fensterkreuz gelehnt. Die grünrote Lichtreklame entzückte ihn: dieses Grün, dieses Rot. Es war die Stunde der Prostituierten. Eine von ihnen blickte uns an und bewegte die Hüften. Der Greco hauchte so lange auf das Fensterglas, bis der leichte Nebel seines Atems ihm erlaubte, seinen Namen zu schreiben. »Mein zweites Kunstwerk!« rief er munter, die Dirne betrachtend, die jetzt ihre Handtasche wiegte. »Ich muß dich anekeln, daß du mir derart weh tust«, sagte er in feststellendem Ton. Ich fühlte, wie ich mich innerlich krümmte. Ich war von seinem Verhalten so sehr überrascht worden, daß ich den Widerwillen, den er mir einflößte, zur Schau gestellt hatte und in Gefahr gewesen war, den Freund zu verlieren. Versuchte er mit diesem scheinbar unbekümmerten Ausspruch, mich als Freund zu zwingen, meine Ohnmacht zu überwinden und, wenn nicht ihn zu lieben, so wenigstens seine Berührung zu ertragen?

Er zog den Schlüssel aus der Tasche und gab ihn mir zurück. Wir haben das Haus verlassen. Um unsere Beziehung aufrechtzuerhalten oder wiederherzustellen, war es zwingend geboten, jede Anspielung auf das Geschehene zu meiden. Ich sagte mir, daß es uns schwerfallen werde, wie gewöhnlich mit einem schlichten Aufwiedersehen auseinanderzugehen. Er dagegen schien nicht die geringste Verlegenheit zu empfinden: alarmiert vom Hämmern der Bleistiftabsätze der Dirne, die uns erwartet hatte, nun aber wieder zu ihren Gefährtinnen ging, drückte er meinen Arm und schrie mir fast zu: »Bis morgen! Ich will mir meine zweite Kreation aus der Nähe ansehen.« Er entfernte sich mit seinem schweren Gang, der, wenn er schneller ausschritt, zu dem hölzernen eines Hampelmanns wurde.

Ich bin nicht der einzige gewesen, der ihn, wenn er versuchte, über eine freundschaftliche Beziehung hinauszugehen, enttäuscht hat; und obwohl er in die von ihm ausgeübte Faszination verliebt war, war er unglücklich; es fehlten ihm die Reichtümer, die Sinnlichkeit verleiht. Ich glaube, es gibt zwei Sorten Menschen: solche, die in ihrer Kindheit Liebkosungen erhalten haben, und solche, die keine erhalten haben. Der Greco – das hatten wir von Anfang an gemein – gehörte zur zweiten Sorte. Von seiner Mutter mißachtet, die in ihm einen Zurückgebliebenen, einen Idioten, einen Kümmerling sah, den man am Fuß eines schweren Möbelstücks anbinden mußte, um ihn den Sesseln, die er beschmutzte, den Dingen, die er zerbrach, fernzuhalten, hatte er als Kind nur die scheue Zuneigung eines seiner Frau gefügigen Vaters erfahren. »Meine Mutter ist ein Lastwagen, der uns beide zermalmt hat«, sagte er.

Er mochte sich nicht über seine Mißgeschicke verbreiten, und erwähnte er sie, so erwähnte er sie lachend. Er hatte früh das Weite gesucht, die Straßen von Buenos

Aires, und da er die Fesseln gesellschaftlicher Konventionen ignorierte und, nach Merkwürdigkeiten aus, die Gabe besaß, die Engeln oder Elfen zugesprochen wird, bezauberte er selbst die, die er nicht hatte verführen wollen.

Bald wurde ihm hellseherische Einsicht zuerkannt, und alle Türen taten sich ihm auf. Seine »Magie« – dieser Wille, an der Zukunft der Wirklichkeit, des Universums mitzuwirken – verklärte sein Aussehen eines armen Teufels, und durch sie herrschte er über die vielen Kobolde, Feen, Dämonen, die in seinem Geist zusammenwohnten. Die Worte schienen ihn zu überflügeln, und selbst Menschen, die ihm zuhörten, um ihm zu widersprechen, empfanden die Relativität ihrer Überzeugungen, die beflissene Oberflächlichkeit der Lügen, die sie im Lauf der Jahre erfunden hatten, um etwas Besonderes zu werden, und waren ratlos. Denn er hielt ihnen sein mitnichten erfundenes überschwengliches Gefühl entgegen, er selbst, einzigartig zu sein – ohne dabei, und zunächst für sich selbst, daran zu denken, daß Einzigartiges nach Einzigartigem verlangt, woher die uns allen innewohnende unstillbare Unruhe rührt.

Als, angetrieben durch sein Bedürfnis, stets zu überraschen, seine Kühnheiten pittoresk wurden, verstand er den Stil seiner Extravaganz allerdings nicht zu kontrollieren, so daß man an ihm schließlich nur noch die Person wahrnahm – und das, was er zu gründen versuchte, gar nicht mehr.

Dazu wird es kommen. Jetzt, nach der Szene mit dem runden Tisch und dem venezianischen Lüster, machte ich mit dem Greco meine ersten Versuche in Freundschaft. Ich strebte danach, ihm alles anvertrauen zu können, selbst die Verärgerung, die er in mir hervorrufen konnte, sogar die jähen Haßanwandlungen, deren Eingeständnis, wie ich mich alsbald überzeugte, keine Beziehung überlebt. Ich wußte nicht, daß Freundschaft ständige Wachsamkeit erfordert, daß sie schwierige Arbeit ist und daß diese Art Intimität zwischen zwei Menschen aus dem Gegensatz zu dem, was das Wort vermuten läßt, resultiert: höchste Vertraulichkeit, Erlaubnis, sich von den Geheimnissen, die uns beschweren, zu befreien; daß Freundschaft nur durch ein Mehr an Diskretion, eines feinen gegenseitigen Anpassens der Auffassungen zustande kommt und sich festigt.

Alles, was die subtilen Verletzungen beibringen könnte, die Liebesspielen Vorschub leisten, behält man für sich, man allein weiß, wie sehr der Freund uns dazu gezwungen hat, das Wort zu mildern, zu verbiegen, zu lügen, als man bei ihm an gewissen Anzeichen ein kaum merkliches Zurückweichen, eine Stimmungsänderung gewahrt hat. Es kommt so schnell zu einer Entgleisung: ein Tonfall, ein Blick, ein Glas zuviel genügen – und schon geraten wir, in den Augen des Freundes, unter unser Niveau, dahin, wo wir vielleicht wirklich sind, was wir sind, frei von Manieren, Zwängen, Würgegriffen, von der vorgetäuschten Nächstenliebe, die eine Forderung nach Liebe ist.

Wenn wir uns auch in der Leidenschaft dazu erniedrigen, vom Geliebten Trost im plötzlichen Unglück zu erbitten, machen wir uns doch für den Freund noch im Elend schön: wir sprechen ihm gegenüber in nüchternem Ton davon, verkleinern es zu einem Unfall.

Ich glaubte damals, mit dem Greco werde Freundschaft unschuldige Spontaneität erlangen, das Reich der Kindheit, die Zeit, in der man verbotene Türen entriegelte, Nippesfiguren zerschmetterte, den handlichen Gegenstand wählte, um mit dem kleinen Bruder, der unsere Wiege usurpiert hatte, Schluß zu machen... In Wahrheit ist nichts von Kindheit so weit entfernt wie Freundschaft; kein Gefühl verlangt so viel Reife, keines ist so streng, so empfindlich und keines so notwendig. Es liegt Verzweiflung in der Freundschaft.

Wir, der Greco und ich, sind während mehrerer Jahre die besten Freunde der Welt gewesen, doch nur, weil wir nichts Besseres gefunden hatten.

29

Er war also da, der Greco, nachdem er meinen Hilferuf erhalten hatte, sofort herbeigeeilt. Am Tag seiner Ankunft in Rom hatte er mir in der Gesandtschaft eine Nachricht hinterlassen und ein Treffen für denselben Abend anberaumt, mich aber fast sogleich in der Gegend der Piazza di Spagna gefunden. Er ließ das kurze Lachen der Leute hören, die wissen, daß sie uns überraschen, ohne selbst überrascht zu sein. Er war stolz darüber, dem Schicksal ein Schnippchen geschlagen zu haben, mich dessen Finsternissen zu entreißen, kurz gesagt, an ihm mitzuwirken – doch auf der Sonnenseite.

Um seine Erregung zu zügeln, biß er sich in die Faust, er wollte die Erinnerung an diesen Augenblick für immer wachhalten. Und schon tauchte vor uns ein Photograph auf. Im Ausstellungskatalog der ersten Retrospektive seines Werks in Spanien ist diese auf der Treppe zur Kirche San Trinità dei Monti aufgenommene Photographie zu sehen. Bildunterschrift: »Zusammen mit einem Freund in Rom, 1955.« Er hat sich einen Bart wachsen, sich das Haar schneiden lassen; es verläuft spitz über der Stirn, wo es eine störrische Tolle bildet. Wir sehen beide ruhig, geistesabwesend aus; in Zukunft wird er vor dem Objektiv den Kopf heben, das Gesicht mittels einer sonderbaren Muskeldehnung feiner erscheinen lassen und vor allem seinem Blick eine Schauspielereindringlichkeit von rührender Naivität verleihen. Hinter uns, hoch oben zeigt die Kirchenuhr 11 Uhr 25. Er hätte diese Einzelheit nicht übersehen.

Wenn ich an seinen sehr kurzen Aufenthalt in Rom denke, steigt als erstes Bild das der großen Teller Spaghetti mit ein wenig dicker Tomatensauce vor mir auf; für einen Löffel voll Parmesankäse zahlte man einen Aufpreis. Ich habe sicherlich bessere Spaghetti gegessen, aber nie haben sie mir besser geschmeckt. Und dieses Bild legt sich über ein anderes: Der Greco auf seinem Gang durch die Stadt, von seiner unersättlichen Neugier geleitet oder vielmehr vorwärtsgezogen; der Körper folgte, so gut er konnte. Doch plötzlich bleibt er vor einer breiten Fassade stehen, und mit seinen Händen, einer Hand auf dem Mund, einer Hand auf der Stirn oder anstelle eines Augenschirms auf den Schläfen, rahmt er die Parzelle ein, die solchermaßen isoliert wegen ihrer körnigen Textur und ihrer Farbnuancen für ihn zu einem Gemälde wurde. Er verlor sich so sehr in die Betrachtung, daß er außerstande schien, wieder zu sich zu kommen. Ich habe gesehen, wie er nachts, beim Licht einer Kerze, dicke Zeichenpapierblätter zuschnitt, mit einer Rasierklinge lange Ritze darauf anbrachte, bevor er sie mit Gouachefarbe bestrich, die er mit den Fingern auftrug und da und dort bis zur Transparenz verdünnte, indem er aus verschiedenen Höhen Wasser darauf fallen ließ, das ihm manchmal das Gesicht vollspritzte; zuletzt milderte er mit einem Pinsel dessen Wirkung auf der Farbschicht.

Mit Bleistift und Zeichenfeder hatte er in seinen ersten Werken gestochene Feinheit erreicht. In den Furchen der Fingerkuppen, den Nervüren der Fliegenflügel, den roten Fibrillen auf den Wangen eines Trinkers oder auch den in Lehrbüchern oder Enzyklopädien hundertfach vergrößerten baumartigen Formen der Nervenzellen, den Veränderungen der alternden oder kranken roten Blutkörperchen sah er Vorzeichen von Formen, die er auf dem Papier oder der Leinwand zu erfinden beabsichtigte – oft auf einem Hintergrund von rosa oder gelbem, vom Licht zerfressenem Beschlag.

Seine Zeichenmappe, die sein Hauptgepäck darstellte, füllte sich. Er suchte Galerien auf, um seine Tuschzeichnungen und seine Gouachen zu zeigen, und erntete bestenfalls verblüffte Mienen; er versuchte, auf den Terrassen der Luxuscafés der Via Veneto oder der Piazza del Popolo welche zu verkaufen, vergebens: Rom war nicht Paris.

Wir fuhren nach Florenz und sodann nach Wien: die letzten alliierten Truppen verließen die Stadt, die durch die Bombardierungen beschädigten Theater wurden wiedereröffnet; überall herrschte Feststimmung: ich entsinne mich des einsamen Quietschens der Trambahnen, die uns zur Erhebung des Leopoldsberg brachten, der Farben seines Hintergrunds über der Donau, der Aussicht vom Kalenberg auf Wien und des köstlichen Geruchs, der ein Gasthaus durchzog, wo wir Hirschkeule in einer dicken bräunlichen Tunke gegessen haben, und ich erinnere mich an Grinzing, wo wir zwischen amerikanischen Soldaten, die betrunken waren und glücklich beim Gedanken, bald wieder den Ozean zu überqueren, und Mädchen, die sie bittend umschmeichelten, Heurigen tranken bei Winzern, deren von einem an der Tür aufgehängten Kiefernkranz gekennzeichnete Häuser Ausflugslokale beherbergten.

Auf kleinen, vor dem Burgtheater aufgestellten Bildschirmen sahen wir einen Akt des Dramas von Hauptmann, das am Eröffnungsabend gespielt wurde, aber nicht ein Ton der von der Oper affichierten *Zauberflöte* drang zu uns – wir warteten vor dem Gebäude das Ende der

Aufführung ab, in der Hoffnung, Greta Garbo zu gewahren, die, wie man sagte, unter den Zuhörern war.

Bevor wir Wien verließen, sahen wir das Wunderkind wieder, dessen Auftritt als Achtjährige mit dem Klavierkonzert von Schumann wir in Buenos Aires erlebt hatten. Noch immer sah sie wie ein bockiger Junge aus und war ihr Haar fast kurzgeschoren. Als die ganze Welt Martha Argerich zur Kenntnis nahm, hatte sie langes schwarzes, unbändiges Haar, sie trägt es weiterhin so, es scheint zum Schwung ihres Spiels beizutragen.

Mit ungeschmälerter Zeichenmappe fuhren wir nach Salzburg: ein Spaziergang in den Gärten von Schloß Mirabel, wo Freud, dem der Kieferkrebs das Sprechen bereits erschwerte, und Lou Andreas-Salomé sich 1929 zum letzten Mal getroffen hatten; die alten Damen in Tirolerhüten, die auf den eisernen Bänken saßen und schwiegen, interessierten uns mehr als die mit Skulpturen geschmückten Becken, die den Weg zergliedern. Danach fuhren wir zu den Seen, dem einen mit Meereswogen, dem anderen friedvollen, wie es sich für Seen geziemt, mit kleinen Dörfern am Ufer, wo zu leben angenehm sein mußte, und schlanken Buchen von himmelstürmender Kraft; ich erinnere mich an die transparente Reihe der Stämme und das Vorbeigleiten eines nach dem anderen am fahrenden Wagen.

Den Greco sehe ich in Salzburg nur auf dem Wachturm der Burg vor mir, über die Brustwehr gebeugt: unsere Ellbogen berühren sich, aber ich bin für ihn nicht vorhanden. Seine blauen Augen bestarren am Ende des unter unserem Hochsitz und seinem bläulichen Augenschirm sich entfaltenden Wiesenlandes den fernsten Punkt hinter der Linie, wo die Landschaft aufgesogen wird: er befindet sich in einer unermeßlichen Präsenz, im Herzen der Schöpfung, und meine Ungeduld kümmert ihn nicht im geringsten, bis zu dem Augenblick, da der Schatten das Land überzieht.

Der Greco fuhr aus dem Schlaf auf. Ein Nebelgürtel umschloß die Stadt, löschte das Gold der Glockentürme aus. Und wir liefen Gefahr, den Zug nach Zürich zu versäumen.

Wie das Grün der Neonreklame in Buenos Aires grenzte das der Gärten an Unnatürlichkeit, und die Häuser sahen aus wie Geldschränke. Ein auf einem riesigen ovalen Teller liegendes, von einem Berg Kartoffeln begleitetes Wiener Schnitzel war unsere einzige Mahlzeit in den drei Tagen, die wir, ehe wir uns davonmachten, in der Schweiz verlebten. Der Greco hatte sich gehütet, mir einzugestehen, daß seine Mittel zur Neige gingen, und ich für mein Teil dachte, er vermöge jederzeit die Vorsehung zu ersetzen. Es ist möglich, daß wir bis nach Bern vorgedrungen sind, um den argentinischen Konsul um Hilfe zu bitten; aber ich bin mir dessen nicht sicher. Wie dem auch gewesen sein mag, ich habe ein gewisses dunkelgetäfeltes Zimmer in Bern oder Zürich nicht vergessen, und nicht das unbewegte Gesicht des Herrn, der uns zwei verschiedene Billette reichte: eine Eisenbahnfahrkarte, einen Flugschein. Davor oder danach sehe ich im Zimmer einer Pension, die wir verlassen werden, ohne die Rechnung bezahlt zu haben, den Greco zwei seiner Gouachen zur Entschädigung mit Reißzwecken an die Wand heften.

Die wie ein Gefäß mit schwarzer Tinte über die Erinnerung ausgegossene Angst hat die Stunden im Versteck, die daraufhin folgen mußten, zugeschüttet, unsere verstohlenen Schritte, unsere Trennung und den Abschied. Das Gedächtnis setzt erst im Flugzeug wieder ein – ich war nie zuvor geflogen und hatte den Start nicht bemerkt –, als die beiden zu meinen Seiten sitzenden Herren die Vorzüge und Nachteile verschiedener Fluggesellschaften miteinander vergleichen und als einer der beiden laut verkündet, das Flugzeug, in dem wir sitzen, sei mit Rolls-Royce-Motoren ausgerüstet. Unser Flugzeug landet, als es bereits dunkel ist: ich werde die Nacht in Orly verbringen, die Nacht, in der ich beinahe meine Fähigkeit verlor, allen Widerständen zum Trotz zu hoffen: im Paß des unbesonnenen Flüchtlings war kein Visum für Frankreich eingetragen.

Zur Vorsicht hatte ich eine Krawatte und meinen dunklen Anzug angelegt und den Kamelhaarmantel umgehängt, der mir eine gewisse Hoffnung verlieh.

In dem leeren Saal mit den großen Glaswänden, wo ich sitze, habe ich das Gefühl, nirgendwo mehr zu sein. Die diensthabende Hostesse hinter der runden Theke ist ein blondes junges Mädchen; in meinen Augen ist sie der personifizierte Pariser Schick, der zu meiner Mythologie gehört. Sie schlägt mir Getränke vor, eine »kalte Platte«, und da ich diesen Ausdruck nicht kenne, fügt sie mit einem Lächeln hinzu: »Etwas zu knabbern.« Im Lauf der Nacht wiederholt sie ihren Vorschlag mehrmals, und aus Furcht, zahlen zu müssen, beschränke ich mich darauf, um Wasser zu bitten; ich wage es nicht, ihr die Frage zu stellen, erkenne aber an ich weiß nicht welchem Zögern ihres Lächelns, daß sie den Grund meines Ausweichens erraten hat. Im übrigen dauerte es nicht lange, bis das Telefon klingelte, und als sie auflegte, schien sie verlegen zu sein; aber sie faßte sich sofort wieder, und das Straffen des Oberkörpers war das einzige Zeichen der Autorität, die mir gegenüber auszuüben ihre Pflicht war; ihre Stimme veränderte sich kaum, als sie mir mitteilte, daß die Sicherheitspolizei sich genötigt sehe, mich an meinen Abflugort zurückzuschicken. Ich sah Zürich vor mir, die unbezahlte Pension, Polizisten, die mir Handschellen anlegten, den Konsul mit dem unbewegten Gesicht und am Ende von allem Argentinien. Allein der Tod konnte die Dinge vereinfachen. Nie werde ich die Worte vergessen, die sie hinzufügte: »Es ist sehr neblig, schauen Sie... nur wenige Flugzeuge starten. Haben Sie Bekannte, Freunde in Paris, Ihre Botschaft, das Konsulat?«

Ich hatte nur einen Namen, Juan Prat, und seine Adresse, Hôtel de l'Académie, 42, Rue des Saints-Pères. Um zwei Uhr morgens war Juan noch nicht zu Hause. Von Viertelstunde zu Viertelstunde rief sie an, während der Nebel sich von Minute zu Minute zu lichten schien. Um vier Uhr endlich reichte sie mir den Hörer: die Stimme Juans – und auf einmal kehrte das Lebensgefühl zurück, wärenddessen der Nebel sich vor den Scheiben verdichtete.

Bin ich eingeschlafen? Weshalb sonst die Erinnerung an diese Treppe, die sich in den Raum emporschwingt und sich, da ich hinaufsteige, erleuchtet? Plötzlich ist die blonde Hostesse nicht mehr »meine« Hostesse – der Schichtwechsel hatte stattgefunden –, und gewiß hat sie von ihrer Kollegin Anweisungen erhalten, denn mir wird die gleiche Freundlichkeit wie zuvor zuteil. Vor mir das Frühstückstablett auf einem Tisch, den man an meinen Sessel gerückt hat, und der warme Geruch der Hörnchen und des Kaffees; auf der Serviette eine Karte: »Mit den besten Empfehlungen von Swissair.«

Das Warten auf Juan zog sich hin; es wurde acht Uhr, neun Uhr, zehn Uhr. Man brachte mir meinen Koffer, ich fühlte mich verloren. Doch das geschah, weil Juan und der Konsul gekommen waren. Um zehn Uhr dreißig verließ ich den Flughafen mit dem Vermerk im Paß: »Kostenloses Transitvisum, gültig 48 Stunden. Dieses Visum von genau begrenzter Dauer kann in keinem Fall verlängert werden.«

Ich hätte mich hinknien wollen, den Boden küssen, statt zu weinen, lachen wollen.

Madame, meine hübsche und barmherzige Hostesse, ich mache mir das Geheimnis der Welt und ihrer Gesetze zunutze, um Ihnen, wo Sie auch sein mögen, zu sagen, daß ich in jener Nacht nicht nur am Rand des Abgrunds war, sondern überdies vom Verlangen besessen, ein für allemal hinabzustürzen, daß Sie über diesen Abgrund eine Brücke geschlagen haben und daß ich sie überschritten habe.

30

Seit diesem sozusagen auf die Minute festgelegten Aufenthalt nenne ich Paris die »graue Stadt«. Der in diesem Jahr frühe Winter hatte schon Ende Oktober die Uferbäume entlaubt – das war auf meinem ersten Spaziergang mein erstes deutliches Bild der von den alten Tangos besungenen Lichterstadt.

Am Abend führte Juan mich in das Café de Flore, wo wir den Greco in einer Gruppe von Freunden oder Unbekannten vorfanden, deren Zentrum er, wie in den Cafés von Buenos Aires, ganz augenscheinlich war. Als er mich gewahrte, begann er zu lachen oder eigentlich zu glucksen. Er stand nicht auf, um mich zu begrüßen, tat keinen Mucks, stellte mir keine einzige Frage und forderte uns ebensowenig auf, uns zu ihm zu setzen. Er lachte, sprach zu seinem Gefolge und wies dann und wann mit dem Finger in meine Richtung. Er hatte sich nicht, wie versprochen, am Flughafen nach meiner Ankunft erkundigt. Ich bedurfte seiner Freundschaft zu sehr, um ihm böse zu sein. All sein Mutwille, sein Spott, in dem ich weiß nicht welche Grausamkeit zum Vorschein kam, vermochte nichts gegen den Freund und noch weniger gegen die Persönlichkeit, die mir imponierte: den närrischen Mönch, dem die Vögel und selbst seine Schwester Sonne und sein Bruder Tod hätten gehorchen können. Ich hatte es mir angewöhnt, seine Sonderbarkeiten dem Mißverhältnis zwischen dem, was ich für seine Genie hielt, und seinem Ungeschick zuzuschreiben. Da sein Körper ihm nicht dazu verhalf, sich gelassen zu geben, nahm er ständig Zuflucht zur Ungeniertheit und sogar zum Hohn.

Ja, ich glaube, daß ich an jenem Abend im Flore die mit Lachen vermischte Schikane, der mich der Greco unterwarf, aus meinen Gedanken verbannte, um ihn nicht zu verlieren, weil ich es ihm verdankte, daß ich am Leben geblieben war, und weil ich es mir nicht erlauben konnte, den kleinen Kreis von Zuneigung zu verringern, der sich seit meiner Ankunft in Europa um mich gebildet hatte. Er herrschte in einer Atmosphäre, in die ich brennend gern eintreten wollte. Soweit ich mich zurückerinnern kann, gefiel ich mir zur damaligen Zeit in der Gewißheit, von der ganzen Welt verfolgt zu werden.

Ein Jemand, der sich zu uns, Juan und mir, gesetzt hatte, erzählte uns, der Greco mache manche Stätten in Saint-Germain-des-Prés unsicher, denn er wolle partout Juliette Greco überraschen und sie auf den Mund küssen.

31

Nichts hätte mich in größere Bestürzung versetzen können, doch die einzige Lebensmöglichkeit wurde mir von Spanien geboten, und ich fand mich damit ab. Von der kopflosen Diktatur Peróns befreit, die sich Tag für Tag von politischer Hetze und allgemeiner Denunziation nährte, betrat ich am 30. Oktober 1955 das schwarze Spanien des Caudillo, in dem, wenn auch ohne Lärmen, eiserne Despotie herrschte.

Der Argentinier liebt das Mutterland Spanien nicht; ich war jedoch, als ich in Irun die Grenze überschritt, weit davon entfernt zu ahnen, wie sehr ich es verabscheuen würde.

Durch widrige Umstände von einer Tyrannei zur nächsten verwiesen, staunte ich, daß es Männer gab, die verbissen nach der Macht strebten und sich in ihr einrichteten, ohne das Grauen zu empfinden, das mit ihr verbunden sein mußte. Zur Bildung meiner politischen Auffassung – nennen wir sie so –, eine durch die Achtung vor dem Mitmenschen in Grenzen gehaltene Anarchie, hatte, ohne daß er es wußte, mein Vater in hohem Maße beigetragen.

1939, als der Krieg in Europa ausbrach, war ich neun Jahre alt, und daß ich sah, wie mein Vater lächelte beim Anhören der Nachrichten, die ein Rundfunkapparat unter starkem Knattern ausspuckte, wenn das Zurückweichen der Alliierten gemeldet wurde, und wie er sodann die Stellung der Deutschen auf der Europakarte markierte, die er sich Gott weiß woher beschafft hatte, lehrte mich auf den Vorsprung der einen und der anderen zu achten und mich über das zu freuen, was ihn bekümmerte.

Unersättlich in seinem Anspruch zu gebieten, wußte er jedoch nicht, daß ich dadurch dazu abgerichtet wurde, mich in allem mir Verständlichen und noch mehr, vorsichtshalber, in allem mir Unverständlichen gegen ihn aufzulehnen.

Ich würde hier nun gern in das Zimmer der Madrider Pension treten, das rote Steinplatten mit weiten Fugen hatte, doch das Gedächtnis, das Anklänge und Ähnlichkeiten der Chronologie vorzieht, drängt mich zu jenem Zimmer, das der Greco sechs Jahre später in Paris, in einem anrüchigen Hotel in der Rue Dauphine bewohnt.

Ich steige eine Treppe hinauf, die nach Moder riecht,

ich stolpere auf den Stufen, die Kupferstangen halten den fadenscheinigen Läufer nur noch stellenweise fest. Einige Stufen nach dem letzten Treppenabsatz, dann die Tür Nummer 32.

Mit angezogenen Beinen liegt der Greco auf seinem Bett und zeichnet. Das Zimmer, das an manchen Stellen seinen Putz verliert, hat eine Art Trapezform, die Längsseiten deuten eine Perspektive an, obwohl diese wegen des am Rand des Fluchtpunkts gelegenen Fensters falsch erscheint. Und eben dies zeichnet der Greco gerade.

Laut lachend legt er mir eine Skizze vor und zeigt mir gleichzeitig die Zimmerdecke: »Gott ist ein Humorist... dieses Zimmer. Hat er nicht fertig gemacht.«

Ich bemerke tatsächlich auf den ersten Blick, nicht nur, daß das Zimmer nicht von Anfang an so war, wie es ist, sondern auch, daß es sich zwischen zwei aneinandergrenzende gezwängt hat; eines davon ist, nach den Resten eines gipsernen Kranzgewindes zu urteilen, geradlinig, das andere abgerundet und hat zudem einen anderen Stil; man hat versäumt, sie einzuebnen.

Da ohne jegliche Geldmittel, hütete er sich, das Hotel zu verlassen; er fürchtete, beim Zurückkommen seine Sachen am Empfang abgestellt vorzufinden; seit mehreren Wochen hatte er die Zimmerrechnung nicht mehr bezahlt, und niemand unter seinen Bekannten war imstande, ihn aus dieser Lage zu erlösen, obwohl seine Freunde mit ihm teilten, was sie sich verschaffen konnten, ein Hörnchen hier, ein Stück Pizza dort, einen Kuchen und Eiswasser, das damals Grecos Lieblingsgetränk war.

Ich hatte ihm ein zunächst sehr appetitlich aussehendes und für mich gerade noch erschwingliches Pot-au-feu mitgebracht, ohne zu ermessen, welch widrigen Eindruck man beim Öffnen des Pakets empfangen konnte, angesichts des Kontrastes zwischen Fleisch und mit Bouillon durchtränkten Gemüsen und der Kartonschachtel, die sie enthielt und die sich auf dem Weg aufgeweicht hatte.

Er lachte los und war im selben Augenblick von meiner Verlegenheit gerührt; eine seltsame Sanftheit ging von seiner Person aus, die, plötzlich losgelassen, eine Mischung aus Tier, Engel und Kind und ganz im Blick seiner blauen Augen war.

An jenem Tag sprach er zu mir über seinen Tod; er war jedoch nicht so weit, sich selbst abzulehnen, im Gegenteil; er hatte mehr als die Ahnung, die Gewißheit hatte er, daß er jung sterben und daß es sich um Selbstmord »handeln« würde; er redete so darüber, als ob jemand, der mehr er selbst gewesen wäre als er selbst, die Arbeit für ihn erledigen würde.

Umstellt von der Unkenntnis all dessen, was ihm folgen wird, ist mir der Greco in jenem Augenblick wieder gegenwärtig: er knipst die Nachttischlampe an. Das unordentliche Bett zwischen uns, stehen wir beide da. Er behauptet, »einen jugendlichen Tod« – dies war seine Bezeichnung – vorzuziehen, da sein ganzes Leben, in welchem Alter es auch enden wird, ein erfülltes Leben ist. Und ich höre wieder den ironischen Klang seiner Stimme: »Das wird nicht weiter dramatisch sein, einfach so, wie man ein Glas Wasser trinkt. Ich fürchte lediglich, mich zu verspäten... Da ist noch so einiges zu Ende zu bringen.« Und er lacht.

Der Humor – das war ihm wichtig – blieb unversehrt; er war nötig.

Und wieder und wieder und noch einmal in den vom Schicksal für seine Arbeit bewilligten kurzen Jahren, den drei Jahren, die ihm noch zu leben blieben, flog er mit gestutzten Schwungfedern, aber unvermindertem Schwung von neuem davon zu einigen ruhmreichen Niederlagen. Wie jedermann hatte er lange dazu gebraucht, das, was seine Sensibilität ihm schon immer anbot, in Gedanken zu übersetzen.

Schien ihm Schönheit als Ziel der Kunst eitel, und schien es ihm wichtiger, zeigen zu können, als machen zu können? Er wechselte vom Pinsel und Zeichenstift über zum Kreidestift, mit dem er auf den Gehwegen von Saint-Germain-des-Prés um Passanten Kreise zeichnete und die auf den Caféterrassen sitzenden Leute solchermaßen zwang, sie zu betrachten.

Der Auserwählte, der, statt sich zu entfernen, sich entsetzt oder empört auf das Spiel einließ, gab, durch den Blick der Zuschauer wie versteinert, sekundenlang den Eindruck, den Bann nicht brechen, plötzlich nicht mehr handeln, sich nicht wehren zu können: der Greco dachte für ihn, er wischte mit den Kreppsohlen seiner derben Schuhe den eilig gezogenen Kreis wieder aus und befreite seinen Gefangenen, sobald die Aufmerksamkeit der Zeugen nachließ.

Wenn er keinen Kreidestift dabei hatte, zeichnete er den Gegenstand seines Staunens in die Luft und wies mit dem Finger hartnäckig darauf.

Der Finger und der Greco: »Die lebendige Kunst ist das Abenteuer des Wirklichen. Der Künstler lehrt die anderen nicht mittels einer Leinwand, sondern mittels des Fingers zu sehen: er lehrt sie, das, was auf der Straße geschieht, von neuem zu sehen. Die lebendige Kunst sucht den Gegenstand, ›den gefundenen Gegenstand‹ aber läßt sie an seinem Platz, verändert ihn nicht, ›verbessert‹ ihn nicht. Die lebendige Kunst ist Betrachtung und direkte Kommunikation. Sie will mit der gedanklichen Vorbereitung aufräumen, die Galerie und Museum voraussetzen. Wir müssen direkten Kontakt aufnehmen zu den lebendigen Elementen unserer Wirklichkeit: Bewegung, Zeit, Menschen, Gesprächen, Gerüchen, Geräuschen, Orten,

Umständen. Lebendige Kunst. Bewegung Finger. Alberto Greco. 24. Juli 1962, um 11 Uhr 30.«

So das Manifest: *Dito del arte vivo* – oder »Finger der lebendigen Kunst« –, das er in Genua verfaßte und veröffentlichte, der Stadt, die das argentinische Kind vor den anderen italienischen Städten Italiens vom Hörensagen her kennt, denn es glaubt, daß in Genua einst Christoph Columbus' Karavellen, die *Niña*, die *Pinta* und die *Santa Maria* abgelegt haben.

Er stellte in Paris einen mit Mäusen gefüllten Glaskäfig aus, ließ in Venedig, als der italienische Staatspräsident anläßlich einer öffentlichen Feier auftrat, Ratten los und versuchte sich in Rom mit einem Komplizen, dem noch unberühmten Carmelo Bene, der in einem kleinen Theater in der Nähe der Vatikanstadt seine ersten Aufführungen gab, vor einem stinkvornehmen Publikum in einem Happening. Man erzählte später, von vielen Schauspielern unterstützt, hätten sich die Kumpane vom zweiten Kapitel des *Ulysses* von Joyce inspirieren lassen. Den Nachbetern der Gerüchte zufolge war der als Kreuzigungsparodie geplante Abend in einem Augenblick zu Geschrei umgeschlagen, zum Bewerfen des Publikums mit Spaghetti und Tomaten und zu manch anderen Entgleisungen: sich nackt ausziehen und sogar seine Notdurft verrichten oder sich erotischen, aufgrund von Alkohol oder Drogen nicht zu Ende geführten Spielen hingeben.

In diesen Berichten wurde oft übergangen, was in dem Tumult vielleicht unbemerkt geschehen war und den Greco meiner Meinung nach rechtfertigte: er hatte sich mit Hammerschlägen einen Nagel in den Fuß getrieben, so als habe er die Notwendigkeit empfunden, dem Delirium einen Sinn zu verleihen. In der wilden Flucht, zu der es nach dem Eindringen der Polizei kam, wurde der Greco denn auch festgenommen und in ein von Ordensschwestern geleitetes Krankenhaus gebracht. Die Berichterstattung verwandelte es manchmal in ein Kloster und fügte eine Zwangsjacke hinzu sowie die Mißhandlungen, die er seitens der ihre Nächstenliebe selektiv übenden Nonnen angeblich hatte erdulden müssen.

Erfindung mischt sich in die Art von Ermittlung durch die so verbreitete Sucht, Geschehnisse zu Anekdoten zu reduzieren, sie gewissermaßen beispielhaft zu machen. Eines ist sicher: der Greco mußte Italien fliehen; das Schicksal setzte ihn in Spanien ab. Trotz seiner alten Gefährtin, der Not, fand er dort die Linderung der Freundschaft, die Wertschätzung jener, die damals die spanische Malerei neu erfanden, und bald verwandelte sich die Wertschätzung in Verehrung für den Schwärmer, der nicht glaubte, daß die Wunder die Wirklichkeit beweisen, vielmehr glaubte, daß sie die Wunder beweise. Die Bühne seiner Happenings war nicht mehr die eines Theaters; mehrmals waren die Straßen, die Plätze, die Untergrundbahn Madrids ihre Kulisse. Eine Pariser Galerie hatte es abgelehnt, für die Zuschauer nur von außen durch die Scheibe sichtbare Clochards auszustellen. In Madrid, im Allerheiligsten der modernen Kunst, feierte ein nach Extravagantem hungerndes oder revoltesüchtiges Publikum Werke, die aus einer Leinwand und sich davor stellenden anonymen Menschen bestanden: Der Greco hatte ihre Umrisse gemalt, sie mit dem Pinsel zu Hohlformen einer Gegenwart reduziert, die sie während der Öffnungszeiten der Galerie mit ihrem Körper in der auf dem Bild festgehaltenen Stellung ausfüllten. Sollte der Künstler nicht mittels der Leinwand, sondern mittels seines Fingers sehen lernen? Der Finger des Künstlers – der *dito vivo* – richtete sich schließlich auf ihn selbst, die einzige wahnwitzige, schmerzliche Wirklichkeit, die seinen Namen trug: Alberto Greco. Greco, von Greco signiert.

Ich erfuhr von seinem Erfolg; ich sah eine Photographie, auf der er, sehr gerade aufgerichtet, in einem Glencheckanzugs, mit Krawatte und gebändigter Frisur eine Rolle spielt, die das Gegenteil von seiner üblichen Beschäftigung ist; man erzählte mir, daß in Madrid in einem durch seine Bemühungen und Launen in ein Ausstellungsgelände, wie nur er es zu ersinnen vermochte, verwandelten Luxusappartement die Lustbarkeit vorherrschte und daß die Gäste unter sich Geschäfte abschlossen, ohne daß er daran teilnehmen mußte: ihn interessierte es nur, bei den Begegnungen, Gesprächen, Spielen, dem Karneval den Vorsitz zu führen.

In New York ruhte der Greco nicht eher, als bis man ihn Marcel Duchamp vorstellte. Er überreichte dem Meister ein Blatt Papier, das eine Kritzelei von ihm zeigte, und bat ihn: »*Viva Greco!*« daneben zu schreiben und seinen Namen darunter zu setzen. Duchamp hatte sich gern dazu bereit erklärt, und Greco erhielt so für seinen Ausstellungskatalog einen Buchdeckel, der seinem amerikanischen Debüt eine einzigartige Wirkung verlieh. Im Grunde war der Ältere ein genialer Bilderstürmer und der Jüngere sein unbändiger Anhänger, doch es gab nichts Verschiedeneres als ihre geistigen Abenteuer. Um sich davon zu überzeugen, genügt es, da eine biographische Parallele sich von vornherein ausschließt, an die Zeichnungen des einen und des anderen zu denken: mit der Differenzierung, die die Ironie anbringt, ist Duchamp ein Geometer, der Lehrsätze ersinnt und außer Kraft setzt; befindet er sich vor einem Krug, so befragt er dessen gerundete Form, die er wie einen Faden von seiner Spule zieht und abwickelt, damit sie mittels imaginärer Gegenstände alle ihre Möglichkeiten sichtbar macht; dünne, fließende und dennoch präzise Zeichnungen, deren Abstimmungen ein Gefühl ruhiger Freude hervorrufen.

Die Zeichnungen Grecos dagegen sind abrupte Geschehnisse, tintige Unwetter, vogelfreie Darstellungen, die, weil sie Verzweiflung ausdrücken, Gesichtern gleichen, Ausgangspunkte von Schreien, die man vernimmt, bevor noch das Auge in der Verworrenheit der Linien und Flecken den Mund, die Grimasse ahnt.

Ich hatte seinen Weg bis hierhin verfolgt, als mich die Nachricht seines Todes erreichte. Später erfuhr ich, daß, wieder in Spanien, wo Appartement, Kunstgalerie, Agent entschwunden waren, dieser Wünschelrutengänger, dieser mit dem Dreifuß der Pythia Vertraute, seine letzten Monate in einem kastilischen Dorf zugebracht hatte, wo er, und zwar begeistert, wieder Geschmack am Apostolat fand und seinen Kampf gegen die Opazität, in der sich die Schönheit des Welt genannten disparaten Ganzen verhüllt, wieder aufnahm. Photographien zeigen ihn, in der Hand anstelle der Signatur eine Art Plakat mit seinem Namen, von einem Dorfbewohner flankiert, den er ausstellt, oder wie er ein Gestell signiert, an dem Tücher trocknen. Doch zweifellos gab es in Piedralaves niemanden, der in ihm anderes als den Irren sah, und sein Wunsch hörte auf, fruchtbar zu sein. Die Not hatte ihn wieder eingeholt, und es kam die Zeit, da, was ihm an Liebe zum Leben verblieb, Anstrengungen von ihm forderte, die seine Kräfte überstiegen. Darauf nistete sich in seinem Geist man weiß nicht welche Verwirrung ein, von der er sich erst durch die seit jeher vorausgeahnte und gewünschte Tat befreien sollte. Und er machte sich auf, dem Tod entgegen, dem Tod, der mit seiner großen schwarzen, jedermann verschlingenden Dünung sich zu ihm hin in Bewegung gesetzt hatte. Die Dämonen hatten über die Elfen und die Kobolde den Sieg davongetragen, und der Teufel war den Teufel nicht wert. Gott? Wenn man nicht an ihn glaubte, brachte man sich besser um. Doch schon bereit, die Qualen und die Gesichter, die Landschaften und die Worte ins Nichts zurückzuschicken, empfand er anscheinend wieder ein Bedürfnis nach Zuneigung, das, von Anfang an dazu verurteilt, sich nicht in der Sonne entfalten zu dürfen, im Larvenzustand verblieben war, denn er meldete sich bei seinen Madrider Freunden und kündigte ihnen seine Abreise nach Barcelona an, wo er, wie er sagte, seinem Leben ein Ende bereiten werde. Ich stelle ihn mir lustig vor bei dieser Gelegenheit und in manchen Augenblicken ruhig, lächelnd wie an jenem Tag im anrüchigen Hotel in der Rue Dauphine: Keiner der ihm Nahestehenden nahm seine Worte ernst – man war seine Scherze allzusehr gewohnt.

Warum Barcelona? Wahrscheinlich wollte er Abschied nehmen von dem Freund, dem während der letzten Jahre seine Leidenschaft gegolten hatte und vor dem er seinen Entschluß geheimhielt. Er wollte den Menschen, die er liebte, Lebewohl sagen. Einer seiner Vertrauten erzählte später, der Greco hätte in heiterem Ton seine Befriedigung darüber geäußert, seinen Vater kurz zuvor in Europa wiedergesehen zu haben; das erspare ihm die Reise Buenos Aires hin und zurück, die er unternommen hätte, um ein Fest zu geben für den schüchternen alten Mann, der versucht hatte, seine Kindheit zu beschützen.

In Barcelona also zerbrach er seinen Zauberstab, und nachdem der Zauber in alle Lüfte verweht war, hängte er seine Seele an den Nagel der Zeit.

Während manche seiner Freunde die Putzfrau erwähnen, die ihn leblos gefunden haben soll, berichtet der Auserwählte lang und breit, daß er, da der Greco in einem Zustand der Niedergeschlagenheit gewesen sei, der wenig zu dessen Temperament paßte, sich am Tag nach ihrem Wiedersehen in dessen Wohnung begeben habe: die Wohnungstür sei angelehnt gewesen; der Greco habe, gekleidet in eine purpurfarbene Pluderhose, auf seinem Bett gelegen und noch geatmet, in seine Handflächen habe er mit Tusche das Wort »Ende« geschrieben. Er fügt hinzu, der Greco habe, nachdem er den Inhalt des Pillenröhrchens geschluckt hatte, »so lange auf den Tuschkasten geschrieben, bis ihn der Schlaf überwältigt« habe – welche Annahme die Glaubhaftigkeit der Mitteilung stört, so daß ich mich lieber an eine andere, weniger weitschweifige Darstellung der Geschehnisse halte; sie bietet das mit einem Lippenstift geschriebene Wort »nein« an, was mir besser zu seiner Person zu passen scheint: das erstere Wort scheint lediglich anzukündigen, daß ein Film zum Abschluß kommt, das letztere dagegen ist die totale Verweigerung der Welt, die er liebte und die er im Stich läßt, und die letzte Selbstbehauptung angesichts des Nichts.

Wie dem auch sein mag, eine Verzweiflung, nicht frei von Liturgie, bewahrt das Wesentliche eines Menschen, was er zurückläßt: sein Bild.

Es ist nun mehr als dreißig Jahre her, daß El Greco sich stromabwärts davongemacht hat, und ich schrieb noch an diesen Seiten und glaubte, ihn auf ihnen wirklich und aufgrund dessen, was er gewesen war, zu lieben, als die Wunde, die er durch sein spöttisches Verhalten gegenüber dem knapp Geretteten mir einst im Café de Flore beigebracht hatte, wieder aufbrach: etwas wie unversöhnlicher Groll verdarb meine Arbeit und die dem Menschen zugedachte Huldigung, der lange nach seinem Tod zu einem Symbol geworden ist, wie auch seine in der ganzen Welt verstreuten Werke zu einem Werk geworden sind. Doch was soll man gegen den Groll auf einen Verstorbenen tun, wie sich von ihm befreien, wenn man sonst auch dazu neigen mag, den Lebenden die Toten vorzuziehen? Wenn die Worte sie beschwören, bereitet der Umgang, den die Erinnerung mit ihnen pflegt, so manche Überraschungen.

Im Museum der Gefühle wechselt die Beleuchtung, und wenn wir uns von dem, was wir zu Papier brachten, befreit glauben, schleicht sich in die geringste kleine Begebenheit etwas Unerwartetes, Erstaunliches ein, und ein verfänglicher Glaube erwacht und reizt uns dazu, ein Zeichen darin zu erkennen, das Zwinkern eines undenkbaren Jenseits.

So erging es mir mit dem Greco. Während die Sätze die Szene im Flore wiederherstellten, empfand ich von neuem die wortlos ertragene Demütigung. Die Kränkung hatte sich in Rachsucht verwandelt und nicht aufgehört, sich in meinem Körper wie eine üble Feuchtigkeit auszubreiten, als ich in einem der Malerei Stanislav Lepris gewidmeten Buch blätterte und auf ein Bild stieß, dessen Entstehung ich beobachtet hatte. Es ist das Gesicht, nur das Gesicht des jungen Mannes, der mich in Buenos Aires in die Geheimnisse der Poesie einführte, die für ihn nicht das alleinige Vorrecht der Sprache war, auf dem farblosen Hintergrund der Leinwand Grecos Gesicht, so wie es war, von innen her erleuchtet. Ich möchte sagen: er erscheint, denn es ist wirklich etwas wie Epiphanie; er strahlt. Seine am Ende der Sichtweite mit Pinseln ausgestatteten Augen bringen die Weiten, die er in Salzburg unverwandt anschaute, in die Gegenwart des Gemäldes zurück.

Vor diesem aus der Vergangenheit aufgetauchten Porträt hatte ich den Eindruck, daß trotz meiner hartnäckigen Bemühung, ihn mit seinen Gegensätzen, seinen Widersprüchen, in seinem Hell-Dunkel darzustellen, der von mir beschworene Greco sich den Worten entzogen hatte, um, seine Ausweichbewegungen und sein Ausschlagen betonend, das Fortbestehen des Engels in ihm deutlicher zu zeigen; doch gleichzeitig empfand ich, wie mein Groll wieder anstieg.

32

Ich kehre zurück nach Madrid, von wo mich der den Launen des Gedächtnisses gern nachgebende Bericht entfernt hat. Ich fange den Bericht mit dem Augenblick wieder an, da ich meine Koffer in das Zimmer stelle, in dem ich einige Wochen wohnen werde. Es ist der 30. Oktober 1955.

Ich war aus der Bahn geworfen, die, wenngleich von Widerständen und Bedrohungen versperrt, nie das seit der Jugend, wenn nicht sogar der Kindheit begehrte Ziel vergessen hatte, ich war an den Rand gedrängt, in die Tiefe der europäischen Provinz verwiesen, die Spanien meinem Vorurteil oder meiner Intuition zufolge war, und ich sagte mir vergeblich, daß die Herrlichkeit des goldenen Jahrhunderts noch immer seine Strahlen über die Erde ausgösse; auf diese wenig vernünftige Ermahnung antwortete eine überzeugendere innere Stimme, daß vom ruhmreichen Glanz an Ort und Stelle nicht einmal der Rauchgeruch verblieben sei.

Schärfen Gefahr, Unterdrückung, unsichere Verhältnisse die Sinne? Das Gefühl drohenden Unheils, die Angst, die seit jeher meine Schritte begleiten, werden bei manchen, im Grunde banalen Vorkommnissen – dem ersten Kontakt mit einem Land, einer Stadt, einem Milieu – so stark, daß die Erinnerung an sie in einer Deutlichkeit und Genauigkeit fortbesteht, welche die Erinnerung an schwerwiegende, selbst neuere Ereignisse oft nicht kennt.

Ich bin also in dem geräumigen, eiskalten Zimmer, das eine niedrige Decke und einen stellenweise lockeren und deshalb unter den Tritten klappernden Fliesenboden hat; neben dem Fenster, das auf die Calle de la Montera blickt, trägt ein eiserner Dreifuß eine Waschschüssel und einen Emailkrug, der mich wegen seines Blumenreliefs an den meiner Schwestern auf dem Bauernhof erinnert; das

Bett ist eng und konkav; auf dem Nachttisch stehen eine Lampe mit altrosa Schirm und ein Handleuchter: man hat mich davon in Kenntnis gesetzt, daß die Kosten für Elektrizität nicht im Mietpreis inbegriffen sind – und hat mir den hinter dem Kleiderschrank versteckten, von einem Vorhang mit Schmutzstreifen verhüllten Zähler gezeigt: auch die Armut hat solche Anwandlungen von Scham.

Der Tag neigt sich, Schatten erfüllen das Zimmer; die ersten Straßenlaternen leuchten auf; die unbekannten Straßen locken mich. Ich fühle mich ausgeklammert, davon befreit, meine eigenen Grundsätze zu befolgen, von Pflichten dispensiert, vom Schicksal beurlaubt. Während ich vor dem kleinen Spiegel, der nur den Knoten und mein Kinn reflektiert, meine Krawatte richte, verspreche ich mir in einem Augenblick der Euphorie, meine Skrupel in den Wind zu schlagen, meine Scheu zu besiegen und auf die Gefahr hin, mich zu verlaufen, hier und jetzt mein Leben zu retten.

Ich trete auf die Straße. Ein regelmäßiges Geräusch von Stöckelschuhen überholt mich und geht vor mir her; es sind nur einfache Frauen, die Besorgungen gemacht haben, aber ihre Gesichter sind so flammend karminrot unter den von gebogen nach oben verlaufenden lidschattenumrandeten ausdrucksstarken Augen, daß man meinen möchte, sie seien für die Bühne geschminkt oder Jahrmarktswahrsagerinnen und würden gleich die Tarotkarten aus der Tasche ziehen.

Am Ende der Straße die Plaza del Sol: Treiben und Lärmen einer Menge, die eine Ansprache zu erwarten scheint, und von Gruppe zu Gruppe, von einem Mund zum anderen diese prahlerische Redeweise, die mir schon in Buenos Aires in den Cafés der von den Spaniern besiedelten Avenida de Mayo auf die Nerven gegangen war.

Ich trete in eine überfüllte Bar, und, geködert von einer

Anordnung von kleinen Tellern voll Meeresfrüchten, Pataten, Kaldaunen à la Madrilène in einer dicken roten Pfeffersauce, bahne ich mir einen Weg bis zur Theke. Es ist nicht die von getüpfelten Volants, hinter das Ohr gesteckten Nelken oder Jasminblüten und Fächern aufgehellte Versammlung, welche die Bilderbögen zeigen, sondern die natürliche Grobheit des Einheimischen, und nachdem Gewürze und Wein mein Blut erhitzt haben, nehme ich die Einladung des spöttischen neben mir Sitzenden an, der dem mittlerweile in Gedanken die ihm verbleibenden Peseten zählenden Fremden freigebig auf die Schultern klopft. Ich bin sogar einen Augenblick geneigt, in seiner Gesellschaft einen Abstieg in die üblen Viertel der Altstadt zu unternehmen, weil er mir ihre Schönheit und geheimen Möglichkeiten anpreist, doch plötzlich, auf ich weiß nicht welches Mißtrauen weckende Zeichen hin, werde ich klarsichtig, nutze den stürmischen Einfall uns trennender Gäste und verdrücke mich. Ich erinnere mich an die Uhr des Platzes, gelbe Sonne in der Dämmerung: sie zeigte laut dem Inventar meiner Mutter die Stunde meiner Geburt an, aber auf der anderen Seite des Globus.

Von den auf dem Platz zusammenlaufenden Straßen schlug ich die mit der stärksten Beleuchtung ein, eine hübsche Allee. Es wäre angezeigt gewesen, sich zur Ruhe zu zwingen, sich zu straffen, sich selbstbewußt in der Nähe des Luxushotels aufzustellen, auf dessen halbmondförmigem Vorplatz gutgekleidete Männer, die einander nicht zu kennen schienen, aus ihrer höflichen Trägheit jäh erwachten, wenn ein Taxi oder Mietwagen heranfuhr, der Boy mit der rechten Hand die Tür öffnete und die linke, wie um dem Klienten beim Einsteigen zu helfen, ausstreckte, um ihn zum Trinkgeldgeben zu ermuntern. Unter ihnen fiel mir ein Mann in den Sechzigern auf, der, seit ich auf dem Trottoir gegenüber stand, mir gleich allen anderen mit dem Blick gefolgt war. Er sah mich so an, wie man durch ein Schlüsselloch späht. Ich betrachtete ihn ebenfalls: graues, glattanliegendes Haar, gerade gezogener Scheitel, dunkler Anzug, aber helle, vielleicht perlgraue Weste, unter der sich, trotz der Hagerkeit seiner Person, ein sonderbar ovaler Bauch wie eine Wassermelone rundete. Und auf die mir zuvorkommende Bewegung hin, diese Bewegung, fast eine Spielerei, diese Bewegung mehr der Nase als des Kopfes, die auf das neben dem Hotel entlangführende dunkle Gäßchen hinwies, begab ich mich dorthin. Er löste sich von der Gruppe. Ja, er folgte mir. Ich verlangsamte meinen Schritt, und ohne sein Tempo zu ändern, holte er mich ein; ging bald darauf an meiner Seite; ich hörte ihn atmen; er wahrte einen schicklichen Abstand.

Jeder, der uns begegnet wäre, hätte uns für Vater und Sohn gehalten. Die Ärmel unserer Jacken streiften sich, doch nur in Abständen. Ebenso zögernd wie ich oder wie ich furchtsam, fand er nicht zu einem Entschluß. Sein vernünftiges, für ungünstiges Wetter geeignetes Schuhwerk schien das Trottoir aufzusaugen; seine Hände, die ich bei Tisch dann bewunderte, waren von asketischer Sauberkeit; die Daumen griffen in die Hosentaschen, die übrigen Finger trommelten auf seinem Bauch. Schließlich stieß mich sein spitzer Ellbogen in den Arm und rutschte zu meinen Rippen ab, und seine tonlose Stimme schlug mir flüsternd vor, in einem »typischen« Restaurant zu Abend zu essen, all das, worauf ich wartete, nicht vom Grund meines Wesens, sondern von der grundlosen Tiefe ohne Kreislinie und Mittelpunkt her, die der Hunger ist, diese Gefräßigkeit, die, hat man sie einmal lange Zeit empfunden, nie beschwichtigt sein wird, sondern immer droht, selbst dann, wenn man sicher ist, daß »so was« nie wiederkehren kann.

In der Altstadt öffnet sich eine kleine Tür, ein Schwall mit Knoblauch gesättigter Luft umfängt uns; schwarze Schläuche als Dekor am Fuß der Treppen; ein Saal mit Deckengewölbe, der stark nach Gebratenem riecht. Ich träume noch davon, obwohl ich weiß, daß ich nur unter Zwang den Fuß wieder hineinsetzen würde. Glasaale in kochendem Öl, wie Spaghetti mit Augen, winzigen schwarzen Punkten, die man aufspießt und auf eine hölzerne Gabel rollt. Und vor mir, der ich mich befleißige zu kosten, der Nahrung bewußt zu werden, als ob das tags darauf den Zustand der Sättigung verlängern könne, der Herr in perlgrauer Weste, auf dem Gesicht den Ausdruck geheimer Gier, Ergebnis der strengen Harmonie zwischen dem lippenlosen, von den hineingleitenden Glasaalen gepeitschten Mund und den lauernden Augen, die alles sagen möchten. Mit Vorsicht, mit Umsicht, mit nachdenklicher Miene schmeichelt er sich ein, er stellt Fragen, täuscht vor, sich für meine weitschweifigen, frei erfundenen Antworten zu interessieren, er schlägt vor oder ist im Begriff, etwas Konkretes vorzuschlagen, etwas, was seinen freien Abend in Madrid rechtfertigt. Er ist Geschäftsmann, er ist Belgier; er zeigt mir die Photographie seiner Kinder; der Älteste ist nur wenig jünger als ich; er deutet ein Lächeln an, das ein Zeichen von Güte sein, mir Vertrauen einflößen möchte; er würde gern... Ich passe mich der Aufforderung an, ich habe sie erwartet; ich helfe ihm einzugestehen, was ihn beunruhigt: es ist das Hotel; er kann mich nicht in sein Hotel mitnehmen: Bekannte, Kollegen... Eine Art Explosion muß ganz insgeheim in ihm stattfinden, die nur durch ein Zusammensacken seines Körpers, die vortretende Ader an seiner Schläfe und sein rasches Atmen deutlich wird, und dann wie eine plötzliche Erleuchtung das Wort: »Ich bin ein Dummkopf.«

Es war dem wackeren Herrn stets so natürlich gewesen, Gefangener einer der Norm gehorchenden Lebensweise zu sein, daß er bis zu diesem Augenblick nicht geglaubt hat, ein Dummkopf zu sein. Kann man es ihm zum Vorwurf machen? Er ist traurig, blickt auf seinen Teller. Wird er in Rührseligkeit verfallen und, nachdem er mir dieses Abendessen spendiert hat, Anstalten treffen, um sich davonzumachen? Er ist mir zuwider, aber ich möchte lieber nicht allein bleiben, jedenfalls nicht sogleich. Denkt er daran, seine stillschweigende Zusage nicht einzuhalten, sondern in sein Luxushotel zurückzukehren, sich am beruhigenden leisen Geräusch des Schlüssels im Schloß zu erfreuen und die Tür seines Zimmers doppelt abzuschließen?

Vom Wein unterstützt, in einem Ton, der an Unverschämtheit grenzt und den eine mit Verachtung untermischte Wut trotz meines Lächelns von Minute zu Minute gehässiger macht, möchte ich ihn zu offenen Eingeständnissen zwingen, als am Nebentisch sitzende Paare ihr Gespräch unterbrechen und die von ihren Begleiterinnen angestoßenen Männer sich umdrehen: nach einem Blick auf uns murmelt einer von ihnen etwas, was eine Heiterkeit hervorruft, die von den Frauen forciert wird: offenbar reden sie nur so laut und lachen sie nur so lustig unter kokettem Augenzwinkern, um uns besser auf unsere Außenseiterposition hinzuweisen, um dem unwürdigen Herrn und dem jungen Mann deutlich zu machen, daß niemand sich über die Natur ihrer Beziehung täuscht.

Schleppend fordert mich der Herr zum Aufbruch auf; er hat halblaut, zwischen den Zähnen gesprochen, seine Hände zittern; ich teile seine Furcht vor einer Szene. Doch die Ankunft im Saal eines sehr dicken Mannes mit breitrandigem Filzhut, Hemd mit Kräuselfalten, in der Taille mit Posamenten verzierter Jacke, der eine Gitarre hält, löst Hurrarufe aus, und wir bleiben aus Respekt vor dem *Cantaor* sitzen. Er hat vor einem Pfeiler auf einem Schemel Platz genommen und reißt schon mit dem Nagel die Saiten an, um den zu Abend Essenden Schweigen zu gebieten.

Nun, da der Herr sich von seinem Schrecken erholt und, was ihn mir sympathisch macht, die Rechnung, ohne sie zu überprüfen, bezahlt hat, nutzen wir den losbrechenden Beifall, um hinauszugehen. Auf der Straße ist es kalt, der Himmel ist wie mit Diamanten besetzt. Flink nehmen wir ein Taxi, und ich bin derjenige, der dem Chauffeur die Adresse nennt, die meine.

Die Seele hat oft Abscheu vor dem Körper, und dann beginnt man vor sich selbst Abscheu zu empfinden. Doch nun muß verhindert werden, daß der Stolz erwacht, nun heißt es, sich nackt ausziehen und den anderen machen lassen, und zwar schnell. Geschehe, was geschehen muß.

Unschlüssig löst er langsam seine Krawatte, schnürt sorgsam seine Schuhe auf; er zieht die Kleidungsstücke aus und paßt die Falten der Hosenbeine genau aufeinander, bevor er die Hose über die Stuhllehne legt; man könnte meinen, der Anblick des nackten Körpers, der ihn in der Mulde des Betts erwartet und den zu streicheln er nur die Hand ausstrecken muß, erwecke in ihm den Eindruck, sich außerhalb der Wirklichkeit seines eigenen Lebens zu befinden und das ohne allen Nutzen. Auch er ist nackt, er hat seine blaugrauen kurzen Socken anbehalten. Wie sein Gesicht ist sein Körper unbehaart, und seine Arme hängen leblos lang herab. Nichts, kein einziger Muskel sitzt richtig an seinem Knochengerüst, und seine ganze Person ist in seinem hohen Wuchs so wenig bequem eingerichtet, daß man sich fragt, wie die Begierde erwacht, woran sie sich festmacht, wie sie sich zu entfalten vermag. Von einem langen Erschauern gepackt, stößt er mehr auf mich nieder, als daß er sich auf mich legt, und schon ist es geschehen. Er hat sich wohl so oft in eine solche Situation hineinphantasieren müssen, daß er das Ziel, ehe er es dachte, erreicht hat. Und mir, dem der Magen mit Nahrung zum Erbrechen vollgestopft ist, steigt von den Fußspitzen an der ganze Körper in den Hals, abgehalten nur vom Gedanken daran, daß Erbrechen einen unvernünftigen Energieverlust zur Folge haben würde.

Ich mußte mir im Schlaf wieder aufgeholfen haben, da am Tag darauf der so sehr erweiterte Riß zwischen mir und meinem Selbst sich wieder schloß und ich wieder zur Besinnung kam; der einen Abend lang verleugnete Traum kam wieder zu seinem Recht. Die Erinnerung dagegen hat nicht aufgehört, jedes Mal, wenn die Versuchung mich dazu trieb, die Gesetze, die ich mir gebe, zu übertreten, die schauderhafte Empfindung, die unauslöschlichen Bilder jenes Abenteuers neu aufzurühren, um denjenigen, der in seiner ersten Madrider Nacht unentschlossen und wie in der Schwebe geblieben ist, zu zügeln.

33

Der brave Familienvater hatte nicht, wie in der Mehrzahl der die Käuflichkeit illustrierenden Geschichten, welche die Literatur und auf eindringlichere Art das Kino uns vermitteln, einige Geldscheine auf dem Nachttisch hinterlassen. Statt dessen wurde mir gegen Mittag, als ich mich zum Ausgang fertig machte, von meiner Vermieterin »im Auftrag eines ausländischen Herrn« ein Paket übergeben, dessen Gewicht seinen Umfang noch übertraf. Ich erinnere mich an den Blick eines Menschen, der seine Meinung ändert, den sie mir zuwarf, gehobene Augenbrauen, Herzmund, und der sicherlich der hübschen Verpackung und besonders – aber das begriff ich erst, als ich mit den Sitten und Gebräuchen der Stadt vertraut war – dem in roter Farbe und mit üppigen Schnörkeln sich als dekoratives Motiv auf ockergelbem Grund wiederholenden Namen des Feinkosthändlers galt.

Während ich mich erfolglos bemühte, die Verschnürung zu lösen, die an jeder Kreuzungsstelle mit einem Siegellackstempel beschwert war, trat die Vermieterin auf Zehenspitzen in mein Zimmer: sie blieb alle drei Schritte stehen und schien bei meinem geringsten Zeichen von Unwillen kehrtmachen zu wollen. Mit einer ihre breiten Hände verfeinernden Geschicklichkeit machte sie die Verpackung im Nu auf, und aus Höflichkeit hob ich die Klappen des Kartons und legte den Inhalt bloß. Dem Komplex der wie die Intarsien einer Marketerie angeordneten Konservenbüchsen nach zu urteilen, war ich für gut vierzehn Tage mit Lebensmitteln versorgt, sofern es mir gelang, meine Gier in Zaum zu halten.

Ich begann damit, die erste Lage der Büchsen herauszunehmen, die ich direkt auf dem Fußboden aufstapelte, und ein linder Kaffeeduft entströmte der Tiefe des Pakets. Eine mütterliche Milde erschien auf Doña Manuelitas Gesicht: sie machte Miene, gehen zu wollen, zwinkerte mit den Augen, aber rührte sich nicht; ihr Blick schweifte über meine Schulter zum Fenster hinaus, doch der Duft berauschte sie, und, den Kopf zu mir wendend, senkte sie die Lider, streckte den Hals und richtete sich gerade auf, wie um ihn besser einatmen zu können und seiner Güte ein stummes Lob darzubringen.

Plötzlich belebte sie sich, bedeutete mir wortlos, auf sie zu warten, und kam alsbald wieder mit einem sehr klapprigen Fahrtisch, der sich jedoch, an die Wand gerückt, als nützlich erwies. Doña Manuelita kam mir entgegen, nicht aus Tugend, sondern aus Notwendigkeit: da niemand lange in ihrem möblierten Zimmer blieb, nagte auch sie am Hungertuch. Ich bedurfte der Anteilnahme, und gegenwärtig erwies sie mir welche; ich schenkte ihr die Kaffeepäckchen, sie lud mich zum Abendessen ein: »Um zehn Uhr heute abend, nicht später!« Daraufhin fügte ich Konservendosen hinzu; sie anerbot sich, mir morgens in der Küche Kaffee zu kochen. Wir lächelten, im Herzen unterwürfig, erbärmlich solidarisch. Sie trippelte davon, unter stoßweisem schelmischen Lachen.

Über den Dächern glänzte der Himmel, der Madrider Himmel, in dem strahlenden dichten Blau, das auch der Winter nicht dämpfen kann.

Als ich meine Sachen einräumte, hatte ich im Innenfach meines Koffers eines dieser wunderbarerweise wirkungsvollen Empfehlungsschreiben gefunden, die vorzuzeigen so peinlich ist, zumal einen von vornherein die Aussicht quält, auf dem Gesicht des Empfängers dem Vergessen eines einst gegebenen Versprechens zu begegnen und seinem verwirrten Blick, der in unseren Zügen nach irgendeiner Ähnlichkeit sucht. Das Schreiben war an eine Frau gerichtet, von der ich nicht mehr wußte, ob sie Tänzerin oder Modeschöpferin oder beides oder bald das eine, bald das andere war. Ich lernte sie erst als Antiquitätenhändlerin kennen, aber es ist noch nicht an der Zeit, von ihr zu sprechen, denn dem Besuch, den ich ihr am selben Tag abstattete, ging ein anderer voraus. Als ich mein Land verließ, hatte ich es nicht versäumt, in meine magere Brieftasche die Visitenkarte eines damals berühmtem Akteurs des spanischen Films, des Portugiesen Antonio Vilar, zu stecken, der während der in Buenos Aires stattfindenden Dreharbeiten zu einem Film, aufgrund einer jener Zufälle, die, von weitem gesehen, von der Vorsehung genau überlegt worden zu sein scheinen, sich eine Aufführung von *Lotta fino all'alba* angeschaut hatte. Am Ende der Vorstellung war er hinter die Bühne gekommen, um die Darsteller zu begrüßen. Er hatte mir versichert, daß ich auf ihn zählen könnte, falls ich nach Spanien käme und dort meinen Beruf ausüben wollte. Ohne mit Lob um sich zu werfen, zeigte er sich leutselig, und wie ein beim Abgang von der Szene in seiner Wirkung so und so oft erprobtes Stichwort fügte er zum Abschied auf der Türschwelle hinzu: »Ich halte immer Wort, selbst dann, wenn ich keine Verpflichtung eingegangen bin.«

»Meinen Beruf ausüben...« Zum ersten Mal bestärkte mich ein Mann aus eben diesem Beruf und, was mehr war, ein wahrer Fachmann in meiner Neigung zu den Brettern durch diese einfachen Worte, die ich gern für eine spontane Äußerung gehalten hatte. Eines Tages würde ich Hamlet sein; ich würde ein Mann des Theaters gleich Meyerhold, Gordon Craig sein – ich träumte von ihren glorreichen Mißerfolgen. Im Hochgefühl der mir geltenden Anerkennung wußte ich, am Höhepunkt der Erregung angelangt, nicht mehr, was ich mit mir anfangen sollte. Und so läutete ich denn, kaum in Madrid angekommen, bei Antonio Vilar – und, als perfekter ungenierter Südamerikaner, ohne ihn vorher zu benachrichtigen.

Ich entsinne mich der Mahagonitür mit großem Rahmen seiner Wohnung, des Wartens, des plötzlichen Drangs, die Treppe wieder hinunterzulaufen, der – stets der Furcht so nahen – Hoffnung, die mich zurückhält, des vorsichtigen Gleitens des Türflügels über den Teppichboden, der Überraschung, ihn selbst, Vilar, im Morgenmantel, in der Hand eine Zeitung, erscheinen zu sehen, der Freude festzustellen, daß er sich an mich erinnerte, und besser noch, daß er mich trotz seiner zurückhaltenden Art umarmte.

Ich käme sehr gelegen, sagte er mir, in den nächsten Tagen begännen die Dreharbeiten zu einem Film und ich schiene ihm ganz der Richtige zu sein für eine noch unbesetzte Rolle. Die Anwärter wären allerdings zahlreich, aber er hätte auch noch ein Wörtchen mitzureden, da er zusammen mit irgendeinem anderen Schauspieler eine ziemlich wichtige Szene spiele. In meinem Beisein rief er den Regisseur an, empfahl mich ihm beredsam und entschieden, vereinbarte ein Treffen mit mir vor den Kameras, und als er den Hörer auflegte, hatte ich den Eindruck, daß er mich schon durchgesetzt habe.

Meine ersten Schritte in dieser episodischen Laufbahn ohne Dauer tat ich als Darsteller eines Verräters, und wenn auch nicht als Verräter, so könnte man doch als ängstliche oder weichliche Feiglinge die Ektoplasmen bezeichnen, denen ich ein Gesicht, einen körperlichen Umriß zur Verfügung stellte, wegen meiner argentinischen Aussprache nie meine Stimme – wenn man einige Filme der untersten Kategorie ausnimmt, die für die Provinz bestimmt waren und in den Großstädten höchstens in den Vorstadtkinos gezeigt wurden.

Hatte ich in dem Maß das geeignete Aussehen, habe ich es noch und wenn ja, bin ich immer noch feige? Da ich weder an Verschulden noch an Verdienst glaube, stimme ich dem zu: ich wundere mich darüber, daß ein Leben, das meine, mutig erscheinen kann, obwohl es bestimmt war und bestimmt bleibt von der Furcht und von der schamlosen Klarsicht, die gemeinhin Feigheit genannt wird – so wie eine gewisse Betäubung der Vorstellungskraft, die geeignet ist, die unerläßlichen Helden und die Märtyrer hervorzubringen, gemeinhin Mut genannt wird. Es handelt sich dabei um eine ganz persönliche Überzeugung am Rande des Theaters der Geschichte, eine Überzeugung, die, würde sie geteilt, dem Gleichgewicht eines geringeren Übels, unserer Zivilisation schaden würde. Ich bin nur das, was ich seit meiner Geburt war, und wenn ich auch den Aufstieg dem Abstieg vorziehe, kenne ich doch nicht die zufriedene Sicherheit der Gipfel. Im Grunde habe ich nur eines gelernt: bevor wir uns für immer verlieren, bereichern wir uns durch unsere Verluste. Außerdem glaube ich nun zu wissen – aber zweifellos sind meine Worte nicht ohne Überheblichkeit –, daß wir, falls wir unser Leben erzählen, es nur im Hinblick darauf, es zu erzählen, gelebt haben; wir müssen das Recht dazu erworben haben.

Antonio Vilar hatte mir geraten, mich nicht beleidigt zu zeigen, falls der Regisseur meinen Akzent bemäkele: ich würde gedoubelt, wie er selbst in seinen Anfängen auch; es sei ein seltsames Erlebnis, sein eigenes Bild zu sehen und eine andere Stimme zu hören, ein alles in allem pirandellinisches Erlebnis. Er riet mir, auf der Straße, in den Cafés die Ohren aufzusperren, meine Landsleute sowie die Andalusier, die Galicier und die Katalanen zu meiden. Ich habe mich denn auch bemüht, die vom kastilischen Stolz erzeugten Umlaute nachzuäffen, und um die Aussprache des *c* und des *z*, des feinen Zischlauts des ersteren und des emphatischen Zischlauts des letzteren, welche Unterschiede die argentinische Sprechweise, in der diese Konsonanten und das *s* ineinander übergehen, nicht kennt.

Beim Versuch, eine bestimmte Aussprache zu erreichen, nahm ich nicht eine Seinsweise, aber eine Verhaltensweise an; beim Denken oder beim Reden, wenn ich mit Doña Manuelita plauderte oder auf der Straße ganz allein, versuchte ich mir die richtige, die gute, die – wie die der Île-de-France – offizielle Aussprache anzueignen, als mir bewußt wurde, daß ich auf eine Weise ging, die nicht mit meinen körperlichen Gewohnheiten übereinstimmte: ich war stählern, unbezwingbar; meine Schultern waren stark; mein Schritt war militärisch, wie mein Vater es gewünscht hätte; meine Kopfhaltung unveränderlich; ich wölbte die Brust, ich blickte um mich, so wie man richtet, ich sagte, jeden Zweifel ausschließend, »ja« oder »nein«: ich trotzte dem Tod. Auf einer wenig begangenen Straße des Salamanca-Viertels, wo ich Verse deklamieren übte, war ich, bevor ich wieder zu mir kam, infolgedessen ein kastilischer Spanier – ein Mann, weniger mutig als hitzig, der diesen Unterschied nicht kennt und in dessen Adern die Sehnsucht nach einer Barbarenrasse fließt, einer Rasse sehr alter, ungesättigter Massenmörder.

Ich könnte nicht genau sagen, was ich in diesem unauslöschlichen Augenblick empfand; da er unauslöschlich blieb, mußte ich wohl spüren, daß es genügte, den Akzent der Muttersprache zu verändern, um der Darstellung, die ein jeder von sich selbst bietet, und seiner Art, auf die Wünsche der Umgebung zu reagieren, eine andere Richtung zu geben. Und ich bin davon überzeugt, daß diese bescheidene Erfahrung innerhalb meiner eigenen Sprache bereits ein Bewußtwerden der Mutationen war, welche die Annahme einer anderen mit sich bringt. Denn viel früher, als das Denken folgen kann, paßt sich der Körper ihr an.

Aber ich darf auf dieses Thema noch nicht zu sprechen kommen; die Erzählung verurteilt mich zu dem, was mir besonders fremd ist: zur Geduld. Ich bin gerade erst in Spanien angekommen, ich muß also dort bleiben – und zwar für lange Zeit.

Ich werde mein Schicksal einst zweimal ertragen haben: erst wirklich, jetzt auf dem Papier.

34

Durch den Erfolg meines ersten Überraschungsbesuchs ermutigt, begab ich mich am Nachmittag zu Ana de Pombo de Olivera. Ich hatte das Antiquitätengeschäft ausfindig gemacht; es war ohne Firmenschild, sein Name »Tebas« stand lediglich auf einer über der Klingel angebrachten kleinen Kupferplatte. Eine prunkvolle, von einer geflochtenen Kordel geraffte Faltendrapierung dichtete die Vitrine ab. Ein wenig vor der Uhrzeit, zu der Doña Manuelita, die sich rühmte, die Gewohnheiten der vornehmen Leute zu kennen, mir geraten hatte, ging ich um den Häuserkomplex, als ich, das Empfehlungsschreiben in der Hand, nicht mehr die Adresse auf dem Umschlag las, sondern nur noch Pancho Bungos eigenartige altmodische Schönschrift betrachtete; ich sah ihn wieder vor mir am Schreibtisch sitzen und mit violetter Tinte die Notiz für diese Frau abfassen, die er, erhobenen Blicks und nach Worten suchend, lobte und von der er mir sagte, daß ihr Leben reich an Abenteuern gewesen sei, nach dreimaliger Scheidung habe sie in Buenos Aires, wo sie, um dem Krieg in Europa zu entfliehen, einige Jahre gewohnt habe, einen achtzehn Jahre Jüngeren geheiratet. Pancho gehörte einer der einst berühmtesten Familien an, die aber vor mindestens zwei Generationen ihre Ländereien verloren hatten.

Wenn man bei »Tebas« eintrat, befand man sich nicht in einem Geschäft, sondern in einem geräumigen Salon, dessen Wände mit Kalk und Sand verputzt waren, dessen Marmorfußboden ein schwarzweißes Würfelmuster zeigte und der mit einigen Sesseln, einem mehrteiligen stattlichen Schrank und einem durch seinen Umfang und seine Füße nicht weniger stattlichen Refektoriumstisch möbliert war. Auf dem Tisch stand eine Terracottaschüssel mit einer Pyramide frischer Artischocken. Weiß waren auch die Vorhänge, die beinahe aussahen, als wären sie aus Gips, hätten sie sich nicht auf den Fliesen, ein wenig wie Ballkleider, blütenkronenartig geöffnet.

Spanische Wörter, die, wie ich glaubte, mich für immer verlassen hatten, geben mir Leuchtturmsignale, seitdem ich – zur Zeit der Erzählung – in Madrid angekommen bin, und deshalb kann ich mich nicht dazu entschließen, das lakonische »Qué tal!«, dessen prompte Aufgeschlossenheit dem Schüchternsten Zutrauen einflößen mußte, mit dem faden »Wie geht es Ihnen?« zu übersetzen, wenn sie nun im Rahmen der Öffnung zum hell werdenden Gang es mit ihrer tiefen, aber wohlklingende Stimme mehr schmettert als ausspricht, einer dieser Bruststimmen, die, wie ich behaupte, bei Frauen auf einen entschiedenen Unabhängigkeitsgeist schließen lassen.

Ich sollte, wenn ich an Ana dachte, sie stets so vor mir sehen, wie sie mir an jenem Tag erschien, denn sie hörte nie auf, sich zu gleichen, und dies mit Absicht; wie alle früher berühmten oder gefeierten Leute war sie aus Angst davor, unbemerkt zu bleiben, bemüht, die Besonderheiten ihres Aussehens zu bewahren.

Eine Fülle rötlich getönten kastanienbraunen Haars reichte ihr bis auf die Schultern. Kunstvoll verteilte wilde Strähnen verdeckten ihre zu breite Stirn zur Hälfte. Sie war nichts weniger als schön, und in jedem anderen Gesicht hätte ihre schiefe Nase alles übrige verunziert; aber sie trug sie munter, und wenn ihre Augen ihr Gesicht auch nicht belebten, so tat dies doch ihr Mund.

Ein schwarzes Kleid aus merzerisierter Baumwolle war der Anzug, den sie ein für allemal gewählt hatte – das Kleid einer Anstandsdame oder einer Bäuerin in der Messe; es hatte einen bauschigen Rock, eine tiefe Taille, ein bis zum Hals reichendes Oberteil; die Ärmel ließen einen Teil des Unterarms frei, wie um ihre sich knapp bewegenden, unendlich langen Hände noch zu verlängern; und ein Gewirr von Rosenkränzen und alten Halsketten mit dicken Silbernüssen oder matten Steinen, Lapislazuli, Bernstein, Beryll panzerte ihre Brust.

In ihrer Haltung weder Künstelei noch Feierlichkeit; Ana stand einfach vor uns da, und nichts Fernes, Vertieftes in ihrem Blick schwächte die Majestät, frei von Pose, ihrer von etwas wie Geschmeidigkeit und freundschaftlicher Bereitschaft geprägten Präsenz.

Der enge Gang, in den Ana de Pombo, so als hätte sie mich erwartet, mich sofort zog, führte zum Wohnzimmer mit seiner Überfülle an klösterlich strengen, in allem denen im Salon vorne gleichenden Möbeln. Und die Einfachheit der rechtwinkligen Formen ohne plastische Verzierungen wirkte noch auffallender durch den unerwarteten gotischen Hüftschwung einer hölzernen, ursprünglich farbigen Marienstatue.

Immerhin verhalfen in einer Nische, wo die Besucher Platz nahmen, ein modernes Sofa, das, zweifellos um seinen Kontrast zur eleganten Rustikalität des Ganzen zu mildern, mit schwarzem Tuch bezogen war, und zwei passende, gutgepolsterte Sessel den Gesprächen zu mehr Ungezwungenheit.

Wir hatten uns kaum gesetzt, als Pablo eintrat. Er war von sicherem Auftreten, nicht eigentlich schön, aber ein gutaussehender Mann und von ermutigender Herzlichkeit.

Ana zog an einer zwischen zwei Pfeilern herabhängenden Schnur, in der Ferne schien eine Totenglocke zu läuten, und sie befahl dem, der auftauchen sollte, den Tee zu bringen. Pablo unterdrückte ein glucksendes Lachen, bevor sein Gesicht einen ironischen Ausdruck annahm, der, wie ich später feststellen konnte, sozusagen stabil und hinter jedem anderen bemerkbar war. In den Mundwinkeln saß ihm der Anflug eines schiefen Lächelns, das stets bereit war, seine Wangen zu runzeln. Trotz mancher kastilischer Wendungen, die seine Manieren mit Energie aufluden, verschluckte er Endsilben von Wörtern, und ich fand die gewisse Blasiertheit und die hoffnungslos langsame Sprechweise des Argentiniers wieder, die seiner Neigung zum Melodram so sehr entgegenkommt, aber ebensosehr dazu angetan ist, sie zugunsten des argentinischen Sinns für Humor zu verraten.

Seine lebhaften Augen waren bar jeder Wimper, so daß er den Eindruck machte, von Kopf bis Fuß nackt zu sein. Aber wenn er den einen oder anderen Aspekt seines Berufs erklärte und sie einen unter halbgeschlossenen Lidern anblickten, sah er aus, als erwache er zu seiner eigenen Welt. Und Ana zufolge – die wußte, daß man aus dem ausgeteilten Lob früher oder später Vorteil zieht, und die es liebte, Äußerungen des Wohlbefindens hervorzurufen, um sich von ihrem eigenen zu überzeugen – waren es seine, Pablos, Augen gewesen, die im Hühnerstall eines Nonnenklosters eine unter einer Schmutzschicht verborgene *Magdalena* El Grecos entdeckt hatten und auf einem Trödelmarkt in der Provinz das einzige Gemälde Carreños, von dem keine Spur mehr vorhanden gewesen war, außer seiner Beschreibung im Register der Prado-Archive: eine Dame in weißem Kleid, ihr zu Füßen ein kleiner weißer Hund.

Den Carreño hatte Pablo auf den ersten Blick identifiziert, obwohl anstelle des Hundes ein risesiges Blumenbukett zu sehen war; es war gut ausgeführt, aber nicht von denselben Pinseln wie das übrige. Nun, und ist es zu glauben, die Radiographie der Leinwand hatte hinter den Blumen das Malteserhündchen aufgestöbert, das man seither ganz in der Nähe von Velásquez bewundern konnte. Das sei eben Pablos Wünschelrutengänger- und Hexenmeisterseite, er habe das »absolute Gesicht«, wie man ja auch vom für den Komponisten unerläßlichen »absoluten Gehör« spreche. Und ich hätte keine Ahnung, wie Pablo sich verausgabt habe im Kampf gegen die Unwissenheit und die Verachtung der Spanier, selbst der Spanier aus sehr alten Familien, dem Feinsten vom Feinen, im Hinblick auf die spanischen Möbel des fünfzehnten und des sechzehnten Jahrhunderts. In puncto Jahrhunderte pflege man bei »Tebas«, von sehr seltenen Ausnahmen abgesehen, nicht weiter als bis zu den Anfängen des Achtzehnten zurückzukehren. In Madrid lebten die besseren Leute in falscher Renaissance, das sei vielleicht ein Stil! Eine Kredenz, nicht wahr, genüge schon, um mit ihrer überladenen Masse den hellsten Raum zu verdüstern; und die gebildetsten unter den Leuten mit großem Vermögen schätzten nur Louis XV und solche Abgeschmacktheiten. Eine Geschmacksrevolution wie die von Pablo sei nie zuvor gesehen worden: »Oder, um es dir in zwei Worten zu sagen, alles, was krumm war, richtete sich wieder gerade.«

Wenngleich diese letzte Formulierung eine für unsere Unterhaltung nicht gerade günstige Entwicklung des Gesprächs erahnen ließ, überraschte sie mich weniger als das Du, das Ana dabei angebracht hatte. Als ich ihr antwortete und sie weiterhin siezte, schaltete Pablo sich ein und erklärte mir, daß duzen in Spanien unerläßlich sei und ein Zeichen von Höflichkeit, sobald eine Person, selbst eine wesentlich ältere oder ranghohe Person, es im Gespräch mit uns angewandt habe. Und Ana rief zum Beweis mit lauter Stimme: »Vergiß nicht, Niño, daß wir in unserer Sprache sogar Gott selbst duzen!«

Ich erinnere mich an ihre Stimme, die in der Höhe voller tönte, und deren schwebenden Stockungen ähnlich dem Klang, wenn der Bogen die gestrichene Saite nicht gleich verläßt. Und an Pablos Stimme, wenn er Ana neckte, an seine spöttische Begabung ureigener Nuance, die von vornherein den Sinn des Gesagten andeutete – wie an jenem Nachmittag, der nun zwischen zwei Gräbern wieder aufersteht, als er mir abschließend sagte, seiner Ansicht nach duze man den Jüngeren aus Herablassung und müsse man die betagte Herzogin duzen, um sie ihr Alter nicht empfinden zu lassen.

Das Eintreffen des Klavierspielers wurde angekündigt, und im Gänsemarsch stiegen wir eine enge Treppe hinab, deren schrammiger Verputz die Maschen eines Jerseypullovers zerreißen oder ein zartes Kleid zerfetzen konnte, wenn man daran hängengeblieben war und sich brüsk losmachte. Die Stufen führten in einen ziemlich geräumigen Keller mit sehr niedrigem, nur zu einer Seite aufsteigendem Deckengewölbe. Ein rundlicher, lockiger, witziger Herr begrüßt uns dort lärmend; er sprudelt über vor Klatschgeschichten und ungeduldigem Lachen, das er mit seiner fleischigen Hand hastig erstickt. Wenn einer der von ihm Angeredeten das Wort ergreift, flattern seine Lippen, und wenn man sich einen Augenblick von ihm abwendet, zeigen seine Mundwinkel nach unten, und sein Gesicht ertrinkt in Bitterkeit; doch wenn man sich wieder für ihn interessiert, ist er wieder der Alte, die Mundwinkel zeigen nach oben, und das Lächeln reicht von einem Ohr zum anderen. Dieser Wechsel des Gesichtsausdrucks ist alles, was mir von Anas Klavierspieler im Gedächtnis geblieben ist.

Keine ins Freie führende Tür; statt Stühlen ein den Saal umrandendes Sofa; ein Bretterboden stellt die Bühne dar; zwei Säulenstümpfe grenzen sie ein; in ihnen sind kleine Scheinwerfer versteckt; wie auch in diesem aus lauter Rippen bestehende Kupfergerät, das gleich einer Monstranz allein auf einer Konsole steht und von dem aus auf den Steg des Klaviers der einzige zitternde Strahl fällt, in dieser Abstufung von Schatten, die dazu dient, die Aufmerksamkeit des Zuschauers räumlich einzuengen und das, was auf der Bühne stattfindet, zu begünstigen.

Was nun aber zunächst stattfindet, ist ein Kastagnettenspiel. Jedesmal, wenn ich erzählte, was ich an jenem Tag und darauf noch viele Male hörte und sah, rief ich eine Heiterkeit hervor, in die ich beinahe einstimmte, obwohl ich den Reiz der Sache stets feierlich beteuert hatte. Damals faszinierte sie mich: wie oft war ich doch im Lauf der Jahre fasziniert, lediglich um das heimliche Bedürfnis, fasziniert zu sein, zu befriedigen, um eine Anziehungskraft zu spüren und lieben zu können und dadurch einige Zuneigung zu wecken? Oft ist meine Zustimmung zu diesem und jenem, zu irgend jemandes Willen nur die des von seiner Rolle gezähmten Schauspielers gewesen.

Ana spielte mit Kastagnetten zu Bachscher Musik. Sie beginnt das *Italienische Konzert* gleichzeitig mit dem Klavierspieler, sie achtet auf den Einsatz der Stimmen, der Hauptsätze und der Nachsätze, der Themen und der Kontrasubjekte bald über, bald unter der Bezugsstimme; sie wählt eine Stimme aus, einmal die in einer Schneckenlinie in die Höhe, dann eine in die Tiefe führende, um den schlichten Kastagnetten einen Fächer von Tönen zu entlocken und ihnen die Möglichkeiten einer Klaviatur zu verleihen.

Gewiß braucht Bachs Musik uns nicht, sie braucht niemanden: keine Anleihe aus der Vergangenheit und keine beim Mysterium, sondern eine Profileration von Zellen, eine Verbindung von Theoremen, die kein Zusatz festlegen oder lösen könnte; von einer Unendlichkeit der Welt zur anderen durchquert sie die unsere, und auf der Zahl basierend, verwandelt sie im Vorbeiziehen unsere Seele. Dennoch erinnert das Klappern der die Töne der ausgewählten Stimme genau betonenden Kastagnetten daran, daß es der Rhythmus ist, der Stützpunkt, von dem sich die Melodie aufschwingt, der den Gleitflug der Musik zum Takt überredet: sie geht ihm voraus und er holt sie ein, hält sie am Boden fest, doch sie kann ohne ihn bestehen.

Nun, nachdem sie die Kastagnetten wieder in die Samthülle gesteckt hat, schickt Ana sich an zu tanzen; sie hat unbemerkt Schuhe und Strümpfe ausgezogen und einen schwarzen Schleier vom Klavier genommen; sie hat ihn über eine Schulter geworfen und ist zur Mitte des Bretterbodens zurückgekehrt. Sie konzentriert sich, sie versammelt die ringsumher verstreuten Energien und nimmt den feierlichen Ernst einer von einem Gott bewohnten Pythia an; ihr Körper hat langsam Festigkeit gewonnen; er ist zu einem Ausgangspunkt möglicher Attitüden geworden. Plötzlich, im selben Augenblick, als der Klavierspieler einen Akkord anschlägt, dem ein Gewitter von Oktaven folgt, weht ein – von woher gelangt er in diesen eingeschlossenen Raum? – Windstoß über die kleine Bühne und wirft den Schleier über das Gesicht der Tänzerin; ihre nackten Füße verlassen den Boden nicht, als sie, die flachen Hände zum Himmel streckend, sich halb auf die Zehenspitzen hebt. Sie neigt den Kopf nach rechts und nach links, bis er die Schulter berührt, und, die Knie beugend, dreht sie den Oberkörper und entwickelt durch aufeinanderfolgende Posen etwas wie einen verlangsamten Krampf, der, vom Geflecht der Muskeln und Nerven ausgehend, sich bis zur Taille hinzieht.

Es sieht so aus, als strebe sie danach, ihren Körper in einem Aufschwung zu verlassen, doch der Körper, wie von Schläfrigkeit getrübt, sinkt sogleich in sich zusammen. Sie rafft sich wieder auf, weicht zurück, preßt sich an die Wand, der Schleier gleitet herab.

In einer Vorstellung fürchte ich nichts so sehr wie den Augenblick, da der Künstler sich nicht mehr bewegt und jemand sich opfern und das Zeichen zum Applaudieren geben muß; der erste zu sein, der klatscht, und die anderen nicht mitzureißen ist demütigend.

Ich klatschte Beifall. Pablo drückte auf einen Knopf, und das Schattendickicht des Kellers löste sich auf: Ana kam zu uns, noch immer auf nackten Füßen – jetzt schmutzigen, dachte ich; sie lächelte; ich war der Kommentator vom Dienst. Ich beging die Taktlosigkeit, die, wie ich nicht leugne, mir noch heute liebe Taktlosigkeit, der Begeisterung, die ich in solchen Fällen äußere, im Zusammenhang mit dem, was ich gesehen, gehört, gelesen, genossen habe, noch eine Aufzählung von Übereinstimmungen, Anklängen, Verwandtschaften hinzuzufügen: ich spiele auf den oder jenen berühmten Namen an, was schmeichelt oder kränkt, je nachdem. Habe ich es mir damals verkniffen, vor Ana auf Mary Wigman, von Laban, Kurt Joos und seine *table verte*, Dore Hoyer, hinzuweisen?

Ich erinnere mich, daß sie mir damals von den zwölf Bewegungen gesprochen hat, die Grundlage ihrer choreographischen Kunst seien; worin sie bestanden, wußte sie mir nicht zu sagen, nur daß sie Schlüssel-Attitüden seien und daß jede eine bestimmte Reihe auslöse; auch würden ihre Kombinationen jedesmal zu einem noch nie dagewesenen Tanz führen und jede Musik veranlasse die ihr entsprechende Kombination. Tatsächlich seien diese Grundsätze die Frucht einer eifrigen Betrachtung der *Kreuzabnahme* von Rogier van der Weyden oder, die Wahrheit zu sagen, des schmerzlichen Tanzes der ganz zusammengekrümmten und gleichwohl sich wiegenden Magdalena: »Man möchte denken, sie empfindet eine merkwürdige Wollust, *verdad, Niño?*«

Von ihr eingenommen, glaubte der frühe Leser Valérys bei Ana das festzustellen, was in seinen Augen den Künstler vom Rest der Menschheit unterschied: jene Gesetze, die sicherlich jeder in sich trägt, die aber nur selten zutage treten: wenn dies geschicht, wenn das aus dem Unbekannten Kommende in uns aufsteigt, wird das ganze Leben auf immer davon beherrscht.

Ana de Pombo hatte ihn in ihren Bann geschlagen. Er schrieb ihr bereits alle guten Eigenschaften zu und zuvörderst die, ihn zu verstehen: sie könnten sich sogar gegenseitig bewundern. Er bedauere nur, daß die erste glückhafte Begegnung mit »seinem« Schicksal in Spanien stattgefunden habe.

Er straffte den Rücken, rutschte an den Rand des Sofas. Ob ich gehen wolle? »Aber, *Niño*, du hast Pablo noch nicht gehört, Pablo ist ein göttlicher Tangosänger.« Nach einer mit Scherzen untermischten Höflichkeitsweigerung, die sich schnell in Zögern verwandelte, ließ er sich nicht länger bitten – begriff er, daß man vielleicht nicht länger insistieren würde? – und sang *a cappella*.

Ähnlich wie seine Augen ließ seine Stimme ihn nackt erscheinen, und mehr noch, sie war von peinlicher Intimität, schien aus den geheimsten Gründen seines Geistes aufzusteigen, wo das Gegenteil von dem keimt, was man darzustellen sich bemüht, er benutzte den Tango dazu, der schleppenden, weinerlichen Emphase freien Lauf zu lassen, die trotz seines sicheren Auftretens die Tonart seiner von einer müden Verzweiflung geprägten Seele war, welche Verzweiflung der Sänger unter reichlicher Zuhilfenahme von Murmeln unterstrich, wie um das in ihm wohnende gestaltlose Individuum zufriedenzustellen.

Ich wäre gern nicht mehr dort gewesen, ich wollte ihn nicht mehr hören; er betörte meine Erinnerung, weckte in mir dann und wann das Einverständnis mit einer Musik, die mich, und dies seit der Kindheit, nur hinreißt, wenn sie von Frauen gesungen wird – obwohl die Worte des Tangos unter den Frauen nur die Mutter verschonen, die Person des unstillbaren männlichen Schuldgefühls –, einer Musik, die etwas in mir ablehnt, die aber, wenn ich ihr zufällig oder vom Talent des Interpreten angetan lausche, mich sich unterwirft und mich mit mir selbst konfrontiert.

Als Pablo geendet hatte, bemerkte ich an ihm eine gewisse Mühe, den Madrider Tonfall und Rhythmus wiederaufzunehmen, und plötzlich mußte er: »Gehen wir Glasaale essen!« rufen, damit seine Haltung sich von soviel Schmachten erholte.

Ein üppiges Diner, Flamenco, vertrauliche Mitteilungen – aber ich verschwieg, so gut ich konnte, die Unsicherheit meiner Lage.

Nichts deutete darauf hin, daß sich ohne mein Wissen eine Geschichte um mich zusammenbraute, an der ich lange ahnungslos mitwirkte, bis zu dem Tag, da ich Anas Haus verließ, ein anderes, anderswo gelegenes Haus, und sich mir der Lauf eines Jagdgewehrs zwischen die Schulterblätter drückte.

35

Als ich nach einer Woche begriff, daß ich Doña Manuelitas einziger Pensionsgast war, befiel mich eine Unruhe, die nachts verständlicherweise zunahm. Und als ein neues Paket, diesmal ein aus Brüssel franko geschickter derber Karton, mir zuging – oder sollte ich sagen, uns zuging, der Haltung meiner Wirtin nach zu urteilen, die es, als sie es mir brachte, an ihre Brust drückte –, sagte ich mir, daß ich diese Stätte schleunigst verlassen müsse. Doch ich hatte Antonio Vilar und dem Filmproduzenten die Adresse der Pension angegeben, und deshalb war es mir nicht möglich, die Wohnung zu wechseln, ohne daß ich Gefahr lief, meine Aussichten zu verderben.

Wie angewurzelt blieb ich in der Tür stehen. Auf meine Kopfbewegung hin legte Doña Manuelita das Paket auf das ein Rankenmuster zeigende Wachstuch des Tischs und drehte sich dann zu mir um mit dem Ausdruck dessen, der sprechen möchte, dem aber die Worte fehlen: in ihren Augen blitzte es, die Brüste schienen runder, üppiger, mütterlicher, die Bewegungen ausgewogener, doch entschieden und ihr gewundenes Gehabe einer von Kinkerlitzchen klirrenden Animierdame durch einen fast feierlichen Ernst gemildert.

So groß mein ausgeprägtes Schutzbedürfnis auch war, wünschte ich doch nicht, daß irgendeine Zuneigung meine Freiheit beeinträchtigte: aus Vorsicht teilte ich mit ihr die Lebensmittel des belgischen Herrn; und wenngleich ich einer neuerlichen Begegnung mit ihm nicht ausgewichen wäre, hatte mich der den alten verwahrlosten Häusern anhaftende melancholische Geruch, der aus den leeren Zimmern und dem einzigen, zum Treppenabsatz hin gelegenen Waschraum drang, davon abgebracht, in dieser Baracke alt werden zu wollen.

Der November zog sich hin, aber das Wetter eilte Weihnachten entgegen. Der Schnee dämpfte den Straßenlärm. Hinter den Glasscheiben der Bars gewahrte man trotz des Beschlags Leute, die sich zusammendrängten, als wollten sie sich für die Nacht einrichten. Wenn jemand hineinging oder herauskam, faßte der Bratgeruch, der Dampf von ranzigem, nie erneuertem Öl nach dem Vorübergehenden, der, obwohl von Ekel gepackt, sofort speichelte.

Ich hatte die Gewohnheit des unter Perón lebenden Argentiniers angenommen, auf der Straße nach rechts und links zu schauen, und ich habe bemerkt, daß ich in den unerquicklichen Jahren dort das Ohr dazu erzogen hatte aufzufassen, was dem Auge entgangen war: mein Rücken hatte, so glaube ich, gelernt, den Abstand zu errechnen, der ihn von dem hinter ihm herkommenden Spaziergänger trennte, dessen Größe und Leibesumfang zu messen, das Tempo des Gaffers vom Schritt des auf ein bestimmtes Ziel Zusteuernden zu unterscheiden. Das damalige Spanien leistete solchen Reflexen Vorschub, obwohl die dort herrschende Diktatur der verworrenen meines Landes nicht glich. Sie machte Ernst mit ihrer Furchtbarkeit, kümmerte sich weniger darum, wie die Menschen lebten, als darum, welche Gedanken sie insgeheim hegten. Eine wiedererstandene Inquisition, verfolgte sie deshalb das geringste Anzeichen einer Regimekritik, den geringsten Anflug selbständigen Denkens. Denken, Überlegen, Philosophieren stellten einen Verstoß gegen das politische Dogma und infolgedessen eine Gefahr für die Institutionen dar. Ordnung und Unwissen dominierten; die Diktatur agierte geräuschlos, unpersönlich, schmutzig in den Kulissen; ihre Menschenpressen hatte sie im Dunkeln. Der schläfrige Geist versuchte, die Abgründe zu vermeiden.

Im übrigen... hätte man meinen können, Madrid schlafe überhaupt nicht. Die Gran Via blieb bis zum Morgengrauen erleuchtet: die Sonne entfärbte ihre Lichter, zerstreute die letzten Nachtwandler. Wer machte die Geschäfte auf? Dieselben, die ihre Nacht in den Bars, den Lokalen vertan oder verdient oder einer Aufführung beigewohnt hatten; ob Theater oder Kino, die meistbesuchte Vorstellung begann erst um dreiundzwanzig Uhr. Die übliche Siesta glich den Schlafmangel aus.

Auch an ganz anderen Orten der Stadt brachte man Nächte schlaflos zu, so in der »Ronda de les Matadores«. Sie war ein Treffpunkt von Toreros, deren Träume sich zerschlagen hatten und die ihre Silhouette und mitunter ihr Wissen einem sich anbahnenden Tourismus anboten. Obwohl offiziell verboten, fanden dort zu später Stunde Travestieshows statt, die, wie der Wirt beteuerte, im Barrio Chino von Barcelona beheimatet seien, der Stadt, die als einzige nach Europa sich ausrichte, der Stadt, in die sich die Freiheit geflüchtet habe. Verlangte das Gesetz von den Männern, daß sie auf der Bühne Hosen trugen? In

Hosen tummelten sie sich in einem engen, wie ein Boxring von Seilen eingefaßten Karree; aber von der Taille an aufwärts dann, kaum zu glauben: mit Glasschmuck geharnischte falsche Busen, Wimpern wie brasilianische Spinnen, die Handgelenke schwer von Armbändern mit Berlocken, die derbe Tatzen verbargen, und die leblosen Locken der Perücken überragt von glitzernden Kämmen oder breitrandigen Damenhüten mit getüpfelten Schleiern von der Größe eines Sonnenschirms.

Im Anschluß daran muß ich auch das Grabesdunkel mancher Orte im Freien erwähnen, wo man sein Bestes tat, um eine gewisse verrufene Tradition fortzusetzen – wie in jenem Viertel, dessen herrschaftliche Häuser den Paseo de la Castellana säumen, dort wo Madrids größte Prachtstraße damals, sich vom Zentrum entfernend, ihre Laternen einbüßte. Junge Leute, Männer jeden Alters gingen dort auf und ab, nie zwischen den Bäumen, auf dem Bürgersteig, um den Schein zu wahren; Männer mit verschlossenen Gesichtern, in denen nach heimlicher Verständigung suchende Augen glühten; zarte, verängstigte, ausweichende – sie zu umgarnen war unmöglich. Ich erinnere mich an langsam fahrende Wagen, die mich beim ersten Mal an die der Polizisten im Straßenanzug in Buenos Aires und später, als ich die Methode des Systems und seine zweifellos berechnete Nachlässigkeit in bezug auf die Sitten besser erfaßt hatte, an die am Ufer des Tibers langsamer werdenden gemahnten, die Insassen, die ohne Eile die Ware abschätzten und amerikanische Zigaretten rauchten.

Ah! die wachsame Geduld, das Lauern auf ein Zeichen, eine auffordernde Geste an diesem Abschnitt des Paseo, wo die schönen Wohnsitze alte, in ihrem Schlaf begrabene Herzoginnen bergen.

Eines Abends sah ich dort den berühmtesten Tänzer

Spaniens der damaligen Zeit, den die Annalen noch heute den größten nennen. Einsam in seinem Ruhm ging er vorüber; eine wahre Meute von Kötern gab ihm das Geleit, zog ihn mitunter mit sich fort, und plötzlich störte ihr gellendes Gebell die heimliche Nacht.

Die stehengebliebenen Spaziergänger traten zusammen, wir bildeten einen Kreis und beobachteten, wie, von seinen Wauwaus umgeben, der kleinwüchsige Tänzer, der sich auf der Bühne durch eine Hüftdrehung hob und zu wachsen schien, im Dunkel verschwand.

Einer der nächtlichen Namenlosen erzählte, ein gewisser Jemand, den der Tänzer mit nach Hause genommen hätte, wäre außerstande gewesen zu handeln, denn die Hunde, Tugendwächter ihres Herrn, hätten nicht aufgehört zu kläffen, wären um das Bett gejagt mit hochgezogenen Lefzen und zuckenden Nasen, hätten hinaufzuklettern versucht und schließlich mit ihren lächerlichen Zähnen die Bettdecke zerfetzt.

Wir platzten vor Lachen, schmückten die Geschichte aus, doch als der Erzähler damit prahlte, die Hauptperson der Anekdote zu sein, wechselten wir zweifelnde Blicke.

In wenigen Sekunden zerstreute sich die Gruppe; es gibt Umstände, die keine Worte und noch weniger eine gemeinsame fröhliche Stimmung dulden. Solange man sich an den Orten still verhält, an die man sich beim Ruf des Begehrens begeben hat, will man nichts hören; aus jedem quillt eine Intensität hervor, die zunimmt, wenn sie bemerkt wird, und der Raum der Alleen, der Gärten wird zu einem von ständiger schweigender Unruhe durchzogenen, gleichsam geschlossenen Ort, von dem man sich erst in Begleitung oder aber, erschöpft von der Suche, »unauffällig unter den Schatten der einsamen Nacht« entfernt.

36

Nach zahlreichen Aufschüben lernte ich endlich die Schwierigkeiten, die Verwicklungen und die flüchtige Hochstimmung des Films kennen.

Die kleine Rolle muß immer sehr lange warten. Sie lauert in einer Ecke der von den Gleitschienen der Kamera, von stehenden und von an eisernen Pfosten hängenden Scheinwerfern verstellten aufgebauten Bühne; überall hängen Schnüre und Kabel herab; am Boden oder auf Leitern machen sich die Elektriker, die Bühnenarbeiter, die Requisiteure zu schaffen, fluchen über die Apparate, die ihnen Widerstand leisten, und der Mann mit der kleinen Rolle, der kein Recht hat auf eine Garderobe, prägt sich den Satz ein, den er sagen, mit dem er sich sogar beim ersten Versuch behaupten muß, aber das Lampenfieber nimmt ihm jede Fähigkeit, die Verwirrung, die sich seiner bemächtigt hat, und die panische Zunahme der Erregung, die ihm den Atem raubt und die Knie weich macht, zu unterdrücken; er fühlt sich im Stich gelassen; man wird auf ihn verzichten; man wird ihn von hinten photographieren.

Als er seinen Namen nennen hört, als er begreift, daß man ihn ruft, springt er auf, er ist gerettet. Zwischen den Händen der je nach Wichtigkeit des Darstellers mehr oder weniger sorgfältigen Maskenbildner fühlt er sich stolz; denn es sind drei, die ihn nach beendeter Arbeit im Spiegel betrachten, die oder jene Retusche vorschlagen; und dann ist die Kostümbildnerin an der Reihe, die den Kragen seines Hemdes zurechtrückt und versucht, mit der Hand den Ärmelausschnitt der Jacke zu glätten. Nun lauscht er den Instruktionen des Regisseurs, denen des Assistenten, der ihm den Kreidestrich zeigt, über den hinaus er nicht gehen darf. Er ist bereit: »Ruhe!« – aber der

Kameramann verlangt, daß das Licht verändert wird, und das nimmt Zeit in Anspruch: seine Stirn glänzt, ein Wattebausch, zarte Pinsel frischen die Schminke auf. Für einen Augenblick ist er der Mittelpunkt. Auf der aufgebauten Szene herrscht einmütige Aufmerksamkeit, alle Blicke sind auf ihn gerichtet. Es ist unmöglich, mehr man selbst zu sein und von größerer Entschlossenheit; zum Teufel mit den Konflikten, Erinnerungen, Gewohnheiten, Neigungen, Bedürfnissen; er ist nur noch Berechnung; Berechnung der auf den Millimeter genau auszuführenden Bewegung, ein reines Energiekonzentrat und das Gefühl, das ihm ins Gesicht gestiegen ist und seine Haltung verändert hat.

Als nun die Klappe die Stille durchbricht, ereignet sich eine Art augenblickliche Himmelfahrt, und er fühlt sich wie schwebend und im Nichts. »Aus!« Wird die Aufnahme für gut befunden? Mit einem Mal löst sich die Nervenanspannung, er ist glücklich. Und die Scheinwerfer, die einer nach dem anderen erlöschen, zerstreuen für immer das so absolute Ich eines Augenblicks.

Während der ersten Drehtage waren die Dinge gut gelaufen. Antonio Vilar, der hauptsächlich dann, wenn man sie erwartete, kaum zu Gefühlsäußerungen neigende Mann, beglückwünschte sich selbst in meiner Gegenwart dazu, sich beim Regisseur für mich eingesetzt zu haben. Die Arbeit für eine letzte Sequenz sollte ich erst drei Wochen später wiederaufnehmen.

Bevor ich in die Studios zurückkehrte – der Gebrauch dieses Ausdrucks erfüllt mich mit Stolz –, beging ich den dummen Fehler, den Friseur aufzusuchen. Ich bat ihn, mein Haar auszudünnen und es um eine Idee zu kürzen. Und wie jeder Friseur, der etwas auf sich hält, schnitt er noch und noch: im Spiegel erblickte ich meinen völlig kahlen Nacken.

Das Sprichwort trog nicht: auch das Unglück hat sein Gutes. Es hatte sein Gutes, und zwar in doppelter Hinsicht: zum einen würde ich, da der vorgesehene Szenenübergang durch meine Schuld nicht durchzuführen war und es sich um die Szene handelte, in der ich Vilar das Stichwort gab, statt mich im Profil und dann, im Begriff, den Raum zu verlassen, von hinten zu zeigen, von vorne zu sehen sein, zum andern verfiel der Star, der keinesfalls auf den Vordergrund verzichtet hätte, wo er gegen mich wettern mußte, darauf, sich hinter mir aufzupflanzen, die Hände auf meine Schultern zu legen und mir in Wangennähe Beleidigungen ins Ohr zu schreien. Die Echtheit seines Zorns zusammen mit der leichten Berührung unserer Gesichter brachte in die Beziehung zwischen dem Leutnant, den er darstellte, und mir, seinem Untergebenen, eine Zweideutigkeit, die das Szenario durchaus nicht vorgesehen hatte und die sich mit dem schweigenden Einverständnis des Produzenten in den folgenden Szenen verschärfen sollte. Nicht als ob dieser solche Hintergründigkeiten geschätzt hätte. Doch damals empfand man ein so starkes Bedürfnis, die Zensurkommissionen höhnisch herauszufordern!

Die vor der Kamera gespielten Augenblicke der Leidenschaft – weit mehr als im Theater, wo ihre Wiederholung im Lauf der Veranstaltungen sie schwächt – können den Darsteller dazu führen, sich sekundenlang mit Leib und Seele auf eine unerwartete Lebensbahn einzulassen.

Trat zwischen dem Schauspieler und dem Schauspieler-Anwärter eine verborgene Lust zutage und haben sie sie, sicher vor allen Folgen, in dieser anderen Welt der Bilder ausgelebt?

Als der Film abgedreht war, versuchte ich vergeblich, Vilar zu treffen. Er entzog sich mir. Wir haben uns nie mehr wiedergesehen. Wenn er noch am Leben ist, muß er sich einem ehrwürdigen Alter nähern. Ganz gleich, wie man hierüber denken mag: man lebt in der Illusion, unsterblich zu sein. Und plötzlich wird es Abend, die Stunden sind uns gezählt. Man beginnt nie früh genug damit, Adieu zu sagen; doch leben erfordert solche Nachlässigkeiten.

37

In der Zeit, als ich auf den letzten Drehtag wartete, hatte ich in meiner Begeisterung, dennoch nicht ohne Methode, versucht, das Glück festzuhalten, es durch besonderen Eifer zu verführen.

Trotz ihrer Kürze und der bescheidenen Gage stellte diese erste Rolle eine gewaltige Kompensation dar, und der Zweifel, ob sie genügen werde, um mir die Tore zum Film zu öffnen, fand keinen Raum in meinem Denken.

Ich brauchte einen Impresario, und der Impresario brauchte Photographien. Ein drittklassiger Manager erklärte sich bereit, mich zu empfangen, und in Ermangelung einer von mir so sehr geliebten Thérèse Le Prat an Ort und Stelle, wandte ich mich an einen lokalen Harcourt-Ersatz, der sich bereit erklärte, mich zu photographieren. Ein Drittel meines Verdienstes drohte dabei draufzugehen, aber ich zögerte nicht: da er der bevorzugte Photograph der Stars war und da diese Photos eine Visitenkarte darstellten, handelte es sich um eine Investition.

Allerdings hinderten die dazumal unerläßlichen Retuschen, die das Modell einbalsamierten – hervorgehobene Wangenknochen, schimmernde Haut, raffinierter Blitz im auf das Objektiv gerichteten Auge –, mich zuerst daran, den Genuß des Narziß zu empfinden: von Neid gepackt, benötigte ich einige Sekunden, sagen wir drei, sagen wir zwei, um zu begreifen, daß ich mich selbst betrachtete; doch dann, das versteht sich von selbst, noch weniger, um mich von der Ähnlichkeit zu überzeugen: so war ich.

Obwohl sein Blick von meinem Gesicht zu den Photographien und wieder zu mir wanderte, bevor er sie auf seinen Schreibtisch fallen ließ, schien der Manager sie positiv zu bewerten, in ihnen jedenfalls ein geeignetes Mittel zu sehen, um mich, im Fall es während Dreharbeiten zu einem Notstand kam, einem Regisseur vorzuschlagen.

Da ich mich nun seit langem bemühe, den Roman der Erinnerung zu entziffern, den die Wörter mir anbieten, sollte mich weder die zähe Haltbarkeit der Stimme des Managers im Gedächtnis noch die seiner rohen Manieren mehr wundern. Am Tempo seiner Sätze, am Hämmern der Silben ermaß ich, welche Gehässigkeit ihn erfüllte, die Art von Gehässigkeit, die man nicht über jene entladen kann, die sie hervorgerufen haben – früher, einst, anderswo, eine Stunde zuvor –, und die man, um seine Rachsucht zu befriedigen, auf Unschuldige losläßt. Es sei denn, daß die Ursache seiner zornigen Miene die sonderbare schwärzliche Warze war, die in Mundhöhe zwischen zwei Falten der Hängebacken verschwand, um sofort wieder zu erscheinen, wenn die Lippen sich dehnten, um das *a* auszusprechen, oder zum Schmollmund rundeten, um das *o* zu trompeten.

Ich weiß noch, daß er sich zurückgelehnt hatte: das Gesicht verliert an Volumen, die Warze gewinnt noch daran; und als er sich jäh wieder aufrichtet, ist sein Ausdruck befehlend, seine Stimme militärisch: »Drehen Sie sich um... blicken Sie mich über die Schulter hinweg an... Gehen Sie... So als wären Sie in Eile... So als promenierten Sie... Setzen! Aufstehen! Fallen Sie in Ohnmacht... Und nun, nun lächeln Sie! Nochmals. Lachen Sie! Aber so lachen Sie doch, so als wollten Sie sich totlachen!«

Ohne im geringsten zu zögern, sogar mit einem gewissen Vergnügen war ich den Aufforderungen nachgekommen, und mein mehrmaliges geschicktes Hinfallen nach dem Lachen hatte ihn erstaunt. Der »Entspannungslehrer« in Buenos Aires brauchte, um richtiges Hinfallen zu veranschaulichen, den Vergleich: als ob eine Schere die Drähte einer Marionette durchschnitte, und dieser Vergleich kam mir in den Sinn, als der Impresario, wie von jeder Rücksicht auf den Erwartungsvollen entbunden, das Urteil zu verkünden begann: besser ich wisse, daß ich niemals der jugendliche Held der Photographien sein würde – die er mit Daumen und Zeigefinger zum Fächer ausbreitete und von neuem betrachtete – ; an wichtigen Rollen würde ich allerhöchstens die eines Kranken oder eines Hungerleiders ergattern: sobald ich den Mund auftue, würde ich zu jemand, den man nicht küßt: Ich dachte an Mimmo im *basso* von Neapel, der meine Lippen hochgezogen hatte, um Rose Caterina meine Zähne zu zeigen. Wieviel Zeit war seither verstrichen? Tatsächlich waren es kaum acht Monate, und doch schien alles schon so fern, unter vielen Jahren vergraben zu liegen. Mit einem Scheinlächeln und der affektierten Herablassung, die man Schwachsinnigen oder Kindern vorbehält, tippte er sodann mit dem Nagel an seine Schneidezähne und fügte hinzu: »Wer hat Ihnen diese falschen Edelsteine vererbt? Papa? Mama?«

In einer Grotte am Ende der Allee glühte das Abendrot; gleich Fahnen aus alten Schlachten flatterten mitunter kleine goldbefranste Wolken; andere, aschfarbene, beflaggten die Höhe; und die Sonne, die wieder die Große Mauer, die Pyramiden besucht, sich im ozeanischen und im kleinen blauen Meer, einst der Geburtsstätte der Götter, erfrischt hatte, die Sonne, die der Hahn, Vorbote der Morgenröte in den sukzessiven Ländern der Welt, begrüßt hatte, betrachtete die in ihrer ganzen Breite ihr gehörende Gran Via: eine flache Scheibe, wie an Schnurböden aufgehängt.

Ich erfuhr etwas wie ein Wiedererstarken der Seele, und heroische, höchstwahrscheinlich wirkungslose Gefühle regten sich in meinem Herzen.

Sollte ich ins Gijón oder zu Ana und Pablo gehen? Die Beine hatten ihren Entschluß vor mir gefaßt: auf dem Weg zu »Tebas« Umweg über das Künstlercafé.

38

Das Café Gijón... Schon bevor man eintrat, wurde man vom wilden Lärm betäubt und, wenn man den halbkreisförmigen Plüschvorhang beiseite schob, von einem Hagelschauer, einer Art Kriegsgeschrei empfangen. Es handelte sich aber doch nicht um eine sich unter reichlicher Zuhilfenahme von heftigen Auseinandersetzungen und hitzigen Worten einen Kampf liefernde Versammlung, weit davon entfernt: die Ruhe der Mienen und der Bewegungen bildete einen so großen Gegensatz zum Getöse, daß der Neuling in einem ähnliche Beklemmung erweckenden Maße an jene Träume erinnert wurde, in denen man schreit, ohne die Beachtung der Zeugen zu finden, oder in denen die Spiegel kein Bild zurückwerfen.

Man hätte meinen können, die Unterhaltungen, die Dispute, das Gezeter, womit man an einem von Schauspielern und ihren Jüngern besuchten Ort stets rechnen kann – sowie das Klirren von Geschirr, das Beifallklatschen, das nach einer Premiere das Eintreten der ein Rosenbukett in Zellophanpapier im Arm haltenden Hauptdarstellerin begrüßt –, wären in Ermangelung eines Lüftungsschachts seit Jahren, seit ewigen Zeiten aufgestiegen und zu einer tönenden Masse von unglaublicher Dichte geworden: die Decke des Cafés tobte.

Ich entdeckte im bunten Gewimmel des Saals bald die von drei gleich weit voneinander entfernt stehenden und, wie man mir sagte, das ganze Jahr hindurch von drei Künstlermüttern besetzten Tischen festgelegte strategische Geometrie; sie nahmen die Plätze jeden Tag von einer bestimmten Stunde an bis zu einer bestimmten Stunde ein, so wie manche Gläubige ihre Betpulte in der Kirche. In gleichem Abstand voneinander thronten sie mitten auf der an der Wand stehenden Sitzbank – mit dem Unterschied, daß eine von ihnen, die mit dem Blick zur Theke dasaß, den Zug der Ankommenden und Fortgehenden genoß, während die einander gegenübersitzenden beiden anderen jedesmal, wenn jemand die Szene betrat oder verließ, den Kopf drehen mußten. Im Grunde feierten sie gemeinsam ihre Messe und bildeten an diesem profanen Ort das lateinische Kreuz: die Privilegierte am Hauptaltar, die beiden anderen an den Altären der Seitenkapellen. Nach Ansicht eines Schauspielkameraden beim Film, in dem ich mitwirkte, war das Gijón der Ort, an dem sich, wenn er Karriere machen wollte, ein Anfänger unbedingt zeigen mußte. Ich hatte mich mehrmals hingewagt und es mir angelegen sein lassen, nur einige Sekunden, aber gut sichtbar, so als suchte ich jemanden unter den Anwesenden, dort zu bleiben, um dem Schicksal seine Schwerarbeit zu erleichtern, falls ein Regisseur auf der Suche nach dem idealen Hamlet ihn bei meinem Erscheinen entdecken sollte. An dem Tag jedoch, da ich zum Schicksal betete, es möge die beim Manager erlittene Kränkung rächen, machte ich halt und packte die Chance eines in einer Ecke freien Platzes beim Schopf.

Um nicht zugunsten eines Stammgasts verjagt zu werden, bestellte ich einen Whisky, was damals den Kellnern Respekt einflößte; beruhigt daraufhin, legte ich auf den kleinen Tisch das Buch, das ich wie gewöhnlich unter dem Arm trug, nicht ohne den Hintergedanken, Neugier zu erwecken und eine Unterhaltung zu veranlassen, die stets so angenehm ist, wenn man von vornherein weiß, daß die Begegnung keine Folgen haben wird.

An jenem Tag war es die argentinische Übersetzung der dramatischen Werke von Albert Camus, genauer seiner ersten drei Stücke *Caligula*, *Das Mißverständnis* und *Der Belagerungszustand*. Ich wollte das Buch nicht aufschlagen, sein griffbereites Vorhandensein genügte mir, um meine Verlegenheit zu bemänteln, und der Name des Autors – rote Buchstaben auf eierschalfarbenem Papier –, um mir Ansehen zu verschaffen.

Ich betrachtete eingehend und genußvoll das übertriebene detaillierte Make-up mancher Frauen: ich dachte mir den Roman aus, der auf der Oberfläche der Gesichter plötzlich ans Licht trat, all das Vergangene bis zum Nebel der Kindheit, das eine Bewegung verriet oder die Art zu trinken, sich den Mund abzuwischen – mit dem kleinen Finger den herzförmigen Mund, mit dem Handrücken den Schnurrbart. Ich verlor mich in solcherlei Phantasien, als ich aus dem Augenwinkel den auf das Buch gehefteten Blick meiner Nachbarn zur Rechten mehr spürte als gewahrte; ich senkte den Kopf – ich entsinne mich der zweifarbigen Schuhe eines von ihnen – und mußte ihn dann lediglich wieder ein wenig heben, um die auf der Polsterbank sitzende Person, offensichtlich den »Meister«, zu veranlassen, das Wort an mich zu richten.

Wegen des regelmäßigen, sich bis an die Decke hochschraubenden Gelärms verstand ich trotz unseres beiderseitigen Bemühens nicht, was er mir zu sagen versuchte, und wir wollten schon aufgeben, als eine pittoreske kleine Szene, wie sie in dieser Art von Lokal, wo die Kundschaft ohne ersichtlichen Grund zum Theaterpublikum wird, ganz am Platze war, der uns umgebenden Kakophonie einen Dämpfer auflegte: eine Dame mit orangeroten Wangen, eine muntere, aber mit hohlem Oberkörper geschlagene Dame, der alten Menschen einen zu langen Hals und das Gehabe von Schildkröten verleiht, hatte zu lachen angefangen und dabei plötzlich eine fabelhafte Stimmkraft enthüllt; sie hatte zunächst im Diskant gelacht, um sodann die chromatische Tonleiter hinab- und wieder hinaufzusteigen und den Ton bis zum Atemstillstand verströmen zu lassen; einer nach dem anderen hatten sich die Anwesenden zu ihr umgedreht, und auf den Gesichtern malte sich nicht so sehr Verwunderung wie lächelnde Bewunderung; manche begannen sogar zu klatschen, wohingegen ein bald durch allgemeines Mißfallen isolierter junger Bursche seinen Zeigefinger wie einen Schraubenzieher an der Schläfe drehte, um anzuzeigen, daß die Dame verrückt sei – eine legendäre Medea, erklärte mir mein Nachbar, die letzte, die im römischen Theater von Mérida aufgetreten war. Sie bedankte sich gerührt nach rechts und links für die Huldigung der Verehrer.

Ehe das Getöse wieder einsetzte, fanden meine Nachbarn und ich Zeit – die den Meister Umgebenden blätterten gierig in Camus' Werk –, ein Zwiegespräch über den Autor zu beginnen, das von Gerüchten und Vermutungen wimmelte und zu dem ich genauere Angaben beisteuerte, aus dem Stegreif gedichtete Angaben, da ich von vornherein sicher war, keinem Widerspruch zu begegnen. Ich besaß keine Sachkenntnisse, kannte bestenfalls kurze Darstellungen, aber ich gestattete mir das Vergnügen, meine Zuhörer in ein verblüfftes Schweigen zu versetzen, den Meister ausgenommen, der ein sehr achtbarer Mann und zudem in jenen unseligen Jahren der beste spanische Bühnenschriftsteller war. In einem bestimmten Augenblick stellte er sein Glas energisch auf den Tisch: man hätte meinen können, die Schellen zur Wandlung wären erklungen und hätten zur Sammlung gemahnt, und sogleich hingen seine Gefolgsleute an seinen Lippen. Er setzte zu einer abschließenden Rede an. Ich weiß noch, daß sie lang und ununterbrochen war und daß die letzten Worte, die ich davon verstand, »Geschlossene Gesellschaft« und »Existentialismus« lauteten. Der Lärm ertränkte das übrige, aber ich hörte der Darlegung mit der Aufmerksamkeit eines Schülers zu, denn ich wollte von der Gruppe angenommen werden.

Tat ich es, um meine argentinischen Vorurteile gegen das Mutterland zu erhärten? Von dem, was ich hörte oder sah, behielt ich gerade nur das, was sie in keiner Weise schwächen konnte. Zu Recht oder zu Unrecht behalte ich das Bild bei, das Ohr und Auge mir an jenem Nachmittag im Café Gijón vom *homo ibericus* gemacht haben.

Obwohl er sich für einzigartig und in allem für die Norm hält, ist der Spanier weniger er selbst, verkörpert vielmehr eine Ethnie. Er denkt nicht: er hat schon gedacht. Seit Jahrhunderten und Aberjahrhunderten hat man für ihn gedacht, und er beschränkt sich darauf, gewissenhaft zu wiederholen; der Gedanke, Gedanken auszutauschen, verwirrt ihn, bevor er ihm als eine Unmöglichkeit erscheint, über die er lachen würde, schiene seinem Hochmut Lachen nicht unwürdig; auch ist ihm die Kunst der Konversation fremd, und keine Entgegnung seines Gesprächspartners hält ihn auf: die Wechselrede ist nicht seine Sache; er macht mundtot, er stammelt, er stößt hervor, schließt ab. Tatsächlich redet er, um zu einer voraufgehenden Schlußfolgerung zu gelangen. Seine Überlegung durchquert höchstens in gerader Linie den

Abstand zwischen »ja« und »nein«, nützlichen Wörtern gewiß, doch ohne gemeinsame Interessen mit der Intelligenz. Wenn der Zweifel sich in den Block seines Denkens einzuschleichen sucht, glaubt er seine Männlichkeit verletzt. Er rühmt sich seiner Offenheit und glaubt, offen zu sein, wenn er, keinen Widerspruch duldend, etwas verletzt, was uns am Herzen liegt. In jeder Lage weiß er, was gesagt werden muß; er beginnt mit dem letzten Wort, um sicher zu gehen, daß er es trotz allem behalten wird. Er blickt dem Tod gerade ins Gesicht – blickt ihn nie von der Seite an –, zu Ehren von Vorfahren, deren Epoche und Heldenepos er nicht genau angeben könnte. Er redet gern und mit solcher Heftigkeit und so lange, daß man für ihn Durst bekommt – aber man hüte sich davor, ihm voll und ganz beizupflichten, denn dies würde er dazu nutzen, seine Rede umgekehrt wiederaufzunehmen unter dem Vorwand, man habe nichts begriffen. Keine seiner Behauptungen ist ihm als solche so wichtig wie als Mittel, eine andere, und sei es auch die seine, zu widerlegen. Die Illusion einer bruchlosen Gewißheit ist ihm unverzichtbar, und als ein Prahlhans bekennt und beteuert er eine gehörige Portion Ignoranz, um sich lebendig zu fühlen.

Ich bemerke, daß ich beim Versuch, Verhaltensweisen aufzuzählen, die mich verstimmen, ihren Ton und ihre Art angenommen habe. Wenn die alten Gehässigkeiten wieder aufleben, greift man zur Feder wie zu einer Waffe, und es kommt dazu, daß man sie auf sich selber richtet. Gehen wir lieber zu »Tebas«, wo man sich bei Ana und Pablo vor der Wirklichkeit geschützt und beinahe außerhalb der Natur fühlt.

39

Wenn bei »Tebas« ein *bargueño* einen Käufer fand oder ein Tisch dort Einzug hielt, wechselte das ganze Mobiliar den Platz und veränderte vor allem das Aussehen, wie ein ausgestrichenes oder ein unerwartet in den Satz eingefügtes Wort dessen Leitgedanken verändert. Man konnte sich darum, wenn man den Salon betrat, verunsichert fühlen, besonders dann, wenn der Ankauf eines Altaraufsatzes Fenster verstellte. Doch ganz gleich, wo die neue Ware aufgestellt wurde, die Heilige Jungfrau mit dem gotischen Hüftschwung bildete stets die Mitte der jeweiligen Anordnungen: die Möbel schienen ihr zu gehorchen, und unter dem gebieterischen Lächeln der Statue schienen sich Affinitäten zu bilden wie bei jenen ungleichartigen Dingen, die in einem Hohlspiegel miteinander harmonieren.

Manchmal sahen die hohen Schränke mit spitzigem Kranzgesims, die laut Anas Aussagen aus dem fünfzehnten Jahrhundert stammten, so aus, als wögen sie gleich infulierten Geistlichen im Konzil das Für und Wider ab, und oft hatte man bei einem neuen Wareneingang den Eindruck, es dränge sie ihrerseits zum Ausgang.

Beständig waren im Hause nur seine Besitzer – zuvörderst die starke Präsenz Anas in ihrem Kleid aus schwarzer Baumwolle – das sie wohl, bis es zum endgültigen Modell wurde, Korrekturen unterzog, nachdem sie alle Toiletten dieses und von der Wiege bis zur Pubertät einige des vorangegangenen Jahrhunderts getragen hatte –, die zum Tee rufende Glocke, deren trübseliger Ton um Punkt sechs Uhr erklang, und das Zeremoniell der kleinen Aufführung im Untergeschoß, selbst dann, wenn geköpfte Heilige oder Grabfiguren es im Transithandel in eine Krypta verwandelten.

Pablo sang nicht an jedem Tag, und dies, was mich zu

Anfang erleichterte, bedauerte ich bald, denn wenn er sich den schmerzerfüllten *lenti* des Tangos hingegeben hatte, führte er uns zum Abendessen in eine *bodega*, wo der Duft des Knoblauchs den des Tabaks und das Brutzeln des Öls in den schweren gußeisernen Pfannen die Inbrunst der Gitarren besiegte. Man kann sagen, daß der Hunger, der mich nicht aus den Augen verloren hatte, dank Pablo lernte, sich, wenn auch in unregelmäßigen Zeitabständen, zu gedulden. Glasaale, Spanferkel mit knuspriger Haut, Rosmarinkartoffeln, dazu Weine aus La Rioja, die vom Gaumen bis zum Hirn ich weiß nicht welche Glut ausstrahlen, eine ganze Welt voll Köstlichkeiten und geheimnisvoller Glückseligkeit. Es wäre interessant, ihre so besonderen Wirkungen zu untersuchen. Doch Ana wartet. Nicht die Tänzerin der Ekstasen, die im Augenblick, da ihre Füße den Boden berühren, wie der Gläubige, der sich hingekniet hat, ohne einen Übergang herbeizuführen, die Pose der Sammlung annimmt, sich an die Wand preßt, die Arme öffnet, sie langsam wieder an die Brust legt, schräg nach vorn kommt, zurückweicht, den Schmerz mit Dankbarkeit begrüßt und ihn nicht ohne Mangel an Schamgefühl ausdrückt, ausstellt, so als bewahrte sie vom einstigen überlieferten Glauben die Vorstellung von einem edlen Gefühl, das allein sie von den Sünden befreien und das Paradies zu gewinnen vermöchte; und die am Ende das Knie beugt und auf einem eigenen Kreuzweg umsinkt – während ich, dessen Augen sich an das Halbdunkel gewöhnt haben, vor dem sich bereits schließenden Vorhang eine Zuschauermiene aufsetze.

Ich bewunderte sie, sagte es ihr, sagte es ihr immer von neuem. Die Gefahr, gegen die tiefinnere Überzeugung des Herzens wiederholt zu loben, besteht darin, daß wir unser Herz schließlich zu einer Verehrung zwingen, die es nicht empfinden kann, daß wir uns zu ihrem Sklaven machen und eine gefährliche Richtung einschlagen. Es dauerte lange, bis ich mich von mancher unklugen Bewunderung befreite, zu der mich die Not verleitet hatte.

Nein, es ist nicht die mater dolorosa der Musik, die mich erwartet, sondern die Erzählerin ihres eigenen Lebens. Mit Verschwörermiene und in der Art eines Schelmenromans erfand sie für mich noch einmal ihre Vergangenheit, in der es nicht an sogenannten Wechselfällen, nicht einmal an der einen und anderen Tragödie fehlte. Sie plauderte so anmutig, daß der Gesprächspartner an ihren Lippen hing, was ihr offenbar dazu verhalf, von Wörtern improvisierte Zusätze für immer in den Bericht aufzunehmen; die Gestalten, die sie beschwor, lösten sich noch nebelhaft denn auch bald von ihrer Erinnerung ab und gewannen unauslöschliches Relief.

Unbekümmert um Kontinuität und Plan, führte sie ihren Bericht von Andeutungen zu Abweichungen, von Verkürzungen zu Verhüllungen, und das Ergebnis war weniger eine Geschichte als eine Folge deutlicher, isolierter Visionen wie das ganz nahe Wenige an Landschaft, das, durch die Ritzen einer Mauer oder die Schießscharten einer Zitadelle erspäht, so tief erscheint.

Erzählte sie also ihr Leben? Man hätte denken mögen, daß sie nicht aufhörte, sich von ihm zu entfernen, nachdem die Brücken abgebrochen waren, sie die letzte Flucht nach vorn antrat und daß sie bemüht war, jeden Zusammenhang unerkennbar zu machen. Von Fall zu Fall und sobald sie ihre Vertrauensperson gewonnen wußte, übersprang sie die Zeitabstände einfach und, geschickt in der Kunst, die Anekdoten zu dosieren, ließ sie einen hungrig zurück, so als ob sie, eine Geschichte zu Ende erzählend, mit der Scheherazade verheißenen Strafe hätte rechnen müssen. Sie bat uns, über uns selbst zu sprechen, und wir glaubten schon, sie verstünde es, zuzuhören und uns zu neuen Geständnissen zu verleiten, doch irgendeine Ähnlichkeit unseres Lebens mit ihrem gab ihr die Möglichkeit, ihren Diskurs wiederaufzunehmen. Es ist so angenehm, Wesensverwandtschaften zu entdecken, gleiche Neigungen und Abneigungen festzustellen, daß man nicht zögert, fünfe gerade sein zu lassen, um sich eine Weile im Einvernehmen zu fühlen. Ich habe nie einen zweiten Menschen gesehen, der so viel Wert darauf legte, mit anderen beisammen zu sein, um zu reden, oder so bereit war, dem Einklang eine oft tiefgreifende Meinungsverschiedenheit zu opfern. Anas geringe Fähigkeit, logisch zu denken, war offensichtlich. Doch war sie keineswegs leicht zu täuschen, und sie besaß den Kamerablick, der, wenn er erfaßt, auch schon einstellt, mißt und einteilt, und die Gabe, der harmlosesten Episode den Charakter einer Prophetie zu verleihen.

So faßte sie ihre Kindheit in einer Familie, deren Vergangenheit sich in der Legende verlor, zusammen, indem sie ihre ersten Kastagnetten, die sie zum Plätschern eines durch die Ländereien der Caller de Donesteve de la Vega y de la Pedraja fließenden Bachs klappern ließ, und ihre Flucht beschrieb. Fasziniert von den Gauklern hatte sie sich im Wagen einer Wahrsagerin versteckt, die, bevor sie Ana ihren zu Tode erschrockenen und Anas Namen über die Felder rufenden Gouvernanten zurückgab, ihre Handlinien gelesen hatte. Sie war damals vier Jahre alt gewesen.

Wie oft habe ich mir aus Zeitgründen Gewalt antun und den regelmäßigen Fluß ihrer Stimme unterbrechen müssen; in Bann geschlagen und nicht ohne Mühe zog ich mich, strategische Stopps einfügend, rückwärts gehend zurück. Wir küßten einander nicht; sie fand diese Manieren, die sich in Spanien auszubreiten begannen, abgeschmackt. Wie die auf den Gemälden der Primitiven einander begegnenden Heiligen streckte sie ihre Arme aus, ohne die des anderen zu berühren.

Heute, da ich die verstreuten Fragmente, die Ana waren, zusammenfügen möchte, gleiche ich einem, der auf einer Wiese vierblättrigen Klee sucht. Sie war über das Alter der Ambitionen hinweg, wollte Spuren hinterlassen und glaubte in mir den Chronisten einer Irrfahrt gefunden zu haben, die ebenso viele Wege wie Sackgassen zählte. Und es sind nicht die von Ana später veröffentlichten flüchtigen Seiten, lächerlicher Versuch, sich selbst ein Ehrendenkmal zu setzen, die mir dabei helfen werden, in großen Zügen ein wahres Bild derjenigen zu malen, die immer dem Augenblick gelebt hatte und auf Erden nach Ewigkeit verlangte.

Vor mir, und ich glaube, vor jedermann, nie ein Bedauern, nie Klage noch Selbstgefälligkeit an jenen Nachmittagen, jenen Abenden in Madrid. Darin lag ihre Stärke: hatte man je erlebt, daß sie sich nach einer Ungunst des Geschicks in Abhängigkeit begab oder gar bezwungen zeigte? Sobald sie wieder zu sich gekommen war, verlor sie keine Minute, sondern versuchte, sich sogleich über ihre augenblickliche Lage klarzuwerden. Wenn ihr Bericht sich mit dem Schicksal ihres jüngsten Sohnes kreuzte – ihres »von den Roten erschossenen« Alvarito –, gab sie zudem diesem Schicksal weniger einen Platz in ihrem Leben als in der Geschichte Spaniens. Sie bewahrte die Toten nicht in sich, kannte mehr als einen Kunstgriff und schwang sich von einem Unglück niedergeschmettert alsbald wieder auf in weit höhere Höhe als ihre Erfolgsaussichten. Stets auf der Flucht, stets unterwegs.

In ihrem Fall ist es mir nicht gelungen, beim Anfang zu beginnen. Vielleicht hätte ich als erstes die maschinengeschriebenen Blätter erwähnen sollen, die ihr anonym zugegangen waren, die sie mir unter dem Siegel der Verschwiegenheit zeigte und in denen man sie von ihrer wirklichen Herkunft unterrichtete. Einstweilen aber soll die Erinnerung ihre Aufgabe einer Dienerin erfüllen, ihr Ohr an die Türen aus früherer Zeit und ihr trübes Auge an die Schlüssellöcher legen.

40

Ich finde mich damit ab, nur die Splitter, die sich von einem Leben ablösen und nach denen das Nichts greift, zu fassen zu bekommen, und folge dem Beispiel der Erzählerin: ich springe von einem Thema zum anderen und treffe Ana Ende der dreißiger Jahre in Paris wieder als Leiterin des Modehauses Paquin, dem sie aus dem Niedergang heraus geholfen und wieder zu seinem alten Ruf verholfen haben soll, dank ihrer vestimentären Einfälle und ihrer Genialität als Dekorateurin. Sie äußerte sich nicht darüber, warum alles, was sie auf diesem Gebiet instinktiv tat, der Modernität zuvorkam.

Ich entsinne mich Anas Beschreibung eines weißen, mit schwarzer Spitze eingefaßten Kleids, das, nachdem Königin Mary es auf einer Garden-Party in Paris getragen hatte, in Tausenden von Exemplaren hergestellt wurde; ich entsinne mich ihrer nachträglichen Heiterkeit, als sie den Frohsinn des im Anproberaum auf dem Boden sitzenden »Bébé« Bérard erwähnte. Skizze um Skizze hatte er verfertigt zwischen sirenenhaften Mannequins in hautengen Kleidern aus einem elastischen Samt, den die berühmtesten Seidenfabrikanten Lyons für sie, Ana, kreiert hatten.

Königin Mary, elastischer Samt, so sehr mich ihre Anekdoten gewöhnlich auch faszinierten, fiel es mir doch schwer, ihr aus Angst, sie würde sonst meine Skepsis erraten, offenen Mundes und staunenden Auges zuzuhören. Und dennoch sollte ich eines Tages ein Stück dieses Samts in meinen Händen halten, die ihn wie einen Pullover auseinanderzogen, und Christian Bérards Zeichnungen der Sirenen sehen.

Die Wahrheit zu sagen, erinnere ich mich mehr an das, was ich, ganz Auge, ganz Ohr, mir in Stunden des Fabulierens ausmalte. Ich sehe denn auch, abwechselnd, Danielle Darrieux als sehr junge hübsche Frau und kreuzfidel, die ihre Kleider und hauchdünne Morgenröcke für ihre Hochzeit mit Porfirio Rubirosa kauft, und den »Marschall« Göring vor mir, der Modelle für seine Frau bestellt, das schwarze in Himmelblau, das beige in Rot, und der mittels einer Photographie und der auf der Dargestellten selbst notierten Maße die genaue Länge bestimmt. Antonio Castillo, Anas Nachfolger bei Paquin, sagte mir viele Jahre später, daß die Wahl, die der Deutsche, kurz vor dem Zusammenbruch immer noch Kunde des Hauses, traf, ihn besser über den Ausgang des Kriegs unterrichtet habe als die Informationen einiger seiner hochgestellten Freunde: keine Stickereien mehr, keine Pelze, vor allem keine Abendgarderoben oder knöchellangen Kleider mehr. Zudem versicherte Antonio, der die Komik einer Situation gern aufbauschte, gegen Ende des Krieges habe der Besatzer der Mode eine so große Einfachheit vorgeschrieben, daß der Stoffverbrauch für ein Kleid nicht mehr als drei Meter betragen durfte – aber er hatte die Kopfbedeckungen vergessen, daher auch die von Arletty geliebten Turbane, drapierte Monumente, aus denen ein Stoffteil hervorsah, der ein Schal, eine Stola und manchmal eine Schleppe war.

Ich erinnere mich an Anas Rückblenden; an ihren ersten Pariser Modesalon, Casa Elviana, an der Place de la Madeleine, den ihre ältere Schwester für sie gegründet hatte, um sie von Santander, tatsächlich von einem von Wahnsinnsanfällen heimgesuchten Ehemann fernzuhalten. Ihr Sieg war so durchschlagend gewesen, daß Coco Chanel ihr Geheimboten geschickt hatte, die ihr einschärften, ihren Laden zu schließen, da sie ihren richtigen Platz in Paris nur in der Rue Cambon finden könne.

Wurde Ana, wie sie behauptete, Directrice des Hauses von Mademoiselle und, während der drôle de guerre, der Zeit vor der Invasion Frankreichs, nach Paquin, der Zweigniederlassung in Biarritz, wo, wie sie sagte, der Herzog von Windsor und der Herzog von Kent ihre Werberater waren? Alles vermengte, alles überschnitt sich in Anas Leben, Chanel und Paquin, ihre Tanzauftritte mit Ninon Vallin in der Salle Pleyel, der Krieg und ihre Rückkehr nach Spanien, eine weitere Modeboutique, die ohne ihr Wissen von einem Nazi finanziert wurde, die Kreation des ersten spanischen Balletts mit Kostümen aus allen Landesgegenden – »Man stritt sich am Schalter um die Ferngläser, um die Spitzen und den Schmuck sehen zu können!« –, ihre Flucht von der Seine an die Themse mit einer Sekretärin und vier Kabinenkoffern voller Kleider – »Einer ganzen Kollektion!«

Zur Entlastung ihrer Erfindungsgabe, der Launenhaftigkeit ihrer Mixturen muß ich sagen, daß ich anläßlich einer Reise, die Coco Chanel, von Ana eingeladen, durch Spanien unternahm, die unmittelbare, gewissermaßen nicht bis in Worte vordringende und Zeugen ausschließende Verständnisinnigkeit der beiden miterlebte. Es war im Jahr 1956 in Madrid, im Ritz, dem Tempel, zu dem man Laurence Olivier und Vivien Leigh den Zutritt verwehrt hatte, da Schauspieler nicht berechtigt waren, sich darin aufzuhalten. Die Kirche herrschte, die weit mehr spanische als katholische, die Kirche der Inquisition.

Wir fuhren zum Abendessen nach Segovia – ich habe

seine schlammigen Forellen mit Mandeln nicht vergessen. Pablo, Ana und ich erwarteten Mademoiselle in der Halle. Tailleur aus grobem Tweed, auf den Kopf gestülpter Hut und in jeder Hand ein Kosmetikkoffer: ob Ana sich wundere? Coco Chanel verkündete lauthals: »Hier das Geld, hier der Schmuck und Scheiße auf die ganze Welt!«

Das Ritz und die Kirche bekamen ebenfalls ihr Fett ab. Doch zurück zu Ana in London. Da sie vor dem Abenteuer nicht zurückschreckt, erst recht nicht, wenn es nach Ansicht ihrer Angehörigen an Leichtsinn grenzt, macht sie, was sie in einem Notfall erwogen hat, sich so sehr zu eigen, daß sie nicht mehr davon ablassen könnte. Bei diesem Aufenthalt, der sie zum Nachdenken zwingt, weiß sie, die im höchsten Grad die Kunst besitzt, sich selbst zu erhalten, nicht, welchen Weg sie einschlagen soll; sie, die Ungeduld in Person, wartet darauf, daß das Schicksal sich zu erkennen gibt; und das Schicksal, das kein Gesicht hat, nimmt das des Boten an, der aus der vor ihrem Hotel haltenden Limousine des Königshauses steigt: der König von England und Kaiser von Indien stellt ihr ein Militärflugzeug zur Verfügung; es steht ihr frei, das Land zu wählen, in das sie sich begeben will; man wird ihr die Visa, alle erforderlichen Papiere beschaffen.

Ana liebte die Parabel von den beiden kleinen Brüdern, die sich vom Weihnachtsmann, der eine ein Fahrrad, der andere ein Pferd gewünscht hatten. Der erste war bekümmert, weil die Chromteile für seinen Gechmack nicht genügend blitzten; der andere, der vom Pferd beim Erwachen nur einen großen Kothaufen am Fußende des Betts gefunden hatte, begrüßte die vom Reittier dagelassene Opfergabe als den Beweis dafür, daß es vorbeigekommen war.

Als sie mir die Geschichte vom königlichen Wagen erzählte – »Mit der Autonummer 3, kannst du dir das vorstellen, *niño*?« – kam ihr nicht der Verdacht, England habe sie nicht empfangen wollen wegen ihrer vielleicht unschuldigen, jedenfalls ungeschickten Komplizenschaften mit dem Feind, sowohl in Frankreich als auch in ihrem Heimatland –, es sei denn, sie wollte verhindern, daß ihr Gesprächspartner mehr davon zu erfahren versuchte. Wenngleich Aufrichtigkeit ein Grundzug ihres Wesens war, schreckte sie in manchen Situationen nicht vor Winkelzügen zurück.

Eines ist sicher: es war an jenem Nachmittag, daß sie mir die Blätter zu lesen gab, die ihr die Wahrheit über ihre Geburt mitteilten: Ana war nicht weniger als die Tochter König Edwards VII. und einer Tänzerin aus Lahore. Auf der Rückfahrt hatte die Yacht des Königs im Hafen von Santander geankert, wo seine Majestät im Verlauf einer kurzen, an Bord stattfindenden Zeremonie das Kind, das er seiner Bestimmung als Hindu nicht zu überlassen vermocht hatte und dem in seinem Königreich keine beschieden sein würde, den Caller de Donesteve de la Vega y de la Pedraja anvertraut hatte. Das Apokryph endete mit einer Zeile in Großbuchstaben: »Es ist der König persönlich, der Deinen Namen gewählt hat, Ana.«

Mag sein, daß die Geschichten des ihr von König George VI. – Anas Neffen, wenn man dem Bericht Glauben schenken darf – zur Verfügung gestellten Flugzeugs und die ihrer Geburt Gefahr laufen, vom Leser für naive Erfindungen einer Phantastin gehalten zu werden, ich jedoch empfand das momentane Vergnügen, sie zu glauben. Und heute, da die Erzählerin tot und die Zeit selbst gealtert ist, scheint mir diese unwahrscheinliche Darstellung der Ereignisse plausibel zu sein und im Grunde einem Leben besser zu entsprechen, in dem die Personen unablässig einander verdrängen, ohne daß man je ganz genau wüßte, mit wem man es zu tun hat; sie verschwinden wie

Ausstattungsstücke in den Kulissen, während neue vom Schnürboden herabfallen, so als hätte das Heimweh nach dem Theater, das Ana nie losließ, ihr sowohl diese Dreistigkeit eingegeben, mit sich selbst Eindruck machen zu wollen, dabei so zu tun, als spreche sie von jemand anderem, als auch diese Neigung zu überstürztem Handeln, die jede unangenehme Lage weckte: sie betonte deren Beharrlichkeit zweifellos, um ihre Kühnheit und Unbilden besser in Erinnerung zu rufen, Unbilden, aus denen sie unversehrt hervorgegangen war, denn hier war sie ja, leibhaftig vor uns, sehr lebendig und bereit, über die Zukunft zu sprechen.

Ich erinnere mich an eine Ana, gekleidet von Balenciaga, die, von der schwarzen Baumwoll-Uniform ihrer Freundin angeregt, ihr eine Robe mit Reifrock à la Velázquez gemacht hatte in einer smaragdgrünen Faille, die bei jeder Bewegung in ihrer ganzen Breite knisterte. Ana mitten in einem Gesumm von Schwärmen, in denen sich Bienen und Hornissen vermischten – die Haute volée Spaniens in großer Abendtoilette, ich stellte mir vor, daß diese sich moralisch auf Wappen stützte, wo auf goldenem und azurblauem Grund das Emblem irgendeiner Mörderrasse schwebte.

Hatte ich durch meine Bemühung, Ana und Pablo meine Armut zu verheimlichen, sie so sehr hinters Licht geführt? Sie hatten sich darauf beschränkt, ein zu Ehren von Helena Rubinstein stattfindendes Diner-Flamenco zu erwähnen, ohne mich vom Gepränge des Empfangs zu unterrichten. Ich besaß keinen Anzug, der es mir erlaubt hätte, unbefangen an einer Abendveranstaltung solcher Art teilzunehmen, und wenn ich mich im dunkelblauen – zum Glück doppelreihigen, was ein stattliches Aussehen verleiht –, obwohl er abgetragen war, im diffusen Licht, das die Hauseigentümer liebten, auch noch zeigen konnte, würden die kastanienbraunen Schuhe, die mit schwarzer Wichse dunkel zu färben mir nicht gelungen war, mich doch ins Unglück stürzen. Ich sah zur Genüge nach einem Ausländer auf der Durchreise aus, um für meine Kleidung Nachsicht zu finden, aber das Bewußtsein, das Fest zu verunzieren, demütigte mich. Und ich erinnerte mich an einen Fortsetzungsroman aus meiner Kindheit, in dem ein in eine Erbin verliebter Bürgerlicher sich an einem Ball durch seine zum Smoking, den er sich beschaffen konnte, nicht passenden Schuhe mit Kreppsohlen verrät.

Ana und Pablo erlaubten sich den Luxus, im Namen des künstlerischen Talents gegen die Gepflogenheiten ihres Milieus zu verstoßen, aber da ihr Künstler dieses Tages noch keine Talentprobe abgelegt hatte, hatte im gegebenen Fall ihre Großzügigkeit ungünstige Rückwirkungen für ihn zur Folge.

Vergeblich näherte ich mich einer Gruppe junger Leute: nachdem ich es mit einem Lächeln und einem Scherz versucht hatte, das man nicht beachtete und dem man nicht zuhörte, mußte ich mich der Tatsache beugen, daß sie über mich, und nicht mit mir lächelten.

Pablo, dem eine ähnliche Situation nicht fremd gewesen sein mochte, als er in Spanien am Arm einer Frau eintraf, die schon mehrere Leben gelebt hatte, kam mir zu Hilfe. In seine Augen trat ein spöttisches Leuchten, er brachte mir bei, die Lächerlichkeit des einen, die Mängel anderer, die Eleganz mancher Frauen zu erkennen, und erzählte mir die Geschichte ihrer Juwelen; ich erinnere mich an das Halsband aus Türkisen und Diamanten, das der Kaiserin Eugénie gehört hatte, und an den Namen Blanquita Bourbon, den mir sicherlich der Kontrast zwischen dem Diminutiv des Vornamens und dem zehn Jahrhunderte alten Pomp des Familiennamens unvergeßlich gemacht hat.

In einer geradezu bestürzend unwirklichen Atmosphäre gingen die Anwesenden bald von zartem Rascheln von Hautflüglern zu Tavernengeschnatter über, und nach einiger Zeit hatte der schrille Lärm des Café Gijón auf »Tebas« übergegriffen. Ich suchte auf allen Seiten nach einem Orientierungspunkt, aber die Möbel verschwanden, kaum daß ich sie erblickt hatte, und als es mir gelang, zwischen den vor Schminke rotglühenden Gesichtern zurück in den langen, zum Ausgang führenden Flur zu finden, trat wie bei der Ankündigung einer Katastrophe Stille ein, und diese Stille war voller Bewegungen, Klirren und Tuscheln: die Gäste legten keinen Wert darauf, bei der Begrüßung einer Kosmetikerin, die nur zum Vorwand ihrer Parade diente, Beflissenheit zu zeigen.

Wie einem russischen Ghetto entronnen, das jettschwarze Haar glattfrisiert, breit in den Hüften, trat Helena Rubinstein auf im engen Kleid der Zigeunerin, das sich in halber Schenkelhöhe in Volants entfaltet, und wenngleich auf Distanz bleibend, faßten sich die beiden alten Freundinnen so bei den Händen, wie man zu zweit ein volles Becken hebt, und nahmen sich Zeit, ihre Gesichtszüge wiederzufinden, bevor sie in Komplimente ausbrachen, die fast in einem Singsang endeten und die sie einander wiederholten, wahrscheinlich um zu verstehen, was eine der anderen sagte, oder um wirklich daran zu glauben.

Da die Neugier über die Reserve gesiegt hat, umgeben plötzlich die kostbarsten Geschmeide Spaniens die Ausländerin, und deren Augen einer wachsamen Kammeidechse befinden sich einer Pracht gegenüber, von der ihr sprichwörtlicher Geiz nicht zu träumen gewagt hatte. Und auf einmal, welch ein Wirbel: von einem dunklen Drang getrieben, versucht jeder, sich in der ersten Reihe Platz zu schaffen; alle reden zur selben Zeit, das Lachen setzt wieder ein, es ist ein Kampf der Farben, in dem das Gold und das Rot obsiegen; sodann begibt man sich im Gänsemarsch – die Frauen raffen die Röcke, um ihnen die Berührung mit dem Rauhputz des Flurs zu ersparen – ins Untergeschoß, wo das Abendessen wartet: die vom Chef des Restaurants, wo man sich gebührend ausweisen und vor allem etwas Gehöriges springen lassen muß, zubereitete sämige *fabada*, serviert in tiefen Tontellern. Ein allgemeines Hurra bricht los, aus dem sich eine Stimme hervorhebt und den Schick Pablos lobt, der allein fähig sei, *Flintglas* mit Geschirr zu kombinieren, das selbst der Bauer nicht mehr gebraucht. »Er macht uns vorgestrig, er macht uns vorgestrig!« Und Madame Rubinstein pflichtet dem mit einem runzeligen Lächeln bei. Ihrer Häßlichkeit entkleidet, würde sie unsichtbar werden.

Sodann Gitarren und ein auf Anas mystischer Bühne räumlich beengtes Zigeunerpaar, das mit den Absätzen klappert, mit den Armen spielt; ich erinnere mich an Mrs. Rubinstein, sie sitzt tief im Polster des Diwans und versucht, mit ihren mit rosa Nägeln behafteten grauen Händen, die aussehen wie Hummer in einem Aquarium, in Zeitlupe die Gesten der Tänzer nachzuahmen. Bald rannen ihr Schweißtropfen über die Schläfen hinab.

Schließlich verkündete Ana, gewandt wie stets, mit der Einfachheit der wahrhaft großen Schauspielerinnen – die, ohne daß sie den Rahmen der Vorführung verlassen, einen familiären Ton anschlagen, um das Publikum zu zwingen, ernst zu bleiben – ihren Gästen, daß Helena demjenigen, der den schönsten Namen für ihren neuen Lippenstift finde, tausend Dollars biete. Man wechselte spöttische Blicke; man ließ sich trotzdem auf das Spiel ein; man schlug wie bei einer Versteigerung dies und das vor, und Pablo stellte die Liste davon zusammen und überreichte sie der von Amerika umgewandelten alten Russin, die der

Fee Carabosse glich. Sie erwog die Vorschläge, fragte Ana um Rat, bat um einen Bleistift, strich aus, hakte ab, las, las erneut, die Brauen hochziehend, die Augen halb schließend, und lehnte dann den Kopf zurück an die Wand mit einem Gesichtsausdruck zwischen Ekstase und Niesenmüssen.

Die Unterhaltungen waren wiederaufgenommen worden, die Gitarren erklangen wieder, als sie sich mit einem Ruck aufrichtete und mit ihrer schwachen, aber herrischen Stimme alle zum Schweigen brachte und ihren Freunden Ana und Pablo, den Tänzern und den Musikern für den wunderbaren Abend dankte; was die Benennung des Lippenstifts angehe, so bedauere sie, dies bedürfe keiner Worte, aber sie selbst habe, gewiß dank aller Anwesenden, den Namen gefunden: »Flamenco«.

Man klatschte mit den Fingerspitzen, und Mrs. Rubinstein stand auf; ihr in der Taille zerknittertes Kleid betonte ihre Rundungen.

Nach dem Abschiedsgeschnatter liegt etwas wie Geistesabwesenheit über den Anwesenden; hinter den Gesichtern ist niemand mehr da; ihr Blick scheint von weiter her zu kommen als ihre Augen. Die Frauen allerdings nehmen nach und nach ihre Gewohnheit wieder auf, schön auszusehen, die Männer aber haben eine fahle Gesichtsfarbe.

Der Saal leert sich. Auch ich muß nun gehen: Doch Pablo hält mich zurück, er hat seine Hand auf meine Schulter gelegt, es ist das erste Mal, daß er dies tut – es wird das einzige Mal bleiben; warum habe ich Tränen in den Augen gehabt?

Ana lächelt schelmisch; sie haben mir etwas zu sagen, etwas vorzuschlagen. Eine gewisse Schüchternheit verdrängt bei Pablo die sonstige Ironie: ihm fällt die Aufgabe zu, mich von ihrem Plan zu unterrichten, sie wollen nicht weniger als mich adoptieren. Ich ihr Sohn werden? Sie bieten mir so gut wie alles, und ich, ich denke an die unglückselige Freiheit mit ihren Schätzen an Unsicherheiten und zu überwindenden Hindernissen, die ich zu verlieren riskiere. Ich bin verblüfft; ich würde gern, aus Höflichkeit, ohne zu zaudern, einwilligen, aber den Lippen gelingt es nicht, die passenden Worte zu bilden, doch plötzlich, weil Pablo lacht oder weil er die Wohnung lobt, die er für mich gefunden hat – »Irrsinnig schick!« ruft Ana –, kommen sie meinem Denken zuvor, und das Glück, ja, das nur durch Überraschung erreichbare Glück durchströmt meine Adern.

41

Als die Götter beschlossen, über Ana und Pablo zu äußersten Mitteln zu greifen, wohnte ich nicht mehr in der Calle de la Montera; das Haus, das Doña Manuelita zu verwalten vorgab und in dem sie tatsächlich in Erwartung der vom Eigentümer nachgesuchten Abbruchgenehmigung simple Hausmeisterin war, hatte von einem Tag auf den anderen seine Pforten geschlossen. Nachdem wir beide auf die Straße gesetzt worden waren, hatte sie mich zu einer alten Bekannten geschickt, die illegal monatsweise Zimmer vermietete, mir allerdings zur Pflicht gemacht, mich nicht allzusehr auf sie zu berufen. Ich war in ein etwas zentrumferneres Viertel gelangt, wo ich dann lange ein ziemlich geräumiges Zimmer mit einem argentinischen Maler teilte, der, wie ich, den Namen des von Achilles getöteten Trojaners trug.

Die periodische Beliebtheit von Vornamen ist meines Erachtens recht rätselhaft; drüben, unter dem Kreuz des Südens, wo es von Hectors wimmelt, gehören sie alle derselben Generation an, meiner Generation. Es ist sehr wahrscheinlich, daß er von einer jener Zeitschriften, in denen ich als Kind die Romane von Max du Veuzit, aber auch die von Dumas, Kipling, Hugo gelesen habe, durch die Publikation von Gott weiß welcher Kurzfassung Homers verbreitet worden ist – und jetzt, da ich den Namen des großen Blinden, dessen ruhmvolle Geburt sich sieben Städte streitig machen, niederschreibe, fällt mir ein, daß ich unter meinen Altersgenossen etliche Homers gekannt habe und sogar den einen und anderen Achilles und Odysseus. Penelope wurde verschont.

Die Wohnung an der Glorieta de la Iglesia, die beim Eingang nach Wachs und dann den ganzen, zwei Biegungen nehmenden Gang entlang stark nach Bratenfett roch, war dank des großzügigen Wesens der Hausfrau Doña Concha Rueda dennoch angenehm und sogar heiter. Sie hatte es lieber, daß man das älter machende Doña mied und sie statt dessen Señora anredete – und der Neuankömmling, der wohl wußte, daß er auf Bewährung da war, fühlte sich endlich akzeptiert an dem Tag, als sie ihm erlaubte, sie Conchita zu nennen.

Ihre Augen waren darin geübt, ohne Zwinkern die Welt zu betrachten, es gab nichts Heiligeres für sie als das Leben; sie fühlte sich gern lebendig. Während Doña Manuelitas bisweilige Liebenswürdigkeit Teil eines ganzen Systems von Einschüchterungen gewesen war, genügte Concha Rueda ein kleines Geschenk, ein Geranientopf, eine vom Säumigen dem Mietzins hinzugefügte Leckerei, damit sie, »danke« sagend, ihre Lust, glücklich zu sein, zeigte und ihre Dankbarkeit demjenigen gegenüber, der ihr Gelegenheit dazu bot. Doch in ihren vorgefaßten Meinungen zeigte sie eine Kompromißlosigket, die zur Aufrichtigkeit in allen Dingen zwang, und war noch unnachgiebiger, wenn sie das ihr Zukommende anmahnen mußte; und wenn einer ihrer Mieter, der eine Pechsträhne hatte, ihr vorschlug, den Mietzins von ein paar Tagen abzuarbeiten, indem er die Böden wachste oder Kupfer und Fenster putzte, lehnte sie mit entrüsteter Miene ab: sie duldete nicht, daß ihre Klienten, die sie nur akzeptierte, wenn sie Künstler waren, und zwar nicht alternde Künstler, sondern solche mit Zukunftsaussichten, sich zu häuslichen Verrichtungen herabließen, zudem verzieh sie es kaum, daß man ihren Gefühlen zusetzte, schon gar nicht, wenn man versuchte, ihr Mitleid zu erregen.

Eine einzige Ausnahme: Don Percebes, ein fast blinder, alter mittelloser Mann, der in einem Verschlag neben der Küche wohnte. Der Verschlag hatte zuvor als Vorratskammer gedient, seine Öffnungen waren abgedichtet worden. Don Percebes hatte das Recht, darin sein Essen zuzubereiten, will sagen, auf einem Gaskocher Fischköpfe zu braten, die er, mehrere Märkte abklappernd, sich für wenige Centimos beschaffte. Obwohl sie stets geschlossen blieb, drang aus seiner Tür der im Gang stagnierende Geruch und zu manchen Zeiten so stark, daß man, um Luft zu schöpfen, auf die kleine Terrasse ging, wo sich, selbst bei Kälte von einem tropischen Geschlinge von Efeu, Glyzinien und Geißblatt bedroht, Begonien, Geranien und Jasmintöpfe anhäuften; aber nur, wenn der Himmel bedeckt war, denn wenn die Sonne schien, war der beschränkte Platz, den Conchita Rueda freiließ, um die Pflanzen leichter begießen zu können, mit Sicherheit von einem der beiden Schauspieler besetzt, Pedrito Alcantara – der andere war ein Andalusier aus Ronda und von Natur aus braunhäutig. Wenn nötig in eine Decke eingehüllt, den Kopf zurückgelehnt, in einem Rest von Liegestuhl, den er noch einzustellen vermochte, in Ermangelung von großen Spiegeln umgeben von vier mit Silberpapier bedeckten Platten, die die Rückstrahlung des

Sonnenlichts auf sein Fuchsgesicht konzentrierten, bräunte sich Pedrito Alcantara.

Wir waren zu siebt, nicht immer dieselben Jungen, doch nie, auch wenn ein Zimmer lange Zeit frei blieb, war ein Mädchen dabei: Niemals sei eines von ihr beherbergt worden, rühmte sich unsere Vermieterin, und falls sie in der Nähe war, wenn einer der Schauspieler unter dem Vorwand, es handele sich um eine Schauspielerin und sie müßten zusammen eine Szene proben, eine Freundin in seinem Zimmer empfing, verwandelte sich ihre sonstige Freundlichkeit in megalithische Strenge – und sie setzte rasch ihre Schmetterlingsbrille mit der weißen Fassung auf, wie um zu verbieten, daß man das Wort an sie richtete. Man muß allerdings sagen, daß sie mit dem Rest unserer Gesellschaft keine solchen Probleme hatte.

Sie war kokett, mochte den Jahren keinen Tribut zahlen und ließ sich öffentlich nur mit Freunden von ehrwürdigem Alter sehen – um sich selbst jünger vorzukommen, sagte sie –, und nach Möglichkeit Witwern, die wohlhabend waren und ihre Vorliebe für abendliche Ausgänge teilten. Sie liebte Aufführungen, vor allem Schauspiele von der Klassik bis zur Posse, vom Kabarett bis zum *Thyestes* von Seneca, der in jenem Jahr gegeben wurde und sie erschüttert hatte. Jedem Genre entsprach ein passender dienstbarer Kavalier – und entsprachen feine Unterschiede in ihrer Frisur und ihrer Toilette. Sie lebte nur in Erwartung der Nacht und für deren Verheißungen, wenn man die vier Siamkatzen ausnimmt, denen ohne das bei Katzenfreunden übliche Getue ihre erste Sorge galt. Meine erste Erinnerung zeigt sie mir auf dem Bett ihrer grippekranken, in einen märchenhaften, mit Volants besetzten Kissenberg zurückgelehnten Herrin – zwei zu beiden Seiten längelang daliegend, wenn sie schlief, in Sphinxpose, wenn sie mit ihnen sprach; auf ihre nachlässigen Liebkosungen antworteten sie mit dem samtweichen Kopfstoß, der ein den Katzen eigentümliches Zeichen von Zuneigung ist.

Allerdings hätte keine der vier es mit Lola, Hectors Siamkatze, aufnehmen können: ihr Gesichtchen, ihr Schnurrbart, ihre Läufe und ihre Maske von tiefem Braun, dazu der Schielblick ihrer saphirfarbenen Augen bürgten für die Vortrefflichkeit ihres Stammbaums; und keine konnte es ihr an Geschicklichkeit gleichtun, wenn es darum ging, eine Tür zu öffnen, welche Großtat sie vollbrachte, indem sie sich mit einem Sprung gleich dem des *Spectre de la Rose* an den Türgriff klammerte. Aber sie hatten für sich, daß sie eine mit Vier multiplizierte Einzige zu sein schienen, und wenn sie die Rückkehr ihrer Dienerin und Herrin wahrnahmen, glitt ein Pelzband zur Eingangstür; um sie besser empfangen zu können, schärften sie, während Señora Rueda den Schlüssel im Schlüsselloch drehte, wie besessen ihre Krallen.

Ich weiß noch, daß Lola meinen Freund vor eine wichtige Aufgabe stellte, als er sie porträtieren wollte. Nicht, weil sie ständig ihre Lage verändert hätte, sondern einerseits, weil das Licht wechselte, und andererseits, weil Hector, wie dazumal viele Pinselführer, bei André Lhote Unterricht genommen hatte, so daß er nun, da Kubus, Dreieck und Konus die Figuren seines ästhetischen Dogmas waren, die den Körpern zugrundeliegende Geometrie wiederzugeben und die Körper auf sie zurückzuführen trachtete. Doch vergeblich bemühte er sich, seinem Credo gemäß, die wirkliche Lola in der gemalten Lola in Sicherheit zu bringen, daß heißt, hinter einer Gliederung von Vertikalen und Schrägen in der reinen Welt eines Gesetzes einzusperren, das der der Disziplin des Kreises unterworfenen gekrümmten Linie jede Freiheit versah. Es ist unmöglich, in einer solchen Theorie die

Katze einzufangen, die sich zusammenrollt und sich wieder streckt, als wäre sie aus einem einzigen Muskel gemacht, und in allen ihren Posen, allen ihren Bewegungen so vollkommen Gestalt annimmt, daß man sich vorstellen könnte, sie schlüpfe in jedem Augenblick in die sie erwartende Zeichnung.

Hector hat eine Bleistiftzeichnung von mir gemacht, und obwohl ich deren mehrere habe, erkenne ich in diesem kunstvollen Konzert der Quadrate, Rechtecke und Trapeze, den nach allen Regeln der Kunst angebrachten Linien und Verwerfungen, den jungen Mann, der ich einst war, besser wieder als meine heutigen Züge ihn im Spiegelbild noch ahnen lassen.

42

In Conchita Ruedas heimlich geführter Pension lebte man im ungewissen, und keiner hatte genug zu essen; jeder aber teilte, wenn ihn der berühmte Flügel Fortunas einmal streifte, mit den anderen. Im übrigen zogen alle aus Hectors Denkungsart Nutzen, vielleicht um sich selbst zu stärken bei jedweder möglichen Gelegenheit, den anderen zu helfen, indem man ihre Sorgen relativierte und die Nichtbeachtung der gegenwärtigen Übel und die Wohltaten der Hoffnung predigte.

Von alledem hat die Erinnerung nur die Gesichter einer Saison in einer Atmosphäre von Wechselbeziehung, Kameradschaftlichkeit, das Pittoreske und die beherrschte Nachsichtigkeit unserer Vermieterin zurückerworben, und da wir die Gewohnheit hatten, zu ungehörigen Zeiten nach Hause zu kommen und uns manchmal noch ein paar Sekunden auf der Terrasse aufzuhalten, das sich ständig wandelnde Bild der abziehenden Nacht, ihr Vertriebenwerden vom Madrider Sonnenaufgang, der uns Trübsinn gewährleistete. Aber es gab da außerdem etwas, was wir noch immer – denn es hat sich so gefügt, daß wir einander nicht alle aus den Augen verloren haben – den »Abend von Don Percebes« nennen, welches Ereignis, nach dem üblichen Gedankenaustausch, unser unvermeidliches Gesprächsthema bleibt.

Wir sprechen vom »Abend«, doch muß sich die Sache um die Mittagszeit zugetragen haben, als Hector, Lola und ich, die wir das an Don Percebes' Verschlag angrenzende Zimmer bewohnten, aus dem Halbschlaf aufgeschreckt wurden von einer nie zuvor gehörten, ungeheuerlichen Stimme, einem Grollen, das in unsere kleine schlummernde Welt eindrang und sie schon erfüllte, als Lola jäh wie von einer Feder emporgeschnellt einen senkrechten Luftsprung vollführte, der uns vor Staunen sprachlos machte: Don Percebes war soeben verschieden.

Conchita Rueda im Nachtgewand schüttelte ihn noch, als wir, über die Katzen stolpernd, die zum Eingang flohen, uns auf die Türschwelle, das heißt, ans Fußende des Betts stellten, auf dem in seinen Kleidern, doch ohne Schuhe und Strümpfe und im Tod ebenso einsam wie im Leben, der alte Mann lag, auf dessen Gesicht der Schein einer tief herabhängenden Glühbirne fiel. Keiner von uns dreien wagte ihm die Augen zu schließen, bis zu dem Augenblick, als sein Kiefer plötzlich aufklappte und sich unsere Erstarrung löste.

Am Tag zuvor war Don Percebes, als er vom Markt zurückkam, weil der Aufzug nicht funktionierte, die fünf Etagen hinaufgestiegen und hatte daraufhin aus Mund und Nase geblutet. Conchita hatte einen Arzt, den Notdienst anrufen wollen, aber er hatte sich dem widersetzt. Ja, er habe sich widersetzt, er habe es ihr verboten, wiederholte sie in jammerndem Ton. Und nun fiele es ihr zu, sich um alles zu kümmern, wer würde es sonst tun? Sie redete in einem Ton, der gar nicht zu ihr paßte, einem Ton zwischen Kummer, Entsetzen und Ärger; verstört blickend, mit den Händen herumfuchtelnd, von Beben geschüttelt, rührte sie sich nicht von der Stelle. Endlich setzte sie sich in Bewegung, klopfte an die Türen der Schläfer, verkündete mit lautem Geschrei das Unglück – das weder sie selbst noch sonst jemand für ein solches hielt –, bettelte um Hilfe, und sobald »ihre Jungens« versammelt waren, teilte sie jedem eine genaue Aufgabe zu. Sie lief fort, um sich anzukleiden, stieß sich in der Biegung des Gangs an der Wandkante, und nachdem sie mehrmals telefoniert hatte, kam sie ganz in Schwarz gekleidet, das Haar in einen unter dem Kinn geknoteten Armefrauenschal gefaßt, zurück. Eine Schwellung lief ihr schräg über die Wange und die Augenbraue; ihr Auge war blutunterlaufen.

In meiner Eigenschaft als ehemaliger Seminarist begleitete ich sie zur Kirche der Pfarrei auf der anderen Seite des Platzes, um die Begräbnisangelegenheiten zu regeln; eine gesungene Messe wünschte sie nicht, aber Trauerbehänge, auf die legte sie Wert, und zwar mit den Initialen von Percebes.

Bereits wenn man ihn sah, den Pfarrer – buschige gerunzelte Brauen, anstelle von Lippen ein Schlitz mit herabgezogenen Enden –, war man gewarnt: es empfahl sich, ganz gleich wer man war, sich devot zu zeigen und den damals üblichen Handkuß nicht auszulassen. Ich hatte vergessen, Conchita Rueda davon zu unterrichten, wie diese Geste auszuführen ist, sie soll eine Berührung zwischen Lippen und Hand vermeiden, sich darauf beschränken, eine Art Metapher zu sein. Auf die Gefahr hin, das Gleichgewicht zu verlieren, trat Conchita denn auch mit dem linken Fuß einen Schritt vor und beugte gleichzeitig das rechte Knie, wie die Damen mit Tiara, die sie im Theater oder Kino bewunderte, vor einer Königin. Ich kam der Pflicht ebenfalls nach und war überrascht, die Natürlichkeit von einst wiederzufinden.

Die Partie war jedoch noch nicht gewonnen: Ob wir in dem Viertel wohnten? Er habe uns nie im Gottesdienst gesehen. Die Persönlichkeit des Verstorbenen, als dessen Schwester Conchita Rueda sich ausgab, die Umstände seines Todes mußten in allen Einzelheiten geschildert werden, und wenn wir wünschten, daß die Totenmesse bereits am nächsten Tag gefeiert werden solle, müsse ihm auf der Stelle der in gebührender Form ausgestellte Totenschein vorgelegt werden; im Falle eines Selbstmords, sagte er uns in drohendem Ton, erlaube die Kirche nicht, daß die Tumbagebete gesprochen wurden. Ich verzichtete darauf vorzuschlagen, ich wolle den Chopinschen Trauermarsch auf dem Harmonium spielen. Der Tod war eben auch recht schwierig, auch er.

Einander abwechselnd, haben wir die ganze Nacht bei Don Percebes gewacht. Ein Anzug war im Kabinenkoffer unter seinem Bett gefunden und sodann gebügelt worden. Pedrito Alcantara, der Schauspieler, der Fortschritte machte, hatte, obwohl er es selbst dringend benötigte, eines seiner Hemden geopfert, ich meine getüpfelte Krawatte; auf einer kleinen Säule brannten dünne Kerzen, die das Gesicht des Toten eher mit einem Schattengespinst verhüllten als es beleuchteten, die aber das Dunkel des Gangs feierlich machten.

Am nächsten Morgen in der Frühe halfen wir den beiden Angestellten des Bestattungsinstituts, Don Percebes in seinen Sarg zu betten, sodann diesen – das Vorhandensein eines Leichnams im Innern der Kiste kam uns bald unwahrscheinlich vor – die endlosen fünf Stockwerke hinunter zu befördern. Wir haben ihn auf den Schultern über den Platz getragen. Die Nachbarschaft war an den Fenstern. Die Wagen nahmen Rücksicht auf den bescheidenen Trauerzug. Wir schoben den Sarg auf den Katafalk. Conchita Rueda, die eine Mantilla und eine Einäugigenbinde trug, legte einen Strauß Dahlien darauf. Ich sehe sie deutlich vor mir, als der von einer Schindmähre gezogene Leichenwagen beinahe auseinanderbricht: aus ihrer Nase dringen kleine Jammerlaute, und langsam lösen sich Silben von ihren Lippen: »Per... ce... bes...« Die Tränen fließen – da das rechte Auge durch die Binde blockiert war, wird sie ihren Märtyrer oder Schützling nur mit einem Auge beweint haben.

Auf dem Rückweg vom Friedhof, wo der Sarg zu unserer Überraschung in einer Familiengruft versenkt wurde, die weder ihren Namen, ihren Mädchennamen, den sie als Witwe wieder angenommen hatte, noch den Namen des Verblichenen trug, lud uns Conchita Rueda zum Mittagessen in ein Restaurant, das ihre Mittel bei weitem überforderte. Wir seien so lieb, und außerdem sei es Sitte. Lang anhaltenden Kummer konnte sie schlecht ertragen, sie mochte denn auch lieber in unserer Gesellschaft bleiben als allein nach Hause zurückkehren. Trotz unserer Schwierigkeiten waren wir fröhlich, wenn nicht gar glücklich, und durch eine Art Ansteckung übertrug sich unsere Heiterkeit auf sie. Ob sie es uns denn nie gesagt habe, nie gezeigt habe? Na so was!

Was denn passiert sei? Was los sei?

Nichts. Nichts, außer, vielleicht, daß wir nun das Recht darauf hätten zu erfahren, wer Don Percebes in Wirklichkeit gewesen war. »Ihr Bruder, oder?« sagte Pedrito Alcantara, der aufgrund seiner Wutanfälle auf seine Zimmerwirtin Einfluß ausübte.

»Oder was...?«

Sie war so leicht gekränkt, daß der Verdacht, wir hielten sie für unfähig, unsere Äußerungen und erst recht unsere Gefühle sofort zu verstehen, sie dazu trieb, irgendeine Darstellung der Gegebenheiten zu erfinden, um, im Falle sie ihnen nicht zu widersprechen vermochte, den Anschein zu erwecken, sie habe sie verstanden.

»Oder was...?« Nein, nicht dieses Wort, nicht dieses Wort, das sie in unseren Gedanken lese, wir seien auf dem Holzweg: Manuel Percebes sei wirklich ihr Bruder gewesen; ein feindlicher Bruder, Verräter des Vaterlands, ein »Roter«. Percebes... hatten wir diesen Familiennamen irgendwo schon einmal gehört? Als solchen gebe es ihn nicht, es sei sein Name im Untergrund gewesen, der Name des unerschwinglich teuren Weichtiers, das sich an den Felsen heftet, so wie er sich an sie geheftet habe, um dem Exekutionskommando zu entgehen, das er wahrhaftig verdient hätte. Sie blickte uns einen nach dem anderen an: Hatte sie uns überzeugt? Sie zauderte, suchte nach weiterem, fand nichts, versuchte sich seufzend in Melancholie: an sie geheftet, so wie der Jasmin auf der Terrasse, dessen Duft wir so gern rochen, der Jasmin, den sie, als er kümmerlich war, in einen am Boden stehenden Topf gepflanzt habe und der sich um den Stengel einer kränkelnden Geißblattstaude gewunden habe und zum Licht emporgeklettert sei... Jacinto Rueda, alias Manuel Percebes. Ihr Bruder. Das Wort festigte sich zwischen uns, und plötzlich fühlte sie sich wichtig. Wir sahen einander verstohlen an.

Oder aber... oder aber... als wir ihn dagegen die ganze Nacht betrachtet hatten, diesen Bruder, der zu seinen Lebzeiten den Blick abwandte, wenn er uns begegnete, als wir seine ganze Häßlichkeit ermessen hatten, diese im Tode von den zwei von der Brille hinterlassenen runden Flecken noch hervorgehobene Häßlichkeit, die weißlichen Augenlider – wie die Signor Costas in Rom im

Mondenschein – mit ihren Krümmungen, die im flackernden Kerzenlicht langsam kriechenden weichen Würmern glichen... Oder aber hätte Conchita Rueda es nicht als demütigend empfunden, einen Mann von so ausgefallener Häßlichkeit geliebt zu haben?

Liebhaber oder Bruder, es schien glaubhaft, daß sie eines Tages einen Mann vor dem Schlimmsten bewahrt und ihn weiterhin beschützt hatte, um ihn dann immerfort gründlich zu hassen. Der wahre Sachverhalt sollte uns stets verborgen bleiben.

Sie faltete ihre Mantilla einmal, zweimal, viermal und schminkte sich die Lippen. Percebes hatte sie schon in den Schornstein geschrieben. Ich weiß nicht mehr, ob Hector und ich in diesem Augenblick oder später, zweifellos in Gedanken an Perón, der gerade in Argentinien gestürzt worden war, einander zugeflüstert haben, daß eine Diktatur erst wirklich perfekt sei, wenn eine freie Frau wie Conchita Rueda, die Ungebundenheit und Lustbarkeit so sehr liebe, sich in ihr wohl fühle.

Wir unterhielten uns lebhaft, redeten über das Theater, ließen Scherze einfließen, Lachen stieg auf, und Hector, der mir während des Begräbnisses zugeraunt hatte: »Sieh dir diese Eboli an!« und sich dabei bekreuzigt hatte, bat unsere Gastgeberin, ihm mit dieser so kleidsamen Augenklappe Modell zu stehen; er nannte sie künftig nur noch Eboli und nennt sie heute noch so, wenn wir gelegentlich auf die Glorieta de la Iglesia zu sprechen kommen.

Mitunter lachten wir schallend, um uns gegenseitig zum Lachen zu ermuntern, doch als wir zum Platz gelangten, bemühten wir uns der Leute wegen, eine ernste Miene aufzusetzen, obwohl tiefste Siesta herrschte; und im Halbdunkel des Gangs klapperten sogar Conchita Ruedas Bleistiftabsätze gedämpft.

Ein Porträt entstand nicht; dagegen wurde die aseptische Klappe mit Samt bezogen, von Hector mit einem Auge bemalt und mit winzigen Glasperlen verziert und von unserer lieben Zimmerwirtin unter einem feinmaschigen Schleier anstelle eines Schmucks bei abendlichen Ausgängen recht oft getragen.

43

Weder Ana noch Pablo hatten ein weiteres Mal von »Adoption« gesprochen. Sie hatten sich darauf beschränkt, die Miene von Leuten zu zeigen, die Überraschungen bereithalten, und mich über die Fortschritte der Maurerarbeiten, die die mir zugedachte Wohnung nötig machte, auf dem laufenden zu halten. Die Langsamkeit der Arbeiten und die Listen, mit denen die beiden jeder genaueren Angabe auswichen, waren mir Erleichterung: ohne mir über meine Unruhe klarwerden zu wollen, fühlte ich, daß in meiner Einwilligung Feigheit lag; weil ich der Armut überdrüssig war, beging ich an mir selbst Verrat, und vor allem traf ich Vorbereitungen, diesmal bewußt und offiziell, meine Mutter zu verraten. Es wären Schritte zu unternehmen, Formalitäten zu erfüllen, die sie nicht verstehen würde.

Was mich in meiner Kindheit in Gang gebracht hatte, war das tolle Verlangen, meinen Fuß auf die Horizontlinie zu setzen; drüben, in der Ebene, saß ich mit verhängtem Zügel auf meinem Pferd und träumte davon, sie zu erreichen, und dies um so heftiger, als sie sich ständig weiter entfernte. Würde ich nun also meinen Elan kappen, innehalten, mich so früh damit abfinden, den Weg gegen eine Sackgasse, den Flug gegen ein Nest einzutauschen, und das zudem unter dem nüchternen Licht dieses Landes, das alles in mir ablehnte?

Mehr jedoch verdüsterte mich der Gedanke, meine Mutter zu kränken. Ich habe bereits gesagt, mit welcher Scham ich ihre Antwort auf meinen Brief las, in dem ich ihr kurz nach meiner Ankuft in Italien erzählt hatte, daß Madame Ferreira Pinto wie eine zweite Mutter zu mir gewesen sei. Wahrscheinlich galt meine Reue darüber, der meinen einen Schmerz zugefügt zu haben, weniger dem Opfer als dem Frieden, den ich, die Bemerkung unterlassend, genossen hätte, doch nun war es die Erinnerung an sie, die mich peinigte. Sie, die Bäuerin, entdeckte sich mir in der Entfernung. Endlich fing ich an, sie zu verstehen, das Gewicht oder vielmehr die Stärke ihrer Präsenz zu empfinden: in ihrem Auftreten war nichts Stolzes, in ihrer Bescheidenheit allein die Seele wachsam. Sie hatte ihren bestimmten Platz und ihre bestimmte Aufgabe gehabt und die Pflicht, ihre Kinder auf die Zukunft vorzubereiten, zu der sie nur durch eine sehr enge Tür Einlaß finden würden. Ohne zu schaudern und ohne zu stocken, hatte sie es allen Widerständen zum Trotz getan.

Vereinzelte Bilder kamen mir in Erinnerung, und ich lernte die Milde auszukosten, die sie in unsere grobe Welt brachte, die fast religiöse Stimmung, die sich im Eßzimmer ausbreitete, wenn sie die dampfende Majolika-Suppenschüssel hereintrug und mein stets tadelsüchtiger Vater seine Erbitterung hinunterschluckte und schwieg; es war ein gesegneter Augenblick.

Ich hörte wieder ihre gleichmäßige Stimme, ihre langsam, deutlich gesprochenen Worte, die sich trotz unserer Nachlässigkeit in uns auflösten.

Lange Zeit noch habe ich abends, wenn die Lampe gelöscht war, die Gebete aufgesagt, die sie mich gelehrt hatte, obwohl mein Glaube in Rauch aufgegangen war und sich auf meinen Lippen keine Fragen mehr bildeten – ich überlasse es dem Tod, zu verwalten, was das Leben blindlings verwoben hat. Ja, ich habe Tag für Tag weiterhin diese Kindheitsgebete gesprochen, obwohl die Worte Vorrang hatten vor ihrer Bedeutung, weil ich es nicht dulden konnte, daß meine Mutter sie mir ganz vergeblich beigebracht haben sollte. Darum stellt sich heute, wenn abends die Lampe gelöscht ist und die letzten Worte der Muttersprache, die mir von selbst wieder einfielen, mir nicht mehr einfallen, das Schuldgefühl ein, das mir wider alle Vernunft das Bild meiner Mutter aufzwingt, die ganz allein ist und einen Lichtstumpf neben sich stehen hat.

Sie sitzt da, die Hände untätig auf den Knien; Sterne über ihr, und Sterne ihr zu Füßen; taub gegen den Aufruf zur Erkenntnis wartet sie mit ruhiger Hartnäckigkeit darauf, daß ihre Kinder eines nach dem anderen zu ihr zurückkehren, um sie im Land ohne Fußboden laufen zu lehren.

Von der Weisheit, die auf Erden ihre Abneigungen verhüllte, ihre Verstimmungen, ihre Erschütterungen in ihrem tiefsten Innern verbarg, dieser Weisheit, die darin bestand, ohne den geringsten Gefühlsausbruch jene Liebe auszuteilen, die keinen Lohn erwartet, gelangen geräuschlos aufeinanderfolgend zu mir kleine Wellen, wie die Rippen des Wassers auf der Oberfläche eines Sees, wenn der Wind ihn kämmt.

44

Die Dinge entwickelten sich sehr langsam; das Herz zählte die Stunden, die Augenblicke; ich verbrachte Tage in Mißstimmung; das Bild, das ich mir von mir gemacht hatte, verlor sich, wurde unsichtbar. Ich bot den Leuten ein Schauspiel, entlieh meinem Freund Hamlet seine berühmten Zweifel und nahm, auf meinem Bett liegend, die Pose Chattertons auf dem Gemälde ein, das ihn gänzlich entkräftet darstellt. Ich widmete mich einer Art geistigen Übung, deren Gefährlichkeit ich nicht erkannte. Ich weiß nicht, ob der ständig erneuerte Gedanke an Selbstmord zu seiner Ausführung treiben kann, aber es kommt vor, daß man den Tod dem Denken an den Tod vorzieht, wenn dieses quälend wird. Ich habe mich ziemlich weit in diese Richtung vorgewagt, ehe ich, und wie ich glaube endgültig, kehrtmachte. Ich bedauere es nicht: wer nicht die Neigung zum Tod wie einen undurchsichtigen Kern mitten im Körper gespürt hat, kann den Vollbesitz des Daseins nicht kennen.

Die Zeit, das Leben flogen dahin und ließen mich stehen; dann klingelte das Telefon, Conchita Rueda rief meinen Namen, eine Stimme am anderen Ende der Leitung bot mir eine kleine Rolle in einem abscheulichen Film an, und die Hoffnung war neu geboren. Die Sonne war die erste Sonne, der stets literaturbegeisterte Mond erwartete eine neue Metapher. Ich verdiente genug Geld, um recht und schlecht durch den Monat zu kommen, und gab es in einer Woche aus. Ich hatte im alten Stadtviertel Madrids eine sehr bescheidene Schreibwaren- und Buchhandlung entdeckt, die so wenig Kundschaft hatte, daß der stets hinter seiner Kasse mit Lesen beschäftigte Buchhändler jedesmal, wenn ich seinen Laden betrat, aus dem Schlaf aufzuschrecken schien. An dem Tag, als er sein Buch zuklappte und seine Hand auf den Einband legte – den einer Reihe, die ich von Buenos Aires her kannte, wo es zahlreiche französische Buchhandlungen gab –, versuchte ich ein Zwiegespräch zu eröffnen. Wir haben einander alsbald unsere literarischen Vorlieben mitgeteilt. Das hastig mit der Hand bedeckte Werk war Sartres *Ekel*; ich hatte es in der argentinischen Übersetzung gelesen. Von Zeit zu Zeit gelang es ihm, sich einige ausländische Titel zu beschaffen.

Ich entsinne mich seines verständnisinnigen Lächelns, als er, ohne sich umzudrehen, mit einer Hand einen Vorhang hob, um mich unter einem Stapel von Pappschachteln einen kleinen Stoß Bücher, seinen Schatz, sehen zu lassen. An jenem Tag leerte ich meine Taschen, um den *Saint Genet comédien et martyr* zu erwerben, in dem ich so viele Wege, so viele Abenteuer und eine ganze Konstellation verwandter Geister gefunden habe, deren jeder aber mit einem einzigartigen Licht begabt war.

Wenngleich die Lektüre allmählich die Oberhand über meine Theaterträume zurückgewann, besuchte ich mit stets gleichem Eifer und Vergnügen »Tebas«, wo Theater und mögliche Romane sich nach Wunsch miteinander verbanden.

Ana und die von ihr erinnerten Episoden... Wenn sie aufs offene Meer hinausfuhr, kehrte sie nicht zurück, ohne einen Kontinent im Schlepptau zu haben. Ihre Art zu erzählen war um so geschickter, als sie, statt eine Überraschung herbeizuführen, eine Erwartung schürte. In diesem Zusammenhang denke ich an jenen Nachmittag, da, kurz nachdem die Glocke die Teezeit angekündigt hatte, Anas Bericht durch das Eintreffen eines Besuchers unterbrochen wurde, eines Mannes von stattlicher Landadelderbheit, der massig war, einen breiten Brustkorb, einen dichten kurzen Schnurrbart hatte, eine Hose aus geripptem Samt und die mit rötlichbraunen Lederstreifen besetzte Jacke des berittenen Viehhirten der Camargue trug. Ich höre, wie die Riemen einer imaginären Peitsche ihm bei jedem Schritt ans Bein streifen.

Es ist Romulo, der Sohn, den »dem Himmel sei Dank« die »Roten« verschont haben. Er betrachtet mich ungeniert, wie auf Landwirtschaftsausstellungen wahrscheinlich das Mastvieh, und ich strecke eine Hand aus, die nach einigen Sekunden in der Luft in die Jackentasche zurückkehrt, ohne die beabsichtigte Kränkung vereiteln zu können.

Die Gepflogenheiten, um nicht zu sagen das Ritual des Hauses stehen seiner Natur so fern, daß man für die Gegenstände fürchtet, sogar für den robusten Stuhl, der knarrt, als er sich gesetzt hat und die Beine spreizt. Man fragt sich, ob er jemals gelächelt hat, denn wenn sich sein Mund auseinanderzieht und man die Zähne ahnt, sieht das nicht nach einem Lächeln aus. Später, viele Jahre später werde ich durch Zufall erfahren, daß nach dem zu Ehren von Helena Rubinstein veranstalteten Abend die Zungen gewetzt wurden, an mir bis hin zur Verleumdung, und daß ich in den Augen ihres Sohnes zu jemandem geworden war, den man schleunigst aus dem Schoße Anas entfernen mußte.

Wuchtig, anmutslos, von der ruhigen Arroganz eines Sippenchefs, der alles vermag, alles kauft, alles ist; trotzdem geht von seiner Person eine Art tierische Faszination aus, und ich bin erstaunt über den Gegensatz zwischen seiner zu seiner Korpulenz passenden Bauernhand und der Bewegung seiner Finger, als sie nach dem zarten Henkel der Teetasse greifen; man spürt, daß sie seit Generationen zusammen mit dem Auge die angemessene Art, ein Gewicht zu heben, festgesetzt haben und zusammen mit dem Ohr die schickliche Stärke des Klirrens, wenn sie das leere Porzellan auf die Untertasse zurückstellen.

Nun zeigt er die zusammengepreßten Lippen eines Menschen, der sich auf den Angriff vorbereitet. Ich bin hier unerwünscht; ich stehe auf; mit der gleichen munteren Natürlichkeit wie am ersten Tag ruft Ana: »Wie schade, daß du nicht bei uns bleiben kannst... aber ich habe Verständnis, die Arbeitstreffen...« Sie hat die gewandte Lüge beigesteuert. Pablo begleitet mich zum Ausgang, mimt die übliche Sorglosigkeit; plötzlich lacht er grundlos, nur

um die Stimme Romulos zuzudecken, der sich Luft gemacht hat. Zu spät. Ich habe seine ersten Worte aufgeschnappt: »Ihr bedient euch meiner, meines Geldes, und du, du dienst nur noch dazu, Skandal zu erregen.«
Er schäumte.
Vielleicht kündet das Schicksal das Nahen des Unglücks stets an, doch seit der Erfindung des freien Willens hat der Glaube ans Schicksal nur noch wenige Anhänger, weswegen man seine Hinweise oft nicht begreift. Ich, der ich davon überzeugt bin, daß grundlose Ursachen uns hervorbringen und uns Wege vorzeichnen, denen wir nicht ausweichen können, belaure das Schicksal, wie ich weiß, vergeblich, denn auch die Vorwarnungen ändern nichts an ihm, und wir kämpfen weiter. Ich lasse es bei Vermutungen bewenden. So sah ich in Romulo einen Abgesandten des Unglücks, der alles besaß, um zu schaden, auch sagte ich mir, daß weder seine Mutter noch Pablo unversehrt aus diesem stürmischen Wiedersehen hervorgehen und mehr noch, daß sie sich nie wieder davon erholen würden.
Zwei Wochen darauf schloß »Tebas« seine Türen, seine kleine Türe. Das Schild, das obwohl es den Fremden hinsichtlich der Richtigkeit der Adresse beruhigte, dem Antiquitätenladen nicht das Aussehen eines Wohnhauses genommen hatte, war, den im Stein hinterlassenen Löchern nach zu urteilen, rücksichtslos abgerissen worden. Durch die ihres prächtigen Gobelins beraubte Vitrine gewahrte man den ersten ganz kahlen Raum, den schachbrettartigen Marmorfußboden und im Hintergrund die Öffnung, in der Ana erschienen war: »Qué tal!«

45

Ich fand die Besitzer von »Tebas« an einem Wohnsitz wieder, den wie zuvor ihr Antiquitätengeschäft kein Schild als solchen bezeichnete. Eine klösterliche Stille herrschte dort, die von ganz wie Postulantinnen aussehenden Dienstmädchen in schwarzen Kleidern und Leinenschürzen, mit im Nacken zum Knoten geschlungenem Haar und von Ohr zu Ohr reichenden plissierten Häubchen, noch unterstrichen wurde. Gelegentlich begegnete ich Mitgliedern des hohen Klerus.

Ana und Pablo bewohnten dort einen ziemlich großen salonartigen Raum: eine nüchterne Umgebung, in der die auf einer Säule thronende gotische Madonna und die weltlichen Halsketten, die über den Rand einer Obstschale aus gebranntem Ton hingen, an die Persönlichkeiten der Verbannten erinnerten. Kein Zeichen der Niederlage jedoch war an ihnen zu erkennen: das Einrichten ihrer neuen Wohnung befeuerte sie: »Auf halbem Wege zwischen Cayetana und Leticia Durcal.«

Ein prächtiger Teppichboden mit Schachbrettmuster ersetzte den schachbrettähnlichen Marmor, und zwei Louis-XV-Sessel hatten im Salon Aufnahme gefunden. Es war eine Durchgangsstation. Bald darauf meldete mir ein Brief Anas, daß sie in Paris Zuflucht gefunden habe, »bei Coco«. Und mit der Unbesonnenheit, in der sie sich seit Jugendjahren herumtummelte, bat sie mich, zu ihr in das Hotel de Castille, Rue Cambon, zu kommen und wäre es auch nur für einen Tag, damit sie mir von der »Verleumdung« erzählen könne, die sie von der Höhe ihrer Bestimmung hinabgestürzt habe. Von Pablo erfuhr ich nichts mehr, ich sollte ihn erst nach fünfzehn Jahren wiedersehen.

Abermals war ich jeglicher moralischer Stütze und, da

eines das andere veranlaßte, meiner seltenen Mahlzeiten beraubt. Verschiedene Umstände ohne Zusammenhang wiesen mich auf Wege, die nirgendwohin führten. Meine Wurzeln verkümmerten in der Luft, meine Ausblicke verschlossen sich. Statt Wagemut hatte ich nur noch Verzweiflung und an Zukunftsvorstellungen nur noch einen kümmerlichen Rest.

Dennoch genügten eine Arbeitszusage, ein Angebot regelmäßig, um das sich im Sande verlierende dünne Rinnsal wieder an die Oberfläche treten zu lassen. Aber es ist schwer, einen Traum, der versiegt ist, wiederzubeleben, und wenn es gelingt, wird er doch nicht mehr so übermächtig sein wie an seinem ersten Morgen.

Ich war auf Grund geraten, als, wahrscheinlich auf Anas Anregung hin, Luis Escobar – der erste, der die Kunst der Inszenierung in Spanien in einem Umfeld und in einer Zeit durchgesetzt hat, da die Superstars sich mit einer Installierung begnügten – mir vorschlug, sein Sekretär zu werden.

Was habe ich schon als solcher tun können, ich, der ich nicht wußte, noch heute nicht weiß, wie man einen Brief schreibt? Ich erinnere mich, daß er, wenn er mir einen diktierte, zuerst immer dem »Cher Monsieur« nachtrauerte, das der Franzose dem ersten besten zugedenkt, wohingegen der Spanier nicht über eine so dienliche und für alle Gelegenheiten passende Formel verfügt, da »lieb« – *querido* – eine gewisse Vertrautheit, sogar Zuneigung voraussetzt.

Um elf Uhr traf ich bei ihm ein. Er empfing mich in seinem Badezimmer, wo ich neben der Wanne meinen Stuhl hatte, und wir plauderten. Er liebte es, sein Bad auszudehnen; der Kammerdiener kam alle Viertelstunden, um die richtige Temperatur wiederherzustellen. An dem Tag, als er mir von einem Plan für das römische Theater von

Mérida erzählte und ich auf seine Frage hin, welches zeitgenössische Stück im Stil einer Tragödie mir an einem solchen Ort angemessen schiene, schlagfertig antwortete: »*La machine infernale*«, planschte er in seiner Badewanne: »Endlich! künftig wirst du an meiner Stelle nachdenken.« Damit überreichte er mir eine Daseinsbefähigung. Ich bin sicher, er war froh, daß der Sekretär sich nicht länger für einen Protégé hielt. Und ich wurde sein Assistent.

Luis Escobar Kirkpatrick, später, nach dem Tod seines älteren Bruders, der den Titel innegehabt hatte, Marquéz de las Marismas – und weltweit einfach Marismas. In den hohen Fünfzigern – »Mein Alter ist das bestgehütete Geheimnis Spaniens« –, von mittlerer Größe, zu breiten Hüften im Verhältnis zu den schmalen Schultern, auf denen der längliche Kopf schräg saß, welche Schräge das wie von einem unsichtbaren Gewicht nach unten gezogene spitze Kinn noch betonte. Der bourbonischen Häßlichkeit, mit der ihn die Natur bedacht hatte, begegnete er mit der unwandelbaren Selbstsicherheit des Aristokraten: die Haltung der Person von Geblüt paßt sich viel besser der Häßlichkeit als der Schönheit an. Seine einem Brummeln ähnliche Aussprache war die für alle Menschen typische, bei denen eine lange Kinnbacke die obere Zahnreihe im Hintergrund läßt; die Wörter kamen gequetscht hervor zwischen Lippen, die nie die Zähne enthüllten, die Konsonanten verwaschen, die Vokale gedehnt und näherten sich dem *a*, das im schrillen rhythmischen Lachen triumphierte, einer Folge von Ausbrüchen gleicher Stärke, die mit einem Schlag abbrach, wenn er, wie die Claque im Theater, die Zuhörer dazu gebracht hatte, die Pointe einer Anekdote zu feiern.

In dem Moment traten ihm die Augen fast aus den Höhlen, der Teufel persönlich mischte sich ein und rötete den Rand seiner Augenlider, bevor er wieder zu scherzen anfing.

Luis war einer der wenigen kosmopolitischen Geister des damaligen Spaniens und außer Ana und Sonsoles Peñaranda der einzige, der die Kunst zu unterhalten verstand. Er pflegte sie jedesmal von vornherein auf der Höhe zu führen, die dem Durchschnitt seiner Gesprächspartner oder Tischgäste entsprach, brachte Worte, Antworten hervor, Klammern und Antithesen, maßvolle Abschweifungen und Anspielungen, die er, ohne die Bemühungen der Teilnehmer, erfinderisch zu sein, zu stören, in die kleinen Lücken des Gesprächs wie das Beiseitegesprochene im Theater einfügte, um die Debatte zu mildern oder zu steigern.

Ich aß täglich bei ihm zu Mittag, manchmal in Gesellschaft mit anderen, manchmal in vornehmer Gesellschaft. Ich bewunderte ihn; er schätzte mich. Ich arbeitete unermüdlich in seinem Theater, dem Teatro Eslava, das wegen eines Brandes seit dem Bürgerkrieg geschlossen gewesen war und das er hatte restaurieren lassen. Eine Zeitlang glaubte ich, meine Zukunft werde spanisch sein. Dennoch zeigt mir die Erinnerung, diese Schwatzbase, die Rangordnungen ignoriert, wenn sie mich zu Luis zurückführt, ihn mir nicht so, wie es sich gehören würde: bei den gemeinsamen hektischen Generalproben, wo ein plötzlicher Einfall die Aufführung von Grund auf änderte – was nur die Leute vom Fach verstehen können –, sondern an irgendeinem Tag bei sich zu Hause nach dem Mittagessen: er sitzt auf dem gepolsterten *fence club* des Kamins, mitten unter einer Gruppe von Gästen – heute erloschene Schatten, Gestalten, Stimmen –, von denen sich allein die Marquise von Ll. abhebt, das bestgekleidete Skelett, das ich jemals sehen sollte. Ihre Person verschwand unter der Vollkommenheit ihrer Toiletten, die, obwohl von äußerster Einfachheit, deshalb doch nicht weniger eine Geometrie zeigten, die sich jedem Stoff, auch dem geschmeidigsten, auferlegte. Zwar hatte Balenciaga in Madrid ein Haus eröffnet, sie aber suchte nur das Mutterhaus in Paris auf. Und aus Paris stammte die neueste Modelaune: die Perücke, die sie zur Schau stellte und die durch ihren Umfang ihr Gesicht hagerer, ihre so vornehme Nase noch adlerhafter und den Bogen ihrer Brauen weniger geistreich erscheinen ließ.

Damals brachte Luis *Le Carosse du Saint-Sacrement* als Singspiel heraus. Er war ein großer Tierfreund; wenn es sich darum handelte, im Hinblick auf die Stierkämpfe die angeborene Barbarei seiner Landsleute anzuprangern, durchbrach sein Zorn alle Grenzen des Anstands; und als Gründungsmitglied eines Tierschutzvereins versuchte er immer, ausgesetzte Hunde oder Katzen gut unterzubringen. So hatte er denn auch, als er für seine Aufführung einen Papagei brauchte, nicht gezögert, einen riesigen brasilianischen Kakadu bei sich zu beherbergen. Ich entsinne mich der Pracht seines Gefieders, des Rots des Schopfes, das an Flügeln und Schwanzfedern auf weißem Grund mit dem uns durch die tropischen Schmetterlinge bekannten phosphoreszierenden Blau abwechselte.

Der an jenem Tag auf dem Rahmen einer marokkanischen Landschaft von Majorelle thronende »*Loro, lorito, loro*« führte bei der Zusammenkunft den Vorsitz; man hatte seine Schönheit gelobt und seine Bewegungslosigkeit, aufgrund deren er, obwohl teilweise außerhalb, sich in das Gemälde einzufügen schien.

Man unterhielt sich lebhaft, als hinter dem Butler, der den Kaffee brachte, Luis' sechs Möpse in einem von schrillem Gekläff skandierten Tumult hereinstürmten: von ihren Welpen umgeben, aufgezäumt, vom besten Sattler der Stadt mit einer Lederhose ausstaffiert, wirbelte die Königin Mutter daher, verfolgt vom König, aus dessen Fangzähnen die Baumwolltresse hing, die den Keuschheitsgürtel seines Weibchens verziert hatte. Schnell wie der Blitz im Gewitter entfaltete der Kakadu daraufhin seine Flügel und beschrieb über dem Geplänkel die verschiedensten Kreise. Lampen und Nippsachen zerbrachen, und Luis rief vergeblich, bis zu dem Augenblick, da, nachdem die Möpse aus dem Salon vertrieben worden waren, »*Loro, lorito, loro*« sich auf dem Kopf der Marquise niederließ und mit der Farbenpracht seiner Federn die Schultern des Gastes schmückte. Und alles hätte dort zu einem guten Abschluß kommen können ohne Luis' Bemühung, seine Pantomime, die den Vogel dazu bewegen wollte, seine neue Sitzstange zu verlassen: er flog schließlich davon, hatte aber die Perücke zwischen den Fängen und enthüllte den Kopf einer alten Waise oder Kranken mit ganz schlichtem Haar. Ein vom halbgeschlossenen Lid zerdrücktes Tränchen löste sich aus dem Auge der Marquise, und sie wischte es mit einer in so hübschem Handschuh steckenden Hand ab, daß man sich davon entbunden fühlte, erschüttert zu sein. Sie versuchte, die Sache als Verrücktheit abzutun, an der sie, obwohl Opfer, freiwillig mitgewirkt hätte – und zwischen ihren Zähnen zischte ein Lächeln hervor, so daß einem, wie wenn ein Nagel über eine Glasscheibe fährt, kalt im Rücken wurde.

Warum halte ich mich bei Erinnerungen auf, die mir nur deshalb wieder einfallen, weil das Groteske oder die Rissigkeit von Erscheinungen oder irgendein Vorfall genügt haben, um sie zu wecken? In meinem Inneren suhlt sich ein Teufel, der sich für Kränkungen des Schicksals entschädigt fühlt.

46

An einem sehr kühlen, geradezu kalten Frühlingsabend Ende der fünfziger Jahre, während eines über die Gran Via verlaufenden Umzugs, vielleicht der Karfreitagsprozession, da ich mich an einen mit dicken Blutstropfen, die er weniger aufgrund seiner Wunden verloren als ausgeschwitzt hat, bedeckten, über die Menge schwankenden grauenhaften Christus erinnere – einem sehr kühlen, geradezu kalten Frühlingsabend in Madrid, gewiß, aber war das noch 1958 oder schon 1959?

Oft habe ich erwogen, Notizen zu machen, ein Tagebuch zu führen, aber der Gedanke, mitten in eine schon vor zu langer Zeit begonnene Vorstellung zu geraten, hat mich stets zurückgehalten; es würde mir nicht gelingen, den Sinn des Stücks zu begreifen, die künftigen Wechselfälle, Episoden, Ereignisse in seinen, wenn auch geheimen, so doch zwangsläufigen Zusammenhang einzubeziehen. Vielleicht war Eitelkeit die Ursache des Verzichts – im Bedachtsein auf Literatur: ich hätte mich mit ehrlichen, gehorsamen Wörtern zufriedengeben müssen, Wörtern, die sich damit bescheiden, die Nebenrollen zu spielen, als Diener sich damit abfinden, in aller Unschuld die Brocken Wahrheit herbeizubringen, die sie da und dort auflesen konnten. Der Wahrheit aber habe ich, solange ich denken kann, stets das vorgezogen, was die Bienen der Phantasie daraus machen.

Eines Abends also war ich, am Trottoirrand der Gran Via stehend, Zuschauer der Prozession, als, unmittelbar hinter den Büßern in Mönchskutten und Kapuzen mit Augenschlitzen, das biblische Gesicht eines greisen Mannes mit langem, spärlichem schmutzigen Haar mich trotz des Widerstands des Zuges und der eingehandelten Ellbogenstöße ins dichteste Gewühl hineinzog. Die Wirklichkeit wurde zur Täuschung, die Täuschung zur Anspielung auf eine Art Erinnerung, die im verborgenen zur Vorhersage geworden war.

Der Fremde – denn das war er zweifellos und sogar der Archetyp des Fremden – ging mit festen, gleichmäßigen Schritten, die kaum der Hinfälligkeit seiner Gestalt entsprachen, man hätte meinen können, seine Kleider von unbestimmtem Grau, der Farbe des Wetters, verschafften ihm einen Körper – und manchmal erschauerte er vor Kälte.

Zwei Meter und einige, wenngleich unordentliche, so doch dichte Reihen trennten uns. Vergeblich versuchte ich, mich bis zu ihm durchzuschlängeln; um nichts in der Welt wollte ich dieses Gesicht aus den Augen verlieren. Und plötzlich, während eines Halts an einer Kreuzwegstation, als sich ein Gebetsmurmeln ausbreitete, drehte er sich um – nicht wie jemand, der sich von seiner Sammlung ausruhen und mit leichter Neugier über die Zahl der Gläubigen und der Schaulustigen informieren möchte, sondern um mich im von den Köpfen gelassenen Zwischenraum so starr anzusehen wie der Zeuge, der die Schuld des Verdächtigen bestätigt. Ich hatte nie eine solche voraussetzungslose Vorverurteilung gesehen, werde hoffentlich nie mehr eine solche sehen, bei zugleich so staunenden Augen, als wäre er soeben wieder zum Leben erweckt worden. Ich hätte seinen Gesichtsausdruck auf Irrsinn zurückführen können, aber das Loch in seiner Stirn, zwischen der rechten Schläfe und Augenbraue, ein Loch, in das man den Daumen bis über den Nagel hineinstecken konnte, hatte ich eines Tages sehr nahe vor mir gesehen, weil eine Mütze verrutscht gewesen war, wo, wann? Dem Fremden war ich schon einmal begegnet. Jetzt wurde er von einem Zittern erfaßt, und die Kälte war nicht der Grund dafür. Ein Zorn, größer als er selbst, stieg in ihm auf; und als sich der Zug nach dem Amen der Menge wieder in Bewegung setzte, hob er langsam wie einer, der ein Gewicht hebt, den Arm und richtete den Zeigefinger der verkrampften Hand auf mich, senkte und hob ihn dreimal, wobei er sicherlich einer inneren Dramaturgie gehorchte. Sodann, mit einer großen umrundenden Gebärde, die die Menge auf seine Seite zu bringen schien, raffte der Fremde seine Kraft zusammen und fiel wieder in den alten Marschrhythmus. Dieser Leib wurde nur durch die Seele aufrecht gehalten.

Ich hatte meinen Kamelhaarmantel übergeworfen; ich wollte ihn ihm anbieten, von vornherein enttäuscht, weil sicher, daß er ihn zurückweisen werde. Er wandte sich nicht um, sagte nichts. Er wickelte sich in ihn wie in eine Decke, die ihm zustand. Und ich stieß mit Leuten zusammen, deren Andacht ich störte, denn ich rannte wie ein auf frischer Tat ertappter Dieb davon.

47

Weder aus Freude am Schenken habe ich meinen Mantel dem Fremden gegeben, noch weil er mein Mitleid geweckt hatte, und auch nicht, um die Drohung abzuwehren, die er auf mich herabbeschwor, indem er mit Blick und vielsagendem Zeigefinger mein stets bereites Schuldgefühl geweckt hatte. Wahrscheinlich hatte mein an Wetterunbilden gewöhnter Körper die Kälte gespürt, die der schwache frierende andere da vor ihm empfand, und hatte dies mich zu der scheinbar christlichen Handlung bewogen.

In Wirklichkeit hätte ich sie nicht ausgeführt, hätte ich zwei Tage zuvor nicht aus Buenos Aires die Nachricht eines Notars erhalten vom Tod des Freundes, der mir seinen Kamelhaarmantel geschenkt hatte, und von dem mir von ihm zugedachten Legat. Er war im Alter von vierzig Jahren im Schlaf gestorben. Mario Brunner liebte die Wagnersängerinnen, hatte eine Schwäche für die Isolden, die Bronzen von Jean de Boulogne und vor allem für Medien. Bewandert auf dem Gebiet des Jenseits, sammelte er Werke, deren Ziel es ist, die Realität von dessen berühmten Einrichtungen zu beweisen, und er strebte danach, durch die Abfassung eines Lehrbuchs über die rein geistige und jedermann zugängliche Methode, mit den Toten zu kommunizieren, die Mängel der diesbezüglichen Literatur auszugleichen. Wenn nicht den Beweis für eine solche Möglichkeit, besaß er doch eine Vorahnung, die an Offenbarung grenzte.

Mich hatte er zum Vertrauten erkoren und zum Leser und Kritiker seiner Rohfassungen. Ohne das geringste davon zu verstehen, versah ich sie mit Randnotizen, und zwar, wie ich noch weiß, mit Hilfe eines Faber-Castell-Bleistifts. Ich wollte ihn nicht enttäuschen, vor allem aber es bei der nächsten Zusammenkunft, der stets ein vortreffliches Abendessen vorausging, nicht zu einem Dialog kommen lassen. Wir trafen uns einmal in der Woche bei ihm, und meine Fragen verfehlten es nicht, seine Unschlüssigkeit zu vertiefen, seinen ewigen Monolog wieder anzuwerfen, der zu einer neuen Abfassung, meinerseits zu neuen Kommentaren und so weiter führte.

Mario hatte ein rundes volles Gesicht, ungezwungenes Benehmen, Selbstsicherheit; dennoch erriet man, daß er unglücklich war und es in zunehmendem Maß sein werde. Wie er mir selbst eines Abends auf der Türschwelle gestand, gewährte ihm das Leben fortan keine anderen Vergnügen mehr als die Abenteuer des Schlafs. Beim Einschlummern versuchte er das Bild seiner Mutter festzuhalten in der Hoffnung, sie in den Träumen wiederzufinden, die er morgens auf der Suche nach einer Botschaft, einem Ratschlag deutete. Seine Gedanken drangen Tag um Tag in ein Erdreich ein, in dem sich die Wurzelfasern vermengten, um das Keimen irgendeines Samenkorns – oder, denkt man an die Rundung seines Gesichts und den Duft des englischen Eau de Cologne, mit dem er in Unmaßen sich und die Vorhänge und die Teppiche besprengte, das der Hyazinthenknolle – zu erreichen.

Hatte er durch die Ritzen der Nacht die Vision seines Himmels oder seiner Hölle gehabt, so daß sein Herz stillstand? Daß er auf solche Weise dahingerafft wurde, erschien mir als eine Gnade, eine freundschaftliche Reaktion der ihn quälenden Unwissenheit auf seine Zwangsvorstellungen.

Daß er mir so zugetan sein könne, mich in seinem Testament zu bedenken, hatte ich nie vermutet. Das Legat bestand aus einem Aktienpaket; der Notar bot mir an, es zu kaufen; die Summe war bedeutend; und obwohl ich eine Falle witterte, gab ich, ohne mir Fragen zu stellen, meine Zustimmung.

Bemüht, im Sinne Marios zu handeln, der mir umsichtigerweise Aktien hinterlassen hatte, beschränkte ich mich darauf, eine kleine Einzimmerwohnung zu mieten, und kaufte mir nur die unverzichtbaren Kleidungsstücke – darunter einen passenden Überzieher. Zugunsten des Fremden hatte ich mich im Grunde deshalb des Geschenks meines verstorbenen Freundes entledigt, weil ich es immer weniger ertrug, den Mantel über die Schultern gehängt zu spüren und bei großer Kälte über der Brust zusammenzuhalten, während die Ärmel wie bei einem Armamputierten leer herabhingen.

Aber ich mochte mir noch so gut zureden, mochte Versuchungen, Geld auszugeben, widerstehen: nach und nach zehrte das Verlangen alle Bedachtsamkeit auf, die Unvernunft winkte mit Reizen, und bald erlag ich ihnen. Anfangs erlaubte ich mir nur ein unerhebliches Zugeständnis: statt im Café Girón auf der Lauer nach einer Rolle als Schauspieler auf den Strich zu gehen, betrat ich eines Abends das Oliver, ein Nachtlokal im Stil eines Privatclubs, wo man sich, um eingelassen zu werden, auf einen dort häufig verkehrenden prominenten Bekannten beziehen mußte. Das Oliver sah aus wie ein Empfangszimmer, in dem die Sessel und niedrigen Tische zur Seite geschoben worden sind, um einigen Paaren das Tanzen zu ermöglichen. Wenngleich die vorherrschende Farbe das düstere Moosgrün war, verbreiteten die Lampen mit den rosa Schirmen doch ein Licht, das nach Ansicht der Frauen gut zu Gesicht stand; und die gedämpfte Musik von Glen Miller oder von Nat King Cole bestimmte sozusagen die nur von Lachen unterbrochene Tonhöhe der Unterhaltungen.

Leute vom Theater und vom Film bildeten in der Hauptsache die Klientel, weswegen ich meine finanziellen Skrupel guten Gewissens auf Eis legte. Als ich zum regelmäßigen Besucher des Lokals geworden war, kehrte ich auch in der Hoffnung dorthin zurück, eine schweigende Unbekannte wieder anzutreffen, die mir, wie blasse Frauen immer, tiefen Eindruck gemacht hatte. Sie war von einer Blässe, die auch die eifrigste Sorgfalt eines sichtbaren Make-up nicht beeinträchtigt.

Ihr wurde ein Tisch in der Ecke, die am wenigsten Einblick bot, reserviert. Immer begleitete sie ein Mann, selten derselbe. Ihr Anzug änderte nur die Farbe; sie bevorzugte matte Töne. Sie trug stets einen engen Rock und eine Hemdbluse, die sich nur durch die linke Knopfreihe und durch ihren fließenden Stoff von einem Männerhemd unterschied; diese männliche Note erhöhte ihre Weiblichkeit und machte sie gleichzeitig dubios.

Sie blickte niemanden an, nicht einmal ihren Partner, und wenn plötzlich eine Enttäuschung sie zu überkommen schien, faßte sie sich sogleich wieder, und man ahnte in ihr eine Kraft, die es nicht mehr nötig hat, sich zu äußern: in einer Art privatem, unerreichbarem Anderswo war sie ganz sie selbst. Man hätte an die Seltsamkeit der Liebe denken können, in der das perspektivische Gesetz sich verkehrt. Die Präsenz, die sich entfernt, hört nicht auf zu wachsen.

Sie tanzte gern oder war mindestens gern auf den Beinen und ließ sich mehr von einer Melodie als von einem Rhythmus oder dem Arm ihres Kavaliers stützen. Ihre in flachen Schuhen steckenden Füße lösten sich selten vom Boden; mitunter hob sie die Absätze, drehte sich auf den Fußspitzen in einer langsamen Zurschaustellung ihres Profils, einer feinen, kaum ein wenig kecken Nase, eines Kinns mit sanftem Grübchen, und es war eine lange ununterbrochene spiralförmige Phrase, die sie abwickelte. Wenn sie sich in der leeren Mitte des Saals um sich selber drehte, sahen wir alle so aus, als redeten wir ohne ihre Erlaubnis.

Ich wollte meinen Freunden keinerlei Fragen über sie stellen; deren Gleichgültigkeit ihr gegenüber wunderte mich, obgleich ich mitunter Blicke überraschte, die die Gesprächsrunde im Stich ließen und hin zu ihr wanderten. Dann, eines Abends, warf eine ungeschickte Bewegung ihres Freundes die Lampe um, die ihr vor die Füße rollte: durch das Loch des Lampenschirms erfaßte das rote Licht der Birne wie ein kleiner Scheinwerfer ihren Hals, hob ihre Züge hervor, legte Glut auf ihre Lippen, ihre Wangenknochen, und ich erkannte die schönste Sphinx auf Erden: »die barfüßige Gräfin«.

48

Optimismus, sagt man, hält sich, solange man unzufrieden ist; der meine dagegen hielt sich nur, solange ich einiges Geld hatte. Im Oliver lernte ich einen Theaterproduzenten kennen, der mich zu beschwatzen verstand. Er wollte ein amerikanisches Stück aufführen, eine elegante Boulevardkomödie, die am Broadway, wo Rosalind Russell die Hauptrolle spielte, Furore gemacht hatte. Vierzehn Bühnenbilder, darunter Ägypten, und zwanzig Kostüme für die Hauptdarstellerin, was einen großen Couturier nötig machte. Er hatte die Zusage einer sehr begabten Schauspielerin, die in Adelskreisen verkehrte und in den Augen der Damen der guten Gesellschaft, denen der Beichtvater die lässige Sünde gestattete, der Aufführung eines Stücks von Noel Coward, von Marcel Achard beizuwohnen und sogar zu lachen oder am Ende von *Rain* von Somerset Maugham eine Träne zu vergießen, als ein Ausbund an Eleganz und Ehrbarkeit galt.

Ich würde die Rolle eines Dichters spielen, aber die Sache erforderte viel Geld. Zwischen zwei Gläsern über den Durst bot ich ihm nach gegenseitiger Übereinkunft meines an.

Ich übernahm die Verantwortung für alles, ich wählte den geschicktesten Bühnenbildner aus für die Umbauten bei offener Szene, den Schneider, den Gewandmeister und hatte bei der Rollenbesetzung ein Wort mitzureden. In meinem Rausch machte ich die Schauspielerin mit dem Monolog Lechy Elbernons in Claudels *Tausch* bekannt.

Sie vernarrte sich in die Rolle Lechys, obwohl ihre miserable Aussprache einen Teil ihres Charmes auf der Bühne ausmachte, eine Aussprache, als ob sich bei jeder Silbe winzige Insekten auf ihrer Zunge niederließen, was ihr Zwinkern ins Publikum, das Stottern ihrer Hände und ihres Mienenspiels wettmachte. Statt ihrer Leidenschaft als komische Person die Zügel schießen zu lassen, verwirrte sie denn auch ihr Publikum durch ihre Auffassung der ihr angemessenen Rolle als »Tante Mame«. Es war ein halber Erfolg, oder, wenn man will, in der Sprache der Buchhaltung, es ging Null zu Null aus.

Als »professioneller« Schauspieler hatte ich den wogenden Lärm eines großen Saals kennengelernt und das allmähliche Nachlassen der Geräusche, wenn das Licht abnimmt, der Vorhang aufgeht und ein Schauspieler auf die Bühne tritt oder ein anderer, der sich dort befindet, die ersten Worte spricht. Ich erfuhr, wie derjenige, der spricht, seine Stimme dem Ohr dessen, der zuhört, anzupassen versucht und wenn er diesem antwortet, denselben Ton wieder anschlägt – oder im Gegenteil, boshafterweise, einen viel höheren oder viel tieferen, um den Partner aus der Fassung zu bringen. Ich unterhielt mich damit festzustellen, wieweit eine Bewegung, ein Blick, eine Gebärde nur dann wirksam sind, wenn sie eine unerwartete Reaktion hervorrufen.

Halber Erfolg, Nullsaldo? Der Regisseur zahlte mir mein Geld nie zurück, und ich war wieder mittellos, wie zuvor, wie immer, mit einer nach hinten und einer nach vorne ausgestreckten Hand. Ich kann mich nicht erinnern, darüber verzweifelt gewesen zu sein; etwas wie Vitalität, Lebensvermögen, jugendlicher Stolz darüber, sich in vorhersehbare Niederlagen gestürzt zu haben, hielt mich aufrecht, und ich kapselte mich in maßvollem Kummer, einer Art stoischer Verachtung, ab.

Doch nun kehrte, von Geheimnis umhüllt und kribbelig vor Plänen, Ana nach Madrid zurück. Und schon wurden wir, Hector und ich, in ihrem Kielwasser mitgerissen zu jener »Costa del Sol«, die bereits die Großen der Welt anlockte. Ana hatte vor, mit unserer Hilfe eine große Modeboutique mitsamt Friseursalon und Tea-Room in Marbella zu eröffnen, einem Fischerdorf, das sie einst entdeckt hatte, als sie mit ihrer Freundin Pomposa Escandón, der Besitzerin der schönsten *finca* der Gegend, die Küste besucht hatte.

Wir fuhren eines Nachts, nach Mitternacht los – »um keinen Verdacht zu wecken« – in einer von einem uniformierten Chauffeur gelenkten Limousine des Ritz. Ich erinnere mich an unsere Hochstimmung und an die Weichheit des Kaschmirplaids auf unseren Knien.

49

Irgend etwas jedoch stimmt nicht so recht, eine tiefe Unruhe dämpft unsere Freudenbekundungen, das Lachen, das wir forciert hatten, um unseren Mut zu stärken; wir spüren eine Erschlaffung, und wenn wir auch noch einige Worte fallen lassen, wird die Zeit bis zu unseren Antworten darauf immer länger, wie die Abstände der fallenden Tropfen bei aufhörendem Regen.

Und plötzlich, durch irgendein Schleudern des Wagens oder ein leichtes Zusammenfahren des Chauffeurs wieder munter, nimmt Ana die gelockerten Fäden der Unterhaltung mit einem Ungestüm wieder auf, das ihre Stimme gewaltig macht. Und aus unserem Halbschlaf gerissen, setzen Hector und ich uns wieder gerade hin, um ihr in das Klima der Übertreibung zu folgen, die ihr wesensgleich ist. Vom ersten Satz an: »*Niños*, ich werde euch meine Tragödie erzählen...« wissen wir, daß wir von einem Sturm von Ereignissen gepeitscht bis zu den Augen darin eintauchen werden, daß es bisweilen ein helles Licht, dann wieder Löcher, Leerstellen, Dunkel geben wird, und wir wissen überdies, daß wir ihr mit nie erlahmender Aufmerksamkeit zuhören müssen, mit Mienen wie zwei Wasserspeier an den Ecken einer Kathedrale – doch dann und wann loslachen oder Ausrufe des Entsetzens ausstoßen müssen, denn tatsächlich handelt es sich vor allem darum zu verhindern, daß der Chauffeur einschläft.

Sie war seit sechs Monaten in Paris, hatte bereits ihre von der Polizei jeweils nur für drei Monate erteilte Aufenthaltserlaubnis einmal ohne Schwierigkeit erneuern lassen und begab sich nun, am Ende des Halbjahrs, wieder zum Präsidium. Glücklicherweise wurde sie von einem von Cocos Angestellten begleitet. Das Warten hatte Stunden gedauert, und plötzlich, ohne daß man sie fragt, ohne daß man ihr die geringste Frage gestellt hatte, öffnet sich eine Tür und ein Polizist befiehlt ihr, ihm zu folgen. Sie hatte nur noch die Zeit gehabt, ihrem Begleiter zuzuraunen: »Benachrichtigen Sie Mademoiselle Chanel, man verhaftet mich«, und zu bemerken, daß die Schalterbeamten ihr mit dem Blick folgten. »Warum? Alle meine Papiere sind in Ordnung.« Keine Antwort.

Hector fing an, mich nervös zu machen, er hatte den Arm hinter Anas Kopf auf das Rückenpolster gelegt – eine, wie es schien, allzu intime Geste, die aber durch seine Wendung zur Seite, das Interesse, das er dem Bericht entgegenbringen mußte, gerechtfertigt war – und klopfte mir mit dem Zeigefinger auf die Schulter, um die ungereimtesten Aussagen und die emphatischsten Übergänge jeweils zu unterstreichen, die er später geradezu genial und beängstigend genau nachahmte und noch heute nachahmen kann.

Ich dagegen lauschte Ana, obwohl ich im Hinblick auf ihre persönlichen Geschichten skeptisch geworden war, eher mit einer Art Gläubigkeit – wie einem Musiker, der mir angesichts einer Partitur mit mehreren Liniensystemen versichert, daß er die Töne gleichzeitig sowohl in ihrer harmonischen Gesamtheit als auch einzeln mit dem jeweils entsprechenden Instrumentenklang vernimmt: wie kann ich wissen, ob er das absolute Gehör des Komponisten besitzt oder nur damit prahlt?

Ob wir ihr glauben würden? Ohne ein Wort der Erklärung aus dem Präsidium und in den Justizpalast gebracht, in den Kellergeschossen der Sainte Chapelle eingesperrt, übereinanderliegenden Kellergeschossen, unsauberen Betonhöhlen, ohne Zellen, von roten Öllampen schwach erleuchtet, voll von Delinquenten in Handschellen, Prostituierten, Dieben, einem ganzen Haufen durch Unglück gepaarter Individuen aus der Hefe des Volkes; und sie, sie mit ihrem Hut, ihrem Mantel von Balenciaga, ihrem Schmuck, mutterseelenallein in dieser Menge – kaum mehr menschliche Wracks in Lumpen –, auf dem mit Abfällen, Obstschalen, abgenagten Knochen, in seinem eigenen Saft aufweichenden Unrat bedeckten Fußboden liegend; sie, die Gott so oft hart geprüft, doch nie außerstande gesetzt hatte, zu kommen und zu gehen, wie es ihr beliebte; sie, in tiefster Schmach und Erniedrigung, hatte die ganze Nacht vor sich, ganz verstört von dem Schnarchen, dem Quieken wie von in die Falle geratenen Ratten, das die Schläfer ausstießen, und fühlte sich nicht einmal zu einem Gebet bereit: in ihr nichts als diese Flut von Vorstellungen, Erinnerungen, Ängsten, diesen Ängsten, die vom ganzen Körper ausstrahlen und gegen den Geist anrennen, bis sie ihn völlig beherrschen, ihn vernichten. Sie hatte sich schließlich an die schwitzende Mauer gekauert, aber sich davor gehütet, einzuschlafen; und plötzlich spürt sie diese Menschheit hinter sich, die hin und her wogt und allmählich wieder aufsteht, weil die Panzertüren sich auftun und Ordensschwestern einlassen: paarweise ziehen sie Blecheimer herein voll schwärzlicher Flüssigkeit, die sie gleichzeitig mit Brot austeilen;

so schauderhaft das Zichoriegebräu auch ist, es ist warm; und da das Brot sie wieder mit Gott versöhnt, beugt sie sich nieder, um das Kreuz am Strick einer Nonne zu küssen; die stößt sie zurück, so daß sie auf die Knie fällt, und schreit sie an: »Sie sind dessen nicht würdig!«

Die Leute sind auf sie aufmerksam geworden und spotten über sie, vor allem die wegen ihrer Kleidung neidischen Frauen, die sie betasten, über ihren Mantel streichen, der, um ihre Halsketten, Goldketten zu verbergen, bis zum Hals zugeknöpft ist, und eine reißt ihr den Hut vom Kopf, der herumflattert, durch die ganze Höhle fliegt, im flackernden Licht der Öllampen hin und her wandert: halb lachend, halb streitend haben die Häftlinge dabei fast Spielregeln festgelegt, doch als die Frau, die ihn als erste in die Luft geworfen hat, sich seiner wieder bemächtigt, geht sie zu Ana, die an eine Regung des Mitgefühls glaubt, stülpt ihn ihr über den Kopf und schlägt den Anwesenden ein Blindekuhspiel vor.

»Vier Stunden später...« Das Summen des Motors wird schwächer, wie der Ton eines Cellos, wenn der Bogen sich sanft zurückzieht; der Chauffeur wendet sich nur knapp zu uns um – das weiße Mützenschild macht die Bewegung deutlich – und bittet die Señora um die Erlaubnis, haltmachen zu dürfen. Er steigt aus, und wir übertreiben unser leises Frösteln; wir schweigen; es ist Pause.

Draußen, das Dunkel; das allumfassende Dunkel, weniger eine Vision als eine schwarze Unermeßlichkeit, wimmelnd von zugleich unhörbaren und betäubenden Geräuschen, die uns auf unsere Kondition mit unzulänglichen Sinnen begabter Tiere zurückverweist; das Dunkel vor Spanien und den Dinosauriern, das Blattgrün, die Insekten, die uns überleben werden; das Dunkel, bevor die entfesselten Meere die Kontinente entwurzeln; das Dunkel, in dem unaufhaltsam jene Musik vorüberzieht, die einige Auserwählte mit dem Fanggerät des Rhythmus einholen.

Das Schweigen wurde schädlich: warum bin ich Ana gefolgt? Ich ziehe Bilanz; ich besitze nichts von dem, was sich unter meinem Blick ausbreitet; ich habe Träume gesät, die so groß waren, daß sie über Tag und Nacht hinausragten; sie sind gewachsen wie Kinder, wie Bäume – wie das Buch, das man für niemanden schreibt und dennoch für alle, in der Hoffnung, es werde im Gedächtnis von einigen eine Zuflucht finden. Nun weht mich der Wind, wohin er will, und abermals traue ich dem Wind – und dieser verrückten Ana, die den Naturtrieb zum Abenteuer hat.

Die Limousine nimmt ihren Weg und der Motor sein gleichmäßiges Geräusch wieder auf, trotz der Risse im Asphalt, die, seit wir die Hauptstadt hinter uns gelassen haben, häufiger werden. Ana fährt in ihrem Bericht fort, der an Dichte gewinnt, hauptsächlich weil ihre Bruststimme anschwillt und in Pausen ein Seufzer ihr als Verlängerung dient; mit jeder Wiederaufnahme ergießt sich ein Nebenfluß in die Geschichte, die Ana hinauszögert, indem sie nebenher Anekdoten, Einzelheiten ansammelt, die ihr im nachhinein prophetisch gewesen zu sein scheinen.

Vier Stunden später also wurde sie in den Hof hinausgeführt. Polizisten legten vierundzwanzig Militärpersonen Handschellen an, und mit diesen Soldaten stieg sie in den Zellenwagen und wurde sie in das Militärgefängnis von Fresnes gebracht, wo die wegen Hochverrats Verurteilten inhaftiert waren; mit ihnen befand sie sich dann vor dem Militärgericht, das aus fünfzig um einen halbkreisförmigen riesigen Tisch sitzenden Generälen der Land- und Luftstreitkräfte gebildet wurde ...

Der Chauffeur hatte die Stellung des Rückspiegels verändert; ich erblickte darin sein auf Ana geheftetes Auge, während der nunmehr mit einem dünnen Stäbchen ausgerüstete Hector mühelos meinen Nacken und mein Ohr erreichte und mit kleinen Schlägen die Unwahrscheinlichkeiten der Erzählung betonte.

...die alle über ihre Anwesenheit überrascht waren: nach kurzer Akteneinsicht hatte der Gerichtspräsident ihre Entlassung angeordnet. Frei? Ein weiterer Kastenwagen erwartete sie; die Gendarmen hatten sie einsteigen lassen, dann in einer Garage vergessen und schließlich den Leitern von La Rochette überantwortet, einem Frauengefängnis, einer Burg mit Gräben und Hängebrücke, einem hohen Portal mit wunderbarem Nagelbeschlag – »Pablo wäre begeistert gewesen« – und mit knarrenden Vorhängeschlössern und Riegeln im Innern. Zwei weibliche Angestellte hatten sie ihres Schmucks beraubt; sie hatten ihn inventarisiert mit geringem Schätzwert; Puderdose und Zigaretten waren ihr gelassen worden, doch nicht das Feuerzeug; eine von beiden hatte auf dem Weg zur Zelle, in der sich bereits drei Gefangene befanden und nur noch eine Pritsche frei war, zu ihrer Kollegin gesagt: »Nach der da sucht Paris seit langem.«

Ein Tag vergeht, und noch einer; keine offizielle Mitteilung, von niemandem eine Nachricht, und die Woche näherte sich dem Ende, als, von Chanel geschickt, Maître Biaggi, der berühmteste Anwalt, der so sehr auf de Gaulles Rückkehr hingewirkt hatte, ihre Freilassung erreichte: ein Deutscher, ein wichtiges Mitglied der Gegenspionage, dem sie sich verweigert hatte, hatte sie der geheimen Verbindung mit dem Feind bezichtigt!

Als es zu tagen begann, wachten wir wieder auf; die Luft roch nach Jod; das Meer lag da, zwischen Ebbe und Flut, schlafend; in den Kurven verschwand es und kam dann, immer weniger dunkel, wieder zum Vorschein wie ein gewellter Seidenstoff, den das Ufer herangezogen hätte. Wenige Minuten fuhren wir die Küste entlang und entfernten uns dann geraume Zeit von ihr; links und rechts kein grüner Halm, sondern das Graugelb der Trockenheit, der hier von Rissen gefurchte und dort von verbrannten Gräsern, Dornengebüsch bedeckte nackte Boden.

So erschöpft, so matt wir auch sind, jetzt da die Himmel und Meer trennende Schranke sich in eine rosafarbenene Schmelzmasse verwandelt hat, steigt in Anas welkes Gesicht ein neuer Schein: die Erregung eines ewigen Neubeginns; noch heute öffnet ihr das Leben ganz weit seine Türen.

Wir treffen in Marbella ein, als in der Ferne die Fischerboote auftauchen: Wir müssen uns beeilen; das Schauspiel ist unvergleichlich, und die Meerbarben sind köstlich.

Das Dorf schläft, auch Palomito, wie Ana ihn nennt, schläft am Steuer seines Wagens, den nichts von einem anderen unterscheidet, der aber das Taxi des Orts ist.

Und da also die Boutique! Was hatten wir denn geglaubt? Es handele sich um eine Illusion, einen Plan? Und hier in der Gasse, die zum Meer führt und die wir nun einschlagen, steht ihre *casucha*, ihre Bude, ein kleines Haus von der Art eines Vorstadthauses mit Vorgärtchen. Wir kümmern uns um den Chauffeur, der sich mit den Gepäckstücken befaßt; Ana stopft eine Handvoll Geldscheine in einen Umschlag, den sie ihm reicht; er zieht seine Mütze, er ist ein kahlköpfiger junger Mann. Ich erinnere mich, daß Hector und ich zusahen, als die Limousine sich feierlich, königlich im Rückwärtsgang entfernte und sich dem holperigen Weg geschmeidig anpaßte. Ich glaube, in jenem Augenblick waren wir eine und dieselbe Person, die der im Wageninneren genossenen Unverwundbarkeit nachtrauerte und ein Gefühl von Verlassenheit erlebte, so als ob, als der Wagen auf seinen vier Rädern mit den verchromten Speichen und auf seinen seidenweichen Stoßdämpfern davonfuhr, die Zivilisation uns für immer verließe.

Nein, das kleine Gärtchen und die an der Eingangstür angebrachte übermäßige gußeiserne Verzierung sind Anas nicht würdig. Doch sobald man die Schwelle überschritten hat, erinnert man sich, daß Ana nicht nur das Unglück unversehrt wie eine durch die Flamme fahrende Hand besteht, sondern überdies die Gabe besitzt, mit Kleinigkeiten die Wirklichkeit um sie her zu verwandeln. So zum Beispiel mögen in der *casucha*, in den beiden einander gegenüberliegenden Zimmern von begrenztem Umfang, die weißen Vorhänge, die sich blähen, sobald man die Fenster öffnet, und die sich über den Terrakottafliesenboden ausbreiten, zwar aus Halbleinen sein, dem alten Stoff, aus dem die Bauern ihre Bettücher machen, sie geben den wenigen aus dem Ruin von »Tebas« geretteten Möbeln, denen aus der Freundschaftsecke – dem schwarzen Sofa, den hochlehnigen Sesseln, dem Tisch mit der schweren Platte aus Kastanienholz – dennoch eine prächtige Note.

Ich fühle mich mir selbst entfremdet, und dieser Eindruck der Verirrung verstärkt sich mit einemmal, als ich mich dabei entdecke, wie ich ihren Tatendrang nachäffe und auf dem an seinen Rändern mit Unkraut bewachsenen Pfad, der schmaler wird und im Sand verläuft, hinter dem hinter Ana hergehenden Hector hergehe. Die Luft erwacht, bewehrt sich mit Lauten; mythologische Wolken entfernen sich majestätisch; wir schlottern. Und als die Boote, aus entgegengesetzten Richtungen kommend, sich einander nähern und fast Seite an Seite das Ufer erreichen, hat es den Anschein, als zögen sie einen großen frierenden

Fisch aus dem Wasser, die Sonne. Plötzlich von irgendwoher harte Geräusche, wie klappernde Fensterläden an einem Ort, wo keine Häuser stehen: Ana hat sich die Kastagnetten an den Fingern befestigt, um »ihre« Fischer zu begrüßen.

Sie ziehen die Boote auf den Sand und preisen dabei sofort ihre Ware an; es ist eine Auktion; zwei Kinder laufen zu Ana und fangen an zu tanzen, mit nach rückwärts geneigtem Oberkörper, im Gesicht den Ausdruck frühreifer Pein. Sie korrigieren sich gegenseitig, streiten sich, schwanken schließlich nur noch hin und her, ohne damit aufzuhören, ihre Patschhändchen zu verdrehen. Ana steckt ihre Instrumente wieder in das Samtetui; und aus unsichtbaren Patios dringen die Stimmen anderer Kinder; kurz darauf kommen sie vor den Hausfrauen her angelaufen, die, ihre Einkaufstasche über den Unterarm gehängt, sich auf die Boote stürzen; ein Gelächter beginnt und ein Geschrei, aus dem sehr bald ein Heidenlärm wird. Nachdem der Verkauf zu Ende ist, stecken die Fischer Sardinen auf Spieße, hauen Zweige ab und machen neben den kreisförmig in den Sand gestellten Spießen ein Feuer an. Sie trinken Weißwein. Die silberne Haut der Sardinen beginnt sich zu schwärzen. Und wir entfernen uns taktvoll, und uns allen dreien wässert gewiß der Mund.

Ana hat schon einige Mietshäuschen angesehen; Hector und ich sollen uns bis zum Abend für eines entschieden haben.

50

Die Modeboutique – mitsamt Friseursalon und Tea-Room – hatte Ana in einem ziemlich gewöhnlichen, aber geräumigen Haus eingerichtet, das von einer Galerie mit kleinen eisernen Säulen umgeben war. Die Säulen hatte sie schwarz gestrichen, desgleichen die Türen, die Fensterläden, die Korbmöbel, die Rahmen der hohen, an die gekalkten Wände gehängten Spiegel. Sie spiegelten die Glyzinien und nahmen zur Blützezeit ein japanisches Aussehen an. Solange ich am Aufschwung des Unternehmens mitwirkte, gab es nicht viel zu verkaufen. Zudem fand der Friseur keine Kunden, und nie kam jemand, um Tee zu trinken und den Obstkuchen Olivias zu kosten, der wunderbaren Köchin, die nach kurzer Zeit in Ferien reiste. Eines Tages erfuhren wir, daß sie, als sie ihrer Mutter, einer galicischen Bäuerin, zeigte, wie man ein Spanferkel flambiert, bei lebendigem Leib verbrannt war.

Hector, der geschickt und von einer die gewissenhafte Ausführung der von ihm unternommenen Arbeiten ermöglichenden und gleichsam seine Langsamkeit rechtfertigenden Geduld war, faßte den bunten Glasschmuck, den Ana im Kilo gekauft hatte, in Zargen, die besser gänzlich verdeckt wurden, oder klebte ihn auf Knöpfe, die eine Bluse schmückten. Als der Vorrat an geschliffener Schundware erschöpft war, begann er am Strand die wenigen Kiesel ohne Unebenheiten einzusammeln, die er perforierte und mit Wachs polierte, um aus ihnen Halsketten zu machen.

Bei schönem Wetter arbeiteten wir auf der Galerie, und wenn jemand die Boutique betrat, wuchsen uns Fühler und wir wußten augenblicklich, ob es sich nur um einen Neugierigen, um einen Fremden, der sich auf gemeinsame Bekannte berufen und Ana wegen des eventuellen Kaufs eines Grundstücks oder Besitztums um Auskunft bitten würde, oder aber um alte Freundinnen, ehemalige Kundinnen bei Paquin, später bei »Tebas« handelte, mitleidige Opfer, die kamen, um zu irreellen Preisen die Strohhüte zu kaufen, die eine Fabrik in Malaga Ana lieferte und die ich mit einem behelfsmäßigen Band und aus Pepita hergestellten Rosen garnierte – mit dem Daumen machte ich die Blütenblätter hohl und bog sie sodann mit Hilfe eines Messers wieder zurecht –, ganz so wie drüben meine Schwestern an Oktoberabenden Rosen aus Kreppapier geformt hatten, um an Allerheiligen die Gräber unserer Verstorbenen zu schmücken.

Gewiß gelangten Besucher, die ihr nie zuvor begegnet waren, beim Anblick dieser eigenartigen Person, die sie empfing, als hätte sie sie seit jeher erwartet, zu sonderbaren, boshaften Vermutungen: sie glich so wenig den adeligen Puten, die man bei einem Cocktail antraf und die, weil sie Lust hatten, dem unsicheren Wetter in San Sebastian – wo es sich schickte, den Sommer zu verbringen – den Rücken zu kehren, bei den wenigen Patrizierfamilien in der Umgebung abstiegen, um das Klima und die Aussichten dafür zu erkunden, ob ein gewisses gesellschaftliches Leben zwischen Gleichen sich in der Gegend entwickeln könnte.

Ana, die nicht gestattete, daß man sich in ihrer Anwesenheit so weit erniedrigte, über Qualität und Preis zu sprechen, führte die durchreisenden Unbekannten in die Irre durch eine Frische und Lebhaftigkeit, die ihr Lächeln trotz der Falten immer wieder bestärkte, durch die Wärme ihres Empfangs, die Großzügigkeit ihrer Auskünfte und den geringen Eifer, den sie zeigte, sie zu Kunden zu machen. Im Begriff zu gehen, fühlten sich die Besucher jedoch verpflichtet, eine von ihrer Verblüffung bisher in Zaum gehaltene Bewunderung zu äußern über die gekrausten Röcke aus smaragdgrüner Seide, in die sich die Weite der von Ana als prunkhafter Infantin von Velásquez am für Helena Rubinstein gegebenen Abend getragenen Robe verwandelt hatte; sie stellte sie an mit opalisierenden Porzellanblumen verzierten Gestellen aus Stacheldraht aus. Hector hatte die Gestelle verfertigt, nachdem er in den Feldern umhergewandert war und sich lange auf dem Dorffriedhof aufgehalten hatte. Endlich war der Augenblick gekommen, da Ana, dem unentschlossenen Blick des Besuchers folgend, einen Hut, eine Brosche anpries: »Blicken Sie in den Spiegel, man könnte meinen, ein Schößling, ja doch, ein Schößling Ihrer Augen, der gleiche Blauton!« – oder ihre kragen- und ärmellosen Herrenjacken, in denen Hector und ich uns lächerlich machten, als wir Ana ein einziges Mal zu Pomposa Escandón begleiteten. Wohl machten ihre Ideen die Zukunft unmodern, doch dies zu früh.

Niemand entkam ihren Fallen, den Lügen, die sie vorbrachte, um ihre Ware abzusetzen und ihren Tand mit dem Prestige des »einzigen Exemplars« zu umgeben. Ihre Stimme war auf der Galerie deutlich zu vernehmen, wir ließen uns denn auch kein Wort entgehen, wenn wir manchmal belustigt, oft verlegen zuhörten, entsetzt an dem Tag, als Ana, um die Reserve einer brasilianischen Milliardärin zu überwinden, die, obwohl es auf scharlachrotem Samt ausgebreitet dalag, angesichts eines Halsbands aus mit Wachs polierten Kieselsteinen zögerte, ausrief: » Es sind Steine aus dem Nil!«

Hector und ich wohnten in einem kleinen Haus, das mit eher grauem als grünem Efeu bewachsen war; er reichte bis zum Dach und verlieh den Mauern das Aussehen einer Ruine. Wir hatten es gewählt, weil wir noch Romantiker waren und weil es am Rande des Meeres lag. Ein unsicheres Geländer führte zum Strand, dem grobkörnigen, bräunlichen Sandstrand, der von Malaga nach Algeciras verläuft. Doch besaß dieses Refugium, das durch Salpeter verfaulte Bäume umstanden, einen unvermuteten Reiz: es war ein günstiger Ort für nächtliche Rendezvous. Einer der Fischer, ein Mann von beruhigender Häßlichkeit, von dem wir jeden Morgen Sardinen kauften und an Glückstagen Brassen und sogar Seezungen, hatte Hector aufgefordert, im Mondschein ein Sonnenbad zu nehmen. Andere Fischer folgten, die, während sie den Fisch schuppten, mit gesenktem Kopf denselben, zum Losungswort gewordenen Ausdruck wiederholten.

Wenn die Boutique schloß, unsere Dilettantenarbeit – in Wahrheit, ganz gleich ob Juwelier oder Nähmädchen, Fälscherarbeit – beendet war, gingen wir auf ein Glas zu Ana. Kein einziger Kunde an diesem Tag? Ihre Vitalität bewahrte den Schwung, und ihre Probleme, die in finanzieller Hinsicht eine drohende Katastrophe ahnen ließen, wurden von der Gewißheit eines hypothetischen Sieges hinweggefegt, sobald sie ihre Kastagnetten nahm, um Bach zu hämmern. Da sie ohne Klavierspieler war, unterwarf sie sich der Unnachgiebigkeit der Schallplatteninterpreten, und ihren Kummer ergoß sie in die immer barbarischeren Ekstasen ihres Tanzes.

Tagsüber war ich mehr um Ana als um mich selbst besorgt, denn seitdem ich, nicht ganz neun Jahre alt, einmal erfuhr, daß Marlene nicht mehr die besten Einspielergebnisse einbrachte, habe ich stets schmerzliches Mitgefühl empfunden für Ausnahmemenschen, die auf dem Abstieg sind. Doch sobald ich in unser Häuschen zurückkehrte, war trotz Hectors, den das Leben auch in der Armut noch belustigte, in mir etwas viel Ärgeres als Traurigkeit: das Übel; das Übel, das mir wehtat und sogar so sehr wehtat, daß ich keinen Feind hatte, dem ich einen gleichen Zustand wünschen konnte.

Eine unheilvolle Macht verhöhnte mich im Wellenschlag des Meeres, eine grauenhafte Musik im Schweigen der Sterne und ein perfides Schweigen in der Bahn da oben, die die Wolken zogen.

Die Tage gingen so zu Ende, wie Tage zu Ende gehen. Das Licht schwand so wie eine Lampe erlischt. Es setzte rote Farbkontraste auf das Meer, und die Nacht schloß sich wieder.

Dort in Marbella fühlte ich mich des anderen enteignet – jenes anderen, der so oft von mir geträumt hatte.

Oft des Nachs kam es vor, daß ich etwas wie eine Verkrampfung erlebte, ein Zusammenziehen aller Fibern des Körpers, das vom großen Zeh zu den Waden, den Schenkeln, zum Bauch hinaufzog, um sich in meinem Brustkorb wie ein Faustschlag in eine Glasscheibe zu entladen. Und ich wußte, daß es der andere war.

51

Endlich, eines Morgens, als Hector und ich alle Hoffnung auf Erfolg aufgegeben hatten, dennoch aber schon bei der Arbeit waren, gewahrten wir Palomitos Wagen auf dem zu Anas Wohnhaus führenden Weg. Auf dem Dach des Autos war mit Stricken mehr schlecht als recht ein riesiger Kabinenkoffer befestigt. Wir sahen Ana herunterkommen; sie trug wie gewöhnlich einen breitrandigen Hut, seine Krempe war wie ein Vordach über ihrem Gesicht, das überdies noch unter einer Sonnenbrille mit breiten Klappen viel geheimnisvoller als unter einer Maskenball-Larve verborgen war. Neben ihr richtete sich eine alte, sehr dünne Frau zu ihrer vollen Höhe auf; sie schien mit dem erhobenen Blick das Haus zu suchen, in das Ana sie einzutreten bat.

Es war Consuelo, Anas ältere Schwester, die der jüngeren schon bei deren Anfängen in der Couture in Paris geholfen hatte, wo sie seit ihrer Heirat mit einem Direktor von Citroën lebte; sie war seit langem verwitwet. Mit ihrem kurzen, kaum gewellten Haar von einem Silbergrau, dessen Blauton die besten Friseure damals nicht verhindern konnten, und mit ihrer bemerkenswert sparsamen Gestik schien sie uns dem Milieu, dem beide entstammten, besser zu entsprechen als ihre Schwester. Sie nannte Ana Anita, so als wäre sie ihr seit der Geburt anvertraut gewesen, und zeigte sich, in unserer Gegenwart jedenfalls, so, als ob sie ihr zustimme, ohne sie zu verstehen. Consuelo glich unserer Ana kaum, und dies machte mir, dem Kenner des Geheimnisses der anonymen Blätter, die sie mir zu lesen gegeben hatte, Anas Darstellung über ihre halb königlich-edwardische, halb indische Abstammung glaubhaft.

Consuelo war von vornehmer Einfachheit und Schwiegermutter eines Diplomaten, dem sie von Land zu Land auf seine Posten folgte, aus Liebe zu ihren Enkeln, hauptsächlich aber – vermuteten Hector und ich –, weil sie sich im geregelten Gesellschaftsleben der Botschaften offenbar am Platze fühlte.

Wenn sie nach der Siesta zu uns in die Galerie kam und in dem Korbstuhl Platz nahm, den Hector mit den bestgefüllten Kissen ausgestattet hatte, wirkte sie so, als nähme sie sich vor, im alten Garten ihres Herzens Ordnung zu machen. In den ersten Tagen wahrte sie eine ruhige Absonderung, der ab und zu das Knistern einer umgeblätterten Buchseite Abbruch tat. Ohne geziert zu sein, lehnte sie sich im Sitzen nie an; und wenn bei Ana die mittelalterlichen Stühle – die sie, wie alle bei »Tebas« wiederauferstandenen Möbel, als Küchenmöbel bezeichnete – besetzt waren, setzte sie sich auf den Rand des Diwans und behielt die Kopfhaltung bei, die mehrere Generationen zu einer natürlichen gemacht hatten, und ihre ausdruckslose Miene. Nur die Vornehmheit ihrer Nase widersprach der Bescheidenheit ihrer Manieren.

Sie schien niemanden, nicht einmal ihre Schwester übermäßig zu lieben, dagegen auf tatkräftige Weise zu lieben, ohne vom Nutznießer Dankbarkeit oder gar Dankesworte zu erwarten. Da sie auf ihren inneren und mehr noch ihren äußeren Frieden bedacht war, war Stille ihr angenehm. Consuelo teilte nicht Anas Geschmack am Putz, ihre Kleidung war vor Unauffälligkeit beinahe unsichtbar. Eine Besonderheit immerhin verband sie mit Ana: die Seltenheit des gelben Saphirs ihres Rings entsprach der Seltenheit des blauen Topas, den ihre Schwester trug.

Alles Fragen erschien ihr taktlos, sie stellte denn auch niemandem Fragen, lediglich Hector und mir aus Freundlichkeit dann und wann, denn sie ahnte, in welcher Unsicherheit wir lebten, ohne deshalb in unseren Bemühungen nachzulassen. Uns gegenüber zeigte sie sich neugierig, doch in dem Fall verband sich die Neugier mit etwas wie Herzensgüte: sie wußte, daß unsere Zuneigung zu Ana, so stark sie auch war, es uns nicht lange erlauben würde, die Armut zu ertragen, zu der wir hier bestimmt waren.

Wir hatten sie gern und verziehen ihr, daß sie mitten in einem uns tröstenden Gespräch sich in eine Art Abwesenheit zurückzog und selbst dann bewegungslos darin verharrte, wenn ein Schwall von Jasminduft uns dazu brachte, die Nadel oder das Bügeleisen in der Schwebe zu halten.

Das Öffnen des Kabinenkoffers für Überseereisen, den Ana etwa ein Vierteljahrhundert zuvor in einem Pariser Wagenschuppen abgestellt und den Consuelo abgeholt und bis nach Marbella geschleppt hatte, wurde zum Ereignis. Ana, die, nicht ohne mitunter zu zögern, Stück um

Stück seines Inhalts wiedererkannte, staunte nicht weniger als wir.

Von allem, was uns faszinierte, rechnete Hector auf den ersten Blick den zu erzielenden Gewinn aus: so und so viele Kupons Seide, gaufrierte Lamés, wie man sie auf den Gemälden der Alten sieht, und dieses Exemplar des legendären Etuikleids aus jenem elastischen Samt, der Bébé Bérard geblendet hatte und an desssen Existenz wir kaum hatten glauben wollen, und das von oben bis unten mit von Hand aufgenähten winzigen Pailletten auf einem in Regenbogenfarben schillernden Braun besetzten Kleid, das man nicht zum Verkauf anbieten können würde, weil es an mehreren Stellen zerrissen war: es sollte unerschöpflich bis zur Besessenheit, bis zum Alptraum werden, nachdem wir, noch vom Schwung erfüllt, der ausweglosen Ästhetik des letzten Schreis folgend, beschlossen hatten, kleine Stücke davon abzuschneiden und sie auf Leinen und trübselige Baumwollstoffe zu applizieren.

Doch die Entdeckung ihrer Theaterfächer bewegte Ana noch mehr; sie befreite sie aus ihrer Wollfilzhülle und öffnete und faltete einen nach dem anderen, wobei sie die Pose der *Marquesa de la Solana* annahm, den rechten Fuß vorstreckte und die Augenbrauen hob.

Darauf, als Hector, geschickt wie immer, die rostigen Schlösser des Koffers bereits wieder schließen wollte – Ana schenkte ihn uns, damit wir künftig eine Art Schrank hätten –, bemerkte er eine leichte Ausbuchtung an einer Seitentasche, er entnahm ihr einen großen vergilbten Umschlag, in dem ein mit Band umwundener Stoß von Zeichenpapier steckte: eine Folge von elf Skizzen Christian Bérards, die zeigten, wie er stufenweise versucht hatte, die Silhouette des Etuikleids auf einen einzigen, bald fetteren, bald leichteren Strich zu reduzieren, wie der chinesische Maler einen Gebirgshorizont oder eine schlafende Katze.

Trunken vor Glück hatte Ana laut verkündet, daß Bébé am letzten Anprobetag Hunderte von Skizzen gemacht habe, genug, um den Fußboden des Ateliers damit zu bedecken, und daß sie in der Befürchtung, er, der so Unordentliche, werde sie alle verlorengehen lassen, sie aufgelesen und ihm dabei die besten entwendet habe. Sie schien plötzlich erstaunt, sich die Wahrheit sagen zu hören.

In mit Perlmutt intarsierten Ebenholzrahmen wurden sie Gegenstand einer Ausstellung, in der, angetan mit dem von den Zeichnungen verherrlichten Etuikleid, eine kopflose Statue mit weit und flehend geöffneten Armen thronte, wahrscheinlich die einer Märtyrerin, die Pablo in einem Kloster entdeckt hatte.

Alles wurde gekauft, vielleicht dank der Schönheit der Rahmen und dank der Unaufdringlichkeit der eifrigen Bemerkungen Consuelos, die wohl als einzige Bérard kannte. Der Abend machte das Unternehmen wieder flott oder füllte vielmehr wieder Anas Handtasche, und man fing an, die Boutique ernst zu nehmen.

Das Kleid aus elastischem Samt endete als Corsagen, die Ana nur jungen Frauen mit festen Brüsten zu verkaufen beschloß, wobei sie ihnen einschärfte, keinen Büstenhalter zu tragen, was dort, wo sie auftauchten, einen Skandal herbeiführte.

Die kostbaren Fächer schließlich wurden von Hector ausgebessert, und ein Teil von ihm hat sich wohl in diesem Tüll verfangen, dessen mikroskopisch kleine Fäden er dank eines angeborenen Könnens zu vernähen verstand, verfangen auch in den Spitzeninkrustationen, die er mit winzigen, ziemlich matten und darum alt genug wirkenden Perlen bestickte. Sie sollten ebenfalls, doch nur von Zeit zu Zeit und immer nur einzeln, in einem Glaskasten ausgestellt werden. Und wenn ein reicher Ausländer, der, allein um das vom Gerede so überschwenglich gelobte

Fabelwesen kennenzulernen, die Boutique betreten hatte, für den Fächer schwärmte, spielte Ana ihm mit ernstester Stimme und fast empörter Miene die Verweigerungskomödie vor: »Oh nein! er ist nicht verkäuflich, nie im Leben! Bedenken Sie doch... ein historischer Gegenstand, ein Museumsstück, eine Kostbarkeit, der Fächer, den Eugenia de Montijo auf dem Ball in den Tuilerien trug, wo sie und der Kaiser einander begegnet sind!«

Consuelo war beruhigt wieder nach Bonn zu den Ihren gefahren.

Ich war weit davon entfernt zu glauben, daß ich mich eines Tages mit solcher Deutlichkeit an all dies erinnern würde. Die Galerie mit ihren Glyzinien, ihrem Jasmin, die Kinkerlitzchen, die Rosen aus Pepita und die Leserin des *Journal* von Julien Green, die einen Finger als Lesezeichen ins Buch legt, es schließt und uns den soeben gelesenen Absatz zusammenfaßt oder ausschmückt; in diesem Absatz ist die Rede von Anne, der Schwester des Autors, die sie recht gut kennt; sie wohnen in derselben Straße nur wenige Schritte voneinander entfernt. Worauf die Lektüre wiederaufgenommen wird.

Ja: ich war weit davon entfernt zu glauben, daß dies, wimmelnd von unzusammenhängenden, verstreuten Einzelheiten, mir wieder gegenwärtig würde, wohingegen das folgende Drama, das mich zutiefst erniedrigte und völlig enteignete, sich auf einen einzigen Augenblick reduziert hat, der auf einer unveränderten Einstellung beharrt und sich dann wie eine Fahraufnahme, die Gestalten, Bewegungen, Gesten einfängt, verlängert – das Tonband hat der drohende Tod gelöscht.

52

Es ist noch nicht Abend; es ist noch schwüler Nachmittag an einem Sonntag im Juli. Beim Mittagessen haben wir die unverhoffte Ankunft Juan Prats gefeiert, der in Mailand Assistent Giorgio Strehlers geworden ist. Ich war froh, ihn wiederzusehen; ich verehrte ihn, seitdem er mir das Leben, jawohl, das Leben gerettet hatte, damals, als ich am Flughafen von Orly festgehalten worden war, und er sich bemüht hatte, mir ein Transitvisum zu beschaffen. Ich liebte ihn, obwohl er mich mit seinem trockenen Humor und seiner übermäßigen Hellsichtigkeit einschüchterte. Seine stets erstaunlich scharfsinnigen Bemerkungen laufen Gefahr, unbemerkt zu bleiben, wenn man nicht beständig auf der Lauer ist, denn er stellt sie nicht heraus, unterstreicht sie nicht durch einen besonderen Tonfall; Heiterkeit zu erregen ist seine Sache nicht; er sucht nach einer Komplizenschaft in der Ironie, dem Modus des Denkens, der das Gegenteil von dem, was man sagt, suggeriert; und wenn er diese Komplizenschaft findet und wenn man loslacht, zeigt in seinem Gesicht, dessen Züge einer Unbeweglichkeit unterworfen werden, die den Indianern oder den tibetanischen Weisen eignen soll, nur gerade ein Verziehen der Lippe nach rechts weniger den Anflug eines Lächelns als ein verzittertes Komma an. Er kritisiert die Menschen nicht; er wickelt sie mit einem Wort ein; in seinen Urteilen paart sich die Überzeugung, recht zu haben, mit einer gleichgültigen Friedfertigkeit. Pose? Ich habe seine Mutter gekannt, deren lebendes Abbild er ist; er hat von ihr eine Besonnenheit geerbt, die in Gesellschaft zu einem Humor des Fast-Nichts wird.

Es ist noch nicht Abend; es ist noch schwüler Nachmittag an einem Sonntag im Juli. Wir befinden uns beide bei Ana in einem Dämmerlicht halbgeschlossener Läden, zugezogener Vorhänge. Die Unterhaltung stockt; wir schweigen schon eine Weile; allmählich hat sich ein sonderbares Gefühl der Erwartung zwischen uns eingestellt, das die Wände, die Vorhänge, die Eingangstür erfaßt. Mit einem Mal gerät die Stille in Bewegung, etwas wird geschehen, hereinbrechen, aber es ist nur ein Zittern, der flehende Seufzer, den Ana ausstößt und den ich dem für Ana schwer erträglichen, zunehmenden Aussetzen des Gesprächs zuschreibe. Doch vielleicht – später werde ich nicht daran zweifeln – war es Ana durchaus nicht unbekannt, daß mir eine Abrechnung drohte. Sie wußte nur zu gut, was ich nie vermutet hätte und was sie mir nicht mitzuteilen gewagt hatte: daß ihr Sohn Romulo, der Großgrundbesitzer, der adelige Bauer, der mit einem der großen Vermögen der nördlichen Provinzen verheiratet war, der strengen Frau, die ich einmal kurz in Madrid gesehen hatte, einer verblühten, katholischen, apostolischen, aus alter Familie stammenden Römerin und Enkelin der trotz allem intakt weiterbestehenden heiligen Inquisition, Romulo, der in Marbella ein Haus gemietet und seine Mätresse darin untergebracht hatte, aus Vorsichtsgründen, um nicht die Vorzüge seiner familiären Situation einzubüßen, Hin- und Rückfahrten unternahm und daß er, um seine Heimlichkeiten leichter fortsetzen zu können, von seiner Mutter, der es von Anfang an gelungen war, sich von den Gesetzen freizumachen und ihrer Umgebung die eigenen aufzuzwingen, ein für allemal verlangen werde, sich der Tugend zu verschreiben oder ihrem Verhalten den mustergültigen Anschein von Tugend zu geben.

Sie ging also von ihr, Ana, aus, die Schwere der Stille, die unbestimmte riesige Last, die sich auf uns gesenkt hatte.

Und plötzlich spaltet Tageslicht das Halbdunkel. Die

Tür wurde geöffnet und ist so hart an die Wand des Gangs gestoßen, daß der Putz abblättert. Romulo ist da, hat sich vor uns aufgepflanzt; er hebt sein hochrotes, wie von einer Fackel in Brand gestecktes Gesicht eines Mannes, der getrunken hat. Er blickt weder seine Mutter noch Juan an. Mich starrt er aus seinen tiefliegenden Augen an, in denen sein Grimm auf mich sich beengt fühlt. Alle Ängste, die vor der Dunkelheit in meiner Kindheit, die vor möglichen Feinden, die mich verfolgen und mir an einer Straßenecke auflauern, nehmen hier Gestalt an in diesem Gegner, der im Vollbesitz seiner Brutalität gekommen ist, um mir den Rest zu geben: ein Block aus Haß, in dem alles zusammenhält, von den Haarwurzeln bis zu den Zehen, von den Sehnen bis zu den feinsten Knorpeln, die seine Muskeln stützen, seine Brust, seinen Bizeps blähen, den Kiefer erfassen.

Ich sehe die anderen nicht; aus dem Augenwinkel ahne ich Anas Gestalt; die Gewalttätigkeit der Situation überfordert sie.

Man empfindet Romulo als ein Rachsuchtkonzentrat von mörderischem Grade, als ein Einmann-Tribunal, unerbittlicher als die Justiz, das personifizierte Böse, das sich als solches gefällt, das Herz so voll von Wut, daß es, wenn es nicht befriedigt wird, zerspringen muß.

Plötzlich schlägt er mit der Hand, die er die ganze Zeit hinter der Hüfte verborgen hatte und die, wie ich glaube, einen Stock hält, so auf den Boden, wie im Theater das Hochgehen des Vorhangs angezeigt wird. Aber das, womit er schlägt, ist eine Doppelbüchse. Es ist eine Doppelbüchse, die er langsam, feierlich hebt; es ist eine Doppelbüchse, die er jäh zwischen meinem Arm und meinen Rippen durchschiebt, um mich umzudrehen und hinauszuwerfen; es ist eine Doppelbüchse, die er mir zwischen die Schulterblätter pflanzt, um mich vorwärts zu stoßen.

Ich durchquere das Gärtchen und befinde mich auf der Straße, bedroht von einer Doppelflinte. Man denkt nicht an das Warum und das Vorhaben dessen, der sie in seinen Händen hält. Er existiert nicht: alles spielt sich zwischen dem Doppellauf einer Flinte, die den Tod enthält, und dem Rücken ab: das Herz schlägt nach hinten.

Man fühlt. Man denkt nicht. Man weiß, daß man im nächsten Augenblick vornüber fallen wird. Eine Viertelsekunde lang wünscht man es herbei: derjenige, der einen töten wird, wird im Gefängnis verfaulen. Und man hat keine Angst mehr. Ich habe keine gekannt. Aber man empfindet eine Art mineralische Kälte.

Als die Waffe und ein weiterer Fußtritt mich zwingen, die Hauptstraße einzuschlagen, spüre ich, daß Juan neben mir geht. Wir kommen an Anas Boutique vorüber. Wir laufen am Trottoir mit den Caféterrassen entlang. Wir haben die Kundschaft auf die Beine gebracht, und als wir vorüberziehen, werden die Balkone nach und nach mit schwarzen Kleidern beflaggt. Romulo treibt mich zum Ausgang von Marbella, zu den Feldern, auf denen die Abendgrillen schon schweigen. Er jagt mich davon, damit ich nie mehr zurückkehre; die überlegte, ungeduldige, begierige Absicht, mich davonzujagen, war sicherlich am Morgen mit ihm aufgestanden.

Er hat die Flinte gesenkt. Ich erinnere mich an seinen verzerrten Mund, der zweifellos Flüche, Drohungen ausstößt; ich erinnere mich an seinen Schnurrbart, der sich zusammenzieht. Ich erinnere mich, daß ich einen Gedanken für seine Mätresse gehabt habe.

Und der in der Erinnerung ausgeschaltete Ton kehrt zurück. Es ist nur ein Wort, zwei Worte, es ist Juan, ganz und gar: »Wie übertrieben.«

Wir haben kein Geld. Nicht ohne Munterkeit entschließen wir uns zum Autostop und winken nur den

Lastwagenchauffeuren. Und gestehen einander ein, mit Lastwagenchauffeuren noch nie ins Gedränge gekommen zu sein.

Romulos spektakuläre Beleidigung war das einzige, was mir noch gefehlt hatte, um im Hafen von Neapel zu dem Schiff, das mich an Land gesetzt hatte, und zu der Herde der Kilometerfresser, die ihr Ziel nie erreichen werden, zurückzukehren. Aber Juans Worte, die sich nicht als Ermutigungen gaben, ermutigen mich. Mäßigend und spaßhaft, gemahnen sie mich an die Hand, die drüben, im Land der Kindheit, meine Mutter mir auf die Stirn legte, um mein Fieber zu messen, und die ich wie eine bewegungslose Zärtlichkeit empfand. Und in meinem tiefsten Innern, wo sie ruht, setzt sich etwas in Bewegung, steigt auf; der Traum ist zu allen Neuanfängen bereit, zu allem, nur nicht dazu, zu verkümmern. In unserem Alter wäre der Tag des Sieges nahe, und Sieg erwarte uns, auch wenn immer wieder Hindernisse uns an unseren Ausgangspunkt zurückführten: Im übrigen sei es besser zu sterben, als sich dem Geist dieses Landes unterzuordnen.

Wir steigen in Torremolinos aus, wo Juan Bekannte findet, die ihn mit Geld versorgen, genug, damit ich tags darauf den Zug nach Madrid nehmen kann, und genug für einen angenehmen Abend. Ich fühle mich räumlich und zeitlich Marbella weit entrückt, fern dem, was dort vor kurzem geschehen ist. Mit dem Leben ist Glück unvereinbar, aber nicht mit dem Augenblick.

53

Ich habe Ana erst zehn Jahre später, um 1968, wiedergesehen. Ihre ewigen Kleider aus merzerisierter schwarzer Baumwolle waren vom Ärmelausschnitt bis zur Taille um mindestens vier Zentimeter weiter gemacht und die Spuren der ursprünglichen Naht waren nicht sorgfältig entfernt worden. Umgeben von ihren Halsketten hingen die Kastagnetten in ihrem Etui am Kopfende des Betts. Sie spielte nicht mehr; sie litt an Arthrose der Daumengelenke; und nach dem Beispiel der unsterblichen Zigarrenarbeiterin tanzte sie nun nur noch für sich selbst.

Auf ihrem Nachttisch stand in einem Silberrahmen ein Spruch in blaßblauer Tinte: »Wenn der Baum seine Frucht verliert, gewinnt das Laub seine Freiheit zurück.« Die Schrift war klar; als Unterschrift etwas wie ein Stern.

Das Dorf Marbella war irgendwo in der Wucherung einer verzettelten, abstoßend häßlichen Stadt verschwunden, die, angeblich kosmopolitisch, nur international war und noch ist. In der Zwischenzeit hatte Ana Boutiquen geschlossen und eröffnet, und Cocteau hatte eine von ihnen, »La Maroma«, dekoriert. Er mochte Ana gern, und da er sie kannte, beschränkte er sich nicht darauf, ihrem Vorschlag gemäß unmittelbar auf den Stein einige Figuren hinzuwerfen; damit sie sich gegebenenfalls aus einer Bedrängnis befreien könnte, indem sie sie zu Geld machte, hatte er vier große Bilder für sie gemalt, die Hector auf Holz aufgezogen hatte.

Wirklich schmückten sie alsbald die Wände des Salons in »La Huerta de los Olivos«, Anas neuem Haus. Um sie besser zur Geltung zu bringen oder, eher, um den Preis zu erhöhen, hatte Pablo, der an den häuslichen Herd zurückgekehrt war, sie in die Wand eingelassen, so sorgfältig, daß die Verbindungsstelle zwischen den Holztafeln und dem Wandverputz nicht sichtbar war und sie wie Fresken wirkten: welcher Käufer hätte seither nicht bedenken müssen, daß, sofern er ihre raffinierte Zurückhaltung überwand, sein Kauf nicht buchstäblich ein Entreißen bedeutete?

Jetzt waren die Wände kahl; außer dem Diwan, den

Stühlen, zwei Tischen, stand da zwischen zwei Vorhängen nur noch die enthauptete Märtyrerin, die das Etuikleid aus elastischem Samt getragen hatte.

Romulo sei gestorben, ob ich es erfahren habe?

Ja, ich hatte es erfahren, und bevor sie ihn in Erinnerung rief, um mich über sein Verhalten mir gegenüber aufzuklären und ihm unwahrscheinliche Gründe zu erfinden.

Ich hatte versucht, Romulo für immer auf der Straße stehen zu lassen, mit seiner Wut und seiner Doppelbüchse – nicht mehr an ihn zu denken, ihn in die Keller voller Dunkel und Staub zurückzudrängen, welche die Jahre ausheben und vertiefen –, doch manche Augenblicke tritt das Gedächtnis dem Vergessen nicht gern ab.

Der Tod ihres Sohnes war ihr durch ein Telegramm mitgeteilt worden, das die Unterschrift ihrer Schwiegertochter und ihres Enkels trug; Ana zufolge war sein Name ohne sein Wissen genannt worden, um die Verachtung, die Ächtung zu verstärken, die man ihr bezeigen wollte. Man gab ihr Romulos Ableben bekannt und daß die Beerdigung bereits stattgefunden hatte. Nicht nötig, sich hinzubemühen.

Gestorben, einsam, in einem armseligen Krankenhaus. Direkt in die Erde versenkt und, war es zu glauben, nach Aussage des Totengräbers noch warm. »Noch warm«: niemand verdiene eine solche Schmach, die an Mordwillen grenze. Allerdings verstand ich die Worte des Totengräbers als eine die Kürze der zwischen dem letzten Seufzer und der Bestattung verstrichenen Zeit hervorhebende Metapher, und ich nahm an, daß Ana an der buchstäblichen Bedeutung festhielt, um die Kränkung noch grandioser und das Drama zur Tragödie zu machen. Wie dem auch gewesen sein mag, ich fühlte, daß mich mit Romulo trotz allem von nun an etwas wie Versöhnung verbinden würde.

Es war Ana gelungen, den Leichnam ihres Sohnes exhumieren und in die Familiengruft überführen zu lassen. Ihren Sohn – Anas Reden nach Besitzer eines riesigen Landguts, vor dem sich eine Provinz Spaniens verneigte und der erste, der ein gerechteres Pachtsystem eingeführt hatte – hätten seine Pächter, seine Arbeiter, deren Familien unter Tränen zu jener letzten Wohnstatt im Schatten eines Tempelritterschlosses getragen, wohin sie ihm eines Tages folgen werde.

Pablo starb, kaum mehr als fünfzig Jahre alt, an einem Herzstillstand.

Bisher hatten die Bank, eine der ersten des Landes, und die von der Bank abhängigen Baulöwen es in Anerkennung ihrer Tätigkeit in Marbella, ihrer Kontaktfreude, ihrer Beziehungen Ana ermöglicht, auf großem Fuß zu leben; sie verdankten ihr weitgehend ihren Reichtum. Doch unversehens erklärte sich die Bank bankrott, die Baulöwen verschwanden, und Ana, die keine Reserven besaß, verkaufte das bis zu seinen Fundamenten mit Hypotheken belastete Haus und zog sich in den Bungalow zurück, den sie vorsorglich in ihren »Olivengarten« bauen lassen und »Le Ratón« getauft hatte.

Schließlich, als die Monarchie wieder eingeführt worden war, besann sie sich darauf, daß sie aus dem Geschlecht der Königin Victoria stammte: infolgedessen Anspruch auf eine ihres Ranges würdige Pension besaß.

Ana verbrachte ihre letzten Jahre – es waren noch zahlreiche – in der Nähe von Madrid in einem Altersheim für Damen der Aristokratie; sie hatte dort ein ziemlich geräumiges Zimmer, ein Boudoir, in dem ich die hochlehnigen Sessel wiedererkannte, und eine Vorleserin.

Sie erwartete mich in ihrem schwarzen Baumwollkleid, im Harnisch ihrer Halsketten, in ihrem Bett halb liegend, halb sitzend, in üppige Kopfkissen mit Leinenbezügen gestützt. Ihre Stimme und ihre Sprachmelodie waren unverändert, das Haar war so füllig wie früher, vielleicht etwas weniger kupferrot, und zeigte als dekorative Konzession an das Alter zu beiden Seiten des Mittelscheitels eine silberne Strähne.

Nach den ersten Worten habe ich das Gefühl, eine unserer Unterhaltungen in »Tebas«, in Marbella fortzusetzen; wir plaudern; was wir sagen, ist ohne Bedeutung; was für mich zählt, ist ihre Stimme, die wie das vernehmbare Rauschen der Dinge, die sich den Worten entziehen, mir im Ohr singt.

Der Tee wird uns gebracht; es ist Anas Tablett, ihre englische Teekanne und dasselbe Porzellan. Wir schweigen: einen Augenblick lang sehen ihre Augen mich unter halbgeschlossenen Lidern an; sie mustert mich und wendet sich dann ab; doch schon hat sie zum stürmischen, obwohl nicht maßlosen Tempo ihrer Redeweise und ihrem bewundernswerten Umgang mit der Emphase zurückgefunden. Sie weist mich auf das Fenster hin; es blickt zum Manzanares; ich sehe sein trockenes Flußbett, auf dem anderen Ufer eine Fabrik; zahlreiche Schornsteine ragen in den Himmel, Rauchschwaden quellen aus ihnen hervor: »Schau, *niño*, schau doch, wie herrlich: man möchte meinen London, die Themse.«

Immer über ihre Lage erhaben, nie in einer Lage, wie damals, als sie ihr Leben bald hierhin, bald dorthin schweifen ließ, ihr aus Schwung, Leichtfertigkeit, Wiederaufholen gemachtes Leben. Sie nähert sich der Lösung des Rätsels, viel lebendiger als ich.

Es fällt schwer, von Freunden Abschied zu nehmen, die vermuten oder wissen, daß man sie nicht wieder besuchen wird. Mit einer Jähe, die mich verlegen macht, stehe ich auf. Ana schenkt mit ihr schönstes, ihr beruhigendstes Lächeln. Der Knopf, nach dem ich sie in einer Falte der

Bettdecke habe greifen sehen, hat eine Angestellte herbeigerufen, die mich zurückbegleiten wird.

Die Stimme versagt uns. Wir geben einander ein Zeichen mit der Hand, wie von sehr weitem.

54

Im Winter 1980 haben wir uns in Paris, in der Bar des Port Royal, durch Vermittlung seines Verlegers kennengelernt, Romulos Sohn und ich. Er war korpulent, hatte die Gesichtszüge seines Vaters und ungefähr das Alter, das Romulo vor dreißig Jahren gehabt hatte; aber seine schlaffe Haltung, seine Art, sich in den Sessel zu fläzen, sein ungepflegter Bart eines Bohemiens wie aus alten Zeiten verhüllten die Ähnlichkeit.

Obwohl er von bestechender, doch – durch die schroffen Herausforderungen, mit denen sich unsicher fühlende Menschen irgendeinem hypothetischen Angriff des Gesprächspartners von vornherein zu begegnen glauben – pervertierter Intelligenz war, fand ich seine Konversation bald lästig. Im übrigen pendelte er zwischen dem geilen Mönch und dem Zwangsarbeiter; er verwirrte mich, in manchen Augenblicken widerte er mich an; weniger vielleicht wegen seiner Behauptungen von grober Ungenauigkeit als wegen seiner reinen kastilischen Aussprache, die mich stets ärgerte.

Er wünschte, meine Version – dies waren seine Worte – von seiner Großmutter von mir zu hören. Ich empfand einen seltsamen Kummer über eine solche Bezeichnung Anas: Ana, auf den Stand einer Großmutter, auf ein Glied in der Kette reduziert, ein Glied, das diesem Enkel fehlte, der ein Bier nach dem anderen bestellte und nun, die Beine ausgestreckt, die Hände auf dem Bauch, Bierschaum auf dem Kinn, sich spöttisch lächelnd anschickte, mir zuzuhören.

In der Hoffnung, ihn für mich einzunehmen und Achtung in ihm zu erwecken für diejenige, die ihm sicherlich eine Begabung vererbt hatte, die literarische Begabung, gestand ich ihm, daß Ana mir oft von ihm, dem Enkel, erzählt hatte, der in Cambridge studierte. Er lachte laut los: elf Jahre lang war er in den schäbigsten Londoner Restaurants Tellerwäscher gewesen.

Die erste Runde hatte er gewonnen; indem er Anas Mythomanie offenlegte, schwächte er mein Plädoyer von vornherein.

Ich vermied die Apologie, beschränkte mich darauf, mit groben Pinselstrichen das Porträt eines freien Wesens zu malen, das über die verschiedenartigsten Schwierigkeiten, ja sogar Katastrophen triumphiert hatte und bis zuletzt seinem Image treu geblieben war, ohne je zu klagen, was ihre Stärke und gegenüber den anderen ausgesuchte Höflichkeit gewesen sei.

Ich habe wohl viele Anekdoten erzählt, denn meiner Ansicht nach veranschaulichen sie eine Persönlichkeit besser als die gründlichsten Analysen. Und ich versäumte nicht, den Ausspruch des Couturiers Antonio Castillo in meinen Bericht einzustreuen, schrieb ihn aber, um ihm mehr Gewicht zu verleihen, Gregorio Marañon zu, der zu Anas Freunden gezählt hatte: »Anita? Ein Wesen, das in einer Auflage von nur einem einzigen Exemplar erschienen war; ihre Extravaganz war ihre Art, uns die Zukunft zu verkünden.«

Seine Miene verdüsterte sich, und er bestellte ein weiteres Bier. Er war ein wenig betrunken. Er hatte tiefliegende Augen. Das Schweigen zog sich hin: Der Schaum in seinem Glas verging. Der Schaum war gänzlich vergangen, als er, wieder zu sich kommend, mit gedämpfter Stimme in freundschaftlichem Ton, aber nicht ohne eine abrupte Offenheit, nicht ohne die bäurische Schroffheit, die den Spanier auszeichnet, zu mir sagte: »In der Familie heißt du nur Großmutters Gigolo.«

55

Der Tag ging zu Ende wie alle Sonmertage in Madrid. Die Sonne sinkt jäh wie ein erloschenes Öllicht, und auf dem Paseo de la Castellana oder einer durch ihren Ausblick begünstigten Prachtstraße sieht man ganz am Ende ein wenig Rot, und wie der Panoramavorhang im Theater erleuchtet sich der Himmel dahinter in einem so starken Blau, daß der erste Stern erscheint, während sich ein Schattenstaub ausbreitet: die Nacht schlägt am Horizont ihr zerfließendes Zelt auf, und unbefleckt von Metaphern, ganz nackt geht der Mond auf.

Es war ein Jahr und einige Tage her, daß Juan Prat mich in Malaga zu einem Zug nach Madrid gebracht hatte. Erbärmliche Monate waren gefolgt: vereinzelte kleine Beschäftigungen und schäbige Pensionen: die Hoffnung war verbraucht, alles war allzu wirklich geworden. Nun vegetierte ich in unüberwindlicher Dürftigkeit dahin; die Sorge offenbarte sich immerfort und in jedem Augenblick in allen ihren Nuancen; und da man nur schwer erreicht, daß andere dies anerkennen – denn wenn man uns anhört, so nur, um zum Ausgleich dafür seine eigenen Mißgeschicke abzuladen –, bemühte ich mich, nach dem Beispiel Anas, meine zu verbergen; die Probleme und Kümmernisse der anderen fügen sich zu den eigenen, und man teilt nichts miteinander, darum ist es besser, sich in seine Einsamkeit zurückzuziehen, als doppelt allein zu sein.

Meine Phantasie hatte mich so hoch emporgehoben,

daß mir war, als betrachtete ich mich selbst von unten, sehr weit unten her. Und ich war auf Grund geraten, als Juan, der zu Strehler nach Mailand zurückgekehrt war, mir in einem Brief sein Kommen mitteilte. Nach Madrid komme er, um ein Stück zur Aufführung zu bringen, das er selbst produzieren und bei dem er Regie führen wolle. Seine Eltern hätten ihm eine ansehnliche Summe bewilligt. Das Stück sei *Nora oder Ein Puppenheim*, und Bühnenausstattung und Kostüme werde ein Pariser Maler von sehr gutem Ruf in die Hand nehmen. Alles, was die Realisierung betreffe, werde er ohne Einschränkung mir überlassen; dies teilte er mir mit vorgetäuschter unpersönlicher Strenge mit; man hätte nicht sagen können, ob sie einem wahren Vertrauen in meine Fähigkeiten entsprach oder mehr ein zusätzlicher Freundschaftsbeweis war. Jedenfalls verlangte er nicht weniger als Vollkommenheit um jeden Preis. Zwar hatte ich gelernt, den Vermittler zwischen Bühnenbildnern und Handwerkern zu spielen; mein Tastsinn und mein Auge errieten, welche Materialien lichtdurchlässig, welche lichtundurchlässig sind oder auf unvorhergesehene Weise zu glänzen anfangen, sie errieten, noch bevor ich ihn in der Hand hob, den Fall eine Stoffs, seine Geschmeidigkeit und die Art seines Raschelns. Doch seit dem Augenblick, da Juan mir endlich sagte, daß Domenica der bewußte Maler war, jene Domenica, die ich durch die Gazetten und deren sehr genaue Malerei ich durch Reproduktionen kannte, fühlte ich meine Selbstsicherheit schwinden; zudem sollte sie erst wenige Tage vor der Generalprobe eintreffen.

Ich ging mit Juan zum Bahnhof, um sie abzuholen. Ich erinnere mich an Marek – diesen Unbekannten nenne ich sogleich beim Vornamen, weil ich ihn sehr gern gehabt habe und, wahrscheinlich, weil er gestorben ist und nicht aufhört, mir zu fehlen –; er steigt vor Domenica aus und reicht ihr beide Hände, um ihr über das gefährliche metallene Trittbrett zu helfen. Es fehlte ihr an Gelenkigkeit, doch kaum hatte sie die Füße auf den Bahnsteig gestellt, richtete sie sich auf ihren sehr hohen Absätzen wieder gerade auf, geschminkt, mit Hut, so als stehe sie Photographen Modell. Ihre Augen – diese Augen, die sie größer erscheinen ließen, indem sie ihren schwarzen Glanz vor dem Objektiv verstärkten – richteten sich auf mich mit einer Art keinen Widerspruch duldender Vertrautheit. In Mareks Blick dagegen glaubte ich eine flüchtige Schalkhaftigkeit zu entdecken, die schon zur Verständnisinnigkeit aufforderte. Ich fühlte mich geschmeichelt, hatte mich aber getäuscht: der Charme strahlte von ihm aus, er verkörperte ihn; er setzte keine Mittel zur Verführung ein: er selbst verführte; er gefiel, weil er Gefallen bereitete; wer mit ihm in Verbindung kam, liebte sich selber mehr, und wenn ihm das zu Bewußtsein kam, umschmeichelte er die Leute, die gegensätzliche Ansichten vertraten, zum Spaß so sehr, daß seine Opponenten nach und nach erobert wurden, Beifall klatschten und in der Meinungsverschiedenheit Gipfelluft der Intelligenz atmeten.

Domenica war buchstäblich perplex angesichts des Bretterbodens, der, schmaler verlaufend, dem kleinen Salon, der Herzstück ihrer Bühnenausstattung war, Tiefe verlieh; und noch mehr über Juans Einfall, den Schnee gleich einem Vorhang über der Vorbühne mit einem langsamen Konfettiregen zu simulieren: ein zitternder Schleier über dem Haus, dem von Sträuchern gesäumten Weg, dem Hintergrund; auf Wippen stehende Requisiteure streuten Konfetti, das sich langsam auf dem Boden anhäufte.

Die Aufführung hatte keinen Erfolg; noch heute jedoch sagen die Leute vom Fach, wenn sie auf sie zu sprechen kommen, daß Juans Inszenierung zu früh für Spanien gewesen sei.

Zwischen zwei Beleuchtungsproben oder zwei Anproben – »Nein, ich merke, daß das Futter dieses Kleides aus Nylon ist, das macht ein höllisches Geräusch auf dem Fußboden, das paßt nicht in die Zeit!« – aßen wir, Domenica, Marek und ich, in der Madrider Altstadt zu Mittag oder zu Abend: vor Anspielungen, Berichten, Anekdoten zitterndes Glück.

Nicht mehr als wir, jedoch auf weniger zurückhaltende Weise schien sie allein, gesammelt, von der Außenwelt abgekapselt, was sie kostete, zu genießen, um plötzlich, wie bei einer Verfehlung ertappt und als wolle sie uns ihre Sünde anlasten, auszurufen: »Morgen, Diät!«

An diesen jähen Reueanwandlungen, an der Art, wie sie plötzlich ihre Haltung, ihre Miene änderte, sich sogar von innen in die Wangen biß, wie dann, wenn man sich der eigenen Vorstellung gemäß im Spiegel wiederfinden möchte, erkannte ich, daß eine gewisse Naivität ihrer klarsichtigen Natur widersprach. Ich bemerkte auch, daß Marek, wenn Domenica und ich, die wir nebeneinander saßen, uns im Eifer des Gesprächs einander zuwandten, sich befreit fühlte: er blickte verstohlen um sich, niemand, der eintrat, entging ihm; diese spontanen, so raschen und in ihrer Unruhe so feinfühligen Manöver geschahen, ohne daß Domenica ihrer gewahr wurde, aber nicht ohne daß einer wie ich, der die gleichen Reflexe eines Jägers hat, sie bemerkte.

Wenn er zu uns zurückkehrte, weil er feststellte, daß unser Zwiegespräch langsamer wurde, entzündete sich in seinen schönen Augen etwas Fiebriges, ein winziger Punkt am Grund seiner Augäpfel, der erst nach langer Zeit wieder erlosch.

Ich war mir bald darüber klargeworden, daß mich Domenica tagtäglich einem regelrechten Examen unterzog; sie wünschte die Richtigkeit und die Promptheit meiner

Antworten zu prüfen sowie die mehr oder weniger neue Art meiner Meinungsbildung über das, was offen zutage lag; sie lockte mich in Fallen, um festzustellen, welche Mittel ich besaß, in welchem Maß und auf welche Weise ich auf das mir Unbekannte reagierte oder auf das, was sie aus List lobte und in Wahrheit nicht schätzte, oder auf jene Unterscheidung, die alle vom wirren Gerede der surrealistischen Pfarrgemeinde Angesteckten wie eine Spruchbanddevise schwenken, so als erwiesen sie einem die Gunst einer Erleuchtung, dieser Wahrheit, dieses fehlerlosen Diamanten, den sie in der hohlen Hand halten: nämlich, daß Grausamkeit nichts mit Bosheit zu tun hat.

Jede Person ist ein Denken, das sich im Hinblick auf ein anderes Denken mehr oder weniger maßvoll Fragen stellt. Ich schätze es nicht, wenn man darauf besteht, dem anderen die bescheidenen, im Schatten bewahrten Schätze abzunötigen, und noch weniger, wenn man kurze Bemerkungen auf irgendeine Gewißheit reduziert; hinter einem Wort, einer Geste, einer Tatsache gibt es Tausende von Welten und von Ursachen.

Domenica ging mir auf die Nerven; Marek litt darunter. Er war so höflich, daß er in Augenblicken der Spannung eine Miene aufsetzte, in der sich für jedermann eine stets rosige Zukunft spiegelte.

Einmal, als ich mitten in einem Dialog, der an Streit grenzte, die Gabel fallen ließ, zeigte er ohne Umschweife eine Reaktion von verzweifelter Absonderlichkeit: »Und Marilyn Monroe?« fragte er.

»Ein Engel«, antwortete ich.

Domenica und Marek blickten einander an; sie lächelten. Ich war unter Belobigung angenommen.

Sie schlug mir auf der Stelle vor, ihr Assistent zu werden. Sie hatte Aufträge erhalten, darunter einen zu einer Aufführung in Salzburg, den sie, sofern ich ihr Angebot nicht ausschlug, annehmen würde. Das war mehr, als ich zu träumen gewagt hatte; das war Paris.

Nach der Generalprobe reisten sie ab. Ich konnte erst einen Monat später nachkommen, denn trotz der Grenzstempel in dem Paß, die meine Ankunft im Staatsgebiet mit dem Datum vom 30. Oktober 1955 versahen, und trotz der alle drei Monate stattfindenden Erneuerung meiner Aufenthaltserlaubnis zögerte das Polizeipräsidium, mir das unumgängliche Ausreisevisum zu erteilen mit der Begründung, ich sei in ihren Archiven nicht aufgeführt.

Schließlich schaltete Juan sich ein und schmierte die Angestellten; der Tag war glanzvoll, und Juan brachte mich ein weiteres Mal zum Zug.

56

Domenicas mit ergötzlichem Einfallsreichtum, der viele Hindernisse überwunden hatte, eingerichtete Wohnung besaß alles, was die Phantasie einer Flucht von Mansarden zuordnen kann, die durch enge Gänge miteinander verbunden sind, oft unter Dachschrägen, so daß man den Kopf einziehen und sich bücken mußte.

Ausblicke öffneten und schlossen sich, gleich wieder klar sichtbar durch ein Bullauge, ein liegendes Dachfenster, und da nun eine kleine, Schwindel begünstigende Treppe ohne Geländer, dann eine lange helle Veranda, Niveauveränderungen, blinde Winkel und endlich, am Ende eines Ganges, das Allerheiligste, ein geräumiger Saal mit hoher Decke: Salon-Atelier-Bibliothek. Ein leichter Baumwollstoff verhüllte die lange Reihe kleiner Fenster und filterte das Licht.

Keine Zimmer im engeren Sinn des Wortes, sondern

eine Folge eigenwilliger Zimmer-Annäherungen bildeten, von innen gesehen, in ihrer Gesamtheit eine pluriforme Skulptur mit ihren gebrochenen Winkeln, ihren schiefen, dennoch auf den mit Terrakottafliesen oder Linoleum belegten Fußböden feststehenden Wänden: eine ganze lebendige, phantastische Geometrie. Sie war voller Kapricen, aber organisch tatsächlich mit der Notwendigkeit verbunden, in einem Raum, der gleichsam während eines Bauvorgangs nach und nach erfunden zu sein und in der Luft zu schweben schien, eine bewohnbare Behausung zu schaffen.

Wenn Domenica diese Behausung entworfen und zustande gebracht hatte – deren Aufteilung von Verstecken in Arbeitsstätten oder Ruhestätten von einer Art kombinatorischem Können herrührte –, so dank der Wesensverwandtschaft mit ihren Katzen: weiße, schwarze, getigerte, rosa oder grau schattierte, beigefarbene, blaugraue, rostrote wohnten dort, sicherlich bequemer als Domenica selbst und die beiden Freunde Gaetano und Marek, die seit vielen Jahren ihr Leben teilten.

Ob auf den obersten Stufen der kleinen Treppe, ob auf den Tischen, auf den Betten, an die Füße einer Staffelei gekuschelt, ob aufmerksam aufrecht sitzend, den Schwanz wie einen Federbusch um eine Seite gelegt, ob mit gestreckten Vorderpfoten wie eine Sphinx oder zusammengerollt schlafend, in majestätischer Absonderung oder in der lässigen Anmut einer Sultanin: alle Katzen Domenicas waren Perserkatzen, Fell von seidiger Üppigkeit, flaches Gesicht, Stumpfnase, unwirkliche Schnurrbärte, die sich flüchtig im Licht abzeichneten, wenn sie ihren in einer elisabethanischen Halskrause gefangenen Kopf umwandten.

In nichts Conchita Ruedas nervösen Siamesen oder Hectors Lola ähnlich, erfüllte doch jede die notwendigen

Voraussetzungen, um dem Archetypus der Katze zu entsprechen, loyale Machthaberin, die sich jenseits schlafender Grausamkeit träumt, großes Raubtier, wenn sie sich melodisch dehnt und gelockert entspannt, auch in Ruhestellung von absoluter Entschlossenheit; sie genügt sich selbst, braucht niemanden – wohingegen der Hund, sobald er Gehorsam lernt, seiner Zuneigung wie einer Notwendigkeit Ausdruck gibt und der König der Schöpfung die meiste Zeit damit verbringt, Mittel zu finden, um sein Leben zu fristen.

Dreizehn, vierzehn oder sechzehn waren es damals, die Domenica bei ihrem Namen rief, doch allein Hermine verließ bei meiner Ankunft ihren Platz; nachdem sie mich unter eifrigem Schütteln ihres Kopfes berochen hatte, begann sie zum Zeichen einer Begrüßung die gepolsterte Armlehne des Sessels zu kneten, in den ich mich gesetzt hatte, sprang mir auf die Knie und schmiegte sich auf meinen Schoß; bald darauf stimmte sie einen leisen, tiefen, heimlich in ihrer Brust wogenden Gesang an; eine Wollust war in ihr erwacht und wiegte sie. Dies beruhigte Domenica, weniger bezüglich meiner Fähigkeit, mich dem Geist des Ortes anzupassen, als bezüglich der Eigenschaften meiner Person. Sie war in diesem Punkt bereits beruhigt: den ersten Brief, den ich ihr geschrieben hatte, um ihr die bürokratischen Gründe darzulegen, die mich in Spanien zurückhielten, hatte sie einem Graphologen unterbreitet, der ihr als ein von den Gerichten hinzugezogener Fachmann Vertrauen einflößte.

Sie ließ mich die Analyse lesen, deren sehr lobender Wortlaut mir schmeichelte, mir aber gleichzeitig ein Image auferlegte, dem ich mich anpassen mußte. Ich entsinne mich, daß Domenica mir den Bericht laut vorliest und innehält, um auf meinem Gesicht die Zeichen oder Spuren jener hinter friedfertigem Äußeren verborgenen

Gewalttätigkeit zu entdecken, die das Gutachten mir zuschreibt.

Wie lange noch würde ich Examen unterzogen werden, auf welche Prüfungen mußte ich mich noch gefaßt machen?

Der Ammoniakgeruch des Katzenurins, der mir in der Pension an der Glorieta de la Iglesia vertraut geworden war, verwandelte sich hier, trotz des würzigen Potpourris in den Räucherpfannen, in Schwaden von Gestank.

Plötzlich wagte sich unter blauen Augen von eindringlichem, zupackendem Blick eine Nase ins Atelier vor: Gaetano. Von seiner Person ging eine natürliche Würde aus, die von der Vornehmheit seiner Gesichtszüge und der höflichen Langsamkeit seiner Manieren herrührte. Er war sehr schmal und sehr groß, und aus seiner Art, mit ausgestreckten Beinen, ans Rückenpolster gelehntem Oberkörper dazusitzen, wie auch aus seiner Sprechweise schloß man auf ein träges Wohlbefinden und eine ein wenig ernüchterte Haltung gegenüber allen Dingen. Man dachte abwechselnd an einen Fürsten – was er, wie ich später erfuhr, war –, der der Welt das Valet gegeben hat, um bis zum Ende ruhige, einem emsigen Zeitvertreib gewidmete Tage zu verleben, und an einen Mönch, der, vom Streben nach Vollkommenheit befreit, ohne viel darüber nachzudenken, seine Pflichten erfüllt und der, indem er dies tut, Vollkommenheit erreicht.

Ich versuchte, mir darüber klarzuwerden, was meine Anwesenheit für Gaetano bedeutete, und einem kaum merklichen Ausdruck von Besänftigung, der in sein Gesicht trat – während er, wie nach abgeschlossener Sache, die Hände lässig über dem Bauch faltete –, entnahm ich, daß sie ihm annehmbar erschien.

Aus dem täglichen Umgang mit jemandem läßt sich nicht immer eine lückenlose Kenntnis gewinnen. Aber es kommt vor, daß sich zwischen zwei Menschen, ohne daß sie es wissen, eine animalische Aufnahmefähigkeit entwickelt, die es ihnen erlaubt, Empfindungen, Gefühle, sogar Ansichten dank eines Nichts zu erfassen, einer angedeuteten Geste, des mehr oder weniger unsicheren Streichens eines Fingers über den Hals, dank eines Blicks, der vergeblich den Gegenstand sucht, auf dem er sich niederlassen kann, dank der Luft, die man ausstößt, wie um die Lungen zu entleeren, und die kein Seufzer ist.

Auf einmal erhob sich Domenica und forderte mich auf, ich solle mein Zimmer besichtigen. Es war winzig, aber wir hatten in Madrid vereinbart, daß ich nur einen Monat bei ihr bleiben solle, und kraft meiner in Rom gewonnenen Erfahrung in Abstellkammern würde ich mich an seine Enge gewöhnen. Der Tapezierer war abends zuvor mit seiner Arbeit fertig geworden, und herausgekommen dabei war das schönste Zimmer der Wohnung. Durch einen den Katzen verbotenen Gang, in dem sich Gemälde anhäuften, gelangte man hin. Ja, es handelte sich wirklich um eine Kammer, eine entzückende Kammer aber, deren Wände mit einem granatroten gemusterten Kaschmirstoff bespannt waren; ein kleiner runder Tisch, ein Stuhl, eine Lampe mit einem Schirm aus Glaspaste und das in eine Vertiefung, die einem kleinen Treppenschacht glich – ich sollte tatsächlich die Schritte des Nachbarn, manchmal ein Getrappel vernehmen –, gestellte Bett.

Ein dicker, vom Fußboden schräg aufsteigender Pfeiler zwang, wenn man sich hinlegen wollte, dazu, sich auf das Kopfkissen zu setzen und, um nicht an ihn zu stoßen, die Beine anzuwinkeln; wenn man sie ausstreckte, kratzten die Zehen sozusagen an der Spitze des Dreiecks, in das sich der nach Maß angefertigte Bettrost einpaßte. In diesem reizenden Gemach holte mich, sehr wirklichkeitsnah, die alte Zwangsvorstellung vom Sarg und vom lebendig Begrabenen wieder ein. Sie war am Tag, da ich, ein kleines Kind, auf einem Dorffriedhof des Flachlands von meiner Großmutter mütterlicherseits Abschied nahm, in dem Augenblick entstanden, oder sie hatte sich verstärkt, als, bevor man sie in das Grab hinabließ, der über dem Glasoval befestigte Holzdeckel entfernt wurde: das Gesicht hätte einer alten Photographie geglichen, wäre da nicht ein Streifen vielleicht getrockneten Bluts, das die Erinnerung jedoch rot sieht und die Vorstellung rot haben will, gewesen, das wegen des Rüttelns des Karrens aus den Mundwinkeln getreten war.

Der altertümliche Geruch des Pfeilers – aus welchem Holz war er? – trug zur Begräbnisstimmung bei. Ich schlief, den Morgen herbeisehnend, in wirrem Unbehagen ein: das kleine Fenster bildete den Rahmen für spitze graue Mansarden vor einem grauen, aber leuchtenden Himmel, und ich konnte mir sagen: »Ich bin in Paris.«

57

Wenn ich zum ersten Mal in eine Stadt komme, zumal wenn der Abend schon vorgeschritten ist, stelle ich meine Sachen ab und gehe sofort ins Freie hinaus, um, getrieben vom Bedürfnis, einen Überblick zu gewinnen, einen Spaziergang zu machen, ohne den ich mich noch schlechter als gewöhnlich der Schlaflosigkeit erwehren würde. Bei Domenica hatte ein ununterbrochener Austausch von Fragen und Antworten den Tag ausgefüllt. Sie hatte mir ihre Bilder gezeigt, Bücher, die ihr gewidmet waren, und auf meine Kommentare gelauert; ich versuchte, die Ausrufe zu meiden, mit denen man sich in solchen Fällen aus der Affäre zu ziehen glaubt. Vor Gaetanos Bildern war es mir sodann gelungen, ein anderes Register zu ziehen, und der Nachmittag ging in den Abend über, als Marek, aus seinem Büro zurückgekehrt, mit einem Schwall herzlicher Worte, eine Flasche Champagner unter den Arm geklemmt, Gläser in der Hand, ins Atelier trat.

Es wurde dunkel, wir gingen zu Tisch. Das Abendessen bei Kerzenschein war köstlich; danach begab sich ein jeder unter Lachen, unter gegenseitigen, von Gaetanos römischer Lässigkeit gedämpften Zusicherungen frühzeitig zu Bett – ich allerdings verdüstert durch die schlimme Nachricht, die mitten in der von Marek arrangierten Feier zu verkünden Domenica sich nicht hatte verkneifen können: der Salzburger Mozart, der ihrem Angebot an mich zugrunde lag, würde nicht stattfinden.

Ich weiß nicht, ob es sich um eine der von meiner Erinnerung geschätzten Aufschneidereien handelt, wenn sie mir zuflüstert, daß ich tags darauf, während meines Stadtbummels, mit Staunen und nicht ohne einige Enttäuschung den zwiefachen Geist Paris' erraten habe. In Erinnerung geblieben von meinem Notaufenthalt sechs Jahre vorher war mir nur die entsetzliche Nacht in Orly, das Café de Flore und Grecos grausame Unverfrorenheit, ein Stück der Uferstraßen und die Gare d'Austerlitz, wo ich den Zug nach einem Bestimmungsort genommen hatte, von dem ich glaubte, daß er an meiner Bestimmung nicht teilhaben würde: Madrid.

Dennoch hatte ich weiterhin von einem Paris geträumt, das meiner begrenzten, lückenhaften Kenntnis der französischen Literatur entsprach: vergleichbar den mir bekannten ihrer Werke, selbst Werk und regiert von der Bemühung um Form und Subtilität, und zuerst fand ich nichts als einen verfallenden Ameisenhaufen, der in dunkler Feuchtigkeit noch die Narben seiner im Lauf der Jahrhunderte erlebten Wechselfälle zeigte. Ich hatte mich im

Viertel des Marais verirrt und war bis zu dem der Hallen vorgestoßen; ich hatte den Eindruck, mich mitten durch ein Menschengewimmel und eine Ansammlung von Elendsbehausungen zu winden, den Eindruck, daß alles um mich herum sich meiner Vorstellung von der Stadt brutal widersetzte. Und plötzlich, Gott weiß durch welche Umwege, erscheint vor meinen Augen die Strategie der Avenuen, die dahineilen und der alten – sich in ewiger Gärung, doch nur an den Rändern vermehrenden – Unordnung die strenge Ordnung eines Gartens von Le Nôtre vorschreibt, in welchem Garten die Natur gezähmt und dadurch schöner wird, denn in einer Sternstunde haben sich hier der Geist der Geometrie und der Geist des Raffinements miteinander versöhnt. Doch unter dem von Versailles verkündeten Gesetz dauert das Gewimmel fort; Wirklichkeit und Mythos von Paris verschmelzen ineinander und machen es zur Stadt der Städte. Nichts ist rätselhafter als die Anziehung und die Antriebskraft, die Paris auf die verschiedensten Weltgegenden ausübt, wo man in ihm weniger eine Hauptstadt sieht als eine Einrichtung, deren Zweck es ist, das Verhalten des Verstands und der geheimnisvollen Sache Geschmack zu überwachen.

Ich sah in der Ferne, winzig, den Arc de Triomphe der Place de l'Étoile, gleichsam eingefaßt durch den reizenden Arc de Triomphe du Carrousel und die regelmäßige Entfaltung der Place de la Concorde mit der Spiegelsymmetrie, die sie anbietet: rechts, am Ende der Rue Royale, und links jenseits der Brücke die Frontgiebel der Madeleine und der Chambre des députés – diese Giebeldreiecke, die dem Auge den griechischen Gedanken einer in den Grenzen einer geometrischen Figur enthaltenen Ewigkeit vermitteln. Vom Unbestimmten geheilte Ausdehnung und maßvoller Elan. Ich sah die Seine mit ihrer dort langsamen

Biegung eines Körpers, der sich im Schlaf umdreht, und die Herrlichkeit ihrer Brücken, welche die die Stadt bildenden Städte zusammenhalten; und ich sah den sich genügsam öffnenden Himmel und den im Februar frühen Sonnenuntergang, der dies nutzte, um die gläsernen Kuppeln in Glut zu tauchen, plötzlich aufgeblühte Rosetten, die sogleich wieder erloschen wie nun auch mein Glücksgefühl: ich mußte ohne weitere Verzögerung zurückkehren und, zurückgekehrt, meinen Spaziergang in einen Bericht verwandeln; es galt, meine Worte vorsichtig zu wählen; sie würden gesiebt, gewogen, ausgelotet, beurteilt werden, Widerspruch begegnen, damit mußte ich mich von vornherein abfinden. Ich ging wie einer, der flieht. Im Verkehrslärm, den ich hinter mir ließ, als ich mich durch die kleinen Straßen, die sich nur vereinen, um sich wieder zu trennen, dem Hause näherte, glaubte ich etwas wie ein Geräusch von Messern, die geschliffen werden, ein Kreischen von Stahl wahrzunehmen.

58

Von einem Tag auf den anderen nahm die Hausgemeinschaft das gewohnte Leben wieder auf. Dies war normal: verlängerte Festlichkeiten münden in allgemeine Tristesse, die zu überwinden allzuschwer fällt. Nun aber war das Salzburg-Projekt ins Wasser gefallen, und ich hatte keine freie Wahl mehr, war in Abhängigkeit geraten. Domenica, weil wohl in Wechselfällen erfahren und wahrscheinlich auch weil ich sie bisher nicht enttäuscht hatte, beruhigte mich sogleich: ich werde, solange ich wolle, zur Familie gehören. Und damit ich nicht das Gefühl haben sollte, ihr auf der Tasche zu liegen, richtete sie es so ein, daß der amerikanische Choreograph, dessen Wunsch nach einer bestimmten Bühnenausstattung sie abgelehnt hatte, Gaetano den Auftrag übernehmen ließ, was mir die Stelle eines Assistenten verschaffte.

Glücklich? Gewiß. Und geschmeichelt, weil Domenica mich unter den Ihren haben wollte. Doch diesmal nahm ich ihren Vorschlag an, weil die Umstände mich dazu zwangen: durch meine Abdriften hatte ich gelernt, daß wir immer für alles zahlen müssen, und vor allem für die Freundschaftsbezeugungen und das Mitleid, das der andere aus den Höhen seiner Seele oder seiner Bildung herab für uns empfindet – ganz abgesehen davon, daß es keine Gefühle ohne falsche Befugnisse gibt.

In das Herz von Paris, das sich so aufnahmebereit dem gegenüber zeigt, der schon jemand ist oder der jemand werden kann, sollte ich nur über Serpentinen, durch überraschende Kurven, nötigenfalls durch Sprünge ins Leere vordringen. Weil ich Katzen spontan liebte und nach wenigen Tagen den Namen einer jeden und einer jeden Gewohnheit, Launen, Beziehung zu ihresgleichen und zu den Menschen kannte, beschloß ich darum, nicht ohne den Hintergedanken, mich meiner Schuld Domenica gegenüber zu entledigen, ihr Betreuer zu sein. Es waren da Katzen jeglichen Alters und auch sehr alte, was ihre Herrin, die deren Weiterleben – in ihrer Vorstellung deren Unsterblichkeit – einem gelehrten, jedoch unregelmäßig kommenden Tierarzt anvertraute, nicht wahrhaben wollte.

Ich bemühte mich, sie zu beobachten, und durch ständige Aufsicht über ihr Verhalten, ihre Art, zum Futter zu rennen oder sich ihm lustlos zu nähern, das Stück Fleisch unter Kopfverrenkungen und Runzeln der Schnauze zu zerkleinern oder mühsam zu schlucken, Wasser zu schlecken oder beim Sprung den Tisch zu verfehlen und ihn künftig nur über die Zwischenstation eines Stuhls zu erreichen, wurde ich bald zum Experten in der Kunst, das Vorzeichen irgendeiner Krankheit zu erkennen.

Als Kind war ich Rinderhirt gewesen; nun war ich Hüter dieser kleinen Herrschaften. Das sind so Wiederholungen, die die Natur belustigen. Zudem bestand in mir fort und behauptete sich störrisch gegen das Vergessen das Bild jener weißen Kätzchen, die dort drüben im Gehöft die rostrote, für die Mäuse zuständige Katze im Maul aus dem Schuppen in die Küche getragen hatte. Sie hatten langhaariges Fell. Halb erstaunt, halb schulmeisterlich erklärte mein Vater sie für Angorakatzen. Ich weiß nicht mehr, ob er sie sofort oder erst später vorsichtig in den mit einem sehr langen Seil versehenen Korb setzte, in den wir im Sommer, wenn wir Gäste erwarteten, Orangeadeflaschen stellten, um sie in der Tiefe des Brunnens, der zu nichts anderem mehr diente, kühl zu halten. Ich war klein und verfolgte das Tun meines Vaters mit Neugier und ohne Angst. Ich trank gern Orangeade. Er ließ den Wurf Katzen hinab, entrollte das Seil hurtig, wohingegen er bei den Flaschen darauf achtete, daß sie nicht anstießen. Es gelang mir noch nicht, mich über den Brunnenrand zu beugen. Als mein Vater sich dazu entschloß, den Korb wieder heraufzuziehen, waren die zusammengesackten Kätzchen keine Angorakatzen mehr.

59

Die Wiederaufnahme ihrer einem bestimmten Zeitplan gehorchenden Gewohnheiten war auf seiten Domenicas mit einer Natürlichkeit verbunden, die ich für ein Zeichen des Zutrauens mir gegenüber und der Bestätigung meiner Aufnahme ins tägliche Einerlei hielt. Vielleicht hatte sie in Madrid sofort erraten, daß trotz der Disharmonie unserer

Charaktere uns manche Gemeinsamkeit verbinden würde: beide hatten wir Entrüstungen geäußert und Kompromißlosigkeiten gezeigt, denen sie zweifellos treu bleiben konnte, wohingegen ich dazu verurteilt war, in meinen Reaktionen, und als erstes in meinem Verhalten ihr gegenüber, maßvoll zu sein. Das grenzte ein wenig an Gefängnis und stark an Theater.

Wir gingen frühmorgens aus, um Besorgungen zu machen, die uns Vergnügen bereiteten, und kehrten gegen Mittag zurück. Nach dem Mittagessen setzte sie sich sofort an ihre Staffelei oder auf einen hohen Hocker an einen Tisch, den Stichel in der Hand, den sie mit der Konzentration eines Chirurgen handhabte; von weitem konnte ich aus der in der Wohnung herrschenden Stille schließen, daß sie am Gravieren war. Die übrige Zeit brachte sie gern auf dem Bett ausgestreckt und – wenn sie nicht telefonierte, lüstern nach Klatsch und mehr noch darauf aus, mit jemandem Streit zu suchen, wobei sie abwechselnd ihre gute Laune und ihre Wut in ihr Notizbuch zeichnete – damals häufig damit zu, ihr Profil in einem hübschen Handspiegel mit silbernem Griff und Rahmen zu betrachten, wobei die freie Hand die schlaffe Haut über das fliehende Kinn zog – den einzigen Fehler eines Gesichts, das nach meinem Dafürhalten die Jahre nur immer noch schöner gemacht hatten, den Jugendphotographien nach zu urteilen, die sie mit dem ihr vom Spiegel zurückgeworfenen Bild verglich. Auf diesen alten Klischees mit Spitzenrändern war sie zwar schön, doch noch ohne den vollkommenen Ausdruck, in dem Schönheit und Intelligenz sich untrennbar verbanden.

Zwischen Spiegel und Photographien verlor die Seele ihre Form, indem sie nicht Trägheit, sondern eine Art unruhigen Aufgebens in ihrem Körper hervorrief – und in ihrem Gang die Schwere einer ans Haus gebundenen

Frau, trotz des Klapperns der sehr hohen Absätze ihrer Pantoffel; ich weiß noch, daß sie, wenn ergänzende Sohlen hinzukamen, drei Zentimeter und mehr an Größe gewann, im Vergleich zu den zehn, die ihr berühmter Schuster vom Faubourg Saint-Honoré ihr als ein Privileg bewilligte, wenn wir uns in der Rue du Château-d'Eau in einem Laden für Dirnen nach bodenlangen Kleidern umsahen.

Allmählich wurde ich in ihr intimstes Leben hineingezogen. Bald gewährte sie niemandem mehr außer mir, an ihren Besorgnissen wegen ihres Doppelkinns teilzunehmen. Die Analyse ihres Knochenbaus und das Erwägen der Wahrscheinlichkeiten, seine Lineamente zurückzuerlangen, wurden oft von Tränen unterbrochen, und ihre Verzweiflung erreichte eine solche Tiefe, daß sie weder arbeiten noch leben mochte. Auf Gaetanos und Mareks Unterstützung konnte sie kaum zählen, nicht einmal auf deren Verständnis: tatsächlich nutzten beide grausam ihre Angst vor der Anästhesie aus und suchten sich so indirekt vor den einer Operation vorausgehenden Turbulenzen und, im Fall des Mißlingens, vor der Verzweiflung zu bewahren, die dies zur Folge hätte, und vor den Vorwürfen, die sie bis ans Ende ihrer Tage ertragen müßten – zu feige, wie sie gewesen wären, unfähig, wie sie sich gezeigt hätten, sie davon abzuhalten, eine Riesendummheit zu begehen; alle beide rieten zur Vorsicht, zum Verzicht, zur Annahme der Spuren, die die Zeit hinterläßt.

Dies verwunderte mich nicht von seiten Gaetanos, eines schwerfälligen Römers, der, von Domenica dazu ermuntert, zur Malerei zurückgekehrt war und im Ruhestandsalter, wie Voltaire es will, friedlich seinen Garten bestellte; aber das Verhalten des viel jüngeren Marek – um elf Jahre jünger als sie, hatte Domenica mir gestanden – empörte mich. Man sprach von der rasenden Liebesaffäre der beiden. Hatte sie ihn einst bestrickt? Ich vermutete binnen kurzem, daß die Liebe, die er ihr nun entgegenbrachte, viel mit dem Bedürfnis zu tun hatte, durch sie stillschweigend von seiner Neigung zur Ausschweifung – bis zum Selbstverlust – abgehalten zu werden. Jeden Tag fügte er der Mauer seines Gefängnisses eine Reihe Backsteine hinzu, damit es immer schwerer werden sollte auszubrechen; es war nicht mehr sie, die ihn zurückhielt; er wollte durch eine Kette mit Schloß an sie gefesselt sein, wie der Gefangene an seinen Wärter. Wenn er zum Abendessen in der Stadt blieb, kehrte er vor Mitternacht zurück, um mit ihr zu plaudern und an ihrer Seite einzuschlafen. Beide empfanden das Bedürfnis, vom anderen Kraft zu schöpfen. Und wenn die gemeinsame Reise durch den Schlaf Domenica aufheiterte, so bedeutete sie für Marek ein Eintauchen in reinigende Fluten, eine Art Taufe: der vorherige Tag, ganz gleich wie er gewesen sein mochte, war getilgt, geläutert; er konnte den, der sich ihm öffnete, mit verhängtem Zügel beginnen. Für ihn handelte es sich buchstäblich um einen Wiedergutmachungsschlaf.

Ich bin stets von Herzen froh, wenn Menschen, die in ihrem Leben Gipfel erreicht haben und dann ihres Ranges verlustig gegangen sind, an ihrem Schicksal Revanche nehmen und aus ihrem Dunkel mitten auf die Bühne stürmen, wo man sie nicht mehr erwartet hatte, sich vorn ins volle Rampenlicht stellen und man plötzlich nur noch sie oder ihn sieht. Welch ein Vergnügen festzustellen, daß die Eigenschaft, die dem Zurückgekehrten zum Ruhm gereicht hatte, sich von neuem mit verfeinertem Können und um so größerer Tatkraft erweist, als man seinen Bogen für zerbrochen hielt. Sein Beruf mag mir gleichgültig sein und ich nichts davon verstehen; ob er zur Welt der Musik oder des Sports gehört; er erschüttert mich deshalb, weil die Natur ihm für zu kurze Zeit eine Gabe verliehen hat und er, dies wissend, sie über Gebühr nutzt und von der Zeit überholt wird – wie die Frau, die unermüdlich den Spiegel mit dem hübschen Silberrahmen befragt und beklommen die Aussichten abwägt, die Zeichen des Alters zu beheben.

Ja, Domenica hatte verstanden, daß ich ihr Verbündeter war, ich, der ich mich immer nur in bekleidetem Zustand auf mein Aussehen verlassen konnte: dürftige Gestalt im Gegensatz zu meiner anmaßenden Selbstsicherheit in Dingen, die mit Feinfühligkeit zu tun haben.

Wir haben den Rundgang zu den Spezialisten unternommen. Da es sich um sie handelte, stand zu vermuten, daß die Ärzte vorsichtig sein würden, eher geneigt, sie zu warnen, als geneigt, sie zu ermutigen. Damals besaß sie in einem bestimmten Milieu die Macht, einen Ruf zu festigen oder zu untergraben. Wir haben die verschiedensten Professoren angehört. Der eine verstand nicht, warum sie, die sich einer Operation von solcher Bedeutung unterziehen wollte, es ablehnte, ihre Falten und vor allem ihre runzeligen Augenlider in Angriff nehmen zu lassen. Sie dagegen fand die geglätteten Gesichter häßlich und fürchtete mit Recht, daß eine Straffung den Ausdruck ihrer Augen verändern könnte. Ein anderer bestand mit rührender Naivität darauf, Domenica von den Täuschungen des Spiegels in Kenntnis zu setzen, der uns nur ein virtuelles Bild zurückwirft, da wir unser Gesicht in ihm nie, so wie die anderen, in seinen drei Dimensionen sehen – oder aber davon – ich erinnere mich an seinen schelmisch erhobenen Zeigefinger –, daß dank des Fehlers, den man beheben will, manch andere Unvollkommenheiten unbemerkt bleiben.

Es kam auch vor, daß wir auf jemanden stießen, der sich präzise und klar ausdrückte, doch Domenica, so geschickt darin, in einer scheinbar höchst vernünftigen Aussage das eine Wort zuviel oder daneben auszumachen, legte es darauf an, darin das Zaudern, die trügerische Einschätzung zu finden, die ihre Angst davor, zur Tat zu schreiten, rechtfertigte, und meist fand sie es auch; und ich hielt die Sache für verloren. Abwechselnd von freudiger Hoffnung und angstvoller Aufregung erfaßt, zeigte sie sich, wenn wir am Ende des Vormittags nach Hause zurückkehrten, plötzlich über mich verärgert: ihrer Behauptung nach ermutigte ich sie nur, um – indem ich mich Gaetano und Marek widersetzte, die unseren fast täglichen Nachforschungen ferngehalten wurden – Einfluß auf sie zu gewinnen: ich müsse mich vor meiner Neigung in acht nehmen, anderen gefällig zu sein.

Die Wahrheit? Unsere Beziehungen beruhen auf Tricks: ich nährte zwar edle Gefühle und beachtete die sich aus ihnen ergebenden Pflichten, doch hauptsächlich, um Nahrung und Unterkunft zu erhalten. Ich hatte nur einen Weg vor Augen, um so schlimmer, wenn er mich durch Niederungen führte, solange er mich an das Ziel führte, das ich für das meine hielt. Ich wußte nicht, daß ich mich bereitwillig nach und nach vor mir selber verbarg, meine Neigungen, meine Überzeugungen aufgab und in eine Art Bann geriet, den ich nicht wieder brechen könnte.

Domenica wollte ihre Suche aufgeben, da bemerkte sie, daß auf der Liste der zu konsultierenden Ärzte nur noch eine letzte Vereinbarung stand: was aber, wenn sie, indem sie sie absagte, die Möglichkeit verpaßte, sich so wiederzufinden, wie sie sich gefiel?

Mußte ihr Gesicht wirklich aus allen Blickwinkeln photographiert werden? Sie gab ihr Einverständnis nur unter einer Bedingung: daß man ihr die Negative nach gründlicher Einsichtnahme wieder zurückgab. Mußte man Röntgenaufnahmen vom Gesicht machen? Dies hingegen belustigte sie: der »Anatomielektionen«, der Muskelfiguren ohne Haut darstellenden Platten von Valverde oder von Gauthier d'Agoty hatte sie sich für ihre schönsten Bilder bedient, desgleichen alter, einst wissenschaftlicher Lehrbücher für Medizinstudenten, in denen man wunderbare Stiche des Skeletts fand, das sie als »die geheime Schönheit der Lebewesen« bezeichnete, mochten diese auch noch so umhüllt sein. Der Gedanke, ihren eigenen Kopf, seine Verbindung mit dem Rückgrat, auf dem er sich drehte, die gezackten Schädelnähte, die sie so sehr beschäftigt hatten, zu sehen, versetzte sie in Erregung: »Hier hat die Hand der Natur gezittert«, sagte sie; ich hörte sie niemals, nicht einmal als sprachlichen Gemeinplatz, das Wort Gott aussprechen.

Wir suchten den Arzt zweimal auf. Als sie Professor M.s Sprechzimmer zum zweiten Mal betrat, schrak sie zusammen und lachte kurz: an den Wänden befestigt waren die Photographien, zumeist solche des Profils, dieses Profils, das Domenicas Qual war: die Röntgenaufnahmen auf erleuchtetem Hintergrund; schließlich ihr exaktes Profil, hervorgehoben mittels Tusche, das fliehende Kinn mit Rotstift nachgezeichnet, verändert durch einen leichten Zusatz, der künftig die Halskettenfalten des Halses verhindern würde.

Ich spürte, daß Domenica durch diese Vorführung gewonnen war. Professor M.s Ausdrucksweise hatte nichts von den müßigen, beflissenen Floskeln, mit denen manche Spezialisten nur so um sich warfen im Wunsch, dem Patienten ihr Verständnis auszudrücken und seine Gefühle zu schonen. Er war von einer Nüchternheit, die Höflichkeit nicht ausschloß, zudem ein gutaussehender Mann; von seiner Person ging eine verhaltene Sinnlichkeit, eine sich in jeder geringsten Geste äußernde Sicherheit aus, die volles Vertrauen einflößte.

An den folgenden Tagen zeigte sich Domenica so sehr

mit sich selbst beschäftigt, daß sie den Eindruck erweckte, nicht mehr am Leben zu sein. Unablässig veranschlagte sie die glücklichen und die verhängnisvollen Wahrscheinlichkeiten und sprach nicht mehr darüber, entfernte sich weit, sehr weit, sie versank in die Tiefe ihres Spiegels; manchmal konnte man sie dem Lächeln nahe überraschen, manchmal waren alle Hoffnungen verflogen: unmöglich, sie dann ansprechbar zu machen.

Wochen verstrichen, in denen Domenica sich zur Diät zwang, die vor der Operation einzuhalten Professor M. ihr eingeschärft hatte. Ihr zur Gesellschaft unterzog ich mich ihr ebenfalls bei Tisch, wo Gaetano seelenruhig seine Spaghetti à la Bolognese aß, während wir auf einer kleinen Waage Fleisch oder Fisch, fettarmen Käse aufs Gramm genau abwogen... Aber von dem, was unsere Vormittage ausgefüllt hatte, war nicht mehr die Rede.

Ein Vorfall, bei dem sie ihre ganze Heftigkeit enthüllte, bestimmte sie, den Schritt zu wagen. Ich war entsetzter Augenzeuge und zeigte wenig Bereitschaft zu reagieren. Es ist seltsam, daß ein vom Herzen, wenn nicht gar vom Gedächtnis aus gutem Grund außer acht gelassenes Gefühl in einem kleinen Teil des Körpers fortdauert: in der Hand, der Hand, die mich juckt, wie vom Gewissensbiß gequält, Domenicas Wut nicht besänftigt zu haben, durch eine Ohrfeige, die ebenso kräftig gewesen wäre wie die, die sie einem bescheidenen, wehrlosen kleinen Mädchen gegeben hatte.

61

Zu Domenicas sozusagen täglichen Besorgnissen gehörte das Warten auf die Post. Sie erhielt jeden Morgen zahlreiche Briefe und gedruckte Einladungen, ein Umschlag jedoch versetzte sie in eine Hektik, die auch ihre gewandten Hände nicht milderten: der des Informationsdienstes der Presse. In jenen frühen sechziger Jahren widmeten die Abendzeitungen dem Klatsch über die bekannten Persönlichkeiten bis zu einer halben Seite, einem Klatsch, der ganz Paris begeisterte und infolgedessen harmlos war – ohne die unwürdige Macht, die jenseits des Atlantiks mit wenigen Zeilen einen Star lancierte oder am Boden zerstörte –, lediglich dazu geeignet, Eitelkeiten zu schmeicheln oder zu verletzen, Eifersüchteleien, ja sogar Wettstreite hervorzurufen. Da die großen Bälle seit dem Ende des Algerienkrieges nicht mehr stattfanden, nährten die Hauptproben zu Theateraufführungen, zu denen Berühmtheiten eingeladen wurden, diese Art von Berichten – wie auch die neue Revue im Lido oder im Casino, wo die wahre Hauptperson die Herzogin von Windsor war, die manchmal aber durch die Anwesenheit von Elizabeth Taylor, von Charlie Chaplin oder von Maria Callas in den Schatten gestellt wurde.

Im Odéon genügte die Abwesenheit des Jouhandeau-Paars im zweiten Rang rechts oben oder die der Aragons im fünften Rang, um den Glanz des Abends zu trüben.

Domenica, der von den Redakteuren der Gesellschaftschronik stets aufgelauert wurde, und dies noch mehr, seitdem ihre öffentlichen Auftritte selten waren, fürchtete nicht so sehr die Kommentare über ihr Werk als Malerin oder über ihre Bühnendekorationen wie die Veröffentlichung einer ohne ihre Zustimmung während einer Pause oder bei einer Vernissage gemachten Photographie: sie würde sich so darauf sehen, wie die Eingeladenen sie gesehen hatten. Als eine erschien, die sie im Profil zeigte und auf der Professor M. ihre Züge hätte nachzeichnen können, geriet sie denn auch in einen gewaltigen, aber geballten Zorn. Im Nachthemd läuft sie mit großen Schritten durch das ganze Haus, unter gerunzelten Brauen fliehen ihre Blicke, ein Schwarm verirrter Raben, in alle Richtungen, und plötzlich ist sie entfesselt, sind Schmähworte auf ihren Lippen, zittert sie vor einer Wut, die von der Ohnmacht geschürt wird, eine List zu finden, die es ihr ermöglicht, sich zu rächen, ohne sich weiteren Kränkungen auszusetzen und damit der Gefahr, zum Gegenstand öffentlichen Spotts zu werden.

Aufgrund bestimmter Reaktionen hatte ich bereits begriffen, daß die geringste Mißhelligkeit für sie an ein Drama grenzte, daß sie zum Drama neigte, nicht auf es verzichten konnte und zudem und vor allem das Bedürfnis hatte, daß man daran teilnahm, vielleicht, um damit in den Augen Gaetanos, Mareks und nun auch den meinen unablässig ein Interesse zu erneuern, das ebenso groß war wie das, was sie sich selbst entgegenbrachte.

Ohne Übergang manchmal setzte sich ein Vorfall an die Stelle eines anderen, andersgearteten, und man war es sich schuldig, die aufgesetzte Miene zu verändern, damit das Interesse nicht nachließ und auch kein Mißton sich in die neue Situation einschlich: es war besser, sich auf sie einzustellen.

Hatte man sie getäuscht, ihr einen schlechten Streich gespielt? Es kam vor, daß Gaetano seelenruhig für den Schuldigen eine Strafe von derart bizarrer Art vorschlug, daß sie trotz ihrer Fürchterlichkeit komisch war und daß, wie die vom vor ihrer Nase geschwungenen Armbandanhänger abgelenkte Katze, Domenica sich über sie amüsierte und Varianten vorschlug. Um nicht das Gesicht zu verlieren, begann sie sodann, den Gegenstand ihres Hasses zu überdenken, um so dem Bedauern darüber, den Beleidiger nicht bestraft zu haben, zuvorzukommen.

Es war nicht möglich, in ihrer Umgebung zu leben, ohne auf ständig wechselnde Launen zu stoßen. Marek und Gaetano, die sich bei ihr ablösten, verließen sich seit meiner Ankunft auf mich.

Wie hatte sie Adresse und Telefonnummer der Photographin erhalten, deren Name nicht in der Zeitung stand, und dies, ohne daß die für die Berichterstattung verantwortliche Klatschtante davon unterrichtet worden war?

Ich öffnete die Tür einer jungen Frau, die ein verschossenes schwarzes Wollkleid trug. Sie hatte einen Körper ohne Rundungen, ein ausgemergeltes Gesicht, zwischen ihren Schlüsselbeinen hing an einem Kommunionkind-Kettchen eine Medaille, ganz ähnlich der, die meine Mutter zu Ehren ihrer Namenspatronin, der heiligen Therese von Lisieux, trug. Ein dünner Pony verbarg nur schlecht ihre hohe gewölbte Stirn, die zu ihren winzigen Gesichtszügen in keinem Verhältnis stand.

Trotz meiner Warnung ist sie auf der flachen Stufe des Ganges, der zum Salon führt, gestolpert. Eine Schachtel aus grauem Karton wie eine Opfergabe oder wie eine Geburtstagstorte auf den flachen Händen herbeitragend, tritt sie dort ein und bleibt, ein von Lähmung befallenes kleines Mädchen, auf der Schwelle stehen beim Anblick Domenicas. Domenica hat einen ihrer Kaftane aus phantastischem Gewebe und von einer Weite angelegt, die gleichsam einer fließenden Geometrie zu gehorchen scheint, so sehr gehört die Anordnung der Falten, die man sich bei jeder Pose endgültig wünscht, bei jedem Schritt in den Bereich der Bildhauerei oder der Malerei. Um ihre ohnehin eindrucksvolle Größe mit Hilfe einer List noch bedeutender erscheinen zu lassen, trägt sie jene Schuhe mit übermäßig hohen Absätzen, über die sie lacht, wenn sie sie im Schrank, wo Dutzende von Paaren in einer Reihe stehen, betrachtet; sie überragten alle anderen »um Haupteslänge«, pflegte sie zu sagen.

Mit dem Finger zeigt sie der Unbekannten den Tisch, auf den sie ihre Schachtel stellen kann – stellen muß. Sie fordert sie nicht auf, Platz zu nehmen. Domenica wirkt entspannt; ihre Stimme klingt ruhig; ihre Haltung ist hoheitsvoll, aber friedfertig. Doch ich weiß, daß, wie beim Zelebranten vom Introitus an, alle Gesten, die sie nun ausführen wird, von vornherein festgelegt worden sind. Als ich mich zurückziehen will, fordert sie mich auf zu bleiben; ich setze mich abseits; ich blättere in einem Buch, ohne deshalb den Ablauf der Szene aus dem Auge zu lassen: Domenica sichtet sorgfältig die Photographien; das Mädchen stellt sich von einem Bein auf das andere; sie stützt sich mit den Fingerspitzen auf den Tischrand auf und zieht sie gleich wieder zurück; ich sehe, daß ihre Lackschuhe neu sind und nicht zu dem abgetragenen Kleid mit dem an manchen Stellen losen Saum passen und daß das Oberleder ihr an der Fußwurzel zu eng sitzt und ihre Adern geschwollen sind. Sie leidet, ihr Ausschnitt klafft über der Brust, die im Rhythmus der Atmung einsinkt; doch als Domenica die Auswahl ihrer Photographien durchgesehen hat und mit einem Anflug von Lächeln aufblickt, scheint sie sich zu beruhigen: sie hat keine Antennen für das bevorstehende Unwetter.

Was nun folgt, überfordert in seiner Schnelligkeit die Beobachtung; alles scheint gleichzeitig zu geschehen. Domenica hat die Photos zerrissen, hat sie ihr ins Gesicht geworfen, hat sie bei den Haaren gepackt und ihren Kopf zurückgezogen in die richtige Reichweite der Ohrfeige, die schon geknallt hat. Ich mißbillige weniger die Ohrfeige, ich mißbillige mehr, daß ich sie vorausgesehen hatte und die Rolle des Zeugen nur spielte für den Fall, daß das Opfer einen Gegenangriff geführt hätte.

Ich erinnere mich an das Aufschluchzen der Gedemütigten, ihr Flennen, während sie hastig die über den Tisch verstreuten, Domenica nicht betreffenden Photographien wieder einsammelt, und ihre arme Drohung am Fuß der Treppe: »Ich werde es meinem Mann sagen.«

Ich begleitete sie zurück. Sie nahm einen handgewebten Schal, den sie auf einem Stuhl beim Eingang abgelegt hatte. Wie dies oft geschah, hatte eine Katze ihn getauft. Ich öffnete die Tür: schmal, mit ihrem abgetragenen Kleid, ihrem fettigen Haar war sie die personifizierte Armut; hinter der Tür lief ein Schatten die Treppe hinab. Sollte sie mir eines Tages unverändert begegnen, so würde ich sie nicht wiedererkennen: auch wenn man sein Leben lang ihr Gesicht betrachtet hätte, würde man noch danach suchen.

Ich habe es unterlassen, Domenica vom mit Urin getränkten Schal zu erzählen: sie hätte darin die Billigung ihres Vorgehens durch die einzige von ihr respektierte Instanz gesehen: durch die Gehorsam mißachtenden Herrschaften mit den allwissenden Augen. Einen Gott muß man immer haben.

Was mich in Erinnerung an den Vorfall – trotz des »Nein!«, das ich geschrien, und des Schritts nach vorn, den ich getan habe, um dazwischenzutreten, als die mit der flachen Hand verabreichte Ohrfeige mich auffahren ließ – am meisten quält, ist, daß ich mich dabei als feiger Mittäter erkenne. Ich frage mich sogar, ob ich Domenica nicht um ihre Handlung beneidete, verirrt und gefangen wie ich schon war in einem Traumnetz, in dessen Mitte die Weberin mich erwartete.

Als ich wieder in unsere Etage hinaufgestiegen war,

setzte ich mich ins Atelier: Die Sache würde damit nicht ihr Bewenden haben: Domenica empfand stets das Bedürfnis, Tatsachen noch wirklicher zu machen, indem sie sie mitteilte. Ich war neugierig zu erfahren, wie sie es diesmal anstellen würde.

Sie lag auf ihrem Bett und telefonierte. Es war die Rede von Daten, von strengerer Diät, von Dauer des Klinikaufenthalts, von Anästhesie. Als sie den Hörer aufgelegt und sich wieder gefaßt hatte, wiederholte sie mir, was ich soeben gehört hatte; mit keinem Wort erwähnte sie ihre Heldentat, und sie sollte auch später nie darauf anspielen. In freundlichem Ton bat sie mich, die auf dem Boden umherliegenden Papierfetzen aufzuheben.

Woher kam mir diese Kühnheit? Ruhig, langsam kehrte ich ihr in hundert Stücke zerrissenes Bild mit Hilfe eines Besens und einer Müllschaufel vor ihr zusammen.

61

Klarsichtigkeit gegenüber den Menschen und Blindheit gegenüber sich selbst wohnten in Domenica dicht beieinander, weil keine Brücke ihre Person mit der Rolle verband – jener Rolle, die plötzlich von ihr Besitz nahm, ihr Gesicht, ihre Haltung, ihren Körper formte, der, von seiner Schwere befreit, in einem unerreichbaren Königreich zu thronen schien. Man hätte meinen können, sie stehe aus purer Herablassung vor einem.

Ich glaube nicht, je einem ausschließlicheren Drang, sich selbst in den Vordergrund zu stellen, und ebensowenig, je einer ähnlichen Unschuld begegnet zu sein.

Sie empfand sich als gerade, untadelig, fleckenlos, als Summe in Einklang gebrachter Gegensätze, als ein Wesen, das den Schlüssel zu den Ursachen und Wirkungen und eine höhere Befähigung dazu besaß, aufgrund einer Folge von Einzelheiten – einer einzelnen Antwort, der Art zu betrachten, zu gehen – oder eines von ihr selbst erfundenen Postulats, ins tiefste Innere der anderen vorzudringen. Geschickt im Schlußfolgern, entwarf sie deren Porträt, stellte deren Seeleninventar auf, doch der im Ansatz blendende Gedankengang heftete sich an eine Behauptung oder eine Negierung, eine positive oder negative Stellungnahme, so daß, da der Zweifel, der das Salz des Geistes ist, ausgeschlossen wurde, ihre Intelligenz an die eigenen Grenzen stieß, wie derjenige, der eine nirgends hinführende Treppe hinaufsteigt und, ehe er die letzten Stufen erreicht, ans Dach stößt.

Dies, weil Domenica, unfähig, die Fluidität des Lebens anzuerkennen, darum bemüht, die Menschen in einer unauslöschlichen, unüberwindlichen Kontur erstarren zu lassen, auf ihre so erfindungsreiche und gleichzeitig so kohärente Vorstellungskraft verzichtete und ihre Kommentare durch Anleihen bei Groddeck, dem mit lachhaften Gewißheiten aufwartenden Dorfpfarrer der Psychoanalyse, untermauerte.

Obwohl sie nie das Wort »Gott« aussprach, so als ob die Größe, die es evoziert, die ihre beeinträchtigt hätte oder als ob die beiden Größen unvereinbar wären, verachtete Domenica nicht die Nacht-Gottheiten der Mythologie und nahm für sich gern Wesensverwandtschaften mit bestimmten chthonischen Göttinnen in Anspruch, am liebsten mit Hekate, der Mutter von Circe und Medea, die einerseits über die Fruchtbarkeit, die Siege, die Entbindungen, andererseits über die höllischen Schrecken bestimmt. Sie fehlt bei Homer und ist, als sie wieder in Erscheinung tritt, widerspruchsvoll, sowohl unheilbringend als auch mit den Attributen einer alten Dreiheit von Schutzgöttinnen des Ackerbaus ausgestattet, wo sie nach

Kore, der grünen Saat, und Persephone, der reifen Ähre, das geschnittene Getreide darstellt.

Domenica liebte die spätere Göttin, die oberste Magierin, die Herrin der Hexenkünste, der Stuten, Hunde und Wölfinnen folgen, wenn sie die Nacht beaufsichtigt, in der Hand eine bleiche Fackel: den Mond.

Sofern er nur den Sinn für die Ursprünge – andere würden sagen, für das Universum – besitzt, bedroht denjenigen eine lächelnde, resignative Wehmut, der plötzlich gewahrt, daß der Verfasser der *Theogonie* versucht hat, in seinen Hexametern die Gottheiten einer seit Jahrhunderten, vielleicht Jahrtausenden verschwundenen Konstellation einzufangen, daß im Laufe der Zeitalter die Götter einander verdrängt haben – und daß sie alle gestorben sind und uns auf uns selbst verwiesen und als Erbe uns nur die Natur hinterlassen haben.

Eine andere unklare, heldenlose Mythologie faszinierte Domenica: das goldene Zeitalter der Kindheit. Welche Komödien wurden da nicht in diesem Zusammenhang zwischen Gaetano, Domenica und Marek improvisiert, an denen teilzunehmen ich außerstande war: meine frühesten Erinnerungen gleichen zu sehr denen des Heranwachsenden und des Erwachsenen: die von der Literatur gepriesene Kindheit hat mir gefehlt, die Sorglosigkeit des Kindes, das im selben Augenblick, wenn es begehrt, nach dem Gegenstand seines Begehrens greift; ich empfinde nicht das aussichtslose Heimweh nach dem Paradies, und ebensowenig hege ich die Hoffnung darauf.

Gewiß, so streng, so anspruchsvoll sie sich gab im Hinblick auf die Aufrichtigkeit ihrer Vertrauten, spürte man doch, daß Domenica unbefangener, besserer Laune war, wenn sie ihre Verstöße gegen die Regeln des Wohlverhaltens eingestand und sich nicht um ihre Einhaltung sorgte. Und vom Überleben einer kindlichen Ader, die ein neues

Vergnügen begrüßt, ging die unerträgliche Sucht zu befragen aus, das Kindern eignende »warum dies«, »warum das«. Wie ich schon sagte: wenn sie glaubte, den Grund von jemandes Verhalten in der oder jener Situation aufzudecken, dann war sie überglücklich und der Betreffende wurde mit einem unfreundlichen Beiwort ausgezeichnet.

Es genügte, daß Gaetano, der regelmäßig über seine Verstopfung klagte, ohne von seinem Phlegma abzulassen, sich an den Tisch setzte, auf dem die Spaghetti dampften, und sagte: »Ich habe Aa gemacht«, damit das Eßzimmer zur Kinderkrippe wurde; so als ob die Spontaneität, die Offenheit, die Vorstellung, gegen die Scham und die Zurückhaltung des Zivilisierten zu verstoßen, dem es Verlegenheit bereitet, seine Blöße zu zeigen und, mehr noch, die Lust zu erläutern, die ihm die Befriedigung seiner physiologischen Bedürfnisse bereitet, bei ihnen die nebelhafte Erinnerung an die Unschuld ersetzte.

Ich entsinne mich noch des ersten Mals, bei dem sie mich mit einer solchen Darbietung überraschten: einer rhythmischen Aufzählung einiger Lautmalereien oder kindlicher Sprachlaunen, Pipi, Aa, Pimmel, Heiaheia, Mammam folgte ein Lallen feuchter Laute im Takt ihrer gerundeten, die Luft saugenden Münder, das sich schließlich in einem Gequäke löste. Kinderchen, Teufelchen, kleine Stepken, plapperten sie, saugten sie am Schnuller. Wollten sie die Zeit negieren, vergessen, daß ihre Eltern sie auf einem Bett gezeugt hatten, ohne an sie zu denken? Sie bewegten Messer und Gabeln wie Spielsachen, sie spielten mit ihren Mienen. Man hätte behaupten mögen, daß die Katzen als die einzig Erwachsenen sie von Ewigkeit her mit mitleidiger Nachsicht beurteilten. Was mich angeht, dessen Nerven zum Zerreißen gespannt waren, so habe ich wahrscheinlich während der ganzen Sitzung einfältig gelächelt; ich glaubte zu sehen, daß der Irrsinn in ihnen hochstieg und daß sie von einem Augenblick zum anderen nicht mehr fähig sein würden, ihn im Zaum zu halten.

In Wahrheit spielte Marek seine Rolle, ohne sie zu verkörpern; das Gesicht von freundlichen Grimassen verzerrt, die Hand schnell bereit, zu liebkosen, beschränkte er sich darauf, Zärtlichkeiten zu stammeln, widerwillig Zwitscherlaute auszustoßen. Marek beherrschte alle Register, und sich der jeweiligen Stimmung anzupassen gehörte zu seiner Art; doch besonders tat er sich im Anmutigen, Ätherischen hervor, durch eine Sanftheit, die seine Überzeugungskraft nicht beeinträchtigte und ihm im Zusammenleben mit Domenica erlaubte, deren Angriffslust zu beschwichtigen, die Auseinandersetzungen fernzuhalten – außer damals, als seine Naivität, seine rätselhafte, unglaubliche Naivität, ihn, in der Hoffnung, ihr Freude zu machen und dadurch von seinen Schwächen losgesprochen zu werden, dazu führte, Beweise der Bewunderung zu liefern, die angebliche Feinde ihr trotz allem zollten.

62

Die Zahl der Glückserlebnisse, die ich Marek verdanke, ist so groß, daß sie zu einer Geheimzahl geworden ist: Glück der sofortigen Verständnisinnigkeit, der Übereinstimmung im Geschmack, der Schläuen der Intelligenz, des gemeinsamen Lachens und Scherzens, Glück seiner Warnungen, Ratschläge, Geheimnisse, die er mir anvertraute und die mit mir sterben werden – bis zu seiner Starthilfe bei der Publikation meiner ersten Arbeit.

Er war baltischer Abstammung, in Estland geboren, aber in seinen Adern floß auch preußisches Blut, irisches

Blut, lombardisches Blut, und er berief sich auf einen unsicheren Zuschuß an jüdischem Blut. In allem ignorierte er die Grenzen, durch Erlernen oder schnelle Auffassung sprach er viele Sprachen, und keine Variante westlicher Kultur war ihm fremd.

Er versuchte nicht, sein Dasein durch anderes als das Vergnügen zu rechtfertigen; den anderen zu helfen war Teil davon; auch beschäftigte er sich nicht damit, sein Image zu pflegen; dagegen hielt er stets Ausschau nach den jüngsten Neuigkeiten auf den Gebieten der Kunst, der Literatur, der Naturwissenschaft und war ein Vermittler, dessen Scharfblick und Altruismus an Hellseherei und Hingabe grenzten. Ihm genügte ein Wort, ein in einem Zwiegespräch zufällig vernommener Name, eine Pressemitteilung, um sich aufzumachen, einen Schaffenden, ein Werk zu entdecken und sie aus der Anonymität zu retten: viele verdanken es ihm, daß sie mit ihrer Aufgabe fortfahren konnten, und manche sogar, daß sie Weltruf genießen. Wenige Menschen freuen sich über den Erfolg anderer so, wie er sich darüber freute, und wenn er mit diesem Erfolg zu tun gehabt hatte, hat er sich doch nie ein Verdienst daran zuerkannt. Er beschränkte sich darauf, in der einen oder anderen Sprache, die er beherrschte, Artikel zu schreiben für Zeitschriften der alten und der neuen Welt. Mit besonderer Neugier beobachtete er die zunehmende Verfestigung einer originellen Idee zur Mode und behauptete, daß der Weg eines Geistesblitzes zu seiner Verbreitung, wo er zwischen Pseudobildung und Dummheit erlischt, uns eine Epoche viel besser wiederherstelle als die bemühten Untersuchungen der Soziologen.

Ich neige zu der Annahme, daß er von zu vielen Dingen fasziniert war, um seine Gedanken koordinieren zu können. Bei ihm gab es kein stabiles Denken mehr, sondern nur eine Folge von köstlichen Annäherungen. Und da er mit einem gefährlichen Scharfblick begabt war, der ihn daran hinderte, sich gründlich mit einem Werk zu befassen, begnügte er sich damit, nicht ohne Genugtuung den Faden zu finden, der die sich ständig wandelnden Erfindungen der Gegenwart miteinander verbindet. Ein Dilettant? Sicherlich. Doch auch ein Europäer, ein wahrer Europäer, wenn man mit ihm den Worten glaubt, die er oft wiederholte – handelte es sich um ein Zitat? –: allein der europäische Geist sei reif genug, die Überlegung anzustellen, daß der Dilettantismus die Lösung des Problems des Lebens darstellt, welches kein anderes Ziel als den Fortbestand der Gattung habe, und daß es fruchtlos sei, sich mit anderen Schwierigkeiten aufzuhalten als mit den Mitteln zur Bestreitung des Lebensunterhalts, die für die eigene Erfüllung notwendig sind.

Mehr als verführt, hingerissen von den Avantgarden, hätte er mit Feuereifer als belustigter Theoretiker sich mit ihnen befaßt, doch er befürchtete, Domenica würde hierin eine Desavouierung ihrer Malerei sehen. Tatsächlich war sie fähig, den verschiedensten Künstlern großzügige Bewunderung zu zollen und dies sogar, ohne ein Zeichen von Gegenseitigkeit von ihnen zu erwarten.

In eben diesem Zusammenhang äußerte sich eines Tages Mareks sonderbare Naivität und machte mich baff vor Überraschung: ich kehrte gegen zehn Uhr abends nach Hause zurück; Gaetano und Marek waren, was eher selten vorkam, beide ausgegangen. Domenica lag auf ihrem Bett und las; sie war in einen roten Überwurf gehüllt, was nichts Gutes verhieß: dergleichen zog sie nur an, um zu verführen oder zu tadeln. Sie stellte eine ruhige Miene zur Schau, aber ich fühlte, daß sie verkrampft war, als sie mir einen Brief reichte, einen ganz kleinen Brief, und mich fragte, was ich von dem Unterzeichner halte. Es war der an Marek adressierte kurze Dank eines sehr bekannten, eine bereits heruntergekommene »Lyrische Abstraktion« ein wenig unterstützenden Kritikers für die Zusendung von Mareks Arbeit über Domenica: er bedauere, darüber nicht all das Gute, was er davon halte, sagen zu können in einem Augenblick, da die bildende Kunst sich auf einen so schwierigen Weg eingelassen habe und seiner Unterstützung bedürfe.

»Das ist eine Scheiße«, sagte ich. Das im Hause gängige Wort, das ich jedoch nie aussprach, galt sowohl dem Kritiker als auch Marek selbst; sie lächelte befriedigt, und an einem Aufblitzen in ihren Augen erkannte ich, daß sie dies begriffen hatte und daß zwischen uns über die Sache kein Wort fallen würde. Der stundenlang zurückgehaltene Zorn erfüllte sie ganz und gar. Sie erhob sich, hoheitsvoll, herrisch, herrscherlich, und zündete im Atelier alle Lampen an. Auf meinen Knien ließ Hermine mich ihre Krallen spüren, als ob sie mich warnen wolle. Hermine – die auf meinen Armen in einem langen schwarzen Bluterguß starb und sofort ein stumpfes Gesicht hatte –, Hermine, die Mozart bis zum letzten Ton mit erhobenem Kopf lauschte, den Kopf sodann auf die Vorderpfoten legte und sich streckte, als ob sie der erloschenen Melodie nachträumte, und die wie vor der Erscheinung eines zähnefletschenden Hundes floh, wenn die Callas sich auf dem Plattenteller produzierte, Hermine, die ihr Versteck erst zu Stunde der nächsten Mahlzeit wieder verließ.

Hatte ich Marek verraten? Nahm ich es ihm übel, daß er mich zum Mitwisser seiner Geheimnisse gemacht hatte?

Domenica breitete sich über alle Winkel des großen Zimmers aus; sie war bei der Probe, suchte den günstigsten Platz für die Tirade, die sie zweifellos verfaßt und wiedergekäut hatte. Ihre jähen oder berechneten Reaktionen waren so übersteigert, daß man zugegen gewesen sein muß, um es für möglich zu halten. Mich selbst überkommt Zweifel, wenn ich daran denke, ehe vergessene Szenen und Vorkommnisse, durch eine visuelle Einzelheit zurückgebracht – das rote Kleid, das mit allen seinen Goldfäden unter den Lampen glänzte –, die Erinnerung an sie festigen. Sie war auf dem Gipfel der Emphase angelangt, setzte sich plötzlich und nahm eine lässige Pose an.

Flammte ihre Wut, weil sie mich solidarisch wußte, von neuem auf, als Marek eintrat? Er roch nach Knoblauch; das tat mir leid; sie verabscheute Knoblauch. Sie überrumpelte ihn, raffte mit einer kreisenden Bewegung den am Boden schleifenden Schoß ihres Umhangs zusammen und warf ihn sich wie ein Netz auf die Schulter, um die Kluft zu demonstrieren.

Marek stotterte; sie faßte sich ein Herz; Hermine ergriff die Flucht; ich blieb da. An jenem Abend hatte ich Lust auf eine Katastrophe. Ich war ihrer beider Komödie überdrüssig: beständig mußte man seine Intelligenz beweisen, jedes Wort genau abwägen, auf seine Gesten achten, die nach Ansicht Domenicas »rhetorisch« werden konnten, ein fatales Beiwort, mit dem sie auch eine Redewendung, ein Gemälde, ein Gesicht, eine Krawatte, eine Haltung bedachte und das sie wie eine Losung verwendete; vor allem aber war da die unablässig erneuerte Forderung, nichts für sich zu behalten, seine Träume haarklein zu erzählen, alles zu sagen: die Wahrheit, die Wahrheit, nichts als die Wahrheit. Sie glaubte, daß man für seine Träume verantwortlich sei. Es war mir unerträglich, sie ihr nicht ins Gesicht zu schleudern, die Wahrheit, während die geheiligte Trinität, der hohe Gipfel der Liebe, den Domenica angeblich mit Marek und Gaetano bildete, nur auf der permanenten Lüge des ersten und dem bewußten Verschweigen des zweiten ruhte. Domenica dagegen verhörte, litt, verdächtigte, überlegte, verhöhnte, beschimpfte, machte sich Illusionen, fiel als einzige darauf herein, aber sie log nie.

Ich erinnere mich, bedauert zu haben, daß Domenica im Recht war, obwohl ich die Modulationen ihrer Stimme bewunderte und befürchtete, sie möchte ihr versagen, als sie sich vor Marek aufrichtete wie eine wütende Kobra, der es an Gift fehlt.

Von Domenica davongejagt, die ihn alsbald wieder zu sich rufen sollte, suchte Marek, die Augen voller Tränen, mich in meinem Zimmer auf. Ich konnte nicht umhin, den Brief des Kritikers zu erwähnen: wo hatte er seinen Verstand gelassen, als er es für gut hielt, ihn Domenica zu lesen zu geben? Er hatte getrunken; er schluchzte. Ich empfand starke Zuneigung für ihn, ich ließ mich rühren. In seinem sonst so vertrauensvollen Blick war Besorgnis. Fürchtete er, daß ich seine Geständnisse künftig ausnützen würde?

Wenn sich in eine Freundschaft ein Verdacht einschleicht, bleibt immer etwas haften – wie ein Nebel, der sich auf einer Scheibe niederschlägt, und eine Scheibe sollte uns von diesem Augenblick an trennen.

63

Die zu langsame Zukunft hatte es so vorherbestimmt: ich blieb acht Jahre, keinen Tag mehr und keinen Tag weniger bei Domenica: ich war am 18. Februar 1961 eingetroffen und ging am 18. Februar 1969 fort. Indem ich diesen Zufall schriftlich festhalte, der über all diese Seiten den Geruch der Lüge zu verbreiten riskiert, gebe ich meiner Vorliebe für Symmetrie nach; jedenfalls habe ich darin einen Wink des Schicksals gesehen. Acht Jahre, in denen ich in der sonderbaren Montage, die die Einbildung der Erinnerung aufzwingt, mich warten, meine Zeit verlieren sehe, das einzige, was ich zu verlieren hatte, während es doch in dieser täglich und ununterbrochen an Ereignissen, Entdeckungen, Wechselfällen reichen Periode keine Handlung, kein Wort, keine Bewegung gab, die nicht dazu beitrugen, das Individuum, das ich war, und das, was ich werden sollte, zu bestimmen. Ich hatte es wie ein Geschenk des Himmels begrüßt, mich in Domenicas Zitadelle einsperren zu können, und mich in aller Ruhe in die Rolle gefunden, die die Umstände nahelegten und die Not forderte.

Ich weiß nicht, ob Domenica in mir irgendein Talent entdeckt hatte oder nur wünschte, ich besäße eines; wie dem auch gewesen sein mag; ich habe aus der die Fruchtbarkeit, die Entbindungen fördernden Hekate Gewinn gezogen, wenn ich auch als beklommener Zuschauer, manchmal als Handelnder, die fürchterliche Raserei ertrug, die sie dazu trieb, ihre Hölle so weit um sich zu verbreiten, daß sie die Menschen, die sie am meisten liebte, mitunter in Verdammte verwandelte.

Ich gab meine Theaterträume auf und wandte mich wieder der Literatur zu, meiner allerersten Berufung, wenn ich an das Kind denke, das danach strebte, in der Zeitschrift, die seine Schwestern lasen, seine leidenschaftlichen Plagiate und vor allem seinen Namen in Druckschrift zu sehen. Dank Domenica vermochte ich mich mit der Literatur zu bescheiden. Nie werde ich die Richtigkeit ihrer Bemerkungen vergessen, wenn sie meine Entwürfe unter die Lupe nahm, nie auch ihre Strenge und meine augenblickliche Verlegenheit im Zusammenhang mit einem Satz, in dem ich die Arme einer Liebenden mit Lianen verglich. Sie machte Jagd auf die Künstelei, die für mich eine Gefahr war – die Vergangenheitsform ist hier ein Euphemismus –; obgleich sie wußte, daß mich dies verletzte, hatte sie den Mut dazu; jede Initiation erfordert Prüfungen: Aber möchte man in Wahrheit »man selbst sein«? Ich neige zu dem Glauben, der höchste Wunsch beschränke sich darauf, jemand zu werden, der sich durch eine einmalige Dosierung von Neigungen und Abneigungen auszeichnet und insofern niemand anderem gleicht. Ich war in einen ummauerten Durchgang eingebogen, in den immerhin durch Luken Licht fiel, und ging dort ohne die geringste Klarsicht weiter. Ich übernahm Domenicas Ansichten über die Wirklichkeit, das Leben und, wenn auch zögernd, über die Kunst. Ich war mir nicht dessen bewußt, daß man das, was man lieben möchte, nachzuahmen beginnt und daß man eines Tages sich selbst verloren haben wird und mit seinem Gefühl in der Patsche sitzt.

Allmählich veränderten mich meine laut geäußerten Meinungen: je mehr das fertige Gemälde mich unschlüssig machte, desto schneller war ich mit meinem Lob in der Hoffnung, der Eindruck werde sich zum Gefühl hinzugesellen, und mit der Zeit erkannte ich nicht mehr seinen wahren Wert; ich war erobert, ich schätzte es, liebte es schließlich. Im ständigen Kontakt mit einem starken Charakter, der uns in seinen Bann zieht, kann man sich unmerklich von der eigenen Person entfernen, ihre Konturen verlieren. Ich hatte nachgegeben, mich unterworfen. Mir blieb jedoch die dunkle Gewißheit, daß etwas sich nicht verändert hatte, sich nicht ändern werde. Das Ich, das, was nichts, weder die Masken, die man aus List, aus Höflichkeit aufsetzt, noch das Alter, noch der Verlust eines Glieds, noch sogar der Wahnsinn beeinträchtigt: das Ich, das nichts weiß, nichts vermag, das aber ist.

Konnten also mehrere aufeinanderfolgende Persönlichkeiten den Körper in Besitz nehmen, trotz jener früheren Erinnerung, die das Blut transportiert? War die Persönlichkeit nur ein Gedanke, den der Blick der anderen festigt, der mich zwingt, mir zu gleichen, und der sich ändern, untergehen kann?

War es wegen ihrer unermüdlichen Forderung an den werdenden Romancier? Wie hätte ich diese leidenschaftliche, besessene Domenica nicht lieben und nicht zugleich eine Gereiztheit ihr gegenüber empfinden sollen, die sich als bitteres, vergiftetes Sediment in mir ablagerte? Ich fiel immer auf ihre plötzlichen Stimmungsumschwünge herein, um darunter zu leiden, wenn sie aufbrauste, oder um mich übermäßig zu freuen, wenn sie sich zu einer gewissen Friedfertigkeit bereit fand oder wenn sie, da kein Anlaß vorlag, außerstande, ein neues Drama zu schmieden, den Überdruß des Panthers im Käfig zur Schau stellte, der über keine seiner Wildheit würdige Beute verfügt. Doch ich lernte, auf ihre Wutanfälle mit Wut zu antworten; das respektierte sie. Ich hätte mich daran gewöhnen können, wäre ihre Gewohnheit, sich in Dinge einzumischen, die sie nichts angingen, nicht zum Zwangsverhör geworden: entdeckte sie in meinem Zimmer ein Buch – es war Nietzsche –, in dem ich sonderbare, die Frauen betreffende Stellen angestrichen hatte? Ihrer Überzeugung nach hatte ich es nicht getan, um die unwürdigen Gedanken des Philosophen hervorzuheben, sondern weil er durch seine Autorität meine Ideen bestärkte, die ich verbärge und die sie seit langem erraten hätte.

Als sich mein Bekanntenkreis allmählich erweiterte, nahm ihr Verlangen, mein Leben zu kontrollieren, zu; vermutete sie dabei meine Zuneigung zu jemandem, so mußte ich ihn ins Haus einladen; geschmeichelt die eine, neugierig der andere, kamen sie, um sich dort ihrem Examen zu unterwerfen. Domenica urteilte, entschied. Es kam zu Auftritten, zu Auseinandersetzungen, nicht zum Bruch; ich fand nicht die Kraft dazu; es ist leichter, verlassen zu werden als zu verlassen. Paradoxerweise war es

Domenica, die von einem Tag zum anderen in einem Glück schwamm, an das sie nicht mehr geglaubt hatte und so mein Fortgehen möglich machte. Dieses Glück hatte Domenica bei Professor M. gefunden. Das Ergebnis der mehrfach verschobenen Operation war so, wie sie selbst es nicht zu hoffen gewagt hätte: sie war schön, von einer Schönheit, die ganz die eigene war; auf den ersten Blick war keine Veränderung zu erkennen; sie hatte noch ihre Falten, die Furchen des Alters und die, welche die Intelligenz einzeichnet, aber sie hatte die Grundlinien ihres Gesichts wiedererhalten. Und seitdem sie mit diesem, nunmehr mit dem Bild, das sie für immer verloren geglaubt hatte, harmonierenden Gesicht ausgestattet war, verbarg ihr sein Widerschein im noch häufiger und mit Freuden befragten Spiegel die Welt und in der Welt das Gemälde auf der Staffelei.

Helle Farben vertrieben die dunklen Töne ihrer Palette; ein Pastellicht ohne Flimmern entfaltete sich auf ihren Gemälden; der Meditationsarbeit folgten dekorative Zeremonien; das Schillern ihrer Nebel hatte sich verflüchtigt, in denen das Fleisch der Figuren, wie von innen her erleuchtet, dazu aufrief, die Oberfläche zu durchstoßen, um sich mit der Erkenntnis der Nacht vertraut zu machen; und da sie von ihrer eigenen wiedergefundenen Schönheit hingerissen war, entstanden im Lauf der Monate unter ihren Pinseln Ausstellungen von Blüten, getragen von Geschöpfen von einer Fadheit, die nicht zu ihr paßte, und bedeckt mit Flitterkram, selbst Flitterkram, Einfälle, in denen die Künstelei, von der sie mich zu heilen versucht hatte, die Oberhand gewann.

Hat man Jahre damit zugebracht, sich über eine besondere Art der Betrachtung, des Verstehens, des Fühlens zu unterrichten, Neigungen herauszubilden, die nicht angeboren waren? Die Natur läßt sich nicht lange narren: der

Lack, der sie verbarg, zerbricht, und sie tritt ärgerlich ans Tageslicht.

Ich gebe nicht vor, mein Verhalten im Namen der Ästhetik zu rechtfertigen, aber diese Wendung in Domenicas Malerei, dazu das Schrumpfen der so ersehnten Zukunft, die mir unter meinen Schritten davonstob, befreiten mich aus ihrem Bann.

Und ein weiteres Mal nichts vor mir, oder fast nichts: ein Domestikenzimmer, gelegentliche kleine Honorare, zwei Bücher, die ein günstiges Echo gefunden hatten. Ich gestand Domenica meinen Wunsch, meine Aussichten allein zu erproben. Wir hatten direkte Abneigungen und einige tiefe Übereinstimmungen. Sie verstand, willigte ein. In den folgenden Tagen brachten mich der Anblick der Katzen, eines vergessenen Gegenstands, die Stimmen, das zu starke Parfum, das Domenica liebte und das ich verabscheute, den Tränen nahe. Wie bekannt, verläßt man nicht ohne Traurigkeit einen Ort, ein Milieu, in dem man gelebt hat, selbst dann nicht, wenn man dort unglücklich war. Da ich glaubte, daß ich sie künftig besuchen würde, alle drei, das geheiligte Trio, bin ich an dem für meinen Aufbruch festgesetzten Tag, nachdem die Koffer gepackt waren – dieselben, die den Ozean überquert hatten –, zu Domenica gegangen, um mich von ihr zu verabschieden. Und mit einem Schlag verwandelte sich das Verständnis, das sie mir bisher bewiesen hatte, in Vorwürfe, Beschwerden, in mit Tränen vermischte Eingeständnisse, in Schmähworte. Sie mochte keine beschädigten Gegenstände, sie zog es vor, sie endgültig zu zerstören, sie zu vergessen. Ihre Reaktion erleichterte mich.

Ich mußte unverzüglich gehen. Ich kehrte in mein Zimmer zurück, warf meine Bücher in einen Müllsack und rannte, trotz des Gewichts der Koffer, die Treppe hinunter.

Marek war in sein Büro gegangen, ohne Abschied genommen zu haben; und Gaetano hatte die Vorsichtsmaßnahme getroffen, sich früh fortzubegeben und offenbar, denn es war schon nach zwölf Uhr mittags, spät zurückzukommen.

Ich bin vor den Briefkästen stehengeblieben und habe mein Namensschild abgerissen; es war nur ein Umschlag im Kasten, und er war an mich adressiert. Ich steckte ihn in die Tasche. Die Handschrift war mir unbekannt.

64

Das sehr breite und noch ziemlich neue Haus, in dem dort wohnende Freunde mir zu einem Domestikenzimmer verholfen hatten, grenzte an ein großes Krankenhaus, und der Rasenstreifen von chemischem Grün, der an der Innenfassade entlanglief, mündete dank der Schläue des Architekten in den riesigen Gemüsegarten eines Nonnenklosters: ein sehr niedriges, zudem mit Efeu bewachsenes Mäuerchen zeigte kaum die Grenze zwischen den beiden Welten an. Diese Grünfläche, deren dort herrschende Stille durch das ferne Brummen des Verkehrslärms noch ungewöhnlicher wirkte, und das Vestibül mit Marmorboden und Marmorwänden stuften in die Kategorie »Luxus« ein Gebäude ein, dessen Röhrensystem die häuslichen Geräusche und sogar die Gespräche von einer Wohnung zur anderen leitete.

Mein Zimmer im Erdgeschoß auf der Straßenseite hatte weder einen Schrank noch eine Dusche, lediglich ein Waschbecken; sein Fenster blickte auf das Tor der Leichenhalle, durch das die Leichenwagen fuhren; ihre Parade begann am frühen Morgen, doch schon vorher hatte mich der rituelle und berufsmäßig gehässige Streit eines Paars von nächtlichen Clochards geweckt, die sich in dieser kurzen Sackgasse trafen; immer wieder zählten sie die Sous, die jeder aufgesammelt hatte, bevor sie ihr stets gleiches Frühstück, Ölsardinen und Weißwein, zu sich nahmen. Ich war fast neununddreißig Jahre alt.

Im Augenblick, nachdem der Wagen, der mich vom rechten aufs linke Ufer brachte, über den Pont du Carrousel gefahren war, hatte sich mein Körper entspannt; und als wir in die Rue des Saints-Pères einbogen, sagte ich mir in einer Anwandlung von Optimismus, daß das Leben sich bald wieder aufholen lassen werde, daß seine Pläne unergründlich seien und daß im Grunde kein Verlust ein Verlust sei, wenn man weniger am Haben als am Sein hänge.

Ich hatte den Brief des Unbekannten zweimal gelesen, wenige Zeilen in einer beherrschten, verhaltenen Schrift, die sehnlichst wünschte, die Geheimnisse des Briefschreibers zu wahren, so wenig Luft war zwischen den Wörtern gelassen, und nachdem ich Koffer und Müllsack abgestellt hatte, las ich den Brief, auf dem Bett sitzend, noch einmal. Ich weiß noch, wie erstaunt ich war, weil er mich mit »Monsieur« traktierte. Ein Schriftsteller teilte mir mit, daß mein Verleger seinen Roman, seinen allerersten, angenommen habe, und dankte mir, weil er zu wissen glaube, daß ich an der zu seinen Gunsten ausgefallenen Entscheidung keinen geringen Anteil habe.

Seit sieben Jahren, seit meiner Ankunft in Paris, las ich für ein bestimmtes Verlagshaus Arbeiten aus dem italienischen und dem spanischen Sprachbereich, die in ihren Ländern bereits erschienen waren. Mein Verleger dagegen hatte mir vorgeschlagen, ein französisches Manuskript zu lesen; ich hatte dankbar angenommen.

Es handelte sich nicht um das Schreibmaschinenoriginal, sondern um eine Kopie auf dünnem Durchschlagpapier. Zuerst verwirrt von der Fülle der Personen und wegen des Zögerns des Romanciers, das Dämmerlicht, in dem sie sich kreuzten, weniger vielschichtig zu machen; dann gefangengenommen vom zarten Rhythmus des Satzes, als hätte die Abstimmung der Wörter so sehr nur zwischen dem Ohr und dem Blatt Papier stattgefunden, daß sie dem Schriftsteller sogar den Anblick der sie bildenden Hand verstellte; schließlich erschüttert, erregt, hatte ich meinen Verleger gebeten, er möge selbst den Roman lesen: er werde sehen, daß, obgleich er Mängel zeige, man hinter jeder seiner Personen ein Einzelwerk ahne und hinter dem Einzelwerk ein Gesamtwerk.

Durch dieses sehr kurze Schreiben erfuhr ich somit, daß ich recht gehabt hatte. Doch warum plötzlich dieses Jagen des Herzschlags, dieses Keuchen, diese an Taumel grenzende Erregung?

Bevor ich meine Koffer auspackte und meine Kleidungsstücke an eine hinter einem Kretonnevorhang angebrachte Kleiderstange hängte – wie bei den Mariotti, wie in der Pension von Doña Manuelita in der Calle de la Monterra – und meine Bücher in ein behelfsmäßiges Regal stellte, empfand ich die Dringlichkeit, das kleine Höflichkeitsschreiben zu beantworten.

Tatsächlich träumte ich von einer Freundschaft, in der jeder, ohne sich zu unterwerfen oder sich anzupassen, den Geist des anderen anregt, in der jeder hinter dem anderen noch sich selber sieht. Ich träumte mir eine Freundschaft, in der der Anspruch nicht in die Freiheit eingreift, und eine Freiheit, die stets zu beobachtende, aufmerksame Vorbehaltungen begrenzen: in meinem neuen Alleinsein fühlte ich ein Bedürfnis nach gegenseitiger Zuneigung und Achtung und erspürte ich vor allem die Möglichkeit, zusammen schwach zu sein.

Wir haben zahlreiche Briefe gewechselt; meine wurden leidenschaftlich; er dagegen bewahrte scheue Zurückhaltung. Ein Jahr später trafen wir uns in Paris; er war im Begriff, sich dort niederzulassen; er hatte begriffen, daß die Provinz die Lebenserfahrung, und mithin den Roman, erst bereichert, wenn man sich von ihr entfernt.

Ein Buch war der Vermittler unserer Freundschaft; Bücher haben sie gefestigt; die Worte, immer die Worte, nähren sie weiterhin, die Worte, die wir wechseln, mit dem Ernst der Kinder, die Murmeln tauschen.

65

Nacht und Tag teilen sich den Himmel wie Vergessen und Imagination unsere Erinnerung: diese und das, was wir sind, ist nicht das, was wir waren: je weiter man sie zurückzuverfolgen versucht, desto weniger gleicht man sich, und an den Grenzen angelangt, hat man sich aus den Augen verloren! Dann, wenn die Deutlichkeit sich trübt, entsteht Literatur, doch wenn der Schriftsteller glaubt, sie führe ihn in seine ureigenen Tiefen, so findet er dort nur, was jedermann gehört: die Liebe, den Haß, das Schuldbewußtsein; die Gleichgültigkeit, die Freude und den Schmerz; das Heimweh nach dem Paradies, die Angst und die so traurige Erinnerung an das Glück. Wenn er sich bemüht, diese Gefühle und diese Verwirrungen gut auszudrücken, damit jeder sich seiner Worte bedienen kann, um einen Kummer zu mildern oder einen Rausch neu zu beleben, kann er deshalb den Ruhm eines öffentlichen Schreibers erlangen.

Das Kind träumte von der anderen Seite des Horizonts; der Heranwachsende von einer Reise, der einzigen Reise, Europa. Er machte deren zwei: als junger Mann erhörte ich ihre Wünsche; danach ging ich als Schlafwandler auf Schmugglerpfaden von meiner Kindheitssprache über zu der meines auserwählten Landes. Ähnlich wie jene Menschen, die, ohne wirklich in unser Leben zu treten, beharrlich mit ihm in Berührung bleiben und weit mehr als die uns Nahestehenden unsere Freiheit beschneiden, bahnen sich einige der Dinge, die uns geschehen sind oder die wir im Drang nach Wissen oder Vergnügen gelernt haben, einen Weg in uns, entwickeln sich, ohne daß wir uns dessen bewußt werden, und eines Tages entdecken wir, daß alles in uns danach strebt, ihnen zu gehorchen: so auch das Französische. Nie werde ich wissen, ob es mich wirklich akzeptiert hat, aber wie Efeu den Baum, um den er sich windet, hat es das Spanische in mir verdorren lassen, davon bin ich überzeugt.

Aus Liebe zu Valéry und zu Verlaine und bewaffnet nur mit einigen ihrer Werke, die ich mit den Übersetzungen verglich, einem zweisprachigen Wörterbuch und einem hartnäckigen Eifer, habe ich mich in ihre Sprache selbst eingeführt. Ich ahnte nicht, daß jede Sprache eine besondere Art ist, die Wirklichkeit zu begreifen, daß das, was sie benennt, ein nur ihr gehörendes Bild beschwört. Wenn ich *oiseau* sage, empfinde ich, daß die vom sie trennenden *s* geliebkosten Vokale ein kleines warmes Tier mit zartem glänzenden Flaum erschaffen, das sein Nest liebt. Sage ich dagegen *pájaro*, dann spaltet wegen des Intensitätsakzents, der auf der ersten oder der vorletzten Silbe liegt, der spanische Vogel die Luft wie ein Pfeil. Gelegentlich habe ich vorgebracht, man könne sich in einer Sprache verzweifelt und in einer anderen kaum traurig fühlen, und ich stehe zu dieser Übertreibung.

Als der Schauspieler, der ich zum Glück nicht war, sich in Madrid in der kastilischen Aussprache versuchte, hatte eine kühne Willenskraft mein Auftreten, meine Kopfhaltung, meine Manieren verändert, und das Denken wäre dem wahrscheinlich gefolgt. In Frankreich erlaubte mir, obwohl meine Lippen mit meinem Gehör nicht in Verbindung stehen, eine zunehmende Vertrautheit mit den Nuancen der Timbres und mit der Dämpfung der Konsonanten, an ein Einvernehmen zwischen dem Klang der Wörter und meiner Natur zu glauben; lieber *oiseau* als *pájaro*, ich ziehe die Intimität dem Unermeßlichen vor.

Meine ersten Bücher habe ich allerdings in spanischer Sprache geschrieben, verschanzt hinter einem Wall von Wörterbüchern der verschiedensten Art. Ich fürchtete mich vor Ansteckung, und dies um so mehr, als ich, um mich über Wasser zu halten, so gut es eben ging, Lektoratsgutachten und später für Zeitschriften Literaturkritiken verfaßte. Im Lauf von fünfzehn Jahren hörte ich in meinen Träumen oft französische Stimmen. Es dauerte fünf Jahre, bis ich, ohne mir dessen bewußt zu werden, die erste Seite einer Novelle in französischer Sprache schrieb. Ich wehrte mich dagegen; man setzt ein Weltbild nicht an Stelle eines anderen, so wie man im Schlaf von einem Traum zum anderen übergeht: Tausende Toter haben die Wörter ausgesprochen, die sich in unserem Mund bilden, wir müssen uns ihrer würdig erweisen. Ich wollte meine französische Seite ins Spanische übersetzen, mich selbst in den heimischen Pferch zurücktreiben, doch ich entdeckte, daß eine mir liebe Formulierung im Spanischen keine Entsprechung hat und gab der Lockung des Abenteuers nach.

Vergebens setzen Valéry und Claudel gemeinsam mich in Kenntnis über die Schwächen einer Nation, die, aus Horror vor den unvorhergesehenen Umständen, in ihrer Sprache sich zum großen Teil unerklärliche Regelzwänge auferlegt, so als hätte sie dadurch einen Zustand höherer Klarheit erreicht. Vom Bemühen um die Form getrieben – und mehr noch von der Notwendigkeit, mit den Regeln in Einklang zu leben –, schlug ich die Warnung in den Wind. Ich hatte keine andere Wahl.

Die Wörter, die meinen Bericht vor etwa einem Vierteljahrhundert anhalten lassen, waren es sich schuldig, diese Metamorphose, den einzigen ihrer Alchemie entsprechenden Vorgang, schriftlich festzuhalten. Und all die Jahre mit ihren Freundschaften, Rückschlägen, Leiden, Gesichtern, Landschaften? Und die unzähligen Flügelschläge der Zeit?

Sie entziehen sich, die Wörter, ihr Honig ist noch nicht ausgereift. Um der Wahrheit zu gleichen, so scheint es, muß die Wirklichkeit erst altern.

Die Zeit? Ich habe ihre Sandpyramiden erklommen, bin ebenso viele Stufen auf einer Seite hinauf- wie auf einer anderen hinabgeklettert. Nach und nach begann der Körper lauter zu sprechen als der Geist: ich habe ihn hier und da in den Quergängen der Schimären herumgeführt; ihn eingesetzt, genossen, verbraucht; und nun liege ich auf der Lauer, beobachte ihn aufmerksam, der nichts anderes mehr ist als eine stöhnende Maschine – bis zur nächsten Hoffnung und zum nächsten Neubeginn?

Das Lebewesen bleibt nicht übrig, aber das Bild; nicht einmal das Bild, sein Abglanz; der Schimmer jenes Streichholzes, das ein Vorübergehender im Dunkel angerissen hat. Nur die Gebeine kommen im Land der Toten an, wo alle Menschen gleich interessant sind, wo unter jedem Grabstein die Erinnerung der Menschheit schläft und Silbe um Silbe vergeht.

Das Leben war zu zerfahren für das langsame Fortschreiten der Liebe; es ist spät geworden; und ein Ithaka habe ich nicht.

Hector Bianciotti
Was die Nacht dem Tag erzählt

Aus dem Französischen von Maria Dessauer
Gebunden. 320 Seiten

Eine Geschichte der ersten Hälfte eines Lebens, wie sie wahrer nicht sein könnte, mit größter sprachlicher Subtilität dargestellt. Ein Buch, das mehr ist als Erinnerung; es ist ein Buch unserer Zeit.

Nach Erscheinen des Buches in Frankreich schreibt Octavio Paz in *Le Monde*: »Wie der Titel besagt, ist Bianciottis Buch eine Geschichte, die der Autor sich selbst erzählt. Die Erzählung ist nicht gradlinig; ganz wie in den Romanen geht sie voraus, weicht zurück, beginnt erneut, weicht ab, macht einen Sprung in Raum oder Zeit, verfolgt unerschütterlich ihren gewundenen Weg. Bianciotti geht mit Pinselstrichen und Skizzen zu Werke, er zieht die Andeutung der Erklärung vor, er flüstert ein, statt zu erzählen, reduziert dabei jede Situation auf wenige essentielle Elemente. Er beschreibt nicht: Er erinnert, ruft zusammen. Eine Kunst, die der Musik näher ist als der Malerei.«

Hector Bianciotti
Die Nacht der blauen Sterne

Roman
Aus dem Französischen von Maria Dessauer
Gebunden. 348 Seiten

Spätestens seit dem vorangegangenen Roman *Das extreme Leben einer unscheinbaren Frau* (1987) – so schreibt Alain Bosquet – sei gewiß, daß Hector Bianciotti zu den großen Erzählern gehört, deren unausweichliches Thema »la nostalgie« ist; Nostalgie zu verstehen als die Liebe zu dem, was verloren ist; oder die Liebe zum Verlust dessen, was man geliebt hat. Die Nostalgie als der nicht zu retuschierende Gedächtnisfilm, oder als der Film, der das Gedächtnis sabotiert und dieses Gedächtnis durch ein anderes ersetzt. Auch dieser Roman ist ein Erinnerungsbuch.

»...in seinen ruhig fließenden, kunstvoll gebauten Sätzen strahlt dieses Buch auch eine fast majestätische Gelassenheit aus. Es ruht auf dem philosophischen Gleichmut dessen, der weiß, daß auf der Irrfahrt Leben alle Situationen den gleichen Wert besitzen und zu der gleichen Hoffnung Anlaß geben, weil alle in der gleichen Weise einen Schimmer Ewigkeit aufleuchten lassen.«

Gérald Froidevaux, Frankfurter Allgemeine Zeitung

Hector Bianciotti
Das extreme Leben einer unscheinbaren Frau

Roman
Aus dem Französischen von Maria Dessauer
Gebunden. 332 Seiten

»Eine todtraurige Geschichte, ein allein durch die Pracht der Sprache aufgehellter Abgesang auf die Liebe und das Glück. Es ist fast, als sei da ein Barockautor am Werk gewesen, ein Barockautor freilich, der Robbe-Grillet gelesen hat. Die Glaubenszuversicht des 17. und auch noch des 18. Jahrhunderts nämlich ist dem Buch so fremd, wie es sich nur irgend denken läßt. Die Gewißheiten sind fort – aber die Suche ist geblieben.«

Jens Frederiksen, Die Welt